Rappelle-moi de te détester

VICTORIA
ARABADZIC

Rappelle-moi de te détester

ROMAN

&

HARPERCOLLINS FRANCE
83-85, boulevard Vincent-Auriol, 75646 PARIS CEDEX 13.

www.harlequin.fr

ISBN 978-2-2804-7252-4 — ISSN 2271-0256

À J.-C. Araic, un grand homme parti rejoindre les étoiles. Tu me manques.

Vouloir aimer sans risquer de souffrir est une contradiction, et vouloir vivre sans aimer, c'est se tuer.

HENRI-FRÉDÉRIC AMIEL

PLAYLIST ♫

Minefields – Faouzia, John Legend
Je te pardonne – Gims, Sia
Bleeding Love – Leona Lewis
Évidemment – Kendji Girac
Wherever You Will Go - The Calling
Talking to the Moon – Bruno Mars
Dead and Gone – T.I, Justin Timberlake
Beggin'- Måneskin
Falling – Trevor Daniel
Printemps blanc – Niro, La Zarra
Infinity – Jaymes Young
Let Me Down Slowly – Alec Benjamin
Harleys In Hawaii – Katy Perry
Him & I – G-Eazy, Halsey
I Think I'm In Love – Kat Dahlia
Faded – Alan Walker
Treat You Better – Shawn Mendes
You Are The Reason – Calum Scott
My Immortal – Jennel Garcia
Space Bound – Eminem
Made to Love You - Dan Owen
Love in The Dark – Adele
Rockstar - Post Malone, 21 Savage
You Broke Me First – Conor Maynard
Love Story – Sarah Cothran

La playlist *Rappelle-moi de te détester* est disponible sur mon Spotify : QueenVik

Chapitre 1

Camila

J'y étais. Enfin ! Mon diplôme validé, je n'avais plus qu'à réaliser tous mes projets et cet avenir brillant que j'espérais. Mon père esquissait un sourire, du moins c'était ce que j'en avais déduit après des années à analyser cet homme froid comme la glace. C'était certainement ce qui le rendait aussi impressionnant, sa façon de garder une posture à la fois droite et imposante, même dans les pires circonstances. Ou les meilleures. Le décor était splendide. En même temps, être diplômé de Harvard après des années d'études méritait bien une gigantesque cérémonie pour les étudiants. Beaucoup d'entre eux y assistaient en famille et certains étaient accompagnés d'une dizaine de leurs proches. Cela dit, il faisait agréablement beau, et l'extérieur était assez grand pour accueillir une foule de plusieurs centaines de personnes. Tout avait été prévu : un buffet, un bar, des animations et, surtout, une estrade, de laquelle je venais de descendre après avoir récupéré le Graal : mon diplôme.

J'aurais adoré partager cet instant avec Jessica. Pas une seconde ne passait sans que je pense à elle et à sa décision absurde de partir vivre sa vie à l'autre bout du continent, en plein cœur de la Cité des Anges. J'étais la seule au courant de cette information. Elle ne voulait absolument pas que notre père apprenne quoi que ce soit la concernant. C'était triste, mais c'était ainsi. Ce qui me brisait le plus le cœur était qu'elle ait osé refuser de participer à mes fiançailles, il y avait de cela quelques mois. Ma propre sœur jumelle.

Jess et moi nous ressemblions comme deux gouttes d'eau, d'après notre entourage. Seulement, nos deux styles étaient si différents que beaucoup devaient plisser les yeux avant de remarquer nos traits physiques identiques. Ça ne me gênait pas, car toute notre vie nous nous étions complétées et jamais marché dessus. Elle avait son territoire, j'avais le mien, et c'était ainsi depuis la crèche. Elle aimait tout essayer, que ce soit les couleurs de cheveux ou les mecs, tandis que, moi, je me focalisais sur les études.

Nos caractères s'étaient extrêmement affirmés à partir de la mort de notre mère, lorsque celle-ci avait été emportée par un terrible accident de voiture et que mon père avait décidé de consacrer sa vie à son travail. À quatorze ans, Jess et moi avions pensé qu'il ne s'agissait là que de sa thérapie pour survivre à son deuil, comme nous, mais non. Dix ans plus tard, il était resté cet homme impénétrable, capable de briser une société familiale l'après-midi et de manger au dîner comme si de rien n'était.

Cela faisait déjà plus d'un an que Jess avait quitté New York. Je la comprenais, elle n'était pas vraiment à sa place ici, même si j'avais passé des heures à essayer de la convaincre du contraire. Ma sœur aimait la plage, la chaleur, la liberté, l'espace. Les buildings interminables de la Grosse Pomme l'étouffaient depuis toujours. Elle avait cependant laissé tomber Harvard, pour suivre quelques cours à Juilliard, l'école de ses rêves.

J'ignorais comment elle vivait et, connaissant son excentricité, je n'étais pas certaine de souhaiter le savoir. Elle me manquait terriblement. Notre lien était particulier. Nous avions longtemps fait qu'une, comme si le monde entier ne pouvait pas nous faire peur tant que nous restions ensemble. Puis elle était partie, emmenant avec elle une partie de mon cœur. Quand nous étions plus jeunes, Jess était la plus dépendante de nous deux et ne voulait pas que nous nous séparions. Mais au décès de notre mère, alors que je m'étais renfermée sur moi-même pour me consacrer à l'école, elle s'était créé une nouvelle bande d'amis peu recommandables. Nos chemins s'étaient peu à peu éloignés, et j'en avais été la plus touchée. J'avais besoin d'elle, mais me murer dans un silence de plomb me paraissait plus facile.

Au lycée, ma sœur avait fait partie de l'équipe de pom-pom girls et, par conséquent, était parmi les filles les plus populaires. Étant sa jumelle, j'appartenais malgré moi à cette *team* composée de sportifs et de pestes, bien que je ne reste que rarement avec eux et que beaucoup aient longtemps fait semblant de m'apprécier.

Puis nous étions entrées à l'université, ensemble, comme toujours. Tandis que mes notes m'avaient permis d'obtenir une bourse dont je n'avais pas réellement besoin, mon père avait dû jouer des pieds et des mains pour que Jessica intègre Harvard avec moi. Nous n'avions pas les mêmes priorités.

Au bout d'un moment, après avoir passé plus de temps à sécher les cours qu'à étudier, elle avait abandonné, en le cachant évidemment à notre père, qui aurait pété les plombs. C'était ce qui était arrivé lorsqu'il avait fini par apprendre la nouvelle.

— Tu vas devenir une grande avocate ! s'exclama joyeusement mon père.

Cameron Da Silva n'était pas juste mon géniteur. Il était également mon futur patron et, même si j'étais fière d'obtenir une telle place au sein de sa société, je ne pouvais m'empêcher d'être sceptique quant au mélange des relations familiales et professionnelles. Bien qu'il soit un très bon père et que ma sœur et moi n'ayons jamais manqué de rien, il avait son caractère et nous gérait parfois, nous, ses propres filles, comme des employées. C'était ainsi qu'il était, aussi effrayant au bureau qu'à la maison. Enfin, pour le peu qu'il était présent.

— Je t'ai réservé une surprise, dit mon fiancé.

Carter était un bon parti. Avec ses cheveux châtains, ses yeux bleu foncé et son corps plutôt fin, il était toujours bien habillé et avait su me séduire. Nous nous étions rencontrés sur le campus lorsque j'étais en première année, il avait un an de plus que moi. Ça n'avait pas été le coup de foudre, mais j'adorais passer du temps avec lui. Nous avions d'abord été amis, puis nous étions devenus plus que ça. Trois ans après notre rencontre, il m'avait demandé de l'épouser lorsque nous serions installés à New York. Aujourd'hui, je l'aimais.

Même si cela pouvait être effrayant pour certaines personnes, ma vie me convenait et je ne voulais pas en changer. J'appréciais ma stabilité, et j'avais envie d'arpenter les rues de Manhattan avant de me rendre au bureau pour conquérir le monde des affaires.

J'embrassai Carter chastement, gênée de lui montrer de l'affection devant mon père, bien que ce dernier l'adore et m'encourage vivement à prendre soin de lui.

— Je sais qu'il faut profiter de l'instant présent, déclara Carter, mais j'ai vraiment hâte de prendre la route pour New York.

Oh ! moi aussi ! Ne pas compter ses heures au travail, collaborer à des affaires délicates, évoluer pour devenir une avocate reconnue dans tout l'État, j'étais plus que pressée ! Toutes ces années d'études allaient enfin aboutir au résultat que je souhaitais. J'aimais que tout suive son chemin, sans imprévus.

Même si mon père contrôlait beaucoup ma vie, je ne m'en étais jamais plainte, ça ne me gênait pas. Ou plus vraiment.

— J'ai hâte de vivre là-bas avec toi, répondis-je à Carter.

Il me sourit et embrassa mon front avec une délicatesse touchante. Embauché dans le cabinet de mon père depuis qu'il avait décroché son diplôme un an auparavant, il avait fait ses preuves et se débrouillait bien. Même très bien. J'espérais que le fait qu'on travaille ensemble ne pénaliserait pas notre relation, bien que nous en ayons déjà discuté. Chacun aurait son portefeuille de clients et nous éviterions tout conflit d'intérêts.

— Allez, va saluer tes camarades, déclara mon père, je vous invite au meilleur restaurant de Boston.

Me rendant compte que je n'avais plus aucune raison de revenir ici, je pris le temps de dire au revoir à mes amis, ainsi qu'aux professeurs que je croisai en faisant le tour du campus. J'étais heureuse d'avoir terminé mes études, mais déjà nostalgique. Finie l'innocence étudiante.

D'ici quelques jours, j'intégrerais l'impitoyable monde du travail, qui laissait peu de place au hasard et à l'improvisation.

En tant qu'émigré mexicain, mon père avait travaillé très dur pour réaliser son rêve américain. Il pouvait être fier de son parcours, et j'espérais suivre son exemple.

Mes au revoir avaient été spéciaux. J'aimais mes amis, mais ma froideur habituelle ne m'avait pas permis de créer des liens solides. Je les appréciais mais je n'étais pas dupe, nous ne nous reverrions pas autrement que dans un cadre professionnel. Carter était le seul qui continuerait à faire partie de ma vie, mais c'était tout ce qui comptait, non ?

— Ramenez-nous une bouteille de votre meilleur champagne, demanda mon père à la serveuse, qui portait un tailleur parfaitement repassé et un chignon dont pas un cheveu ne dépassait.

Dès qu'elle nous quitta, Carter détourna le regard d'elle et me sourit avec tendresse. Il n'était pas extravagant, mais c'était un homme bon. Je pouvais comprendre qu'il apprécie d'observer les jolies femmes, et ça ne me gênait pas.

— Je pense qu'il est temps de fixer une date pour le mariage, dit-il en prenant ma main dessous la table pour la caresser.

— Excellente idée ! intervint mon père, ravi.

M'imaginer me marier provoquait en moi tout type d'émotions, dont certaines que je gardais enfouies au plus profond de moi, incapable de les affronter. J'étais une femme de vingt-quatre ans raisonnable, il était naturel que j'avance dans ma vie personnelle, tout comme dans ma vie professionnelle.

— D'ici six mois, je pense que ce serait parfait ! reprit-il, l'air enjoué.

Je hoquetai doucement, déstabilisée par cet empressement qui me mettait un coup de pression. Au regard des deux hommes qui m'accompagnaient, je n'étais visiblement pas assez enthousiaste. Mince.

— Ça ne te convient pas, ma chérie ? s'enquit mon fiancé.

— Six mois, ça me paraît un peu court, non ? Se marier à New York demande une certaine organisation... De plus, ça tombera en fin d'année, j'aurais préféré le célébrer en été.

— Très bien, on attendra un an, alors, répondit Carter sans la moindre amertume.

Mon père m'observa attentivement, comme s'il essayait de lire en moi, puis hocha la tête en regardant la serveuse, déjà de retour, qui débouchait notre champagne. J'espérais qu'il n'ajouterait pas son grain de sel et comprendrait qu'une telle décision ne le concernait pas.

— C'est d'accord, dis-je.

Je ne me fis pas prier pour changer de sujet. Pendant le repas, la discussion porta sur mon intégration au sein du cabinet et mon emménagement imminent dans un appartement proche du bureau. Mon père l'avait déniché un an auparavant pour Carter, prévoyant que je l'y rejoindrais.

Alors que tous deux parlaient d'un dossier, je consultai rapidement mon téléphone, bien que je n'attende pas de messages.

Pourtant, j'en avais bien un. De Jessica. Je fronçai les sourcils en le découvrant.

Ma chère Cam,

J'aurais adoré être là le jour de ta remise de diplôme. Je pense très fort à toi. C'est seulement que je ne veux pas que papa soit au courant d'où je suis, me force à rentrer

ou se mêle de mes affaires. Si tu savais comme je suis heureuse ici ! J'ai trouvé l'amour, le bonheur, la liberté…

Je tenais à t'offrir un cadeau un peu particulier, celui de me rejoindre. Si tu souhaites changer de vie et faire tes propres choix, ou prendre des vacances, monte dans le taxi qui passera te chercher demain à midi pile. Il attendra dix minutes devant ton appartement à NY. Tu as aussi dû recevoir un billet d'avion par mail.

Quoi que tu décides, je t'aime et t'aimerai toujours.

N'importe quoi. Comment pouvait-elle croire que je ferais une telle bêtise alors que ma prise de poste chez Da Silva, Peyton & Associates, la société de mon père et de son collaborateur, débutait d'ici quelques jours ?

Je devais partir pour New York d'ici quelques minutes, après ce bon restaurant. Je lui en avais parlé récemment. Bien que nous vivions loin l'une de l'autre, nous communiquions très souvent.

Même si elle m'en disait peu sur sa vie, je savais qu'elle habitait à Los Angeles. Effectivement, je découvris un mail avec un aller simple à destination de LAX, au départ de JFK.

Mon fiancé semblait inquiet.

— Tout va bien ? m'interrogea-t-il.

— Tu as l'air ailleurs, ajouta mon père d'un ton inquisiteur. Quelque chose ne va pas ?

Bien décidée à ne pas évoquer Jessica, je secouai la tête en essayant de ne laisser transparaître aucune émotion. Elle me manquait terriblement, ça en devenait insupportable. Rien que d'imaginer pouvoir la voir le lendemain me donnait envie de crier de joie. Pourtant, je n'avais pas l'intention d'y aller.

— Non, c'était un gentil message d'une camarade de classe.

Ils hochèrent la tête et continuèrent leur conversation, m'oubliant à nouveau. Et c'était tant mieux, j'avais besoin de prendre du recul. Je m'étais habituée à rêvasser pendant que les gens en ma compagnie discutaient entre eux.

Nous partîmes le soir même en voiture pour rentrer à New York. J'avais hâte de retrouver cette ville qui ne dort jamais.

Chapitre 2

Camila

Dès notre arrivée dans l'appartement, je pris le temps de redécouvrir cet endroit d'un œil différent, non plus comme une invitée, mais une locataire privilégiée et chanceuse. Mon logement me paraissait impersonnel et encore inconnu.

— Je vous retrouve demain, bonne soirée, lança mon père avant de quitter les lieux.

Carter se précipita derrière moi et me serra contre lui avant de déposer un baiser sur le haut de ma tête.

— Cette robe te fait un corps de déesse.

Celle que je portais était longue et de couleur verte, symbole de la réussite. Depuis toujours, j'aimais associer mes vêtements aux événements ou à mes émotions. Cela les personnalisait et leur donnait un sens.

Les mains de mon fiancé glissèrent sur mes bras dénudés, provoquant en moi un léger frisson. Il faisait froid ici. Pourtant, la douceur à l'extérieur m'avait permis de sortir sans veste.

— Laisse-moi passer à la salle de bains, je te retrouve dans la chambre.

— Bien sûr, la journée a été longue. Je vais nous préparer du thé.

Je hochai la tête et me dirigeai vers la salle d'eau pour m'y enfermer quelques instants. J'avais besoin de souffler. Mon anxiété revenait, et il me fallut un moment pour l'évacuer. C'était le déménagement, les nouvelles de ma sœur et la pression du mariage. J'avalai mes cachets prévus à cet effet et observai mon reflet dans le miroir. Mes longs cheveux bruns étaient désormais lâchés alors que plus tôt dans la journée, lors de la remise des diplômes, je les avais attachés en une jolie queue-de-cheval accompagnée de tresses. Mes yeux verts étaient vitreux, plus foncés qu'à leur habitude. Peut-être était-ce dû aux médicaments, ou à la fatigue de cette journée éprouvante.

Les doses que je prenais étaient de plus en plus fortes mais me permettaient de dormir et de cesser de cogiter.

— Je t'attends, chérie.

La voix de Carter me fit revenir à la réalité. Je me brossai les dents rapidement et m'attachai les cheveux. J'enfilai une nuisette en satin et me regardai une dernière fois. Mes traits paraissaient tirés, j'avais un fort besoin de me détendre. J'étais enfin à New York, là où je voulais commencer ma vie d'adulte, et malgré ça, je ne me sentais pas épanouie. Comme pour tout, il me faudrait m'adapter.

Je fouillai dans l'un des tiroirs sous la vasque afin de trouver un démaquillant que j'avais laissé la dernière fois. À la place, je tombai sur un rouge à lèvres. Je n'utilisais pas cette marque. Mon instinct me criait de me méfier de Carter depuis quelque temps. Aurais-je dû l'écouter ? Pourquoi m'étais-je mise à épier sa façon d'observer les femmes, même si je m'étais convaincue que je me faisais des idées ? Mon intuition avait-elle été la bonne ?

— C'est bon, chérie ?

Il avait toqué à la porte. Ces quelques dernières secondes m'avaient permis de tirer une conclusion évidente : une autre femme était venue là et s'était sentie suffisamment à son aise pour ranger son propre maquillage dans l'appartement.

Mon regard s'était considérablement assombri. C'était le côté colérique de ma défunte mère qui surgissait dans ces cas-là. *Dios mío*, il allait me le payer.

Je sortis en trombe de la pièce, face à ses yeux aussi ronds que des balles de golf. Carter et moi ne nous disputions que très rarement, lui étant d'un tempérament très calme, et moi, faisant preuve d'une maîtrise que je travaillais depuis des années. Mais là, *ça*, c'était la goutte d'eau qui faisait déborder le vase.

Je lui tendis le rouge à lèvres et observai son visage se décomposer. Il reprit cependant rapidement ses esprits et tenta tant bien que mal de me regarder dans les yeux. Ses pupilles reflétaient sa trahison.

— Ce n'est pas ce que tu crois.

Je ris. De haine, de honte, de désarroi.

— Tu es sérieux ? Tu me sers une phrase aussi clichée pour te justifier ?

— Cam, calme-t…

— DIS-LE ! hurlai-je, le faisant sursauter.

Il baissa les yeux, avouant son infidélité sans même avoir besoin de parler. Celui en qui j'avais confiance, celui qui avait été mon ami, mon amant, puis mon fiancé, m'avait délibérément planté un couteau dans le dos.

Mon cœur se mit à palpiter, et je décidai de ne pas perdre la face devant lui. C'était hors de question. Ma dignité ne serait pas davantage piétinée ce soir. Je recouvrai un calme contrôlé, celui que j'avais apprivoisé au fil du temps.

— Non, en fait, tu n'as pas besoin de dire quoi que ce soit, j'ai déjà compris. Je veux juste savoir… pourquoi ?

La tristesse qui traversa ses yeux bleus me donna envie de lui cracher au visage. Comment osait-il jouer les malheureux ? Comment, même, osait-il affronter mon regard ?

— Je t'en prie, cette fille ne signifie rien pour moi…

L'entendre parler de cette femme la rendait encore plus réelle et me donnait la nausée. Comment pouvais-je demeurer digne dans un tel moment ? L'homme avec qui j'avais l'intention de passer le reste de ma vie m'avait trahie de la pire des façons.

— J'étais seul et… elle était là, à me draguer au cabinet alors que je ne voulais pas aller plus loin… Elle a compris ma faiblesse, et comme j'étais seul toute la semaine, elle m'a apporté à manger, on a travaillé ensemble sur une affaire et… putain de merde, Cam, j'ai complètement merdé.

Au cabinet ? Cette femme était donc informée à propos de notre couple et de mon arrivée imminente. Elle avait beau être une garce, c'était Carter qui avait choisi de céder. Bien que cela n'enlève rien à l'humiliation que je venais de subir, les collaborateurs étaient-ils au courant ?

— Je ne l'aurais jamais su si je n'avais pas découvert ce rouge à lèvres, n'est-ce pas ?

— Ne dis pas…

— Arrête, Carter, je ne peux plus croire une seule de tes paroles.

Je me précipitai dans la chambre et m'enfermai, malgré ses supplications. J'essuyai mes larmes de colère d'un revers de main et enfilai un jogging et un débardeur. Puis je ressortis, toutes mes affaires avec moi.

— Ne fais pas ça… Ne gâche pas tout… Elle a quitté le cabinet, je ne la reverrai jamais !

Son visage paraissait ravagé par la tristesse, et ça, c'était le comble.

— Pardon ? !

Je le montrai du doigt.

— TU as tout gâché en baisant la première grognasse disponible ! TU as décidé que notre couple n'était pas assez important pour toi pour que tu résistes à la tentation et TU as osé faire ça dans un appartement payé par mon propre père.

Il resta un instant silencieux, les larmes aux yeux.

— Je t'en supplie, ne pars pas…

Son désespoir me faisait plus pitié qu'autre chose. J'étais loin d'être parfaite, mais je ne lui aurais jamais fait une chose pareille sans l'avoir quitté avant. J'avais bien trop de respect pour lui, autant que je pensais qu'il en avait pour moi. Une belle connerie.

Il me bloqua le passage devant la porte, et je fermai les yeux pour ne pas lui lancer au visage ma valise ou mon sac à main.

— Écarte-toi. Je vais m'en aller et estime-toi heureux que je ne te foute pas à la rue, là où est ta place.

Je retirai ma bague de fiançailles et lui rendis sans ménagement sous son regard meurtri.

Visiblement choqué par la violence de mes propos, il se décala, résigné à me laisser quitter cet endroit que je ne pouvais plus voir en peinture.

Dans la rue, je marchai une dizaine de minutes avant de trouver un hôtel correct. À Manhattan, ce n'était pas compliqué.

Une fois dans ma chambre, je m'assis, songeant à ce qui venait de se passer. Mon fiancé m'avait trompée. Qu'en penserait papa ? Lui qui l'idolâtrait tant et le décrivait comme le gendre idéal. Il tomberait de haut, peut-être bien autant que moi ce soir. Après réflexion, je préférai encaisser tout ça seule. L'unique personne avec laquelle je voulais partager ça était actuellement à l'autre bout du continent.

Je fondis en larmes, perdue, ne sachant pas comment agir. Ma vie tout entière venait de s'effondrer. J'avais des projets, des sentiments, des souhaits, et tout avait volé en éclats avec une violence inattendue.

Je relus le message de ma sœur, réalisant que ce que j'avais pensé être une idée ridicule était désormais l'échappatoire parfaite. J'avais besoin de m'évader et de la voir. J'avais besoin de me ressourcer et de changer d'air.

J'aimais boire un verre de vin en secret la nuit quand Carter dormait profondément. Victime d'insomnies depuis douze ans, je devais bien trouver des moyens de me calmer et me reposer autrement que dans les bras de Morphée. Alors je m'ouvris une bouteille de vin blanc sortie du mini-bar, sachant que je n'étais pas près de m'endormir.

J'observai de longues minutes les portes vitrées de l'entrée de l'aéroport, ma valise à côté de moi. Deux semaines. Je partais pour deux semaines, le temps de convaincre Jess de rentrer à New York avec moi. C'était ce que j'avais réussi à négocier. Mon père comprenait que j'aie besoin de vacances et, même s'il avait râlé, l'idée que je puisse ramener ma sœur jumelle lui plaisait bien trop pour qu'il refuse. Bien qu'il évite le sujet, cette situation le contrariait énormément. Il s'inquiétait pour elle, tout comme moi. J'étais d'ailleurs persuadée qu'il avait déjà réussi à savoir où elle se cachait.

Je ne lui avais cependant rien dit à propos de mon fiancé. Je n'avais pas la force d'en parler et d'affronter la réalité, j'avais besoin de fuir.

Carter avait quant à lui tenté de m'appeler un nombre incalculable de fois et laissé des messages me suppliant d'écouter ses explications.

Je pris une grande inspiration et me décidai à avancer avant de rater mon vol. Ma sœur avait fait les choses en grand en me réservant une place en classe business. Je me promis de l'inviter au restaurant pour la remercier. Ne profitant aucunement de l'argent de notre père, elle n'avait pas les moyens pour ce genre de folie.

Le vol se déroula sans encombre, bien qu'il me paraisse interminable. J'étais à la fois nerveuse et pressée de la revoir. Un an de séparation était beaucoup trop difficile à supporter pour deux personnes qui avaient passé les vingt-trois premières années de leur vie ensemble. Je lui en voulais de m'avoir abandonnée, mais j'étais bien décidée à la ramener avec moi.

Alors que je marchais dans le long couloir jusqu'au terminal après avoir récupéré ma valise, je me remémorai son message : « J'ai trouvé l'amour, le bonheur, la liberté. » Et si c'était vrai au point qu'elle n'envisage pas de rentrer à la maison ? Je ne pouvais imaginer que sa « fugue » devienne définitive. Je ne m'en remettrais pas.

Je n'eus pas le temps de réfléchir davantage qu'une affiche avec mon prénom écrit en gros m'interpella. L'homme la tenant me fit signe. J'ignorais totalement de qui il s'agissait mais ce qui était certain, c'est que ce n'était pas ma sœur.

Alors que je m'approchais de lui, il m'analysa de haut en bas, d'une façon si intrusive que je me sentis gênée.

— Ouah. La ressemblance est… frappante.

Je compris qu'il était perturbé par la similitude entre mes traits physiques et ceux de ma sœur jumelle. Il regarda autour de lui rapidement puis retira ses lunettes. Je pris le temps de l'observer moi aussi. Il était grand, ses cheveux châtains et bouclés dépassaient de sa casquette, et ses impressionnants yeux bleus contrastaient avec sa peau légèrement hâlée. Il portait un débardeur aux couleurs flashy et un short. Avec son look de surfeur, il était un cliché de Los Angeles.

— J'imagine que c'est le propre de ce qu'on appelle « des jumeaux », répondis-je enfin.

Il sourit et me tendit la main, l'air très chaleureux, avant de rechausser ses lunettes de soleil.

— Je suis Romeo, ravi de faire ta connaissance.

Je lui rendis sa poignée de main.

— Camila, dis-je naturellement, bien qu'il soit de toute évidence déjà au courant. Et tu es ?

Visiblement étonné par ma question, il se remit rapidement à sourire, de sa dentition éblouissante.

— Le petit ami de ta sœur.

J'écarquillai les yeux face à cette révélation. Alors là, je tombais des nues. Ma sœur s'était engagée dans une relation amoureuse sérieuse ? S'il allait jusqu'à venir me chercher, ce n'était pas anodin. J'étais curieuse d'en savoir davantage, d'apprendre à connaître sa nouvelle vie et son entourage.

— D'ailleurs, excuse-la, elle ne pouvait pas être là. Elle a une audition au moment même où je te parle.

Une audition ? Ma sœur essayait-elle de devenir artiste ? Ça ne m'aurait pas vraiment étonnée, étant donné sa passion pour la danse. À la mort de notre mère, elle avait laissé tomber, mais ensuite cela lui manquait beaucoup trop et elle avait repris des cours après avoir quitté Harvard.

— Pour ?

— Faire partie de la troupe de Serena Gales.

Décidément, c'était la journée des surprises ! Cela me faisait extrêmement plaisir qu'elle tente cette audition. À première vue, Jess semblait bien s'en sortir, et ça me rassurait.

— Impressionnant !

Il me sourit légèrement puis observa autour de lui, l'air inquiet. Je voulus lui demander ce qui le perturbait, mais avant que j'en aie le temps, il prit ma valise.

— Allons-y.

Il marcha, tête baissée, tandis que quelques personnes nous regardaient. J'ignorais ce qu'il se passait, mais pour le moment je devais surtout me préoccuper de suivre le rythme rapide de mon potentiel beau-frère canon.

À notre arrivée au parking, il chargea ma valise dans le coffre d'un énorme Range Rover. Surprise, je montai sur le siège passager sans un mot.

Il démarra, et nous empruntâmes les routes de Los Angeles jusqu'au lieu où vivait Jess. Je me laissai conduire, nerveuse de me retrouver à côté de cet inconnu mystérieux. Il retira sa casquette et ses lunettes, puis les jeta à l'arrière de la voiture. Il ouvrit la bouche pour me dire quelque chose puis s'abstint, se reconcentrant sur la route.

— On va à l'appartement de ma sœur ? demandai-je pour briser ce silence et m'assurer qu'il n'allait pas me kidnapper.

De nouveau, il fronça les sourcils. Mais qu'est-ce qui clochait chez lui ? J'avais pourtant l'impression d'avoir été claire.

— Jess a rendu son appartement il y a déjà plusieurs mois. On vit ensemble.

— Oh ! je vois…

Donc ma propre sœur avait emménagé avec un homme et n'avait pas daigné m'en parler. Bien que je sois heureuse pour elle, cela me blessait. Romeo sembla le remarquer, car il jeta plusieurs regards vers moi tandis que je fixais la route attentivement.

— Pour tout t'avouer, on ne vit pas que tous les deux. Elle est venue s'installer chez mon coloc et moi pour des raisons… pratiques.

Son hésitation sur le dernier mot me laissa perplexe. Quelque chose se tramait, et je n'allais pas tarder à savoir quoi. Je priais pour qu'il ne s'agisse pas d'une histoire glauque ou dangereuse. Et si ma sœur avait intégré une secte ? Tant d'idées me vinrent à l'esprit que je préférai vite les oublier avant de perdre la tête.

— Au fait, félicitations ! Être diplômée de Harvard, ce n'est pas donné à tout le monde, c'est impressionnant.

— Merci, lui répondis-je en esquissant un sourire.

Apparemment, il connaissait bien plus de choses sur moi que moi sur lui. Un quart d'heure auparavant, j'ignorais même son existence.

Pendant le reste du trajet, je parlai peu, profitant du paysage. Los Angeles était si différente de Boston ou New York. Et j'avais hâte de découvrir tout ce que cachait cette immense ville.

Plus les minutes passaient, plus je remarquais que nous nous éloignions du centre-ville pour nous retrouver dans un endroit bien plus huppé. Nous longeâmes de magnifiques villas, certaines à moitié dissimulées par des arbres et des murs gigantesques. D'autres étaient clairement construites pour montrer la richesse de leur propriétaire. Même mon père, qui gagnait très bien sa vie, ne pouvait pas se payer une telle maison. Je découvris, grâce aux panneaux, que nous étions dans le quartier très chic de Bel Air.

— C'est un raccourci ? demandai-je, agacée de ne pas connaître notre destination finale.

— Non, on est presque arrivés.

Il semblait amusé. Pas moi. Je savais très bien que ma sœur ne vivait pas ici. Elle avait beau avoir un véritable talent de danseuse, que je ne remettais aucunement en doute, cela m'aurait étonnée que sa carrière ait décollé au point qu'elle puisse être la voisine de Jennifer Aniston ou Beyoncé ! Contre toute attente, Romeo tourna dans une impasse et s'arrêta devant un immense portail moderne gris ne me permettant pas de voir ce qui se trouvait de l'autre côté. Il sortit une télécommande, et celui-ci commença à s'ouvrir sous mon regard ébahi.

— C'est ici, lâcha-t-il.

Quand j'aperçus la villa en face de moi, je restai bouche bée. Si je n'avais pas déjà été assise, je serais certainement tombée. Je m'attendais à tout sauf à ça ! J'avais peur que ma sœur vive dans un lieu délabré, proche de gars à la mauvaise influence ou, pire, qu'elle prenne de la drogue. Et je ne parlais pas des quelques joints que je l'avais surprise à rouler ou fumer dans le passé.

— Attends, attends, pause ! Tu m'as dit qu'elle auditionnait pour Serena Gales, mais pas qu'elle était Serena Gales !

Il pouffa, gara la voiture devant un garage ouvert sur plusieurs autres véhicules dont je n'osais même pas imaginer le prix et sortit, me laissant sous le choc. Comment était-ce possible ?

Romeo toqua à ma fenêtre, l'air perplexe face à mon attitude. Ne pouvait-il pas envisager que certaines personnes n'avaient pas l'habitude d'un tel luxe ? J'avais l'impression de rendre visite à Barack Obama, j'avais quand même droit à quelques secondes pour redescendre sur terre.

Je finis par sortir pour ne pas rendre ce moment plus gênant et observai la propriété de plus près. Entourée d'un jardin parfaitement entretenu, la maison était blanche, pourvue de larges baies vitrées et bien trop immense pour que chaque mètre carré soit utilisé. Et encore, je n'avais découvert que la partie visible en face de moi.

Je suivis le petit ami de Jessica, qui tirait ma valise, et salua deux hommes, un grand Noir que j'aurais pu confondre avec The Rock, et un autre blond aux allures de Russe sorti tout droit de la garde rapprochée de Poutine. J'avais l'impression d'être dans un univers complètement à l'opposé du mien. Même si mon père avait les moyens de se payer des jolis appartements à New York, jamais il n'aurait aimé tout ce luxe ostentatoire. Il prônait la simplicité, synonyme de classe et d'humilité, et je partageais son avis.

Malgré tout, je ne pouvais pas ignorer la beauté de ce lieu, ce coin de paradis entouré de murs suffisamment hauts pour que personne ne tente de s'aventurer à l'intérieur. Bel Air, du peu que j'en avais entendu parler, n'était pas le genre d'endroit où régnait la délinquance. J'étais persuadée que c'était mieux surveillé que la Maison-Blanche.

— Salut, les gars !

Romeo prit le temps de checker les deux gorilles qui portaient des lunettes de soleil sans esquisser le moindre sourire. Les *men in black* répondirent par politesse, de toute évidence mal à l'aise face à son attitude un peu trop « dynamique ».

— Bonjour, monsieur Evans, lâcha le gorille russe.

— Chris, je t'ai déjà dit de m'appeler Romeo ! Et avant que tu ne dises quoi que ce soit, c'est pareil pour toi, Abel !

Ses deux interlocuteurs démontrèrent enfin une minuscule émotion en hochant la tête d'une façon presque parfaitement synchro.

— Je vous présente Camila, la sœur de Jessica.

— Sans blague ? dit Abel avec un sourire en coin.

Romeo se tapa le front en riant, réalisant que c'était évident. Nous étions deux photocopies au style très différent. Il m'invita ensuite à pénétrer dans l'immense demeure qui me parut encore plus impressionnante à l'intérieur.

Dès que je passai le hall d'entrée, j'atterris dans un séjour qui faisait certainement la taille d'une salle de réception, ou de mon appartement new-yorkais. Le sol en marbre et les murs blancs rendaient les lieux plus lumineux. Un interminable canapé crème en forme de U se trouvait dans un coin, proche d'une télé encastrée. Les autres meubles donnaient plus l'impression de servir de décoration que d'avoir une réelle utilité mais ils conféraient une atmosphère plus chaleureuse avec leurs tons beiges et taupe.

En apercevant l'extérieur de l'autre côté de la maison, je crus me retrouver dans une publicité pour une villa de luxe. Une piscine à débordement, ben voyons…

— Tu es ici chez toi, m'indiqua Romeo.

Je me tournai vers lui, m'imaginant déjà me perdre dans cette villa surdimensionnée.

— Pas vraiment, dis-je en riant. Je n'ai pas l'habitude d'endroits aussi grands.

Le petit ami de ma sœur devait certainement être très fortuné pour avoir les moyens de vivre ici.

— On s'y fait, dit-il en haussant les épaules. Tu fais ce que tu veux ! Je suis pas mal occupé en ce moment, mais si tu as besoin de quoi que ce soit, Carla est là pour t'aider.

Ladite Carla, une femme d'une trentaine d'années, arriva au même moment, dans une tenue de gouvernante impeccable. Elle lissa son petit tablier blanc et me sourit.

— Je vais vous montrer votre chambre.

Je hochai la tête en lui rendant son sourire poli et la suivis, tout comme Romeo, qui insista pour porter ma valise jusqu'à l'étage. Le nombre de portes m'impressionna tellement que je me demandai si je retrouverais la chambre dans laquelle on m'avait installée.

C'était en fait une véritable suite à la moquette taupe impeccable, avec un lit king size et une baie vitrée qui donnait sur une petite terrasse avec vue sur la piscine. Au loin, aucun vis-à-vis, juste des collines avec des villas trop éloignées pour que leurs résidents puissent nous apercevoir.

— Je vous laisse, je suis déjà à la bourre, annonça Romeo. Jess ne devrait pas tarder ! À ce soir !

— Merci de m'avoir récupérée.

Il m'adressa un clin d'œil et quitta la pièce. Je restai seule avec Carla, qui m'observa avant de détourner le regard.

— Cette pièce est splendide, ajoutai-je pour briser la glace.

— En effet.

Elle n'avait pas l'air disposée à me faire la conversation, et ça n'était pas plus mal. Le stress du voyage et le vol m'avaient épuisée. Ce lit m'appelait déjà. Je n'avais pas réussi à dormir la nuit précédente.

— Avez-vous besoin de quelque chose, mademoiselle Da Silva ?

Je fronçai les sourcils et lui souris sincèrement.

— Juste de repos, je vous remercie. Appelez-moi Camila.

Elle hocha la tête en m'adressant elle aussi un sourire avant de quitter la pièce en prenant soin de refermer la porte derrière elle.

Je sautai sur le lit et m'allongeai quelques minutes, impatiente que ma sœur arrive.

Chapitre 3

Camila

— Caaaaaaaaaaaaaaaam ! !

Réveillée en sursaut par une voix aiguë, je faillis tomber de mon lit de la pire des façons. Je mis plusieurs secondes à réaliser ce qui se passait.

Avant que je puisse dire quoi que ce soit et me relever complètement, deux bras m'entourèrent et je fus envahie par des cheveux cuivrés rouges resplendissants. Ce parfum… C'était Jessica, il n'y avait aucun doute. La sentir contre moi me donnait l'impression de retrouver une partie de mon âme.

— Oh ! Jess, comme je suis heureuse de te voir…

Je la serrai à mon tour si fort qu'elle me marmonna de la lâcher. Elle m'observa attentivement, ses mains tenant fermement les miennes, ses yeux vert clair et brillants plongés dans les miens. Ma sœur jumelle n'était autre que mon miroir, version sans filtre, sans crainte. Une copie brute et certainement améliorée.

Elle n'avait pas tant changé, contrairement à ce que j'avais imaginé. Sa longue crinière rouge avait bien poussé, lui conférant un air encore plus femme et aussi rebelle. Comme toujours, elle était très maquillée, elle n'avait pas lâché l'eye-liner depuis qu'elle l'avait découvert à quatorze ans. Le rouge à lèvres avait rejoint ses essentiels de beauté quelques années après, et il dessinait à la perfection sa bouche charnue. Il m'arrivait d'envier son culot et son je-m'en-foutisme. Jess n'avait pas peur du regard des autres et préférait demeurer dans la provocation plutôt que de se ranger dans le moule.

— Ils sont longs ! s'écria-t-elle en touchant ma chevelure brune et parfaitement lisse.

Un lissage brésilien tous les six mois suffisait à les conserver ainsi. Je les avais effectivement laissés pousser jusqu'en bas de mon dos, mais il était temps que je les coupe, afin d'avoir l'air plus professionnelle, plus femme. Je voulais que tout le monde oublie à quel point j'étais novice en tant qu'avocate. Le style passait avant tout, car il forgeait l'apparence générale et la première impression.

— Ça te va bien, ajouta-t-elle plus calmement.

Je lui souris et la serrai une nouvelle fois contre moi. C'était magique de la retrouver après un an. Elle avait fait un choix qui nous avait forcément affectées toutes les deux. En s'éloignant de notre père, elle s'était éloignée de moi.

— Je ne veux plus attendre si longtemps avant de te voir.

Mon ton ferme ne l'impressionna pas. Au contraire, elle afficha un air encore plus délicat et plein de tendresse en caressant mes cheveux. Elle en avait souffert aussi, je pouvais le lire sur son visage, mais il n'empêchait qu'elle avait pris sa décision tandis que je l'avais subie.

— Crois-moi, ça n'arrivera plus, déclara-t-elle. Plus jamais.

Après une dernière étreinte chargée d'émotion, elle s'assit en tailleur sur le lit en face de moi. Nous avions l'habitude de le faire lorsque nous habitions ensemble.

— Je veux tout savoir de ta vie ! s'exclama-t-elle avec jovialité.

Je ne pus m'empêcher de pouffer.

— Tu plaisantes ? Tu sais tout de ma vie, qu'elle soit pro ou perso ! Par contre, moi, je ne sais rien de la tienne. Je l'ai compris à l'instant où j'ai rencontré le charmant Romeo. D'ailleurs, j'apprends par ce jeune homme que tu as passé une audition pour Serena Gales, et tu ne m'en as même pas parlé !

Elle esquissa un sourire gêné et timide. J'en fus déstabilisée, car j'avais toujours connu ma sœur fière, confiante et sûre d'elle.

— C'est juste une audition, et même si ça s'est bien déroulé, rien ne m'assure d'être prise ! Il y avait des danseurs tellement doués !

— Tout comme tu l'es. Tu as toujours été une grande danseuse.

Elle soupira et attrapa mes mains dans les siennes.

— J'ai l'impression d'avoir loupé un épisode, ajoutai-je. Non, en fait, j'ai l'impression d'avoir raté une saison complète !

Elle conserva les yeux baissés, un sourire plus tendre aux lèvres, puis osa enfin m'affronter. J'avais involontairement pris un ton de reproche, vexée qu'elle ait préféré garder tous ces mystères. Pourtant, elle m'avait toujours fait confiance. Qu'est-ce qui avait changé ?

— C'est… compliqué.

« Compliqué » ? Ça, je voulais bien le croire, mais jamais je ne m'en contenterais. Je venais de dormir je ne savais combien de temps dans le lit d'une villa immense dont je ne connaissais même pas le propriétaire.

— Jess ! lançai-je, exaspérée.

Ma sœur et moi avions un lien si fort, nous n'avions absolument aucun mal à dévoiler tout ce qui nous passait par la tête. De toute façon, notre connexion nous empêchait de nous mentir. Mais pas d'avoir des secrets, visiblement.

— Romeo n'est pas n'importe qui… Au début de notre relation, je ne voulais pas m'engager avec lui. Je venais d'arriver ici, je ne connaissais personne, j'étais perdue. Nos chemins se sont croisés un peu par hasard, et quand on a compris qu'on était attirés l'un par l'autre, j'ai préféré que ça reste simple, sans attaches.

Elle se racla la gorge tandis que j'en concluais que Romeo avait d'abord été son plan cul.

— Rapidement, quelque chose de fort s'est installé entre nous. Lui comme moi ne supportions plus l'idée que l'autre aille voir ailleurs, alors on a essayé de démarrer une relation. Ça n'a pas été simple mais voilà plusieurs mois que ça dure, et j'ai réussi à ne pas tout gâcher ! Si je ne t'en ai pas parlé, c'est parce que j'ai toujours l'impression que tout peut s'arrêter d'un instant à l'autre…

Jessica était la reine de la fuite et de l'esquive. Elle n'aimait pas se prendre la tête, et son plaisir passait avant tout. Si une relation ne lui convenait plus, elle s'en allait, préférant ne pas s'échiner à résoudre des problèmes. Au fond, elle vivait sa vie avec une simplicité qu'il m'arrivait de lui envier.

— Mais qui est Romeo ?

Ma sœur ouvrit la bouche pour répondre, mais, avant qu'elle ait le temps de dire quoi que ce soit, une voix résonna à proximité, celle du principal concerné justement.

— Les filles ?

Jess se leva et me fit signe de la suivre. Je me regardai quelques secondes dans l'immense miroir de la chambre pour vérifier que je n'avais pas de traces de mascara sur les joues ou le front. Ma robe beige, droite et aux manches courtes, n'était pas trop froissée, et mes cheveux retrouvèrent leur lissage parfait dès que je passai plusieurs fois les mains dedans. J'avais préféré m'apprêter ce matin avant de quitter mon hôtel plutôt que de m'apitoyer sur mon sort.

Une fois redescendues au rez-de-chaussée, dans le salon, nous tombâmes nez à nez avec Romeo et un autre homme, qui avait un style bien différent. Son regard sombre croisa le mien. Je n'arrivais pas à détourner les yeux. Je pris le temps de l'analyser, oubliant presque les autres personnes autour de nous. Il était plus grand que Romeo, plus musclé aussi ; ça se voyait à travers son T-shirt noir moulant et son jean clair déchiré ici et là. Ses cheveux ébène plus longs sur le dessus lui donnaient un air de mauvais garçon. Je remarquai plusieurs tatouages sur sa peau hâlée, mais un raclement de gorge m'arrêta dans ma contemplation.

— Adam, je te présente ma sœur, Camila, déclara Jessica, qui venait d'interrompre cet étrange instant.

J'ignorais qui était cet Adam mais il me fixait de la même manière que moi une seconde auparavant.

— Camila…

Sa voix était plutôt grave, mais surtout envoûtante. Je me sentis soudain mal à l'aise.

— Elle va passer quelques jours ici, annonça ma jumelle.

Il plongea la main dans ses cheveux aussi sombres que son regard et retrouva instantanément un air nonchalant.

— C'est sérieux là ? Tu as ramené ta copie en version ennuyeuse à mourir ? On est où là, dans *Orphan Black* ?

Ouah. Je ne m'attendais pas à une telle violence, et je ne souhaitais qu'une chose, disparaître.

— Adam ! gronda Romeo.

— Non, l'interrompit Jess, laisse-moi gérer.

Elle s'approcha d'Adam avec un air effrayant sur le visage. Si j'avais du caractère, Jessica en avait deux fois plus, surtout quand cela me concernait.

— Je t'interdis de lui manquer de respect, tu entends ?

— Je peux réserver une chambre d'hôtel, suggérai-je, désireuse de calmer la tension palpable.

Je n'avais aucune envie de créer des conflits dans ce trio de colocataires. J'avais de quoi me payer un séjour en hôtel ou en Airbnb sans problème. Et je préférais mille fois ça à cette agressivité injustifiée.

— Très bonne idée, affirma Adam-le-connard d'un ton cinglant.

Je le fixai alors qu'il fusillait ma sœur du regard. Bien qu'elle ait minimum vingt centimètres de moins, elle ne perdait pas la face. Son autorité avait toujours fait effet, mais cela ne sembla pas fonctionner cette fois-ci.

— Certainement pas. J'habite ici, désormais au même titre que Romeo et toi. Ma sœur a le droit de rester, tout comme les nombreuses pétasses que tu nous ramènes continuellement.

Je ne savais pas comment prendre la comparaison, mais garder le silence était une meilleure idée. Ce mec n'avait pas l'air net, et sa relation avec Jess ne semblait pas de tout repos. Ce qui me paraissait logique, puisqu'elle détestait encore plus qu'on la contredise que l'injustice.

— Très bien, lâcha-t-il, les poings serrés. Mais ne compte pas sur moi pour rendre son séjour agréable.

Ma sœur jura et râla tandis qu'Adam quittait la pièce, non sans me regarder de travers, provoquant une longue vague de frissons en moi. Romeo s'approcha de Jessica et lui caressa délicatement le dos. Je me remis enfin à respirer, me demandant sincèrement ce qui venait de se passer. Pourquoi s'était-il montré aussi odieux avec moi ? À croire que je lui avais fait quelque chose.

Jess retrouva son calme relativement vite et s'avança vers moi, son sourire déjà de retour.

— Il n'en fera rien. Et si c'est le cas, je m'occuperai de lui.

Je lui faisais entièrement confiance à ce propos, mais ce n'était clairement pas comme ça que j'avais envisagé mes deux semaines de vacances en Californie.

— Je crois que je ferais mieux de…

— Non, petite sœur ! Tu ne bougeras pas de cette maison, je t'interdis d'aller dormir ailleurs.

— Petite sœur ? répliquai-je, étonnée.

— Eh bien, oui, je suis née quelques secondes avant toi, me rappela-t-elle, l'air déterminé.

Vu sous cet angle… Ce n'était pas la première fois qu'elle me sortait cet argument que je m'empressais de contrer habituellement. Mais là, je n'en avais pas l'énergie. À croire que leur colocataire psychorigide me l'avait complètement pompée.

Je dus me résoudre à rester, bien que tout me pousse à quitter cette villa bien trop grande et luxueuse pour que je m'y sente à l'aise. J'avais presque l'impression d'être dans une maison témoin pour un magazine d'immobilier destiné aux personnes fortunées. Cependant, je préférais vraiment être ici qu'à New York, où je n'avais aucune envie d'affronter la triste réalité qui m'attendait et m'angoissait.

Chapitre 4

Camila

Jess me cachait quelque chose mais j'ignorais quoi malgré mes tentatives pour le deviner. Elle me semblait changée. Plus secrète, non, plus discrète !

Alors que je lui avais proposé de partir courir, comme nous adorions le faire avant, elle n'avait pas quitté ses lunettes de soleil et son sweat à capuche. Elle ne s'était jamais privée d'exhiber ses atouts, et je ne pouvais m'empêcher de m'interroger. Romeo se montrait-il exigeant envers elle et ses tenues ? Cela m'aurait fortement étonnée, étant donné le tempérament de ma sœur.

Nous étions désormais assises l'une en face de l'autre autour d'une table de Starbucks. J'admirais l'océan au loin, apaisée par ce décor qui m'avait toujours semblé si superficiel. L'Ouest du pays n'avait strictement rien à voir avec l'Est.

— Merde.

J'observai ma sœur, qui tira davantage sur sa capuche pour camoufler son visage. C'était ridicule, il faisait plus de 25 °C ! Son regard fuyant réveilla mon inquiétude. Elle évitait quelque chose, ou quelqu'un.

— Tu as des ennuis, Jess ?

Elle plongea ses yeux dans les miens puis les baissa en direction de sa tasse, avant de soupirer.

— Je dois t'avouer quelque chose, Cam.

Je fronçai les sourcils, la tournure de cette discussion ne me plaisait pas.

— C'est à propos d'Adam et Romeo.

Son ton ne me rassura en rien. Et si elle était mêlée à un trafic de drogue, la mafia ou je ne savais quoi ? Cela expliquerait qu'elle et ses nouveaux amis vivent dans une villa qui devait valoir des centaines de millions de dollars. Je craignais le pire. Du réseau de prostitués en passant par la maison close et la vente d'héroïne, les pires craintes traversèrent mon esprit. J'avais immédiatement compris que cet Adam n'était pas net.

— Ils sont des stars de série.

Il y eut un énorme blanc avant que je ne me mette à pouffer beaucoup trop fort sous le regard meurtrier de ma sœur et curieux des autres clients. Peut-être parce que son accoutrement attirait plus l'attention qu'autre chose et que nous nous ressemblions tant qu'on pourrait me confondre avec elle. Sa révélation me paraissait tellement absurde que je dus me contenir pour ne pas rire.

L'expression de ma sœur jumelle me convainquit qu'elle disait la vérité.

— Attends, tu ne plaisantes pas ?

Elle soupira, sortit son téléphone, tapa je ne savais quoi dessus et me le tendit. Je pus y découvrir le résultat d'une recherche Internet et ce que je lus me laissa sans voix. Ça n'avait rien d'une blague, bordel ! J'ouvris l'un des premiers liens et reconnus sans peine Adam-le-connard et Romeo, bras dessus bras dessous.

> Meilleurs amis dans la série *L'Emprise de l'Alpha* mais aussi dans la vraie vie, tous deux sont inséparables.

Le choc. Cependant, tout devenait plus clair ! Cet argent, ces mystères, et l'imbuvable Adam qui jouait les divas. Moi qui avais échafaudé plein de théories plus absurdes les unes que les autres, jamais, pas une seule seconde, je n'avais pensé à celle-ci.

Je pris son téléphone, et, les yeux grands ouverts, fis défiler les articles. Jess apparaissait sur certains, toujours accompagnée de Romeo. Elle était devenue une célébrité malgré elle, et je comprenais mieux son envie de se cacher. Je ne parvenais pas à imaginer une vie où je serais suivie continuellement.

— Oh ! Jess… Je ne m'attendais pas à ça.

— Je le sais, je me suis vite rendu compte que tu ne les avais pas reconnus.

J'attrapai ses mains. Elle qui aimait tant vivre sa vie sans se poser de questions, elle devait désormais surveiller le moindre de ses faits et gestes sous peine de se retrouver dans tous ces torchons de magazines.

Alors que nous allions poursuivre notre discussion, un flash nous éblouit toutes les deux, et je saisis ce qui arrivait. Des paparazzis nous avaient repérées, bien que ma sœur ait tout fait pour éviter ça. Notre ressemblance physique avait rendu inefficaces ses stratagèmes pour passer inaperçue.

Rapidement, je me sentis épiée comme une bête de foire. On me demandait qui j'étais, ce que je faisais, d'où je venais… J'étais juste une jeune femme lambda en train de profiter d'une boisson après un long footing, mais il fallait croire que cela suffisait à attirer ces pseudo-journalistes au comportement extrême.

— Suis-moi ! s'écria ma sœur.

Elle m'agrippa le poignet puis se mit à courir à une vitesse folle, je l'imitai sans broncher, heureusement dotée d'un très bon cardio.

Quand nous rejoignîmes enfin des routes résidentielles non loin de la villa, nous reprîmes notre souffle, encore sonnées.

— C'est dont ça, la vie star ? dis-je, les mains sur les hanches.

— Disons qu'il vaut mieux être sportif ou entouré d'une armée de gardes du corps !

J'observai son petit sourire triste. Il ne fallait pas être devin pour comprendre que cette situation ne lui plaisait pas plus qu'à moi.

Jess était tombée amoureuse d'un acteur, et elle en subissait tous les inconvénients. Je n'envisagerais jamais de relation avec quelqu'un exerçant ce métier, par peur d'être… d'être quoi au juste ? Trompée ? Je me retins de rire de ma réflexion absurde. Hier encore je m'estimais heureuse d'être la fiancée d'un homme discret, sans histoires et sans problèmes tel que Carter, alors qu'il était de loin le pire.

Je l'occultai de mes pensées, bien décidée à ne pas gâcher cette journée de retrouvailles.

Ma sœur vérifia que nous n'étions plus suivies par tous ces rapaces avides de la moindre information, puis me fit signe de lui emboîter le pas. Nous marchâmes dans des rues calmes, bien loin de l'animation du centre de Los Angeles.

— Aujourd'hui aura lieu une soirée à la villa.

À peine arrivée, je compris que je devrais m'adapter aux célébrités, car j'imaginais bien que ses colocataires ne fréquentaient que ce type de personnes. M'acclimater à cet environnement ne serait pas chose simple, mais j'étais prête à plus de sacrifices que je ne le pensais pour passer du temps avec ma sœur. J'avais appris à gérer son absence mais je ne voulais pas la quitter à nouveau si rapidement. J'appréhendais déjà notre séparation, deux semaines plus tard. Je ne devais pas y songer maintenant.

— Il y aura plein de gens très connus ! Tu ne seras pas surprise.

— Je pense que plus rien ne peut me surprendre.

— On en reparlera quand tu te retrouveras face à Chace en allant te servir un verre, se moqua Jess.

— Chace, le gars de la sécurité ?

Jess pouffa, puis accéléra le pas jusqu'à que nous arrivions au portail de la villa dont elle tapa le code pour l'ouvrir.

— Non, idiote ! Chace Evans, le cousin de Romeo ! Et puis notre homme de sécurité, ce n'est pas Chace, c'est Chris.

Ce nom me disait vaguement quelque chose, mais je devais avouer que j'avais du mal à mettre un visage sur cette célébrité.

— Captain USA !

Oh ! mais bien sûr ! J'étais allée voir l'un de ses films au cinéma avec mon premier petit copain, et cet abruti avait renversé tout mon pop-corn en essayant de prendre discrètement ma main.

— Ce mec est le cousin de Romeo ?

— Oui, madame.

J'allais finir par perdre la tête. J'avais l'impression de me retrouver en plein cœur d'une fanfiction digne de celles que j'adorais lire adolescente pour m'évader après la mort de maman. Mais non, nous étions dans la réalité et je devrais m'y faire avant de passer pour une folle furieuse.

Chapitre 5

Camila

À notre retour à la villa, Adam-la-diva et Romeo étaient en pleine conversation avec un couple. Nous nous rapprochâmes d'eux, et mon instinct se mit en alerte dès que l'homme m'observa. Il me fixa, non, me déshabilla du regard sans la moindre gêne devant sa petite amie.

J'avais assez étudié des affaires plus ou moins tordues pour savoir que ce gars n'était pas totalement net. Son vice se reflétait dans ses yeux et se devinait dans la vulnérabilité de celle que je présumais être sa copine. Nous étions à Los Angeles, la température était plus que clémente, pourtant elle portait un gilet à manches longues et des lunettes de soleil. Adam pinça les lèvres en scrutant l'homme aux cheveux blond foncé avec une coupe undercut. Romeo posa la main sur l'épaule de son meilleur ami, et je compris tout de suite qu'une tension devait exister entre eux deux. Jess prit les devants et rompit cet instant de malaise.

— Je te présente Naomi, et son copain… Josh.

À première vue, personne ne semblait apprécier Josh, ma sœur incluse, donc que faisait-il ici ? J'étais curieuse de l'apprendre, surtout en constatant la manière dont il m'observait alors que sa copine se tenait à son bras.

— Enchantée, répondis-je enfin d'une voix polie. Je suis Camila.

— La fameuse sœur jumelle de Jessica, me souffla-t-il en plissant ses yeux noisette.

Naomi me regarda de travers, mais détourna rapidement le regard, semblant déjà le regretter. Ce couple ne m'inspirait rien de sain, mais peut-être me trompais-je.

— Naomi tenait à être présente pour vous aider à préparer la soirée. Je me suis dit que j'allais l'accompagner.

— Il ne fallait pas te donner tant de peine, lança Adam sans la moindre gentillesse. Nous avons du personnel pour ça.

Josh serra sa petite amie contre lui et défia celui qui, pour cette fois, ne semblait pas être le méchant de l'histoire.

— Je suis prêt à tout pour lui faire plaisir.

Bien qu'elle tente de le dissimuler, l'attitude apeurée de Naomi n'échappait à personne. Je me promis de me renseigner sur la nature de leur relation plus tard.

Finalement, cet étrange moment se termina, et nous nous installâmes dans la véranda. Je les abandonnai pour aller prendre ma douche et me préparer. Jess insista pour m'accompagner et Naomi se joignit à nous.

— Essaie ça, m'indiqua ma sœur en me tendant une robe.

Tout droit sorti de son dressing, ce bout de tissu ne m'inspirait pas plus que les précédents. Jess et moi n'avions définitivement pas les mêmes goûts. Nous n'étions pas d'accord sur les centimètres carrés du corps à cacher. Tandis qu'elle s'assumait sans la moindre difficulté, je n'étais pas aussi à l'aise à l'idée de dévoiler à ce point mes jambes ou ma poitrine.

Je lui montrai plusieurs de mes robes, qu'elle balaya d'un geste de la main, m'expliquant qu'elles étaient bien trop chastes pour ici. Il faisait chaud et les tenues « adaptées pour défendre un meurtrier au tribunal », comme le disait-elle, ne convenaient pas pour les soirées *angelenos*.

Je fouillai, cette fois-ci seule, dans son immense dressing et trouvai quelque chose qui pourrait me correspondre. Une robe noire, représentant parfaitement ma tristesse actuelle, moulante, arrivant à mi-cuisses, mais ne dévoilant pas la poitrine. Je l'enfilai. Le col montait quasiment jusqu'au cou mais je fus surprise de constater que mon dos était totalement découvert.

— Tu es sublime !

— C'est clair, ajouta Naomi.

Cette dernière préféra aller se changer dans la salle de bains de Jess, qui secoua la tête en la voyant partir.

— Elle va bien ? murmurai-je.

— C'est compliqué. C'est son mec, Josh. On est persuadés qu'il lui fait du mal.

— Pourquoi ne pas lui demander directement ?

— On a essayé plus d'une fois. Elle ne veut rien avouer. Il joue dans la même série que les garçons, et ils le connaissent assez pour savoir qu'il n'est pas net.

Naomi revint, elle était sublime. Sa robe courte à manches longues dessinait son corps aux formes harmonieuses. Elle mesurait une tête de moins que ma sœur et moi, bien qu'elle ait déjà chaussé ses talons. Elle secoua ses cheveux frisés et les attacha en un joli chignon en nous parlant de sa carrière en tant que responsable marketing pour une marque de luxe. Heureusement, je n'étais pas la seule à avoir un métier plus « classique ».

Jess, comme à son habitude, passa une robe très courte d'un satin gris brillant mettant en valeur sa poitrine parfaite. Ma sœur s'était-elle fait refaire les seins ? Ou bien étais-je la plus malchanceuse de nous deux ? Elle enfila des sandales assorties à sa robe tandis que je lui empruntais des chaussures à talons compensés.

— Vous ressemblez à des mannequins, fit Naomi en soupirant. Ça ne m'étonne pas que des mecs comme Romeo et Adam s'intéressent à vous.

Ma sœur pouffa en même temps que moi.

— Pour Romeo, je veux bien te croire, repris-je avec sérieux. Il est de toute évidence fou de toi, Jess. Mais Adam… On voit que tu ne l'as pas entendu m'accueillir à mon arrivée.

— Adam n'aime que lui, le sexe, l'alcool et la drogue, tenta de me rassurer ma sœur.

La drogue ? Quel gâchis… Il avait une belle carrière en plein essor, pourquoi vouloir tout foutre en l'air avec quelque chose d'aussi éphémère et dangereux que la drogue ? En tout cas, je comprenais davantage son agressivité. Il semblait pourtant prendre soin de lui, de son corps, de son physique en règle générale, mais il avait tout du mauvais garçon peu recommandable.

— Je l'ai vu te regarder tout à l'heure, rétorqua Naomi.

— Ma sœur est fiancée alors, quoi qui ait pu traverser son esprit tordu, ça n'a aucune importance.

Mon cœur se déchira un peu plus. Je lui avais vanté les mérites de Carter pendant plusieurs années alors qu'elle ne l'avait jamais apprécié, il était donc légitime qu'elle croie que je vivais le parfait amour. J'aurais dû lui avouer la vérité mais je n'en eus le courage. Je n'aimais pas l'échec et, bien que j'aie conscience que je n'étais pas la principale coupable, je ne pouvais m'empêcher de ressentir une part de responsabilité. Foutues émotions !

— On descend ?

Des voix résonnaient dans le grand salon, et je me sentais nerveuse. Cet univers m'était encore inconnu et, jusqu'à cet après-midi, j'ignorais totalement que j'en ferais partie durant mes vacances.

Dans la pièce se trouvaient des buffets joliment décorés et plus qu'appétissants, mais je m'attendais à bien plus de fioritures. Une trentaine de personnes étaient présentes, dont quelques-unes que j'étais persuadée d'avoir déjà vues. Malheureusement, ma culture people n'était pas celle que j'avais le plus développée. J'étais plus douée pour reconnaître des hommes et des femmes d'affaires.

— Oh ! Jess, cette coupe te va super bien !

Je me retournai et tombai nez à nez avec Serena Gales, aussi sublime en réalité qu'à la télévision. Je mis une bonne dizaine de secondes avant de réagir à ce compliment provenant d'une célébrité mondialement connue.

— Hmm, je ne suis pas Jess, je suis sa sœur Camila.

— Oh ! mille excuses ! La ressemblance est…

— Frappante, n'est-ce pas ? glissa ma sœur en arrivant.

Serena valida et prit ma sœur dans ses bras. C'était surréaliste, pourtant, je n'étais pas facilement impressionnable, ni une groupie.

— Je dois te parler, lui dit Serena.

Comprenant qu'il s'agissait d'une conversation privée, je m'écartai et me servis une coupe de champagne au buffet.

— Tu as l'air moins coincée habillée comme ça.

Cette voix. Mon corps se tendit immédiatement. Tant qu'il serait dans mon champ de vision, quelque chose me disait que ça ne s'améliorerait pas.

— Adam, dis-je dans un soupir.

Son regard fixé sur moi m'horripilait. Je ne savais pas pourquoi il m'adressait la parole alors que j'avais clairement compris qu'il ne voulait pas de moi ici.

— Ne nous fous pas la honte en demandant des photos à tout le monde. Ils sont là pour passer un bon moment, pas pour…

— Tu me prends pour qui, au juste ?

— Je n'en sais rien, j'anticipe ce qu'une New Yorkaise habillée comme une assistante de direction pourrait faire en vacances.

« Odieux » était le terme qui le décrivait le mieux. J'avais envie de lui renverser son verre rempli d'un alcool quelconque dessus, je n'étais pourtant pas du genre violente.

— Tu fais drôlement le malin pour quelqu'un dont je ne connaissais pas l'existence avant que ma sœur m'en parle tout à l'heure.

Il me foudroya du regard, visiblement touché dans son ego. Adam-la-diva ne semblait pas accepter que le monde entier ne soit pas au courant de sa célébrité.

— Ne surestime pas ta notoriété, ça te rendrait ridicule.

J'esquissai un sourire mauvais et le plantai là, m'en allant avec ma coupe de champagne. Étant donné l'immensité des lieux, je n'aurais pas de mal à l'éviter. Je n'aimais pas me montrer méchante mais il m'avait cherchée. Et il l'avait bien mérité.

— Ça va ?

Je sursautai en me rendant compte que Josh se tenait tout près de moi, appuyé contre un mur. Mon espace vital se trouvant considérablement réduit, je reculai d'un pas, un sourire faux collé sur le visage. Je le soupçonnais de faire du mal à sa petite amie, et il était tout bonnement la deuxième personne à laquelle j'avais le moins envie de parler.

— Oui, merci.

Je m'étais peut-être montrée un poil trop froide. Mais mon instinct me jouait rarement des tours. Que ce soit quand le petit copain de ma sœur la trompait au collège, quand le gars bizarre du métro s'était barré avec mon téléphone à Brooklyn, ou encore pour Carter. Je le sentais, bien qu'aveuglée par mon besoin de sécurité. Quelque chose me criait que Josh n'était pas net. Mon intuition m'avait d'ailleurs beaucoup aidée lors des cas pratiques pendant mes études.

— Contente de retrouver ta sœur ?

Visiblement, il avait l'intention de me faire la conversation. Je cherchai Naomi du regard ; elle nous observait, de l'autre bout de la pièce, en buvant son verre. Si sa soirée était vouée à surveiller son petit ami, c'était bien pire que ce à quoi je pensais… Leur monde me paraissait vraiment particulier.

— Oui.

— Jess nous a souvent parlé de toi.

Je hochai la tête en souriant, espérant que mon manque d'enthousiasme à discuter avec lui le mettrait mal à l'aise et qu'il me laisserait. Malheureusement, tout l'inverse se produisit, il alla jusqu'à réduire la distance entre nous.

Il planta ses yeux vert foncé dans les miens, un sourire malicieux dessiné sur le visage. Mais quel était son problème, à celui-là ? À croire que ma sœur collectionnait les abrutis dans son entourage.

— Une vraie tigresse, ta jumelle.

J'ignorais pourquoi il me disait ça, et ça m'était égal, car ça ne pouvait pas être pour de bonnes raisons. Dans des cas comme celui-ci, le mieux était de ne pas poursuivre la discussion, même si je n'avais absolument pas peur de lui. Dans le cadre d'un stage d'étude, je m'étais retrouvée à interroger un meurtrier et je n'avais jamais flanché, bien que j'en aie eu envie et que j'en aie fait de nombreux cauchemars. Montrer sa vulnérabilité était la dernière chose à faire.

— Tu es comme elle ?

— Non.

Avant qu'il puisse poursuivre, Romeo et un autre homme se joignirent à nous, apaisant ma nervosité.

— Comment tu trouves la fête, Cam ?

Il l'avait fait exprès, je l'aperçus au regard noir que lui lança Josh. Ce dernier comprit qu'il n'avait plus rien à faire là et s'éloigna. Je remerciai silencieusement mon nouveau beau-frère et soupirai de soulagement.

— C'est super ! finis-je par répondre.

— Chace, je te présente Camila, la sœur de Jessica, Camila, voici Chace, mon cousin.

Je crus tomber à la renverse. Chace Evans ! Musclé, souriant, un air angélique sur le visage, il n'y avait pas de doute, il était fait pour le rôle qu'il avait joué sur grand écran.

Je restai bavarder avec les deux cousins un long moment, passionnée par leurs récits et anecdotes. J'avais l'impression d'avoir une vie plus que banale et soporifique comparée à la leur, alors qu'ils ne cessaient de s'intéresser à mes études et mon futur métier.

La soirée se termina autour des 4 heures du matin, avec Jess et moi assises sur un transat devant la piscine.

— Si tu continues de t'empiffrer de ce délicieux gâteau au chocolat, je ne pourrai plus te prêter la moindre tenue, sœurette.

Je la connaissais suffisamment pour savoir qu'elle n'avait simplement pas envie de partager la dernière part de l'énorme gâteau que nous avions pris plaisir à finir toutes les deux.

— Je prépare mes réserves pour l'hiver, le froid est rude à New York.

Elle pouffa en me volant une cuillère directement dans mon assiette. En réalité, je me fichais qu'elle le termine toute seule, j'étais à deux doigts de la crise de foie.

— Au fait, j'ai été prise dans la troupe de danseuses de Serena, m'annonça-t-elle naturellement, avec un sourire trahissant son excitation.

Je lui sautai dans les bras et la serrai si fort que j'en renversai le reste du succulent gâteau sur le sol de la terrasse.

— Oups ! Je suis si fière de toi…

— Le gâteau ne peut pas en dire autant, dit-elle en feignant de pleurer et me rendant mon câlin.

Elle partit chercher une bouteille de champagne dans la cave de la villa et, quand elle revint avec deux coupes, elle me raconta avoir rencontré Romeo sans savoir qui il était lorsqu'elle postulait dans des bars chics en tant que serveuse. Elle avait couché avec lui après quelques verres et, rapidement, les paparazzis avaient commencé à la suivre partout, avides d'informations à son sujet. Un lien s'était créé entre eux, ce qui avait sauvé leur début de relation chaotique. Je n'avais jamais vu ma sœur aussi amoureuse et épanouie, et cela me faisait extrêmement plaisir. Même si c'était quelque chose de totalement nouveau et surprenant.

— Je suis si contente pour toi ! Tu as l'air si…

— Heureuse ?

— Oui.

— Je le suis, *mi vida.*

Je la serrai de nouveau très fort dans mes bras, savourant ce genre de moments précieux que nous n'avions pas partagés depuis bien trop longtemps. L'avoir près de moi me fit d'autant plus réaliser à quel point elle m'avait terriblement manqué.

— Et toi ? Ton appartement à New York ? Carter ? On doit fêter ton diplôme !

En parler me donnait l'impression qu'on m'enfonçait un peu plus le couteau qu'il m'avait planté dans le cœur. Je n'étais pas prête à aborder le sujet sans exploser de colère. Je ne voulais plus pleurer pour lui, je me l'étais promis.

— Mesdemoiselles Da Silva, ne serait-il pas temps d'aller dormir ? déclara Romeo en arrivant devant nous, les bras croisés.

— Nous avons un an à rattraper ! répondit ma sœur en riant.

— Comme vous voulez, les filles ! Mais il me semble que tu as rendez-vous avec Serena demain, Jess.

Avant de rentrer dans la villa, il observa quelque chose sur le sol, nous suivîmes son regard.

— Quelle triste fin pour ce gâteau ! lâcha-t-il.

Romeo avait tout du petit ami parfait, prévenant et bienveillant. Cela ne m'étonnait pas que ma sœur soit à ce point tombée sous son charme. Elle qui se vantait d'aimer les mauvais garçons, elle avait toujours démontré le contraire. Cependant, jamais elle ne s'était engagée de la sorte auparavant.

— Allez, papa, t'as raison, je vais me coucher.

Je grimaçai à ce surnom, me rendant compte que je n'avais pas appelé notre père pour le prévenir de mon arrivée. J'avais d'ailleurs complètement délaissé mon téléphone, actuellement sur le lit de ma chambre attitrée.

Jess m'embrassa la joue en me murmurant « Je suis encore plus heureuse maintenant que tu es là », avant de partir avec son copain.

Désormais totalement allongée sur le transat, j'observais les magnifiques étoiles au-dessus de ma tête. Le ciel et sa diversité m'avaient toujours passionnée, mais je ne me souvenais pas de la dernière fois où j'avais pris le temps de l'admirer.

Réalisant que j'étais en train de m'endormir dehors, je me levai, décidée à rejoindre ma chambre. Je n'étais arrivée que ce matin et, pourtant, j'avais l'impression d'avoir déjà vécu plusieurs jours ici.

Quand j'ouvris la porte, j'aperçus un sachet de cocaïne sur une table en marbre dans une chambre qui n'était visiblement pas la mienne. Avant que je puisse réagir, une voix me cria :

— Casse-toi de là !

Ne m'y attendant pas, je sursautai et restai bête, ignorant Adam et scrutant l'importante quantité de drogue devant moi. Je n'en prenais pas mais j'avais participé à des fêtes étudiantes où il en circulait et étudié des affaires juridiques en lien avec cette substance. Je savais reconnaître un rail prêt à être consommé.

— T'es sourde ? Je t'ai dit de te barrer de ma chambre !

Je revins à la raison et observai cette fois-ci Adam, torse nu, habillé d'un jean. Il semblait transpirer et ne pas être au meilleur de sa forme. Mais ce qui me choqua le plus fut les résidus de poudre blanche sous ses narines.

— Pourquoi tu fais ça ?

Ma question, posée d'une voix calme, le surprit autant que moi-même. Pourquoi ne le laissais-je pas vaquer à ses occupations ? De quoi me mêlais-je ?

Je ne pouvais pas croire qu'il agissait ainsi pour de bonnes raisons. Il consommait certainement cette connerie de drogue par besoin de tomber dans l'inconscience et de s'évader.

— Tu te prends pour qui ? lança-t-il, redevenant agressif.

Alors que je voulais malgré moi comprendre, il me poussa à l'extérieur de la pièce. Ses mains touchant mes épaules m'électrisèrent, et je fus incapable de poursuivre la conversation.

— Je n'ai pas de temps à perdre avec toi. J'ai un tournage dans trente minutes.

Il me claqua la porte au nez, me ramenant à la raison. Je rejoignis ma chambre, qui était finalement celle juste à côté, mais ne trouvai plus le sommeil. Adam partait déjà alors qu'il ne s'était pas couché. Ses colocataires étaient-ils au courant de son mode de vie ? Avaient-ils cherché à creuser la question ?

Bien que tout soit beau dans cette villa, l'envers du décor semblait bien plus sombre…

Je tournai dans mon lit une bonne heure. Le soleil se levait, et j'avais besoin de sommeil. Je finis par sombrer de fatigue.

Quelques heures plus tard, Jess s'absenta toute la journée pour ses répétitions, et Romeo rejoignit Adam pour un tournage. J'ignorais réellement comment ce dernier tenait sans avoir dormi. Ou bien non, je ne l'ignorais pas, mais les raisons de son choix m'échappaient. Ne pouvait-il pas plutôt se droguer à la caféine, comme tout le monde ?

Je commençais à prendre cette affaire trop à cœur mais, déformation professionnelle oblige, je voulais aider et comprendre chaque personne que je découvrais en difficulté. Pourtant, ce mec n'avait fait aucun effort pour que je me sente bien ici. À part m'humilier, me parler mal et j'en passe, il ne m'apportait pas grand-chose. Je ne savais pas ce que ma sœur lui trouvait, et si elle l'appréciait réellement. Leur relation paraissait conflictuelle mais elle ne le détestait pas, je le devinais.

J'eus le courage de consulter mon téléphone et découvris des messages de Carter me demandant de rentrer, de lui dire où j'étais, d'accepter de lui parler. Je les ignorai, encore bien trop blessée par ce qu'il avait fait. Nous vivions dans un monde où l'infidélité était pour beaucoup devenue banale et pardonnable. J'avais pu le constater lors de certains procès auxquels j'avais assisté et dans des affaires que j'avais étudiées à l'université et dans lesquelles elle jouait un rôle crucial. Mais mon petit cœur avait conservé cet espoir d'aimer, d'être aimée et d'avoir confiance en celui que j'aimais. J'étais une idiote. Je n'avais pas eu une relation intense avec Carter, mais il avait toujours été là pour moi et j'adorais passer du temps avec lui. C'était ma conception de l'avenir. Les films et les séries n'étaient pas réels, la passion était éphémère, et mieux valait avoir un partenaire de vie qu'un partenaire de lit. Carter n'était visiblement pas d'accord avec moi.

Je me demandai s'il avait apprécié de coucher avec cette femme, s'il la voyait toujours et s'il profitait de notre séparation pour se perdre dans ses bras.

— Merde.

Sentant une migraine arriver à grands pas, je grognai et réalisai que je lui accordais bien plus d'importance qu'il n'en méritait.

Finalement, je décidai d'aller courir, la seule chose qui me vidait l'esprit sans être un vice.

Chapitre 6

Adam

Quatrième fois. C'était la quatrième foutue fois qu'on répétait cette scène, parce que je ne parvenais pas à retenir mon texte. Ce n'était pourtant pas compliqué, merde ! Les équipes et mes partenaires, dont Romeo, soupirèrent.

— Tu devrais prendre une pause, me suggéra Brie.

Son regard inquiet pouvait se lire sur son visage marqué à cause du stress. Effectivement, travailler pour moi n'était pas le meilleur remède contre la vieillesse, mais elle n'avait que quarante ans. Elle passa ses mains pleines de bagues dans ses cheveux blonds colorés et coupés au carré. Être mon agent n'était pas chose simple pour elle, surtout en ce moment. Je traversais une période plus compliquée, où la fatigue se faisait de plus en plus ressentir. Pourquoi ? Aucune idée mais ça commençait à sérieusement m'emmerder. De toute évidence, Brie avait décidé de me surveiller de près en m'accompagnant sur mes tournages. Elle avait certainement reçu bon nombre de plaintes, car soit je n'apprenais pas correctement mon script, soit j'arrivais en retard ou pas du tout. Je m'étais calmé, mais je traversais une sale période où l'envie de tout laisser tomber me tentait.

Je me dépêchai d'entrer dans ma loge, espérant une minute ou deux de répit, peut-être même le temps de faire une petite sieste qui me requinquerait pour les dernières heures de tournage. À peine arrivé, j'aperçus Kate, l'un des rôles secondaires de la série. En sous-vêtements, elle se mordait la lèvre.

— Je ne suis pas d'humeur.

— Oh ! mais t'inquiète pas, bébé, j'ai ce qu'il te faut.

Elle se décala pour me montrer un rail de cocaïne soigneusement préparé sur la petite table de la pièce.

Cette fille n'avait aucune limite et me connaissait comme quelqu'un qui n'en avait aucune non plus. Je vivais pour mon métier, je n'avais rien de réellement précieux à côté. Pourquoi devrais-je faire attention ? Ma mère était un mannequin dégénéré, qui m'avait elle-même poussé dans ce milieu-là alors que je n'avais que quinze ans et du mal à gérer l'école et les castings où elle me forçait à me rendre au lieu de me permettre de jouer au basket avec ma bande de copains. Ces derniers avaient fini par me laisser tomber, et je les comprenais. Je n'étais jamais là, j'étais toujours en tournage. Un an plus tard, j'avais été obligé d'abandonner tous mes projets pour me consacrer à mon nouveau métier d'acteur. Mes premiers cachets avaient bien aidé ma mère à nous payer toute cette poudre de l'enfer. J'étais d'ailleurs étonné qu'elle soit encore de ce monde. Du moins, je l'imaginais. Si elle était décédée, je l'aurais probablement appris par les médias. Cela faisait longtemps que j'avais coupé les ponts avec elle. La dernière fois que je l'avais vue, il y avait maintenant cinq ans, je l'avais surprise dans la loge de mon partenaire, sur le tournage d'un film de Noël sans intérêt. Le type avait le même âge que moi, et ils étaient dans une position si indécente que j'avais hésité à me brûler les yeux. Puis le brûler, lui. Finalement, je m'étais contenté de le fracasser. Cela avait été la goutte d'eau qui avait fait déborder le vase. Si mon père nous suivait de loin à la télévision, il devait avoir pitié de nous. Je ne le connaissais pas, ma mère avait passé un contrat avec lui il y avait fort longtemps. Il s'agissait d'un homme politique ne souhaitant pas blesser sa femme en lui avouant son adultère, qui avait conduit à la naissance d'un enfant hors mariage. Il avait préféré gracieusement la payer et lui fournir des contacts dans des agences de mannequinat, à condition qu'elle ne révèle jamais son nom et qu'il n'ait jamais à me rencontrer.

Je ne souffrais plus de son absence, je l'avais acceptée depuis longtemps. J'avais d'autres activités bien plus importantes que ma famille bancale désormais inexistante, comme m'occuper de Kate et de cette jolie surprise qu'elle m'avait préparée.

Ce soir-là, je rentrai épuisé. Lessivé. Même si la drogue m'avait tenu un long moment en forme, me permettant de jouer mes dernières scènes de la journée sans trop de difficulté, tout ça avait fini par redescendre, et le contrecoup faisait d'autant plus mal.

Jess nous avait rejoints après ses répétitions.

— Salut, *mi vida,* souffla cette dernière à la personne que je ne voulais pas voir.

La jumelle de Jessica était là, ce qui m'agaçait. Je n'aimais pas cette fille et ses manières. Elle débarquait dans notre intimité pendant quinze jours avec son air hautain. Une future avocate. Je connaissais assez bien ces requins pour savoir qu'ils avaient un portefeuille à la place du cœur. La voir arriver dans sa robe certainement achetée en plein Manhattan n'avait que renforcé mon envie de la renvoyer d'où elle venait.

Quand Romeo m'avait présenté Jess, je m'étais demandé pourquoi il se fourrait dans un pétrin pareil. Une fille complètement folle, partie loin de sa famille pour « vivre sa vie ». Elle avait du caractère, un sacré tempérament, et j'avais fini par comprendre ce qui avait plu à mon ami chez elle. Jess était insupportable, mais elle n'en était pas moins attachante. Nous nous prenions souvent la tête pour des bêtises, j'imagine qu'au fond elle craignait que j'interfère dans sa relation avec Romeo. En effet, alors qu'ils ne partageaient qu'un plan cul, elle avait essayé de coucher avec moi. Ce que j'avais refusé, étant donné l'état dans lequel elle était. Je préférais encore les femmes conscientes de leurs actes. Il ne l'avait jamais su, et cela ne servait à rien qu'il soit au courant.

— Vous avez passé une bonne journée ? nous interrogea Camila.

Elle ne s'adressait pas à moi, et c'était tant mieux, je n'avais pas le courage de trouver la réplique parfaite pour l'envoyer chier.

Moi qui imaginais qu'elle allait m'ignorer, elle me dévisagea, avec ce qui semblait être de la peine, probablement à cause de ce qu'elle avait aperçu. Ma consommation de drogue n'était pas un secret, mais j'évitais d'en parler. Mes colocataires n'avaient pas idée de la quantité que je prenais parfois, et ils pensaient que j'y avais recours seulement en soirée. Je n'avais pas peur de leur réaction, et je les rembarrerais s'ils tentaient la moindre leçon de morale, j'aimais ma tranquillité. C'était bien la seule chose de ma vie encore privée, et je comptais la conserver. Pour cela, j'allais essayer d'éviter que notre invitée ne leur balance quoi que ce soit.

— Très bonne ! s'exclama Romeo avec son éternel sourire de gentil.

— Et exténuante, ajouta Jess en s'asseyant sur le canapé près de sa sœur, qui l'enlaça.

La relation fraternelle était quelque chose qui m'échappait totalement. Jess passait son temps à parler de sa sœur, à tel point que, avant que je la connaisse, elle me donnait déjà la migraine. C'était curieux de voir deux personnes se ressembler autant physiquement et agir de manière similaire. Bien que leurs styles et leurs caractères soient diamétralement opposés, elles avaient les mêmes attitudes sans s'en rendre compte.

— Tu veux notre photo, Adam ?

Jess me sortit de ma torpeur et je lui lançai mon plus beau faux sourire accompagné d'un doigt d'honneur.

Je pris le temps de me laver. Entre les scènes du tournage et les moments d'égarement avec Kate, c'était bien plus que nécessaire. Je n'avais pas pu faire grand-chose, ou plutôt pas eu envie, elle s'était donc occupée de tout.

Enfin libéré de ma journée, à 23 heures, je descendis fumer une clope et tombai sur Miss Harvey Specter en train d'observer les étoiles.

Surpris qu'elle prenne ce temps-là, j'hésitai un instant à lui cracher mon venin. Puis je me souvins de sa façon de me clasher la veille. Cette vipère cachait seulement très bien son jeu.

Vêtue d'un short en coton et d'un sweat, un style que je n'imaginais pas la voir porter, elle semblait totalement absorbée par ce qu'elle regardait. Je l'observai plus longuement. À demi allongée ainsi au clair de lune, elle n'avait plus l'air aussi détestable. Au contraire, elle paraissait plus vulnérable. J'en vins à me demander ce qui pouvait bien capter autant son attention. Physiquement, elle était une copie de sa sœur, mais quelque chose chez elle m'intriguait davantage. Au-delà d'être de très belles femmes, les sœurs Da Silva semblaient enclines à cacher un flot d'émotions. Jess piquait ses crises de colère et craquait facilement selon les situations, mais Camila avait l'air différente, plus calme, plus mystérieuse… Pourtant, en deux jours, j'avais déjà bien joué avec ses nerfs.

Réalisant que je bloquais sur elle depuis trop longtemps, je me raclai la gorge, et elle sursauta tandis que je m'allumais une cigarette.

Je restai debout et me postai devant elle. Elle se redressa, assise en tailleur sur la chaise longue, le visage plus crispé.

— Je peux t'aider ? m'interrogea-t-elle.

Je pris une bouffée avant de recracher la fumée, la tête légèrement inclinée. Mon but n'étant pas de l'intoxiquer, même si je ne l'appréciais pas.

— Ce que tu as vu ce matin, dans ma chambre.

Elle acquiesça, comprenant parfaitement de quoi je voulais parler.

— J'aimerais que tu le gardes pour toi.

Elle haussa un sourcil, me donnant l'impression qu'elle retrouvait son air hautain. Ses yeux vert clair me fixèrent avec une certaine intensité, mais je n'y discernais pas de provocation.

— Étant donné ton comportement avec moi, je suis tentée de te balancer juste par pure vengeance.

OK, la vipère n'avait pas mis bien longtemps à refaire surface.

— Mais, poursuivit-elle, je ne le ferai pas.

Cette fois-ci, ce fut à mon tour d'être surpris. Elle avait l'occasion de cracher sur moi dans les journaux, ce qui pourrait lui rapporter une belle somme d'argent, ou bien même de foutre le bordel avec mes colocataires.

— Je ne sais pas pourquoi tu agis ainsi, et je t'invite à faire attention avec ces conneries, mais je ne suis pas là pour gâcher ta réputation ou ta carrière. Compte sur mon silence.

J'avais imaginé de nombreux scénarios, et ses paroles me rassurèrent, car en se taisant elle me préservait de gros ennuis. Je fus étonné par sa bienveillance, que je n'estimais pas spécialement mériter.

— Bien, répondis-je.

Nous nous observâmes encore, comme si nous éprouvions un besoin étrange de nous découvrir davantage.

— Tu devrais aller te coucher, Adam.

De quoi se mêlait-elle ?

— Et toi, tu devrais garder tes conseils pour ceux qui t'apprécient.

Je regrettai mon agressivité dès l'instant où mes mots stupides eurent franchi mes lèvres, car la légère déception dans ses yeux me montra que j'étais allé un peu loin.

Finalement, mon côté sauvage prenait le dessus sur mon côté sympa. Après avoir écrasé ma clope, je remontai dans ma chambre pour enfin me coucher et dormir. D'ici quelques heures, je devais déjà poursuivre le tournage. Bien que je l'aie envoyée chier, elle n'avait pas tort. J'avais grandement besoin de sommeil.

Chapitre 7

Camila

Adam Carrera était un mystère. Sa carapace était épaisse comme un mur de béton, je l'avais décelée lors de notre courte conversation la nuit dernière. J'ignorais ce qui n'allait pas chez lui mais sa consommation de drogue ne devait pas l'aider.

Il était contradictoire. Nous avions échangé un long regard où j'avais cru percevoir autre chose que de l'agressivité chez lui. Peut-être m'étais-je trompée. Après tout, tant pis pour lui.

Déjà cinq jours s'étaient écoulés depuis mon arrivée. Romeo et Adam tournaient les épisodes de leur prochaine saison tandis que je passais du temps avec ma sœur. Ça me faisait un bien fou de ne l'avoir que pour moi. Lorsqu'elle terminait ses répétitions en début d'après-midi, nous allions dans des cafés, faisions les boutiques, même si désormais tous nos faits et gestes étaient épiés. Nous avions aperçu nos têtes en couverture d'un magazine dans un kiosque. Étant sa sœur jumelle, j'attirais également les paparazzis sans le vouloir mais je faisais mon possible pour les occulter et profiter de ces instants précieux. Malheureusement, je craignais constamment que ces apparitions dans des articles réservés aux people ne me portent préjudice concernant ma future carrière. Je devais rentrer d'ici une semaine à New York, ne sachant toujours pas comment gérer la situation dans laquelle j'étais avec Carter.

Je me demandais si mon père était au courant des ragots sur Jess.

Cameron Da Silva n'était pas le genre d'homme à ne pas se renseigner sur le lieu de vie de l'une de ses filles pendant un an.

Adam passait le peu de temps où il était à la villa à m'ignorer, même s'il me paraissait moins exécrable. Il n'avait pas dû me glisser plus de quelques mots. Pourtant, je l'avais surpris à me regarder, parfois de loin, parfois de près, alors qu'il fumait sa cigarette du soir près de la piscine et que je m'installais sur une chaise longue pour admirer les étoiles. Je ne savais pas comment l'expliquer, mais j'avais eu l'impression de communiquer avec lui silencieusement, savourant ce calme qui n'avait rien de gênant.

Lorsque nous étions à quatre, il ne m'adressait pas la parole. Même s'il avait besoin que je lui fasse passer quelque chose, il préférait se lever lui-même.

Alors que nous marchions sur Hollywood Boulevard, que Jess avait tenu à me montrer, elle me dit :

— Ce soir, on sort. Demain, je suis en off et les garçons aussi. On va en profiter pour faire la fête ! C'est un peu notre rituel une fois par semaine.

Sortir ? Je venais de passer les derniers jours à être épiée alors que je n'étais pas une célébrité, j'avais épuisé mon quota de patience. De plus, je connaissais les soirées de ma sœur. Elle était une véritable boule d'énergie capable de danser des heures d'affilée. Bien que j'aime m'amuser, je préférais l'ambiance des *rooftops* de New York que celle des boîtes de nuit.

— Je pense rester me reposer à la maison.

— Mais Cam ! Viens avec nous ! On a si peu l'occasion de sortir ensemble !

— Je te promets de vous accompagner la semaine prochaine avant mon départ, mais pas ce soir, je vais plutôt me caler devant une série.

— Arrête, tu n'es pas du genre à chiller devant une série Netflix !

— Bien sûr que si ! lançai-je, indignée.

— Ah oui ? Alors quelle est la dernière que tu as regardée ?

— Hum, *Friends* !

— Cette série a plus de vingt ans ! Ça ne compte pas, car je sais que tu l'avais terminée avant même que l'on soit majeures.

— Et sinon, *Suits*.

— Ça concerne ton métier, pour toi c'est plus un documentaire qu'une série !

Bon, je devais avouer que j'étais plus du genre à lire et m'instruire, mais je n'osais pas évoquer ce sujet. Jess n'accepterait jamais que je préfère rester dans mon lit avec un livre plutôt qu'aller m'amuser dans un célèbre bar dansant de Los Angeles.

— Bon, fais comme tu veux, dit-elle. Excuse-moi, c'est juste que tu m'as manqué et que j'ai envie de passer un maximum de temps avec toi.

Je la pris dans mes bras, gagnée par l'émotion de l'entendre me confier ce genre de ressenti. J'avais le même.

21 heures. Il n'y avait plus personne dans la villa. Adam était je ne savais où, ça m'était égal, Carla était partie en week-end, Jess et Romeo étaient allés rejoindre Naomi et Josh dans un bar destiné à la jeunesse dorée de Los Angeles.

Si ma sœur pensait que je n'étais pas capable de me détendre devant une série Netflix, elle avait tort. D'habitude, je manquais seulement de temps pour ce genre de loisir.

Mais actuellement, j'étais en vacances. C'était le moment ou jamais de profiter, et je décidai de m'affaler sur le canapé accompagnée d'un gros bol de pop-corn que je me préparai pour l'occasion et d'allumer l'immense télévision. Évidemment, un compte était déjà connecté sur la célèbre application et je m'empressai de zapper entre les différents films et séries, jusqu'à tomber sur celle éveillant toute ma curiosité : *L'Emprise de l'Alpha*. Le visuel était magnifique, dans une atmosphère fantastique, avec Adam, plus sombre que jamais, et une belle brune devant lui. C'était fou. Ce mec, aussi imbuvable qu'attrayant, était le fantasme d'adolescentes et de femmes de tout âge. Si elles connaissaient son comportement hors écran, jamais elles ne perdraient tant de temps à l'acclamer. Mais je devais avouer que le look du loup-garou ténébreux lui allait à merveille.

Je lançai le premier épisode en soupirant de ma propre bêtise. J'aurais mieux fait de lire un bon livre sur le droit plutôt que de visionner ce genre de série incohérente.

En jetant un coup d'œil sur mon téléphone, je constatai que Carter avait tenté de m'appeler. J'avais également un message de sa part, comme tous les jours depuis une semaine.

Allez, chérie, rentre, s'il te plaît. Je te jure de tout faire pour que tu me pardonnes. Tu seras la plus heureuse du monde. Je t'assure de ne jamais recommencer.

Je balançai mon iPhone sur le canapé, mais il rebondit et tomba sur le sol. Je grognai et le laissai là, loin de moi.

Il ne me fallut pas plus d'une vingtaine de minutes pour être happée par la série, et je regardai deux autres épisodes. J'appréciais l'histoire mais aussi le jeu d'acteur d'Adam, Romeo, Josh et de leurs partenaires. C'était bien meilleur que ce que j'avais pu imaginer. Il était presque minuit et j'étais prête à en visionner un autre.

— J'ai découvert ton secret.

Je sursautai et criai de peur. J'étais si concentrée que je n'avais absolument pas entendu Adam arriver, accompagné d'une jeune femme rousse, qui me regardait de haut, accrochée à son bras, comme si elle craignait qu'il s'envole. J'ignorais si je devais rire ou avoir pitié. En revanche, il me semblait l'avoir vue apparaître dans le deuxième épisode. Elle jouait le rôle d'un personnage mystique et était difficilement reconnaissable.

— Quel secret ? demandai-je en me raclant la gorge et en éteignant la télévision, comme s'il n'avait pas déjà eu le temps de me griller.

— Tu es une de mes fans obsessionnelles !

Les yeux ronds, je pouffai de rire, tandis qu'il souriait légèrement aussi. C'est la première fois d'ailleurs qu'il esquissait autre chose qu'un regard froid ou réprobateur à mon intention. Je devais avouer que ça faisait du bien, même si ça ne durerait pas.

— N'importe quoi, répondis-je enfin.

— Qu'est-ce que tu observes comme ça ? me lança la rousse d'un air beaucoup trop agressif.

Surprise, je haussai un sourcil. Adam cessa de sourire et s'écarta de sa lionne enragée.

— Doucement, beauté, pas besoin d'être si désagréable.

Et c'était Adam-la-diva qui osait dire une chose pareille alors qu'il s'était montré odieux avec moi dès mon arrivée. Ce dernier regarda vers le sol et ramassa mon portable, l'air curieux et soudain amusé. Je reconnus mon vibreur.

Avant que je puisse intervenir, il décrocha, visiblement satisfait, en m'observant attentivement, comprenant très certainement à quel point j'étais tout à coup crispée. Je savais que, dans tous les cas, c'était une catastrophe. Je n'avais que très peu d'amis, il s'agissait donc soit de mon père soit de Carter. Pourquoi ne s'était-il pas contenté de m'ignorer comme à chaque fois ?

— Bureau de Camila Da Silva, j'écoute ?

Il ne fallut que quelques secondes au sourire d'Adam pour disparaître de nouveau, celui-ci laissa place à un regard sombre fixé sur moi. Il attendit un instant avant de me tendre mon téléphone, que je pris par dépit.

— Camila ?

— Pourquoi tu m'appelles encore, Carter ?

— C'est qui ce gars ? Ton père m'a dit que tu étais avec ta sœur ! Alors c'est qui lui ? Ta vengeance ?

— Il n'est pas ma vengeance, non ! Je t'ai dit d'arrêter de m'appeler.

— Comment peut-on arranger les choses si tu n'acceptes pas de me parler ?

— Qui t'a dit qu'on allait arranger quoi que ce soit ? Tu m'as…

Réalisant qu'Adam et sa rousse demeurée me regardaient fixement, je me tus et grimpai rapidement les marches pour rejoindre ma chambre. Hors de question de dévoiler ma vie privée devant deux personnes qui en riraient sous les effets de la drogue ou de l'alcool. Ou bien même sans rien, j'en étais persuadée.

Une fois la porte refermée derrière moi, je regardai la baie vitrée. J'avais encore mal. Mes sentiments pour Carter avaient été sincères et forts, je n'avais pas fait semblant. Même si je m'étais menti à moi-même sur certains points, jamais je n'aurais agi comme lui avait osé le faire.

— Allô ? Cam, tu es toujours là ?

— Oui.

— Tu couches avec ce gars ?

Je levai les yeux au ciel, dépitée. Jamais je n'avais fait quoi que ce soit avec un autre que lui, ce n'était pas une semaine qui y changerait quelque chose.

— Si c'était le cas, qu'est-ce que ça te ferait ?

— Ne joue pas à ça, je t'en supplie. Ton départ m'a déjà fait assez mal. J'ai compris, je suis le dernier des cons, je mérite ta colère mais…

— Il n'y a pas de « mais », Carter. Tu as été trop loin. Je ne suis pas sûre de pouvoir te pardonner un jour. Tu ferais mieux de me laisser tranquille.

— Non, non, Cam, tu ne…

Je raccrochai et fis ce que j'avais de mieux à faire, j'enfermai mon téléphone dans un tiroir du dressing de ma chambre. Je ne voulais pas qu'il gâche encore une de mes soirées, comme celle de ma remise de diplôme. J'avais beau essayer, je ne comprenais pas pourquoi il m'avait fait ça. Étais-je trop ennuyeuse ? Trop studieuse ? Trop peu attirante ? Lorsque je voyais le comportement d'Adam avec moi, je commençais à me remettre sérieusement en question et me demander si le problème ne venait pas de moi.

Non ! Ce dont j'avais besoin, c'était de reprendre confiance en moi et d'arrêter de me flageller pour des erreurs qui n'étaient pas les miennes.

Je décidai d'aller prendre une douche. Jess m'avait proposé une soirée dans un bar que j'avais refusé, pensant mieux faire en restant seule. Mais ce dont j'avais réellement besoin, c'était d'évacuer, d'oublier.

En sortant, je m'entourai de ma serviette et je me dirigeai vers le dressing de ma sœur. Elle avait raison, je devais me lâcher. Los Angeles était un monde différent et l'occasion de vivre sans craindre les réprimandes de mon père ou le regard réprobateur de Carter. Je pouvais, pour la première fois, ne penser qu'à moi. Et c'était ce que j'allais faire.

Je trouvai une robe rouge, symbolisant la tentation, l'interdit ou encore le pouvoir. Assez courte, elle était coupée en bustier à l'avant et des lacets se croisaient dans le dos. J'enfilai des sandales beiges à talons. J'avais l'avantage de porter des talons depuis toujours et de ne rencontrer aucune difficulté à passer une nuit avec.

Je piquai une encre à lèvres rouge à ma sœur et me maquillai les cils à l'aide d'un mascara qui me les allongea considérablement. Je me coiffai d'une queue-de-cheval haute et classe, mettant en valeur la longueur de mes cheveux lisses.

Enfin prête, je me regardai un instant dans le miroir, regrettant presque cet élan de confiance. Ce n'était pas mon style, c'était bien plus osé que ce dont j'avais l'habitude. Mais c'était ce que je voulais, et je devais avouer aimer ce petit changement.

Ne souhaitant pas reprendre mon téléphone, je décidai de descendre utiliser le fixe de la villa pour contacter Jess. À 1 heure du matin, j'espérais qu'elle ne serait pas trop soûle. Elle ne répondit pas.

— Jess ?

Je me retournai avant d'avoir eu le temps de composer le numéro de ma sœur, étonnée d'entendre Adam m'appeler ainsi. C'était bien à moi qu'il s'adressait.

— Oh ! non, c'est toi…

Il n'avait pas l'air déçu, juste surpris, et fronça les sourcils pour bien vérifier qu'il ne se trompait pas, mais nous n'avions pas la même couleur de cheveux.

— Oui, c'est moi. Jess est dans un bar avec Romeo.

— Je sais, Naomi et Josh sont avec eux. C'est pour ça que je ne comprenais pas qu'elle soit ici.

J'acquiesçai et me sentis presque mal à l'aise sous son regard. Il m'observait et semblait relever chaque détail de ma tenue. Peut-être cherchait-il une critique à me balancer ?

— Sympa, ce style.

Je hochai la tête pour le remercier, prenant ça comme un compliment. Il était clair que jamais je ne mettais ce genre de vêtements.

— Ta copine est partie ?

— Ouais, j'étais plus d'humeur.

Je voulus l'ignorer et composer le numéro de ma sœur, mais il s'approcha, laissant moins d'un mètre entre nous. Il n'avait jamais été aussi près de moi, et cela suscita en moi une sensation étrange et nouvelle. Je frissonnai.

— Désolé.

Adam s'excusant ? Il allait probablement neiger incessamment dans la Cité des Anges, car il était tout sauf un ange.

— De ?

De m'avoir accueillie comme le pire des cons ? De m'avoir humiliée à la première soirée que je passais ici ? De me regarder de travers dès que l'occasion se présente ? De m'avoir virée de ta chambre comme une malpropre ? De faire comme si je n'existais pas depuis des jours ?

— D'avoir décroché ton téléphone tout à l'heure. T'avais pas l'air ravie d'entendre ton…

— Ex-fiancé.

Aïe. C'était la première fois que je le prononçais à haute voix et, bien que je ressente une certaine forme de soulagement, ça faisait mal.

— Ouais. Je n'aurais pas dû.

— La conversation n'a pas duré. Mais merci, j'apprécie tes excuses.

Il hocha la tête à son tour et esquissa un semblant de sourire avant de me regarder à nouveau avec attention. Je n'avais jamais remarqué à quel point il avait tout du prédateur. Très attirant, avec une parfaite maîtrise de ses émotions et de ses mots, il pouvait obtenir très facilement ce qu'il voulait.

— J'allais les rejoindre aussi. Je t'emmène ?

Les rejoindre ? Il était pourtant rentré il y avait moins d'une heure avec une fille, qui visiblement ne lui avait plus convenu d'un instant à l'autre.

— Tu as pris quoi ? Je ne monte pas avec quelqu'un qui…

— Calme-toi, ma belle, je n'ai rien pris du tout, j'ai juste tourné de 5 heures à 20 heures.

Il était donc fatigué. Sa rouquine, en revanche, n'avait pas l'air bien nette. Mais j'allais faire l'effort de le croire, puisqu'il avait fait celui de s'excuser. Néanmoins, il aurait mieux fait de rester se reposer.

— D'accord.

Il m'indiqua de le suivre et nous emmena au garage, d'où il sortit une Audi R8 noire splendide mais tout sauf discrète.

— Fais pas cette tête, c'est ce qui se fait de plus simple dans le coin.

Je haussai les épaules et montai dans son magnifique habitacle.

Il se mit à rouler, un peu trop vite à mon goût, mais rien de bien alarmant, et je profitai du paysage. Je devais avouer que le contempler me perturbait. L'atmosphère de cette voiture avait changé, et quelque chose me donnait chaud. Était-ce sa façon de tenir si fermement le volant, concentré sur la route ? Pourtant, j'étais persuadée de sentir son regard brûlant sur mes cuisses dénudées.

Je me raclai la gorge et eus le courage de l'observer. En effet, il m'étudiait aussi. Je pris sur moi pour ne pas détourner les yeux. La route l'obligea à le faire avant moi.

Le trajet m'épuisa émotionnellement sans que je sois capable d'expliquer pourquoi. Pourtant, je n'avais pas spécialement envie qu'il s'arrête. Je m'étais sentie en sécurité dans cette voiture avec Adam, et pour la première fois je l'avais entraperçu à travers sa carapace. J'aurais voulu parler avec lui, lui poser des questions, apprendre à le connaître, mais aucun son n'était parvenu à sortir de ma bouche. De toute façon, il aurait très certainement souhaité que je me taise dès l'instant où j'aurais tenté de savoir quoi que ce soit sur lui.

J'abandonnai donc cette idée. En ouvrant la portière, je me demandai comment nous en étions arrivés à nous rendre dans un bar ensemble en pleine nuit. C'était improbable.

— Merci, lâchai-je enfin.

Adam m'observa encore, comme il aimait tant le faire, de ses incroyables yeux marron avec des pointes dorées. Ses iris naturels étaient bien plus extraordinaires que les lentilles vertes qu'il portait dans la série.

Il ne répondit rien et se contenta de sourire avant de rentrer dans le bar. Je lui emboîtai le pas.

Chapitre 8

Camila

Dès notre arrivée, Adam m'abandonna près de Romeo, Jess, Josh et Naomi pour s'absenter avec un homme qui lui avait fait signe. Au regard de ma sœur et de mon beau-frère, je compris qu'il n'allait rien faire de sain. Je n'étais pas à même de l'en empêcher, alors je m'abstins d'essayer de le faire, bien que j'en aie envie. Ce soir, Adam Carrera m'avait montré une autre image de lui, celle de quelqu'un d'humain. Je n'irais pas dire non plus qu'il avait les pieds sur terre mais je devais avouer que nous n'en étions pas loin.

Un instant, il s'était détendu et ne semblait plus souhaiter tuer chaque personne qu'il regardait. Il avait conservé ce mystère autour de lui, que je me surprenais à vouloir percer, mais il s'était comporté calmement.

Je décidai d'arrêter les frais et cesser de penser à lui. Nous étions très loin de nous entendre. Il avait dépassé les limites en s'emparant de mon téléphone et s'était fait pardonner en me ramenant gentiment près de ma sœur.

— Je suis si heureuse que tu sois là, *mi vida* ! cria Jess à travers la musique en me prenant dans ses bras. Tu es splendide, ce style te va vraiment bien.

— D'ailleurs, merci, ça vient tout droit de ton dressing, lançai-je en riant.

— Je le sais ! répondit-elle sur le même ton.

Elle avait un peu bu, comme les trois autres personnes avec elle, mais heureusement ils avaient opté pour un Uber ce soir. Ils avaient commandé des bouteilles hors de prix et me proposèrent de boire avec eux, ce que j'acceptai. Je prenais surtout du vin de temps en temps, mais les excès d'alcool ne m'avaient jamais réussi, je le supportais mal.

Les heures s'écoulèrent et, après trois verres, je m'amusais, beaucoup plus détendue. J'aimais la musique qui passait, je riais, je dansais avec ma sœur jumelle et ses amis. Ça faisait un bien fou de se lâcher sans se demander ce que Carter ou mon père penserait de ce genre d'endroit. Je n'avais que très peu fréquenté les bars, à part certaines fois avec d'autres étudiants de Harvard.

Au bout d'un moment, je finis par me rasseoir sur l'un des canapés de notre table, mon verre à la main, afin de me rafraîchir un peu. C'était climatisé, mais il faisait très chaud avec tout ce monde.

Je croisai le regard d'Adam, au bar, qui me scrutait alors qu'il était en pleine conversation avec une blonde. Même de loin, je parvenais à cerner les intentions de la jeune femme. Comme beaucoup de personnes de son milieu, Adam devait vouloir s'amuser et profiter sans se créer de problèmes avec une petite amie qui aurait toutes les raisons d'être jalouse. J'ignorais pourquoi nous nous observions toujours de cette manière, mais une silhouette s'interposa et m'empêcha de poursuivre ce jeu qui me plaisait d'autant plus maintenant que j'étais alcoolisée. Ce jeu auquel je jouais probablement seule.

— Alors, tu apprécies le droit ?

Avant que je comprenne ce qui se passait, Josh s'assit près de moi, bien trop à mon goût. Je reculai mais fus vite coincée entre l'accoudoir et lui. Il avait beaucoup plus bu que moi, et il puait le rhum.

— Oui, me contentai-je de répondre.

— Je te trouve froide.

Surprise par cette réflexion relativement honnête, je haussai un sourcil et tentai de sourire un peu.

— Ça doit être ma façon d'être.

Il sourit, mais je n'aimais pas spécialement ce sourire carnassier qu'il me destinait.

— J'ai toujours eu un faible pour les femmes de caractère.

OK, là, ça devenait clairement malsain et étrange. Je n'appréciais pas la tournure de cette conversation, elle me mettait extrêmement mal à l'aise.

— Ah, eh bien je suis ravie que tu aies trouvé la femme idéale en Naomi.

Il eut un petit rire mesquin et secoua la tête doucement avant de reporter son attention sur moi. Mais sérieusement, comment pouvaient-ils tous être amis avec lui ?

— Je ne parlais pas de Naomi.

Sa paume frôla ma cuisse, et je tressautai, outrée et choquée par ce comportement qu'il adoptait en présence de sa copine et envers moi, qui ne lui avait jamais montré le moindre signe d'intérêt.

— Entre nous, Cam, ça ne te plairait pas de te faire sauter par un bel acteur ?

Très bien, c'était trop. Je frappai sa main suffisamment fort et me levai, il fit de même, m'empêchant de fuir ce moment surréaliste et écœurant.

— Qu'est-ce qui te prend ? J'ai bien cerné le genre de fille que tu es.

— Tu n'as rien cerné du tout, laisse-moi passer avant que je sois obligée de t'en coller une, Josh.

Ses yeux virèrent au noir, ses poings se serrèrent. Il ne semblait pas avoir l'habitude qu'une femme ose lui parler ainsi.

Alors qu'il allait répondre en me touchant, une main se posa sur son épaule et l'obligea à se tourner.

— Dégage de là, Josh.

Adam. Mais à quoi jouait-il ? Son regard lançait des éclairs, il était effrayant lorsqu'il adoptait cette attitude, mais il y avait autre chose. J'étais convaincue qu'il avait pris quelque chose qui n'avait rien de légal.

— Ah, d'accord, toi aussi, tu veux te la taper, fit Josh en riant.

Je me retenais depuis plusieurs minutes de lui flanquer une baffe. S'il continuait à parler de moi comme d'un objet, je n'aurais plus la capacité de résister.

— Ferme-la ! lui ordonna Adam. Je ne veux rien du tout avec elle, et tu ne feras rien non plus, elle est fiancée, abruti.

— Et alors ? J'ai pas dit que j'allais sortir avec elle, un simple petit coup m'ira très bien.

Alors que je participais malgré moi à ce règlement de comptes, impuissante, je priai pour que les choses ne dégénèrent pas.

— Dégage vraiment avant que je ne perde patience.

Face au dos de Josh, je compris tout de même qu'un combat de regards s'était déclaré. Finalement, ce dernier abandonna le premier et quitta la table en jurant.

Je respirai enfin pleinement, avec l'impression de m'en être empêchée pendant de longues minutes. Puis je réalisai qu'Adam m'avait sauvée de cette absurde altercation.

— Ça va ?

Je hochai la tête, l'observant avec curiosité. Ses yeux n'étaient pas dans leur état normal. Il fronça les sourcils puis attrapa un verre sur la table, avant de s'installer et de le boire cul sec.

— Josh est un con, évite-le autant que possible. Il tente sa chance avec toutes les femmes qui ont le malheur de passer devant lui.

Je me rassis à mon tour et me resservis également un verre.

— Pourquoi est-ce que vous restez avec lui ?

Adam fixa un point devant lui, je crus un instant qu'il n'allait pas prendre la peine de me répondre.

— Pour deux raisons : nos agents nous ont mis la pression, on doit conserver une bonne relation pour le bien de la série, et on apprécie Naomi.

Je comprenais mieux.

— Au fait, merci.

Il leva légèrement son verre en retour et le termina de nouveau cul sec. Mon Dieu, mais ne s'arrêtait-il jamais ?

— Je vais rentrer.

Je me sentis ridicule d'être déçue qu'il s'en aille. Puis quand je le surpris à tanguer un peu, je réalisai qu'il était de mon devoir de veiller sur lui comme il l'avait fait avec moi. Je soupirai, devinant que cela ne serait pas une partie de plaisir.

Il était parti trop vite, mais après avoir fait signe à Jess, je me précipitai pour le rejoindre. Il avait regagné sa voiture sur le parking ; il la déverrouilla et se retourna, ayant certainement capté ma présence.

— Tu veux rentrer aussi ?

— Peu importe, mais tu ne peux pas conduire, tu n'es pas en état.

Il pouffa, se moquant ouvertement de moi, et monta dans sa voiture avant de mettre le contact. Bon, j'allais encore y perdre de ma dignité, et cette soirée où il s'était montré sympa avec moi pour la première fois allait finir en dispute, mais c'était ma responsabilité. Je me postai devant sa voiture, et il me fusilla du regard.

— Bouge, je n'ai pas de temps pour toi et je n'aimerais pas avoir à te rouler dessus.

Évidemment, j'ignorai sa demande, en espérant qu'il plaisantait et qu'il ne mettrait pas sa menace à exécution.

— Je ne vais pas le répéter, bouge de devant cette foutue voiture, Camila !

Je craignis de prendre feu tant ses pupilles plus sombres que d'habitude me lançaient des flammes. Sa mâchoire contractée et ses jointures blanches tenant le volant me montraient qu'il n'avait vraiment plus aucun contrôle sur sa vie.

— Non.

Il frappa sur son volant, et je fermai les yeux une seconde, prête à subir les conséquences de mon acte de bravoure.

Cette nuit, quoi qu'il en coûte, nous prendrions un taxi, car aucun de nous deux n'était en état de conduire. Mais je l'avais de toute évidence mieux compris que lui.

Il sortit en trombe de sa voiture, faisant claquer très fort la portière, et me surplomba de toute sa hauteur en me regardant droit dans les yeux.

— Mais pour qui tu te prends ?

Chapitre 9

Adam

Cette idiote allait me rendre dingue. Elle n'espérait pas m'impressionner avec ses grands airs, si ? L'idée de la porter et de la déposer plus loin me traversa l'esprit mais, au vu de sa détermination, elle trouverait un moyen de revenir rapidement pour m'emmerder. Et je devais admettre que mon état ne m'assurait pas que je ne la laisserais pas tomber.

Putain de bordel de merde ! J'étais fou de rage !

— Je ne veux pas avoir ta mort sur la conscience.

— Tu crois que je t'ai attendue pour rentrer bourré ?

— Il suffit d'une fois.

— J'en ai rien à foutre ! J'aurais mieux fait de te laisser te démerder avec Josh.

Elle se tut, comme si elle était blessée – et c'était le cadet de mes soucis, car je n'aurais jamais permis qu'elle reste avec ce tordu, aussi insupportable soit-elle –, puis se ressaisit presque instantanément.

— Je n'ai pas besoin de toi pour me défendre.

— Et moi, je n'ai pas besoin de toi pour me protéger, alors dégage de mon chemin.

— Adam, résous-toi à rentrer en taxi, je n'accepterai aucune autre option.

Je m'écartai en m'arrachant les cheveux tant elle me mettait hors de moi. Pourquoi avais-je éprouvé ce besoin de la sauver de ce connard de Josh ? C'était bien plus simple quand elle ne me regardait pas. J'ignorais comment elle avait pris cette soudaine confiance en elle mais j'allais vite lui faire comprendre qu'elle n'était personne pour moi.

Elle tourna la tête et fit de grands signes. C'était Jessica et Romeo qui avançaient vers nous, l'air inquiets. Il ne manquait plus qu'eux, le couple parfait auquel cette situation n'arriverait évidemment pas. Il n'y avait pas si longtemps, pourtant, Romeo était à ma place.

— Tout va bien ? nous interrogea ce dernier.

— Oui, le rassura Camila.

— Non ! rétorquai-je en m'adressant à Jessica. Ta sœur commence vraiment à me briser les…

— Adam ! Attention à ce que tu dis sur Cam, me coupa fermement Jess en me faisant les gros yeux.

— Bon, ça suffit, intervint la jumelle chiante, j'empêche juste Adam de prendre sa voiture alors qu'il n'est pas en état de conduire !

Romeo et Jess se regardèrent, surpris. Eh oui, car même si nous étions proches je ne les avais jamais laissés se mêler de ma vie comme cette sale peste envahissante venait de le faire.

— C'est tout à ton honneur, déclara Romeo en posant la main sur son épaule. Il est tard, nous allons tous rentrer en taxi. On enverra Chris ou Abel chercher ta voiture, Adam.

Je capitulai, épuisé par ces conneries. Mais Camila Da Silva me le payerait. J'étais indépendant depuis quasiment ma naissance, ce n'était pas une pitoyable avocate novice qui y changerait quoi que ce soit.

Dès que nous fûmes de retour à la villa, je pris une douche pour calmer ma colère. Après avoir enfilé un jogging, je sortis dans le jardin dans le but de m'allumer une clope avant d'aller me coucher.

Évidemment, je tombai de nouveau sur celle qui avait réussi à me mettre en rogne et à me faire abandonner ma R8 sur le parking d'une boîte de nuit. Rien que de la voir regarder ces putains d'étoiles me donnait envie de la jeter dans la piscine. Ce serait vraiment méchant.

Je réfléchis un instant et décidai qu'elle le méritait bien ! Je me précipitai vers elle, qui reculait sur la chaise longue en constatant que je lui fonçais dessus, et l'attrapai fermement, la propulsant sur mon dos.

— Adam ! ! Repose-moi tout de suite ! Tu es cinglé ? !

Sans même prendre en compte ses supplications, je la balançai dans l'eau. Je ne pus m'empêcher d'être satisfait en l'apercevant ressortir, choquée, frottant ses yeux désormais assombris par le maquillage coulant.

— T'es complètement malade ! ! me hurla-t-elle.

Le mascara qu'elle avait étalé et ses cheveux mouillés la rendaient étrangement sexy. Malheureusement, c'était aussi une emmerdeuse et une coincée que je voulais voir disparaître de ma villa.

— Ça t'apprendra à ne pas te mêler de ce qui te regarde.

Je m'allumai une cigarette et la fumai tout en l'observant, fier de moi.

— J'ai juste voulu te préserver !

Elle commença à remonter sur les marches du bord, trempée. Son corps était moulé par la robe rouge de sa sœur, et je pus profiter de chacune de ses formes harmonieuses. Je ne l'avais jamais vue sous cet angle et je devais bien admettre que mon opinion d'elle avait légèrement changé. Bien que j'aie tout de suite trouvé quelque chose de spécial chez elle, pensé qu'elle était une très belle femme, je n'avais jusqu'à présent pas ressenti d'attirance envers elle, préférant la détester et attendre impatiemment son départ.

— Je n'ai besoin de personne, rentre-toi ça dans la tête.

Son regard attristé me causa une petite pointe au cœur, et j'en arrivai presque à regretter mon geste. Il était vrai que, à part veiller sur moi, elle n'avait rien fait de dramatique. Je n'avais pas l'habitude qu'on ait de bonnes intentions envers moi. Romeo et Jess étaient mes amis, mais ils me laissaient vivre ma vie comme je l'entendais. Je n'avais pas de famille, pas de petite amie, je fréquentais juste des femmes attirées par l'idée de coucher avec un acteur, et tous ceux qui se souciaient de moi étaient mon équipe de tournage et mon agent, qui avaient peur de me perdre et par conséquent de perdre une somme d'argent considérable. Je ne pouvais pas admettre qu'on puisse réellement s'inquiéter de mon sort. Peut-être que ses études lui avaient appris à tendre la main à son prochain, même si elle ne pouvait pas le voir en peinture.

— CAM ! Merde, Adam, mais t'es pas bien ? !

Jess accourut, suivie de Romeo, pour aider Camila à sortir de la piscine, et la recouvrir d'une serviette qu'elle avait trouvée je ne savais où.

— Je n'ai aucune idée de ce qui ne tourne pas rond chez toi, mais je ne veux plus que tu t'approches ma sœur jusqu'à son départ, sinon tu vas vraiment le regretter !

Elle avait crié de sa voix la plus agressive. Elle raccompagna sa sœur chérie à l'intérieur. Camila ne prit pas la peine de me regarder. En revanche, Romeo croisa les bras et attendit que je dise quelque chose en m'observant.

— Quoi ? dis-je d'un ton sec.

— Elle te plaît, déclara-t-il tout naturellement.

Je ricanai, amusé par cette déduction totalement stupide. J'avais connu Romeo plus perspicace.

— N'importe quoi !

Il secoua doucement la tête avec un petit sourire qui me donnait envie de lui coller mon poing dans la gueule. Était-il au courant que toute la terre ne souhaitait pas forcément se taper une jumelle Da Silva ? Camila était une emmerdeuse de première, une idiote qui ne vivait pas dans le même monde que le mien et qui faisait son possible pour me faire chier, même lorsque je lui venais en aide.

— Tu peux le nier autant que tu veux, tu finiras bien par voir les choses en face tôt ou tard, ajouta Romeo.

Il haussa les épaules et rentra dans la maison après m'avoir mis une petite tape dans le dos. Il avait trop bu ce soir s'il était capable d'inventer ce genre de conneries. Ou alors il faisait de son cas une stupide généralité.

Camila, me plaire ? La bonne blague !

Je ne pouvais nier que la contempler en train de sortir de l'eau trempée avait éveillé mes sens ou que sa tenue lui allait à merveille. J'aurais aussi été ravi de coller une droite à Josh, qui s'était imaginé un quelconque scénario dégueulasse entre elle et lui. Bien que Romeo soit mon meilleur ami, il faisait fausse route. Tout ça ne signifiait rien, je n'avais aucune place dans ma vie pour l'amour. J'étais un éternel loup solitaire.

Je n'avais aucune raison de me prendre la tête alors qu'elle disparaîtrait d'ici une semaine. La solution était d'ignorer son existence comme je savais si bien le faire.

Chapitre 10

Camila

Ignorer Adam était désormais mon maître-mot. Cet ingrat n'avait aucune reconnaissance pour les personnes qui tentaient une approche bienveillante envers lui. Je m'abstiendrais bien de lui venir en aide la prochaine fois, il n'avait qu'à faire ce qu'il voulait. Après tout, c'était sa vie. Comme il l'avait si bien dit, il ne m'avait pas attendue pour agir comme un idiot.

Je ne comprenais pas cette carapace qu'il s'était forgée. Pourquoi rejeter quelqu'un qui n'avait que de bonnes intentions envers lui ? J'avais conscience qu'il ne m'appréciait pas, mais je n'avais pas imaginé finir dans la piscine de la villa à 5 heures du matin, qui plus est avec les vêtements haute couture de ma sœur.

Il m'avait tellement prise de court que je n'avais pas eu le courage de m'énerver autant que je l'aurais dû. J'étais plus déçue qu'en colère, blessée qu'il m'ait jetée dans l'eau juste pour se venger de la main que je lui avais tendue. Le message était clair : Adam Carrera était un solitaire au cœur de pierre imbu de lui-même.

Quelqu'un toqua à ma porte. Je soupirai, toujours sonnée par la soirée de la veille. Josh, Adam, encore Adam… Il me prenait beaucoup la tête, alors que d'ici une semaine, je n'entendrais plus parler de lui à part dans des scandales racontés à la télévision, si tant est que j'y fasse attention, ce qui n'avait pas été le cas avant. Il m'était totalement inconnu avant mon arrivée.

— Oui ?

Ma sœur apparut avec Carla, qui déposa un plateau avec deux cafés, des fruits coupés en morceaux et des tartines d'avocat. C'était tout ce dont j'avais envie. La gouvernante mit le tout sur la terrasse de ma chambre et quitta la pièce en murmurant un « bon appétit » qui semblait tout sauf sincère.

Je m'installai, contente de pouvoir passer ce moment avec ma sœur.

— Merci, dis-je en croquant dans un délicieux bout de mangue.

— Désolée pour hier, je ne sais pas ce qui lui a pris…

Il n'était pas compliqué de deviner de qui elle parlait.

— Ne t'excuse pas, ce n'est pas toi qui m'as jetée dans une piscine en pleine nuit.

Elle soupira, dépitée, et entama une tartine en secouant doucement la tête. Après tout, elle n'était pas responsable de lui et ne pouvait pas être accusée de vivre avec un abruti.

— Je ne comprends pas ce qui lui arrive, parfois. Adam est quelqu'un de très renfermé, secret, j'ai vraiment cru que je n'aurais jamais l'occasion de le connaître.

Je fronçai les sourcils, intriguée malgré moi. Je lui en voulais énormément, mais je ne pouvais m'empêcher d'éprouver de la curiosité. Qu'est-ce qu'il avait bien pu vivre pour devenir aussi inébranlable et méchant ? Car si mon instinct m'avait convaincue de quelque chose, c'était qu'il n'était pas aussi mauvais qu'il tentait de le faire croire.

— Il a toujours été très froid. Lorsque j'ai commencé à venir ici de plus en plus souvent, il me faisait clairement savoir que je gênais son intimité. Mais il m'a acceptée, et quand il a compris que, Romeo et moi, c'était du sérieux, il a fini par casser un peu cette barrière entre nous.

Elle but une gorgée de son café tandis que je l'écoutais attentivement. Je ne pouvais pas nier que je portais un intérêt peut-être trop important à son colocataire. Pour ma défense, je n'avais jamais rencontré un homme tel que lui, une véritable énigme.

— On a pu discuter, échanger, rigoler et, petit à petit, on a créé ce trio infernal. Nous avons nos défauts, nos conflits, mais quelque chose de solide nous lie. C'est étrange mais, même s'il m'insupporte sur beaucoup de points, je tiens à lui.

Cette révélation me surprit. Jess, qui avait toujours été un électron libre n'éprouvant pas le besoin de s'attacher en amour ou en amitié, semblait avoir bien changé de mode de fonctionnement depuis son arrivée à Los Angeles. J'aimais savoir qu'elle avait créé une petite famille, ça me réconfortait qu'elle soit heureuse.

— Et le voir agir comme ça avec toi, ça me dépasse.

Oh ! moi aussi.

— Ne t'en fais pas. Je serai partie dans une semaine et vous retrouverez votre quotidien.

— Justement, non ! Je n'accepte pas qu'il se permette d'être odieux avec la personne la plus importante de ma vie.

Je lui pris la main et souris d'un air rassurant.

— Je n'aurais pas dû fourrer mon nez dans ses affaires, c'était stupide.

— Ne dis pas ça ! Tu l'as protégé comme nous aurions dû le faire, Rom et moi.

Je haussai les épaules, ne sachant pas quoi ajouter. De toute évidence, il n'aimait pas qu'on veille sur lui.

— Je ne le connais pas depuis si longtemps, ça ne fait que quelques mois que nous vivons ensemble, mais Adam n'est pas quelqu'un de mauvais. Il a juste… un passé difficile et un mode de vie particulier. Il n'a personne à part nous, et… au fond, cette carapace qu'il s'est créée n'est là que pour le protéger de la souffrance.

Je me doutais qu'une histoire plus sombre se cachait derrière cette attitude, et entendre ma sœur le confirmer diminuait mon aversion pour lui. Étrangement, j'en venais même à éprouver de l'empathie à son égard.

— Mais ça n'excuse pas son comportement ! J'aurai une petite conversation avec lui.

Je hochai la tête, et nous terminâmes de petit déjeuner en riant et en nous remémorant de beaux souvenirs d'enfance. Depuis notre plus jeune âge, nous aimions partager nos repas en parlant de tout et n'importe quoi.

Finalement, le dimanche était une journée assez calme dans la villa. Adam faisait du sport avec Romeo dans la salle au sous-sol, tandis que je bronzais au bord de la piscine avec Jessica. Ça faisait un bien fou de se détendre sans se poser de questions.

Au bout d'un long moment, les garçons nous rejoignirent, et je sentis tout mon corps se tendre lorsque Adam passa devant mon transat. J'avais envie de le pousser comme il l'avait fait avec moi la veille, mais, comme il était en maillot de bain lui aussi, ça n'avancerait à rien mis à part à relancer les hostilités. Je me devais d'être la plus mature de nous deux.

Je louchai discrètement à travers mes lunettes de soleil sur ses abdominaux parfaitement dessinés. Il ne me laissait pas de marbre dans cette tenue.

N'importe quoi !

J'avais envie de me gifler pour oser penser à des choses pareilles.

Finalement, Romeo ouvrit une bouteille de vin et nous servit. La tension était palpable, mais ce n'était pas à moi de faire le moindre effort.

— Alors, Cam ? Parle-nous un peu du beau Carter !

Oh non, pitié, pas ça !

Jessica me demandait ça pour détendre l'atmosphère en ignorant ce qu'il en était réellement de mon couple. Je préférais encore supplier sa diva de colocataire de me balancer de nouveau dans l'eau.

Je fixai mon verre de vin en tentant de cacher ma peine et ma rancœur envers mon ex-fiancé. J'aurais voulu lui avouer la vérité mais pas maintenant. Si je le faisais, Adam serait ravi de me narguer, Romeo me contemplerait avec pitié et ma sœur voudrait tout savoir.

Je croisai le regard d'Adam et ignorai la sensation qui traversa mon corps à ce moment-là.

— Ça va, me contentai-je de répondre avec un sourire surjoué.

— C'est tout ?

— Qu'est-ce que tu veux savoir ?

— Vous avez programmé une date pour le mariage ?

Je devais trouver une parade, mais je n'en avais aucune. De plus, pourquoi me poser cette question alors qu'elle n'en avait rien à faire ?

— À quoi ça te servirait de connaître la date ? Tu comptes venir ?

Aïe, j'y étais allée un peu fort. Mais Jess avait loupé ma fête de fiançailles et ma remise de diplôme pour éviter notre père. Je ne l'avais pas vue pendant plus d'un an pour une raison qui m'était étrangère. Et même si je me contenais depuis mon arrivée, je lui en voulais. Alors qu'au fond je savais que jamais elle ne raterait mon mariage. Mais bon, il n'était plus nécessaire de se poser de questions, puisqu'il n'y aurait plus de mariage. Peut-être que j'avais plus de rancune que je ne le pensais.

Elle était blessée, je le compris immédiatement à ses yeux brillants de peine. Je me culpabilisai.

— Bien sûr que je serai là ! Comment je pourrais rater le mariage de ma sœur jumelle ?

Je me levai. Cette discussion devenait bien trop douloureuse pour moi.

— Ne t'inquiète pas, ça ne sera pas nécessaire. Carter et moi, c'est fini.

Elle écarquilla les yeux et déposa le verre qu'elle n'avait pas encore touché, puis se redressa pour s'approcher de moi. La bombe était lâchée. Je regrettais déjà d'avoir dévoilé ce secret, car désormais c'était bien plus réel. Je n'avais pas envie de pleurer, parce que je n'avais pas le cœur brisé. Mais je ne parvenais pas à encaisser le poids de la trahison, et c'était ce qui me faisait le plus de mal.

— Que s'est-il passé ?

— Classique, déclarai-je. Il a couché avec une femme du cabinet dans notre appartement.

Jess me prit dans ses bras et je croisai malencontreusement les yeux marron doré d'Adam, qui n'exprimaient plus de haine envers moi, mais quelque chose de différent, que je n'aurais su expliquer.

Chapitre 11

Adam

Une migraine. Voilà ce qui m'emmerdait au plus haut point actuellement. Après la scène mélodramatique dans le jardin, Jessica avait perdu son temps en me faisant la morale. Selon elle, je n'étais qu'un emmerdeur irrespectueux, et mes humeurs ne devaient pas impacter le reste de la villa. Elle m'avait prévenu de ne plus m'en prendre à sa précieuse sœur jumelle. Même si je me contrefoutais de ses menaces, je devais avouer avoir moins envie de lui faire vivre un enfer.

J'avais déjà compris que Camila avait été trompée la veille, quand j'avais attrapé son téléphone. Je devais admettre avoir un peu d'admiration pour elle. Conserver un tel secret et garder la tête haute comme elle le faisait n'était pas donné à tout le monde. À vingt-sept ans passés, aucune de mes relations n'avait duré plus de quelques jours, et il s'agissait surtout de moments charnels. J'avais aussi eu de fausses relations avec mes partenaires de films ou séries pour faire de la promotion. Mais rien de semblable à ce que partageaient Jess et Romeo. J'aurais menti en prétendant ne les avoir jamais enviés. Pour autant, je ne voulais aucunement m'investir dans ce genre de situation, qui finissait toujours mal.

Cependant, qui que soit l'abruti qui avait fait le choix de la tromper, je ne le comprenais pas. Camila, au-delà de son côté agaçant, était une femme intelligente et très belle. Je me surprenais d'ailleurs de plus en plus souvent à la mater, et son petit maillot de bain de tout à l'heure était une réelle invitation au péché.

Maintenant que j'avais balancé Camila dans l'eau, j'estimais que c'était inutile d'aller plus loin. J'avais d'autres idées, mais il ne servait à rien d'empirer la situation, elle avait déjà bien morflé avec ce que son connard d'ex lui avait fait. Mais que croyait-elle ? Qu'elle allait pouvoir se marier aussi jeune à un homme fidèle et aimant ? Nous ne vivions pas dans un conte de fées, elle avait tout intérêt à en prendre rapidement conscience si elle ne voulait pas déprimer à ce propos. Mais bon, je n'étais pas sa sœur, et ce n'était pas mon rôle de lui apprendre ce genre de chose.

Réalisant que je laissais un peu trop mes pensées vagabonder vers elle, je me ressaisis et consultai mon téléphone. Au même moment, quelqu'un frappa à la porte de ma chambre. Je me surpris à désirer trouver quelqu'un en particulier derrière cette porte.

— Entrez !

Cinq secondes plus tard, une légère déception m'envahit quand je découvris Carla, notre gouvernante. Après avoir soigneusement refermé la porte derrière elle, elle retira sa tenue professionnelle pour me montrer quelque chose qui n'avait rien à voir avec ce pour quoi nous la payions.

Ces derniers jours, je ne ressentais pas vraiment l'envie de passer ce genre de moment, je souhaitais plutôt m'oublier dans mes rêves. Pourtant, le savoir-faire de Carla me fit rapidement perdre tout bon sens.

Contenter cette femme n'était jamais de tout repos. Elle m'en demandait beaucoup trop, et de plus en plus souvent, je devrais certainement bientôt mettre un terme à tout ça. Je savais reconnaître l'attachement, et tous les signaux d'alarme s'étaient allumés.

Si les choses tournaient mal, j'aurais des difficultés à justifier auprès mes colocataires la nécessité de recruter une nouvelle gouvernante parce que j'avais couché à maintes reprises avec l'actuelle. Espérons que nous n'en arrivions pas là.

Quand je sortis dans le jardin fumer une clope dans la soirée, Camila était là, comme à son habitude, mais pas seule. Naomi était avec elle tandis que Jess parlait plus loin avec Romeo. Je me dirigeai vers eux en premier, curieux de savoir ce qu'il se passait.

— Oh ! Adam, c'est une cata…

J'interrogeai Jess du regard. Celle-ci avait les larmes aux yeux. C'était très inhabituel pour cette grande névrosée.

— Qu'est-ce qu'il y a ?

Romeo baissa la tête et la secoua, la colère dominant son visage d'ordinaire si jovial. Je connaissais suffisamment mon meilleur pote pour savoir qu'il était rarement énervé. La situation était donc sérieuse.

— Josh a frappé Naomi, annonça-t-il.

— Quel fils de…

— Elle a fui jusqu'ici et refuse de porter plainte ! me coupa Jess.

— Pourquoi ?

— Peur des répercussions, peur de le perdre pour toujours, elle n'a pas l'air tout à fait elle-même, ils ont encore dû abuser des drogues…

La drogue changeait une personne et un état d'esprit, j'étais très bien placé pour le savoir. Je voulus m'approcher de Naomi pour lui remettre les idées en place, mais une voix plus calme qu'à son habitude m'interrompit dans mon objectif.

— Tu ne mérites pas ça, Naomi. Tu es belle et intelligente, largement assez pour comprendre que ce comportement n'est pas celui d'un homme amoureux. Tu mérites tellement mieux, tu mérites le bonheur !

Alors que Camila débitait des paroles sensées, Naomi pleurait. Son visage était abîmé, blessé, gonflé… Ce connard n'y était pas allé de main morte.

— Je l'aime, et c'est ça le plus difficile.

— Ne confonds pas amour et peur d'être seule.

Elle acquiesça en reniflant et sécha ses larmes.

— Merci de ne pas avoir répondu à ses avances… La plupart l'auraient fait. Elles le font toujours.

— Ce genre de type ne m'intéresse pas, tout comme ils ne doivent pas t'intéresser non plus !

Naomi hocha la tête, mais même de mon point de vue, je pouvais discerner le manque de volonté sur son visage. Camila était dos à moi. Je ne voyais pas ses expressions, pourtant, je pouvais ressentir sa détermination. J'ignorais s'il s'agissait d'une apparence mais elle semblait réellement être une femme forte.

— Fais-moi plaisir, prends du temps pour toi, attends de te retrouver avant d'aller le rencontrer. Je suis sûre que, avec du recul et de la patience, tu te rendras compte du peu que tu perds, et de tout ce que ça va t'apporter en contrepartie. Le quitter sera une partie de poker d'où tu ressortiras assurément gagnante.

Pour une fois, sa manière de se mêler de ce qui ne la regardait pas m'arrangea. Personne ne parvenait à faire ouvrir les yeux à Naomi, mais Camila paraissait peser davantage dans la balance, comme si son avis était plus important de seconde en seconde. Josh méritait une bonne raclée. Le problème était qu'il en avait déjà pris plusieurs fois, par moi, par Romeo ; mais dès que les choses tournaient mal, il jurait en larmes qu'il ne la toucherait plus. Alors que nous forcions presque Naomi à demeurer loin de cette espèce de malade, elle ne voulait rien entendre, totalement obnubilée par celui qu'elle aimait, j'ignorais pourquoi. Une preuve supplémentaire que l'amour était néfaste et toxique.

— Tu peux rester ici, suggéra Jess.

— Oh non, je ne voudrais pas m'imposer…, répondit Naomi en secouant les mains.

— Tu es la bienvenue, insista Romeo.

— La maison est bien assez grande pour t'accueillir.

Cette dernière phrase de Camila me donna l'impression qu'elle s'était installée là pour du long terme, bien qu'elle soit censée partir dans à peine une semaine. C'était la première fois que sa sœur et elle se voyaient depuis que je connaissais Jess, alors d'après ma déduction, elle n'était pas près de revenir ici.

Au fond, c'était ce que je voulais…

Je remarquai que toutes les têtes étaient tournées dans ma direction, y compris celle de Camila, qui fronçait les sourcils, sûrement surprise de me trouver si proche. Je me contentai d'acquiescer et m'allumai une clope. Naomi n'était pas ma grande amie, comme pouvaient l'être Jess ou Romeo, mais je l'appréciais assez pour faire le nécessaire afin qu'elle se sente bien.

La journée se termina avec un barbecue qu'un cuisinier spécialisé vint nous préparer. Malgré les circonstances, tout le monde passa une agréable soirée, même Naomi. Elle s'accrochait à Camila comme une moule à son rocher, et je regrettai de ne pas avoir un instant pour aller parler à cette dernière. Pour lui dire quoi de toute façon ? Je n'en avais aucune idée. Elle m'en voulait certainement encore de l'avoir balancée dans la piscine.

— Je vais me coucher, dit Jess en soupirant. Je me sens épuisée et demain j'ai répet' à la première heure.

— Et moi, j'ai grandement besoin de sommeil.

Entendre Naomi prononcer ces paroles me réconforta, peut-être que Camila allait observer le ciel étoilé comme chaque soir. C'était stupide et incompréhensible, mais cette habitude m'apaisait. Ces conversations silencieuses que nous avions aussi. Peut-être que si elle m'agaçait autant, c'était parce qu'elle m'intriguait.

— Je peux toujours dormir avec toi, Cam ?

Faux espoir. Je le compris d'autant plus quand Camila lui sourit avec bienveillance. Les filles nous souhaitèrent bonne nuit et montèrent toutes les trois en même temps, tandis que Romeo attrapait deux bières avant de m'en donner une. De toute façon, je n'avais pas sommeil.

— C'est dingue comme c'est flagrant, déclara Romeo avant de prendre une gorgée. Pourtant, j'ai l'impression d'être le seul à l'avoir compris.

J'étais las d'avance, car je connaissais suffisamment mon meilleur ami pour savoir que ce qu'il dirait ensuite ne m'enchanterait pas.

— Compris quoi ? demandai-je d'un ton nonchalant en buvant à mon tour.

Il m'observa, puis sourit de ses dents ultra-blanches. Il était habitué à mon attitude, et malgré ça il restait toujours agréable. Il était certainement ce qu'on pouvait appeler un « véritable ami ».

— Que Camila te plaît bien plus que tu ne voudras jamais l'avouer.

— N'importe quoi !

— Tu peux nier, mais je te connais, Adam.

— Tu ne peux savoir comment je suis quand je commence à ressentir quelque chose pour une femme, vu que ça n'arrive jamais.

— Justement, c'est ça, le truc. Je ne t'avais jamais vu comme ça.

— Tu dis vraiment de la merde, Romeo. L'amour te rend con.

Il se redressa, leva sa bière dans ma direction et sourit en me faisant un clin d'œil digne d'une publicité pour un parfum bon marché.

— On sera bientôt deux à être cons.

Chapitre 12

Camila

Le lendemain, je me préparai rapidement, enfilant une tenue de sport, puis descendis prendre un café. J'en avais grandement besoin après avoir passé une partie de la nuit à discuter avec Naomi et à la consoler. Je devais avouer avoir du mal à comprendre son amour pour Josh. Il lui avait interdit des choses et l'avait blessée, il la trompait et, malgré ça, elle restait. J'avais énormément de peine pour elle, mais j'étais confiante, elle s'en sortirait. Dès son réveil, je l'accompagnerais porter plainte contre lui. Il était temps de réagir et de laisser la justice prendre cette affaire en main. Je n'étais pas spécialisée dans ce domaine, et encore moins lorsqu'il s'agissait de personnalités publiques, mais elle serait soutenue par des professionnels et ses amis, même quand je rentrerais à New York.

New York… C'est là que je rêvais de faire carrière. J'avais enfin atteint le Graal, pourtant cette perspective me semblait bien plus fade depuis que mon monde « idéal » s'était écroulé.

Tout n'était pas lié à mon couple, mais je me rendais compte que j'avais tout construit autour de lui et de ce que mon père pensait être le mieux. Plus j'avançais dans la vie, plus je réalisais que tout ne pouvait pas être écrit à l'avance, même lorsqu'on s'appelait Cameron Da Silva.

Je soupirai en décidant de consulter mon téléphone. C'était une mauvaise idée de le faire pendant mes vacances mais je devais commencer à réfléchir et à assumer la situation qui m'attendait.

Évidemment, j'avais des dizaines de messages de Carter, mais je les ignorai. Les appels manqués de mon père ainsi que son SMS me déstabilisèrent bien davantage. Il n'était pas en face de moi, et pourtant je pouvais visualiser sa ride du lion entre les yeux et sa mâchoire contractée quand il l'avait tapé.

Camila,

J'espère que tes retrouvailles avec Jessica se sont bien passées.

J'espère aussi que sa mauvaise influence ne t'a pas impactée, tu es assez intelligente pour te montrer raisonnable. Carter s'inquiète, car tu ne lui donnes pas de nouvelles. Est-ce que je t'ai appris à te comporter ainsi et à ignorer ton fiancé ? Fais-moi le plaisir de le contacter et de rentrer dès que possible.

Aucun mot doux, aucun signe d'affection. Ce n'était plus mon papa, mais le redoutable Cameron Da Silva gérant ma vie comme s'il s'agissait d'une de ses affaires à gros budget. Je fermai les yeux un instant et inspirai profondément en essayant de calmer mon angoisse montante.

— Tu fais du yoga ?

Je sursautai et me retrouvai en face d'Adam, torse nu, qui me scrutait comme il adorait le faire. Ses muscles dessinés et l'odeur de son gel douche me perturbèrent et m'indiquèrent qu'il avait terminé sa séance de sport matinale. Je relevai aussi rapidement que possible le regard vers ses yeux, priant pour qu'il n'ait pas compris l'effet que son corps avait sur le mien. À son sourire, je devinai que je m'étais fait griller comme une débutante.

— Non, du tout.

Effectivement, mon legging, mes paupières closes et ma respiration contrôlée pouvaient porter à confusion. Adam s'avança et je reculai, me cognant au plan de travail de la cuisine, l'observant s'approcher tel un prédateur.

Une fois qu'il fut en face de moi, un petit sourire en coin se dessina sur son visage gâté par dame Nature, mais fatigué par son mode de vie malsain, le rendant presque plus attirant qu'il ne l'était déjà. Il se tenait si près que je pouvais sentir son souffle mentholé.

Paralysée, je ne bougeai pas d'un poil, alors que je savais que cette situation n'avait rien de normal.

Il tendit son bras derrière moi et appuya sur quelque chose avant de se décaler pour me permettre enfin de respirer à nouveau. Mon cœur retrouva son rythme habituel, et je me tournai pour comprendre qu'il avait juste allumé la machine à café.

— Tu étais devant et ne semblais pas vouloir te pousser.

Il se moquait clairement de moi, comme à chaque fois. Peut-être que ce comportement fonctionnait avec ses collègues actrices, mais je ne devais pas me laisser prendre dans un piège aussi prévisible. Je ne me ferais pas avoir deux fois en moins de deux semaines par un homme qui ne m'apporterait rien de bon.

Je me décalai, bus mon café d'une traite et m'apprêtai à partir quand il se racla la gorge.

— Merci.

Ignorant de quoi il voulait parler, je restai dos à lui, gênée et agacée de ce qu'il venait de faire.

— Pour ce que tu as fait pour Naomi. Personne n'avait réussi à la raisonner à ce point jusqu'à présent.

Je soupirai. Il ne l'avouerait jamais mais il tenait à elle, tout comme il tenait encore plus à Romeo et Jessica et comme il ne tiendrait jamais à moi.

— Tu me remercieras quand elle aura déposé plainte et quitté ce connard pour de bon.

Je n'attendis pas sa réponse et partis pour un footing qui me ferait le plus grand bien.

La journée m'avait paru interminablement longue. Manger dans ce restaurant en face de Naomi était certainement ce que j'avais fait de plus agréable aujourd'hui. Bien que notre passage au commissariat ait semblé durer des heures, la plainte était déposée et signée. Elle avait l'air déterminée et, malgré sa tristesse, elle tenait le coup. J'avais dû avoir recours à mes compétences d'avocate devant le policier chargé de prendre sa plainte. En effet, il s'était permis de minimiser les faits et, même si jamais il ne l'avouerait, je savais que c'était la notoriété de Josh qui l'avait poussé à agir ainsi. Je l'avais donc remis à sa place et j'avais pris soin de relire la déposition avec Naomi avant de la laisser signer.

Contre toute attente, cette dernière attrapa mes mains et me regarda droit dans les yeux.

— Je ne te remercierais jamais assez pour tout ce que tu as fait.

— Surtout, n'oublie plus jamais ce que tu vaux et qui tu es.

Elle hocha la tête, et je crus un instant qu'elle allait recommencer à sangloter mais, heureusement, ce ne fut pas le cas.

Je lui souris, et nous continuâmes à manger nos délicieux plats italiens.

— J'aurais dû choisir Adam, reprit-elle en riant.

Je lâchai ma fourchette, mais me ressaisis rapidement, ignorant la contrariété que m'avaient causée ses paroles.

— Adam te plaît ?

Pourquoi cette question m'avait-elle brûlé la langue et pourquoi étais-je aussi idiote ? Ça ne me regardait pas.

— Adam m'a toujours plu, mais en même temps c'est un Dieu vivant. De toute façon, ça ne sert à rien d'en parler, il rejette l'amour comme la peste et j'ai besoin de temps pour me retrouver.

Je hochai la tête mais ne répondis rien, je préférais éviter ce sujet de discussion.

Après que nous eûmes bu quelques cocktails, sans alcool pour moi, je rentrai avec Naomi, à la fois joyeuse et anxieuse, j'ignorais pourquoi. Peut-être était-ce dû au fait que j'étais constamment suivie par des paparazzis. J'aimais ma tranquillité, et être observée jusqu'au moindre de mes gestes n'était définitivement pas fait pour moi. Los Angeles était vraiment un monde différent de New York.

Alors que nous allions passer le portail ultra-sécurisé de la villa, une silhouette apparut, nous bloquant la route. Je freinai brutalement en criant, arrêtant totalement l'Audi de ma sœur.

— Oh non, souffla Naomi, l'air paniqué.

Je repris mes esprits et plissai les yeux pour distinguer l'homme qui nous barrait le chemin, jusqu'à reconnaître Josh, le visage déformé par la colère.

— Reste dans la voiture, dis-je à ma nouvelle amie qui tremblait de peur.

— Non, non ! Appelle Romeo ou Adam, mais je t'en supplie, ne l'affronte pas seule !

— Il ne me fera rien, lui dis-je.

— Il est capable de bien pire que tu ne le crois, s'empressa-t-elle d'ajouter en tenant mon bras.

Je la repoussai gentiment, en la rassurant d'un regard. Je n'avais pas peur de lui, car il ne tenterait rien de stupide avec des gardes du corps à quelques mètres. Le portail étant ouvert et la scène filmée par des caméras, Josh n'était pas assez bête pour agir maintenant. Du moins, je l'espérais. Chris et Abel ne tarderaient pas à comprendre que ce n'était pas normal qu'aucune voiture ne soit entrée après l'ouverture du portail qui se refermait déjà.

Je sortis du véhicule et verrouillai les portières l'instant d'après, enfonçant la clé dans la poche arrière de mon jean pour être certaine qu'il ne tente pas de me la subtiliser.

— Josh ? dis-je en essayant de paraître naturelle.

— Dis à Naomi de sortir immédiatement de cette bagnole.

Il était fou de rage et ses yeux étaient injectés de sang. Débraillé, il devait avoir ruminé toute la journée, et sa haine avait eu le temps de monter.

— Naomi reste avec moi ce soir.

— Je ne crois pas, non. Je dois parler avec elle.

— Elle ne veut ni te parler ni te voir. C'est fini entre vous, fais-toi à cette idée, et remets ton comportement en question.

Il eut un rire narquois avant de s'approcher d'un pas. Je ne reculai pas, ne trahissant aucun signe de faiblesse. C'était ce que les hommes comme lui cherchaient chez les femmes, la soumission et l'obéissance. Mais il se trompait de cible.

— Ne te mets pas en travers de mon chemin, tu risquerais de le regretter.

— C'est toi qui es en travers de notre chemin.

— Je comprends mieux d'où vient cette idée de porter plainte contre moi. Quelques jours que t'es là, tu fous déjà la merde.

Il avança encore, cette fois-ci sans s'arrêter, me fusillant du regard, comme s'il avait l'intention de me frapper. Sans même jeter un coup d'œil à Naomi, je lui fis signe de la main de rester dans la voiture. Il était si possédé par sa colère que je craignais qu'il ne l'embarque de force ou fasse pire.

— Tu aurais mieux fait de te mêler de ton joli p'tit cul. Je vais te faire payer, tu n'as pas idée de ce que tu as déclenché.

— N'approche pas.

Je tentai de rester droite, mais sa proximité m'effrayait. Cependant, je ne me démontai pas.

— Sinon quoi ?

Alors que je m'apprêtais enfin à reculer, il attrapa mon bras. Je n'allais pas me laisser faire et lui montrerait qu'une femme pouvait se défendre.

— Lâche-moi, tu as deux secondes.

Évidemment, il n'écouta pas et me tira vers lui, mais je le frappai en plein dans le nez. Merci, papa, de m'avoir forcée à prendre ces cours de sports de combat en tout genre dès mon plus jeune âge. Je courus vers la voiture, Naomi l'ouvrit de l'intérieur mais, avant que je puisse y pénétrer, Josh m'agrippa, me retourna face à lui et referma la portière avec mon dos.

— Espèce de salope !

Son nez pissait le sang. J'eus peur qu'il me frappe à son tour, mais alors un bruit sourd, celui d'une moto, s'éleva à proximité et j'aperçus Adam qui s'arrêtait à moins d'un mètre de nous. Il descendit sans même retirer son casque et attrapa Josh pour l'éloigner de moi, avant de le jeter à terre. Il enleva son casque, qu'il balança au sol, m'observa une seconde puis retourna vers Josh.

— Mais qu'est-ce que tu fous, putain ! cria Adam.

— Je voulais parler avec Naomi mais cette pute m'a frappé !

Je ne voyais Adam que de dos, tout son corps semblait tendu et sa rage irradiait jusqu'à moi. Je sursautai quand il cogna Josh d'un coup de pied au ventre.

— Manque encore de respect à l'une d'elles et tu n'auras plus la force de frapper qui que ce soit pour le reste de tes jours.

Josh était peut-être impressionnant, mais Adam l'était bien davantage. Sa voix, sa posture, jamais je n'aurais imaginé qu'il puisse être si effrayant.

Josh se tordait de douleur. Quand je voulus m'approcher pour calmer la situation, Adam me barra la route en appuyant son bras contre mon ventre.

— Écarte-toi, Camila.

Constatant qu'il maîtrisait difficilement sa colère, je lui pris le bras et me postai devant lui, le suppliant d'arrêter.

— Il a compris, je t'en prie, ne fais rien que tu puisses regretter.

Il n'avait pas l'air de me voir, complètement obnubilé par son envie de détruire Josh, certainement à cause de ce qu'il avait fait à Naomi, encore bien abîmée par ses coups. Je découvrais aujourd'hui une facette d'Adam que je n'aurais jamais soupçonnée. Il était capable de perdre tout contrôle.

— Stop !

Les deux gardes du corps arrivèrent, m'ôtant un poids énorme. Enfin, ils avaient compris que quelque chose n'allait pas.

Abel prit ma place devant Adam, il était plus imposant que lui. Dieu merci, la bataille était finie pour ce soir. Naomi courut dans mes bras et s'effondra en larmes, me remerciant mille fois, m'expliquant qu'elle avait appelé Adam et que, par chance, il était en train de rentrer.

Chris ramassa Josh et le somma de partir. Josh me lança un regard plein de haine en se tenant les côtes, s'essuya le nez avec la manche de sa veste et s'en alla. C'était une menace, je le savais. Il n'en resterait pas là.

Chapitre 13

Camila

Regarder les étoiles était tout ce dont j'avais besoin actuellement. Le calme du ciel brillant m'apaisait et, après cette soirée digne d'un film d'action, c'était nécessaire. J'avais pris mes cachets contre l'anxiété et sirotais un bon verre de vin pour fêter cette victoire avec Naomi.

Elle parlait dans le salon avec Adam, à côté. À travers la baie vitrée je les observais davantage que les constellations qui me surplombaient. Je ne pouvais pas lui reprocher quoi que ce soit. Il avait été héroïque et elle avait besoin d'attention après tout ce qui lui était arrivé. Romeo était allé voir Josh pour le raisonner et le menacer si jamais il nous approchait de nouveau. Jess avait insisté pour l'accompagner, mais il l'en avait empêchée, sachant qu'elle ne ferait qu'envenimer les choses. Elle avait mal digéré son repas et était partie se coucher après m'avoir demandé cent cinquante fois si j'allais bien.

Je me retrouvais donc à observer Naomi dans les bras d'Adam, pile dans mon champ de vision, persuadée qu'il n'avait pas idée de ma présence au bord de la piscine.

Mes pensées divaguèrent vers Carter. Je songeais de moins en moins à lui et me rendis compte que mes sentiments pour lui disparaissaient de jour en jour. J'étais peut-être réaliste, mais j'avais un côté romantique en moi. J'étais consciente que Jack de *Titanic* ou Noah de *N'oublie jamais* n'étaient que des fantasmes et pas des hommes réels, mais je ne méritais pas pour autant de me marier avec quelqu'un qui m'avait trahie. J'étais persuadée que quelque part se cachait mon juste milieu, celui qui me prouverait que l'amour véritable existait.

C'était maintenant une évidence, je ne me remettrais pas avec Carter, quoi que mon père puisse en penser. Je valais mieux que ça.

— Je peux prendre un verre ou tu comptes la boire toute seule ?

Adam avait le don de me faire sursauter. Comprenant qu'il parlait de la bouteille de vin blanc posée à côté de moi, je la lui tendis, me rendant compte en même temps que je n'avais jamais autant consommé d'alcool qu'ici, à Los Angeles. Il attrapa un verre et se servit. Il s'alluma une cigarette et s'installa sur la même chaise longue que moi. Je me redressai et m'assis en tailleur, libre d'observer son profil. Il était beau, réellement beau. Mais au-delà de ça, il avait un charme indéniable. C'était en partie ce qui le rendait si dangereux. Diaboliquement dangereux et toxique.

J'ignorais quand cela était arrivé, mais nos rapports avaient changé. Il était allé loin avec moi, mais là je n'avais plus la sensation qu'il voulait me nuire. Ou bien, je tombais de façon stupide dans un piège qu'il me tendait. J'étais trop fatiguée pour réfléchir, et bien trop enivrée par son parfum.

Quand il planta son regard dans le mien, toutes mes interrogations s'évaporèrent, et un frisson me parcourut. Cette proximité m'effrayait autant qu'elle stimulait quelque chose que je ne connaissais pas chez moi.

— Il ne t'a pas blessée ?

Sa question s'accompagna d'un geste de la main, qui caressa mon bras au niveau des rougeurs causées par Josh. Ce n'était rien, surtout en comparaison de ce que Naomi avait subi pendant ses deux ans de relation. Et des coups qu'il avait reçus, par moi, puis par Adam.

— Non.

Je n'osai pas m'écarter, ou bien, plutôt, je ne le voulais pas. Son toucher avait provoqué en moi une décharge électrique.

— Merci de m'avoir aidée.

— Tu doutais que je vienne à ton secours ?

— Non, dis-je en souriant. Mais tu es arrivé au bon moment.

— Ça oui, je dois bien l'avouer.

Son pouce se mit à bouger légèrement, frôlant la zone rougie, dessinant de petits cercles sur ma peau. Je tremblotai et, cette fois-ci, je préférai m'éloigner pour qu'il n'y ait plus de contact physique entre nous deux.

Ce jeu dangereux ne pouvait pas être sain, surtout avec ce que je venais de vivre. L'adrénaline n'était pas encore totalement redescendue et je ne devais rien faire que je pourrais amèrement regretter.

— En parlant d'ex-psychopathe, tu as des soucis avec le tien ?

Sa question me surprit. Pourquoi Carter l'intéressait-il ?

— Qu'est-ce qui te fait dire ça ?

— Quand tu es partie courir ce matin, il a essayé de t'appeler trois fois. Tu avais oublié ton portable dans la cuisine, et il sonnait.

Observateur. Ou bien inquisiteur.

— C'est compliqué, dis-je dans un soupir.

— Il n'y a rien de compliqué, Camila. Il t'a trompée et il le refera. L'infidélité n'apporte que malheur, tristesse, et les conséquences ne peuvent être que désastreuses.

Son aversion pour l'adultère m'étonna. Pourtant, cette pratique semblait courante dans le monde du showbiz. Quelque chose me disait qu'il avait été directement concerné, et pas de manière positive. Peut-être que son désir de rester célibataire et libre avait finalement une explication.

— Tu as été trompé ?

Jamais nous ne parlions de cette manière, car dès que j'essayais de m'approcher il me piquait ou faisait son possible pour me faire fuir.

— Non, ricana-t-il. Je ne suis jamais sorti avec personne pour éviter d'en arriver là.

Il but une gorgée de son vin en regardant droit devant lui.

— Mais je suis le fruit d'une infidélité.

Oh… Jess ne s'était pas étalée sur le sujet, mais je savais qu'il avait une vie de famille compliquée.

— Ça n'a pas dû être facile pour toi.

— Non, mais ça m'a permis d'être la personne que je suis aujourd'hui. Grandir avec un seul parent n'est pas une chose simple, surtout à l'adolescence.

— À qui le dis-tu…

Son regard montra une lueur de tristesse, et il approcha sa main de la mienne sans pour autant la toucher, bien que je puisse presque la sentir.

Mon Dieu…

— Je suis au courant, et j'en suis désolé.

Ses mots semblaient tout à fait sincères, et je lui souris.

— Ma mère était une femme incroyable.

— Je n'en doute pas, quand je vois ses filles.

J'ignorais s'il disait ça pour me faire plaisir, mais ça me toucha. C'était d'ailleurs la chose la plus gentille qu'Adam m'ait dite.

— Je peux me joindre à vous ? demanda Naomi.

Adam se ressaisit. Il retrouva son drôle de masque et retira sa main. Le fossé entre nous réapparut, et j'eus l'impression que cette conversation m'avait épuisée émotionnellement. Bien qu'elle ait paru ne jamais avoir eu lieu. J'avais peur de cet effet qu'il avait sur moi.

— Je termine mon verre et je vais me coucher, annonçai-je.

Chapitre 14

Adam

Le réveil à 6 heures me fit très mal. J'avais veillé tard, perturbé par la discussion que j'avais eue avec Camila. J'éprouvais envers elle une étrange attraction. C'était à la fois agréable et intense et se rapprochait de tout ce que je m'étais interdit de ressentir un jour pour une femme. L'amour était une belle galère, une sorte de prison dans laquelle l'être humain choisissait de s'enfermer et de laquelle il était presque impossible de s'évader. Pourquoi irais-je me foutre dans des conneries pareilles alors que j'avais déjà tout ? De toute façon, Romeo avait tout faux, ses sentiments pour Jessica lui montaient à la tête. Ce que j'éprouvais pour Camila était différent. C'était une attirance physique, charnelle, à laquelle s'ajoutait une connexion psychique qui disparaîtrait à l'instant même où elle prendrait l'avion pour New York. Nos vies opposées nous feraient redescendre sur terre sans attendre. Et c'était mieux ainsi.

Camila était tout aussi perturbée que moi, je le ressentais à son regard posé sur moi et à ses réactions lorsque je la touchais.

Bien que ce soit plus que tentant, je n'essaierais pas de coucher avec elle. Sa sœur ne me le pardonnerait pas, et je tenais suffisamment à mon amitié avec elle pour la préserver. Donc, en conclusion, il ne pouvait rien se passer avec Camila Da Silva, si ce n'était des petites conversations volées de temps à autre.

Si je ne me trompais pas, elle quittait Los Angeles dimanche soir, donc dans six jours. Elle retrouverait son Carter infidèle et, comme beaucoup de femmes naïves, elle retomberait dans ses bras. Cette idée m'irritait. Même si ça ne me regardait pas, j'avais relativement confiance en sa force de caractère. Elle était intelligente, bien plus que je ne le croyais au départ. Elle avait géré à merveille la situation de Naomi, puis avait fait preuve de courage devant cet enfoiré de Josh. L'état de son nez m'avait fait sourire et ne me donnait pas envie de goûter au crochet du droit de Camila. Quoique l'idée de me retrouver sur un ring de boxe avec elle me tentait bien…

Encore trop fatigué pour vivre cette journée, je fis appel à ma chère poudre blanche. J'avais honte d'être tombé aussi bas, au même niveau que ma mère. Mais je n'avais actuellement aucune raison de m'arrêter alors que c'était la seule option que j'avais trouvée pour tenir le rythme.

Je me regardai dans le miroir. Quand j'aperçus des traces de poudre sous mon nez, je ressentis le besoin de cogner sur quelque chose. C'était donc à ça que je ressemblais ? Un acteur de série pour ados prônant des valeurs exemplaires à l'écran et se mettant la tête à l'envers dans les coulisses ? Entre la cigarette, l'alcool et les drogues de toutes sortes, mes vices commençaient à se faire trop nombreux.

— Adam ? On va être en retard.

Romeo, de l'autre côté de la porte, m'avertit de sa voix enrouée du matin. Lui aussi avait veillé tard en parlant avec Josh, qu'il avait d'ailleurs réussi à ne pas tabasser. Chapeau.

Mon meilleur ami ne se droguait pas. Il parvenait à suivre la cadence tout en menant une vie saine, comme si l'amour de Jess lui donnait encore plus de force qu'il n'en avait déjà. Bien que j'aie mis du temps à l'accepter, je devais bien reconnaître son influence positive sur Romeo.

La journée avait été longue, comme je l'avais prédit. Si je n'avais rien pris, je n'aurais pas tenu le coup.

Ce soir, j'allais au restaurant avec Romeo, Jessica, Naomi et Camila. Cette dernière avait enfilé une petite robe rose qui lui donnait un air à la fois classe et pétillant. J'étais persuadé qu'elle faisait partie de ses achats influencés par sa sœur la semaine dernière. C'était une bonne chose, ça lui allait bien.

Elle était assise en face moi et évitait mon regard tandis que Naomi, à côté d'elle, ne faisait que chercher le mien. Seulement, elle ne m'intéressait pas. Bien qu'elle soit très jolie, elle n'était pas mon style de femme. De plus, il était évident qu'elle avait juste envie d'être choyée et protégée par un homme pour surmonter le deuil de sa relation avec Josh. Je ne serais pas son pansement.

Romeo racontait l'une de ses anecdotes tandis que tous l'écoutaient, sauf moi, qui scrutais Camila. J'ignorais si elle le remarquait mais, malgré toutes les règles je m'étais fixées, je ne pouvais m'en empêcher.

Son portable se mit à sonner, et son visage se décomposa à la lecture du nom qui s'affichait sur l'écran. Elle coupa l'appel et tenta de garder la tête froide, mais tout le monde avait constaté le problème.

— C'est encore Carter ? l'interrogea Jess.

— C'est papa.

Il y eut un silence. Seuls Naomi et moi semblions ne pas être au courant de ce qui se passait avec maître Da Silva. Jess en parlait très peu, et j'imaginais qu'à part ses confidences sur l'oreiller avec Romeo le sujet restait tabou. Je savais juste qu'elle n'était pas en très bons termes avec lui.

Le téléphone sonna de nouveau et jamais, oh non jamais, je n'avais vu Camila aussi tendue. Elle se mordait la lèvre si fort qu'il me sembla apercevoir une goutte de sang y apparaître. Je fus tenté d'intervenir mais, après tout, ça ne me regardait pas. Je n'avais aucune raison de tenir ce rôle. Nous n'étions rien l'un pour l'autre.

— Ignore-le, lui recommanda Jess.

Camila regarda son téléphone qui ne cessait de vibrer sur la nappe. Elle ne bougeait plus, puis, contre toute attente, elle attrapa son iPhone avec une brutalité que je ne lui connaissais pas et quitta le restaurant à vive allure.

Jess soupira et secoua la tête avant de la laisser tomber entre ses mains.

— Ça va aller, bébé, la rassura Romeo en caressant l'avant-bras de sa copine.

J'hésitais entre me barrer dans un lieu où il y aurait une meilleure ambiance et aller à la rencontre de Camila pour lui tenir compagnie. Sauf que nous n'étions pas amis, et que je ne devais pas lui accorder tant d'importance alors que j'oublierais très bientôt son existence.

— Tu ne le connais pas, fit ma coloc, énervée.

— Que peut-il bien faire de mal ? C'est votre père !

— C'est également un maniaque du contrôle qui n'a pas réussi à me maîtriser et qui se rattrape donc sur Cam. Il nous aime, mais parfois de la pire des façons.

Elle se leva et sortit, mais revint rapidement, l'air très inquiet.

— Elle est partie !

Je fronçai les sourcils. Elle ne pouvait pas être bien loin ! Nous étions venus avec une seule voiture et il était peu probable qu'elle ait trouvé un taxi aussi vite.

— Je pars à sa recherche, annonça Naomi.

— Prends son numéro et essaie de l'appeler, s'il te plaît, me supplia Jess.

Je hochai la tête et m'exécutai. Je tombai sur sa messagerie. Accorder de l'importance à Camila n'était pas le meilleur moyen de respecter mon plan, mais je n'allais quand même pas l'abandonner. Les rues de Los Angeles pouvaient être dangereuses la nuit, surtout pour une femme seule et vulnérable. Enfin, pas si vulnérable que ça, vu ce qu'elle avait fait à Josh. Mais elle était le sosie d'une nouvelle célébrité d'ici, Jess, et pour cela, elle courait des risques. À cette idée, je me levai un peu trop vite, sous le regard curieux de Jess, posai une liasse de billets sur la table et sortis rapidement.

Comment Camila pouvait-elle être à ce point inconsciente ? À croire qu'elle s'imaginait invincible alors que, pas plus tard qu'hier, je l'avais dépêtrée d'une sacrée galère avec Josh.

Je partis en éclaireur d'un côté sans savoir si l'un de mes amis m'avait suivi. J'entendis des voix, comme un regroupement, et réalisai que ce n'est pas normal, un lundi soir dans une rue aussi calme de Los Angeles.

Je courus dans leur direction et compris pourquoi Cam s'était éloignée du restaurant. Elle avait été poursuivie par des paparazzis. Quelqu'un avait dû nous repérer et balancer l'adresse du restaurant. Évidemment, en sortant toute seule, elle en faisait les frais. Ces rapaces se nourrissaient du malheur des célébrités, c'était ce qui remplissait leur compte en banque. Quelle bande de cons ! Elle n'était même pas connue.

— Cassez-vous ! leur criai-je.

Les flashs ne m'impressionnaient plus, j'y étais bien trop habitué. Je me protégeai les yeux avec mon bras et allai à la rencontre de Camila, qui se cachait le visage, le dos contre un mur. La pauvre avait dû paniquer, je me souvenais encore des premières fois où ces fous furieux me poursuivaient comme si j'étais un animal de foire.

Je lui attrapai la main, et elle trouva du réconfort dans mon regard, comprenant que je la sortais encore une fois d'affaire. Ce qui était plutôt normal, puisque ce problème venait de notre célébrité.

Les paparazzis nous prirent en photo, mais j'appuyai la tête de Camila contre moi et la guidai en la tenant fermement.

À travers les cris de ces vautours, je distinguai des questions, des affirmations : « Depuis combien de temps sortez-vous ensemble ? » ; « C'est la nouvelle petite amie de Adam Carrera » ; « Les deux stars de *L'Emprise de l'Alpha* sortent avec des sœurs jumelles »… Et toutes ces conneries seraient retranscrites dans ces torchons. Je m'en contrefoutais, mais Camila ne serait probablement pas de cet avis. Être considérée comme reine du scandale n'était pas réellement en accord avec son mode de vie.

Et puis merde ! Elle avait fait le choix de venir ici, de rester, elle devait assumer. Puis les rumeurs s'estomperaient quand elle disparaîtrait pour de bon. Son départ serait bénéfique pour tout le monde, moi inclus. Je commençais à lui accorder beaucoup trop d'importance.

Quand Jessica nous découvrit, elle courut vers nous et prit ma place pour soutenir sa sœur, qui avait apparemment repris ses esprits. Romeo m'adressa un signe pour me remercier de l'avoir retrouvée, et Naomi sembla contente que tout ça finisse bien.

Cernés par les paparazzis, nous montâmes tous dans le Range Rover de Romeo. Ce dernier accéléra suffisamment pour semer tous ces connards, et une vague de soulagement envahit la voiture. Pourtant, je pouvais voir à travers le rétroviseur que Camila n'était pas au meilleur de sa forme. Entre ce soir et ce qui s'était passé la veille, elle devait être encore sonnée.

De retour à la maison, les filles s'assirent sur le grand canapé, et Jess caressa le dos de sa jumelle.

— Je peux gérer papa. Après tout, il sera ravi de m'entendre !

C'était ironique. À ma connaissance, leurs rares discussions téléphoniques s'étaient toutes terminées en dispute, c'était la seule chose qui m'avait marqué concernant leur père.

— Non, Jess, c'est à moi de régler ça. Il a ses idées, mais ce n'est pas un monstre, il finira par comprendre.

— Jusqu'à que tu ailles à l'encontre des choix qu'il fait pour toi ! J'ai dû partir à l'autre à bout du pays pour avoir la paix, je te rappelle.

À l'évocation de ce départ, le regard de Camila changea. Elle n'avait pas l'air d'avoir pardonné sa sœur d'avoir fui. Elle avait dû être vraiment touchée par cette décision qui les avait affectées toutes les deux.

— Ça va aller, conclut-elle en se levant du canapé.

Elle partit dans le jardin et s'éloigna à quelques mètres de la porte. Sans savoir pourquoi, je sortis fumer pour écouter la conversation qu'elle s'apprêtait visiblement à avoir avec son père. Elle était dos à moi, et pourtant, même dans la pénombre, je pouvais distinguer toute la tension de son corps. J'avais bien une idée pour qu'elle se détende, mais je n'avais pas le droit. J'ignorais pourquoi elle commençait à m'obséder à ce point mais j'allais vite devoir trouver un moyen de me calmer. Pourquoi pas demander à Carla de s'occuper de ma chambre en particulier…

— Non, je ne rentre pas maintenant, disait-elle. Je rentre dimanche… Papa, ne me parle pas de Carter… Il peut se plaindre tant qu'il le souhaite… Il n'y a rien à régler… Quand tu sauras la vérité, on pourra discuter correctement… Bonne nuit, papa.

Elle raccrocha au bout de deux minutes à peine, mais ne se tourna pas. Je fronçai les sourcils en la voyant porter les mains à son visage, puis je compris qu'elle pleurait.

Non, Adam. Ne fais rien que tu pourrais amèrement regretter. Oh ! bordel.

La laisser verser des larmes si près de moi sans que j'agisse était trop me demander, je n'étais pas un monstre. Mon aversion pour les émotions avait tout de même des limites.

J'avançai doucement en veillant à ce que personne dans cette maison ne m'aperçoive. Je n'avais aucune envie d'entendre Romeo m'inventer des relations à venir. Mon geste était purement humain. Ça ne signifiait rien.

Quand je touchai son épaule, elle sursauta, essuya ses larmes et se tourna vers moi, les yeux rougis et brillants. Le pincement que je ressentis au niveau du cœur me rappela de sombres souvenirs, ceux que je pouvais éprouver à l'époque où mes proches avaient encore le pouvoir de me blesser.

— Adam ? Mais qu'est-ce que…

Qu'est-ce que je fais ? J'en ai aucune foutue idée !

Pourquoi j'étais là à me soucier d'une fille qui m'importait si peu ? Pourquoi j'avais tant envie de l'aider et de la réconforter ? C'était le signal d'alarme.

— Je ne sais pas, je…

Sans finir ma phrase, je tournai les talons dans l'optique de m'éloigner d'elle au maximum avant de faire quelque chose d'irréparable.

Contre toute attente, Camila attrapa mon poignet, et je me laissai faire quand elle se positionna face à moi et me prit dans ses bras.

Cette étreinte n'avait rien, absolument rien à voir avec celles que j'avais pu connaître ces dernières années. Son visage contre ma clavicule me donna des frissons que j'espérai discrets. Entendait-elle à quel point les battements de mon cœur venaient de s'accélérer ? J'étais persuadé que oui, car je sentis aussi sa chair de poule lorsque je la serrai un peu plus fort. Pourtant, je ne cherchai pas à fuir, au contraire, je m'accrochai à elle. Cet instant était bien plus intense que tous les moments charnels que j'avais passés avec des femmes de passage. Jamais personne ne m'avait étreint ainsi, sauf pour une scène de film.

Mais qu'est-ce qui était en train de m'arriver, bordel ?

Chapitre 15

Camila

La peur. L'intensité. Le désir. La protection. Le danger.

Voilà une partie des émotions qui me submergeaient quand j'approchais Adam. À quel moment mes intentions envers lui avaient-elles pu à ce point dégénérer ?

Je n'osais plus lever les yeux pour le regarder, je voulais juste prolonger cet étrange moment d'égarement. Je ne connaissais Adam Carrera que depuis un peu plus d'une semaine, et aujourd'hui je me consolais dans ses bras musclés et rassurants. C'était absurde, pourtant je ne souhaitais être nulle part ailleurs. J'avais besoin de ça et, sur le moment, il avait semblé être le meilleur candidat.

Je profitai encore de longues secondes de cette étreinte, surprise qu'il n'ait pas cherché à me repousser. Au contraire, ses doigts caressaient la peau de mon dos, et mes frissons augmentèrent, de plus en plus nombreux, j'éprouvais quelque chose de nouveau, de dangereux…

Après un moment qui me permit d'oublier le désordre qu'était devenue ma vie, je m'écartai et croisai son regard, affreusement gênée. Dès qu'il cessa de me toucher, je ressentis le froid de la brise nocturne m'envahir.

Je me raclai la gorge et reculai légèrement tandis que, au lieu de se moquer, il continuait de me fixer silencieusement. Il ne me parlait pas, mais ses yeux paraissaient me communiquer plusieurs messages.

Je crus même y lire de… l'affection ? Non, c'était impossible. Bien qu'il m'ait aidée et protégée, Adam ne m'avait jamais appréciée.

— Je…

En fait, je ne savais pas quoi dire. J'avais honte de mon attitude, pourtant aucun de nous deux n'avait l'air de regretter ce moment.

— Je vais aller me coucher, finis-je par dire.

Il fronça les sourcils puis hocha la tête avant d'aller s'allonger sur la chaise longue que j'utilisais pour observer les étoiles. Il s'alluma une cigarette, et j'eus du mal à détacher mon regard de cet homme beaucoup trop beau pour être vrai.

Finalement, je décidai que j'en avais assez fait pour ce soir et montai dans ma chambre.

Le réveil fut difficile. La veille, j'avais tourné dans mon lit pendant des heures, me demandant pourquoi je m'étais comportée ainsi avec Adam. Pourquoi cette soudaine perte de contrôle ? J'avais toujours réussi à tout maîtriser dans ma vie, rassurée par ce qu'une parfaite organisation pouvait apporter. Et là, j'agissais comme une adolescente en pleine découverte de ses hormones.

Ce qui s'était passé la nuit précédente prouvait deux choses : mes émotions étaient en train de prendre le dessus, et Adam Carrera était dangereux pour moi. Il était abject, hautain, froid comme la glace, mystérieux, drogué, imbu de lui-même, mais… il me plaisait. Je m'étais pourtant convaincue du contraire, persuadée qu'il m'insupportait, que je l'oublierais dès l'instant où je quitterais Los Angeles.

Et si je me vengeais inconsciemment de ce que Carter m'avait fait ? Si j'étais bien plus blessée que je ne le pensais ?

Non, ce n'était pas ça. C'était impossible, je ne songeais pas du tout à lui lorsque j'étais avec Adam.

Je décidai d'arrêter les frais. Nous étions mardi, je m'en allais dimanche. Que pouvait-il bien se passer d'ici là ? Rien, car je savais m'imposer des limites.

Je me levai, me regardai dans le miroir et inspirai un grand coup. Mon objectif était simple : me tenir loin de cet acteur toxique.

Je réussis cela à merveille en partant courir, puis je rentrai et me préparai avant d'aller manger à l'extérieur avec Naomi, qui ne cessa de me parler d'Adam et de son comportement parfois héroïque, parfois infect. J'évitai au maximum ce sujet, préférant discuter d'autre chose, n'importe quoi, tant que cela me permettait de le sortir de ma tête. Elle m'emmena sur une plage privée, et j'adorai pouvoir me détendre avec elle. J'en profitai pour lire, bronzer, et même participer à mon premier cours de surf en fin d'après-midi. Jessica nous rejoignit pour qu'on aille dîner entre filles dans un bon restaurant en bord de plage, ce qui me fit le plus grand bien.

Jess nous raconta ses répétitions pour la troupe de danseurs de Serena Gales. Elle adorait ce travail très physique, mais avouait avoir du mal à suivre ces derniers temps. Il était vrai qu'elle ne dormait pas beaucoup en ce moment, comme tous ceux qui faisaient partie des célébrités de Los Angeles, j'en avais bien l'impression. Tant qu'elle ne tombait pas dans les mêmes vices qu'Adam…

Au bout d'un moment, je ne pus échapper plus longtemps aux questions que j'évitais à tout prix.

— Qu'est-ce que papa t'a dit, hier ?

Je regardai mon verre de vin quelques instants, puis me décidai à répondre :

— Probablement le même discours qu'il t'a tenu des centaines de fois : déçu de mon comportement, ne comprend pas mes choix, pense que j'ai subi ton influence, que je manque de respect à Carter, et blablabla…

Jessica serra les poings, elle paraissait réellement contrariée. Je l'étais autant qu'elle mais, pour mon propre bien, je préférais prendre du recul. Si je ne me détachais pas de tout ça, je finirais par devenir folle.

En revanche, étonnamment, depuis mon arrivée, j'avais nettement réduit mes cachets contre l'anxiété alors que ma vie était bien plus agitée ici qu'à New York.

— Cam, papa est comme il est, il ne changera pas.

— Merci, je sais.

— Ce que je veux dire par là, c'est que tu pourrais rester vivre ici !

J'écarquillai les yeux. Était-elle en train de plaisanter ? Elle attrapa mes mains dans les siennes et me regarda droit dans les yeux.

— Tu n'as plus à te soucier de Carter, papa te prend la tête, et tu pourrais très bien devenir une grande avocate ici, à L.A. !

Ce qu'elle disait avait du sens, mais c'était inenvisageable que je reste ici, pour des raisons évidentes : Adam, leur vie délurée et à des kilomètres de celle que je visais, le fait que je devrais renoncer à mon rêve new-yorkais, et de nouveau Adam. Et je ne pouvais pas faire ça à notre père. Il avait perdu sa femme et le contact avec l'une de ses filles. Il pouvait se montrer imbuvable, mais il nous aimait de tout son cœur. Il était hors de question que je l'abandonne.

— Non, Jess, je rentrerai dimanche.

Elle lâcha mes mains et se laissa retomber sur le dossier de sa chaise, l'air déprimé.

— Ma vie est là-bas…

— Je le sais, *mi vida*, mais j'ai tellement envie que tu restes près de moi !

Je demeurai silencieuse, mais l'expression de mon visage dut faire office de réponse, car j'étais à deux doigts de verser les larmes.

— Et si on sortait vendredi ? Pour s'amuser avant ton départ dimanche ! intervint Naomi.

— Oui, c'est vrai que samedi nous organisons le gala à la villa, donc vendredi, ce sera parfait, renchérit ma sœur.

Le problème était que je ne pouvais pas révéler quoi que ce soit à propos d'Adam, et demander qu'il ne vienne pas serait trop cruel. Non, j'agirais juste comme je me l'étais promis : je l'ignorerais autant que possible.

Nous continuâmes cette agréable soirée entre filles jusqu'à tard. Naomi nous parla beaucoup des vices de Josh, nous expliquant toutes les fois où il l'avait trompée, humiliée et frappée quand quelque chose ne lui convenait pas. Ce qu'elle avait vécu était affreux, ce monstre méritait d'être puni. J'espérais que la situation évoluerait, mais comme il était un acteur connu, je craignais qu'il ne trouve une parade pour s'en sortir presque indemne alors que Noami, de son côté, garderait toute sa vie des séquelles de ce qui lui était arrivé.

Le fait qu'elle se confie lui avait fait le plus grand bien et nous rassura, car elle était certaine de ne plus jamais vouloir avoir affaire à lui. C'était une belle victoire.

Une fois de retour à la villa, je fus étonnée de ne voir que Romeo. Selon lui, Adam était parti et ne reviendrait que tard dans la nuit. J'imaginais bien que, avec les journées de tournage qu'il endurait à l'heure actuelle, il avait besoin de décompresser. Je ne posai aucune question, et ma sœur et moi passâmes un moment sur la terrasse, à rire et à nous remémorer des souvenirs d'enfance. C'était si agréable de la retrouver et de ne l'avoir que pour moi.

J'avais la boule au ventre en me rappelant que je devrais bientôt la quitter. Mon séjour à Los Angeles me donnait l'impression que le temps s'était arrêté, alors que, non, il filait à une vitesse phénoménale. J'avais aussi la sensation que toutes mes émotions étaient décuplées.

Tard dans la nuit, je partis me coucher en ignorant les nouveaux appels de mon père, et ceux de Carter, beaucoup plus nombreux. Je finis par plonger dans un profond sommeil.

Ce bruit… Ce son… D'où provenait-il ? Pourquoi ne s'arrêtait-il pas ? Interrompue dans mon sommeil, j'ouvris les paupières et réalisai qu'il s'agissait du vibreur de mon téléphone. Merde, mais qui pouvait bien me déranger en pleine nuit ?

Je me frottai les yeux pour y voir plus clair et ne reconnus pas le numéro. Étrange. J'avais peu d'amis et je les avais tous enregistrés dans mes contacts. Je laissai sonner, c'était très probablement une erreur.

La personne répéta son appel juste après être passée sur messagerie. Bien que d'abord hésitante, je finis par décrocher.

— Allô ?

Un vacarme insupportable résonna au bout du fil, jusqu'à ce qu'une voix féminine s'adresse directement à moi :

— Désolée d'appeler à cette heure-ci, mais vous êtes bien une amie d'Adam Carrera ?

Je déglutis, ne sachant pas quoi répondre. Comment cette fille avait-elle eu mon numéro ? Était-ce une journaliste ? Mais si c'était le cas, pourquoi me contacter à 3 heures du matin dans ces conditions visiblement tout sauf optimales ?

— Hmm, oui, bien qu'*amie* soit un grand mot.

— Écoute, ton pote est mal… Il refuse de rentrer en taxi pour ne pas être remarqué, et j'aimerais que cette affaire reste entre nous pour éviter tout scandale. La seule solution que j'ai trouvée est d'appeler le dernier numéro qu'il a composé. Je suis désolée, mais je ne sais pas quoi faire de lui.

Merde. Qu'est-ce que c'était que ce plan encore ? Dans quoi Adam s'était-il fourré ? Ma tête me supplia de ne pas me mêler de cette affaire et d'aller réveiller Romeo et Jess. Je me souvins aussi qu'ils devaient se lever d'ici trois heures tandis que, moi, j'avais la journée de libre. Je ne pouvais pas laisser Adam, pas alors qu'il était venu à mon secours deux fois ces derniers jours. Il ne méritait pas d'être abandonné. Et mis à part ses deux colocataires, je n'avais pas l'impression qu'Adam ait beaucoup de monde autour de lui.

— Envoie-moi l'adresse par message, j'arrive.

Chapitre 16

Camila

Je raccrochai et partis avec mon short en coton et mon débardeur, enfilant seulement une veste de sport pour ne pas attraper froid. Une fois au rez-de-chaussée, je me servis dans le tiroir où étaient stockées toutes les clés de voiture et empruntai l'Audi que Romeo avait offerte à ma sœur. Elle m'avait dit de la prendre si j'avais besoin de me déplacer, et là, nous étions dans un cas d'extrême urgence.

Je sortis de la propriété sous le regard curieux d'Abel. C'était lui qui était de garde ce soir, et me voir partir en pleine nuit avait de quoi éveiller sa curiosité. Mais n'ayant pas le temps de me justifier, j'entrai l'adresse que la mystérieuse femme m'avait envoyée dans le GPS et je fonçai dès que le portail s'ouvrit.

Sur la route, je me demandai quoi faire. Comment agir et réagir. Et si Adam refusait de monter avec moi ? Je me préparais déjà psychologiquement à appeler Jess et Romeo en renfort, mais j'allais tout faire pour ne pas en arriver là.

Une fois devant le club, je compris que c'était un lieu très privé et élitiste. Super. Il y avait du monde à l'extérieur, avec un videur qui contrôlait les entrées. Comment avais-je réussi à me retrouver dans une galère pareille ? Je me garai sur le parking destiné aux clients, soupirai, puis pris mon courage à deux mains.

Les quelques personnes que je croisais me regardèrent étrangement ou de travers. Je les ignorai et commençai à me diriger vers l'entrée, mais un homme gigantesque se posta devant moi, les bras croisés sur son torse.

— Vous ne pouvez pas entrer, mademoiselle.

Il était certain qu'avec ma tenue ce serait difficile. Mais dans la précipitation, je n'avais pas vraiment réfléchi à ce facteur.

— Rassurez-vous, je viens juste récupérer quelqu'un.

— Alors ce quelqu'un va vous rejoindre ici.

— Monsieur, s'il vous plaît, il a besoin de mon aide.

— Et qui est ce quelqu'un ?

— Adam Carrera.

Le videur pouffa en secouant la tête.

— Mais oui, bien sûr. Vous n'êtes pas la première fan à vous ramener ici. Dégagez de là avant que j'appelle les flics.

Face à son agressivité, je n'insistai pas plus longtemps et reculai. Je me sentais extrêmement mal à l'aise avec tous ces regards posés sur moi, comme si j'étais une folle tout droit sortie de l'asile. J'avais hâte de m'en aller, mais hors de question que je parte d'ici sans Adam. Je tentai de rappeler le numéro inconnu qui était de toute évidence le sien, mais personne ne répondit.

Je jurai et me passai les mains sur le visage.

— Camila ?

Surprise, je me retournai pour me retrouver devant Chace, le cousin de Romeo, qui sortait à l'instant de la boîte. Ce bel homme entouré de sa cour inspirait la bienveillance, tout comme mon beau-frère. Je me sentis instantanément rassurée de le croiser, et ça n'avait bien entendu aucun lien avec son célèbre rôle de superhéros. Il me scruta d'un air inquiet.

— Est-ce que tout va bien ?

— Oui, j'ai juste besoin d'entrer dans ce maudit club pour retrouver Adam.

— Tu cherches Adam ?

Il sembla plus étonné par cette révélation que par ma tenue vestimentaire.

— C'est compliqué, poursuivis-je pour ne pas m'étaler sur le sujet.

Il fronça les sourcils puis me gratifia d'un sourire franc, avant de déposer la main dans mon dos pour m'inciter à le suivre.

Je me laissai guider jusqu'au videur, qui changea totalement de visage face à une célébrité.

— Rebonsoir, monsieur Evans.

— Rebonsoir, répondit-il avec politesse mais de l'autorité dans la voix. Cette jeune femme doit retrouver son ami, je vous prierais de lui permettre d'entrer.

Le videur me regarda avec la plus grande nonchalance et porta de nouveau son attention sur mon sauveur.

— Mais elle est…

— Venue aider quelqu'un.

Le ton strict qu'il employa incita l'agent de sécurité à me laisser passer.

— Très bien. Mais je prends son téléphone, c'est la règle.

Je soupirai et le lui tendis, encore moins rassurée. J'imaginais que c'était ainsi pour tout le monde, question de confidentialité.

— Tu as besoin que je vienne avec toi ? m'interrogea Chace en s'adoucissant.

Bien que tentée de lui demander de l'aide, je réalisai qu'il en avait assez fait.

— Ça ira, mais merci !

Il hocha la tête puis repartit à ses occupations tandis que j'entrais dans le club, anxieuse.

Évidemment, tout le monde se retourna sur mon passage, car les femmes présentes autour de moi étaient habillées de façon classe alors que j'étais prête à retourner me coucher. Étant donné la chaleur de l'endroit, j'hésitai à retirer ma veste mais mes vêtements attiraient déjà bien assez l'attention, je ne voulais pas me retrouver en plus petite tenue.

Les lieux étaient semblables à une boîte de nuit classique, sauf qu'elle paraissait très sélective. Des groupes étaient assis à des tables autour de bouteilles probablement hors de prix, d'autres dansaient sur la piste de danse, s'embrassaient… Je crus reconnaître de nombreux visages mais ne m'attardai sur personne. Mieux valait éviter les ennuis. Dans son message, la femme qui attendait de laisser Adam m'avait précisé être dans l'un des salons privés du club.

Au bout d'un moment, je pénétrai dans un petit couloir, priant pour qu'Adam soit dans les parages.

J'arrivai devant plusieurs portes indiquant « salle privée ». Il y en avait trois, et j'hésitai longuement avant de frapper à l'une d'elles, puisque évidemment elle ne m'avait pas informée de laquelle il s'agissait. Un homme en sortit, un air mauvais sur le visage.

— Tu es en retard. Et c'est quoi cette tenue ? J'ai pas payé pour ça.

Comprenant à quoi il faisait allusion, je reculai, dégoûtée.

— Je ne suis pas là pour ça, je cherche quelqu'un.

— Peut-être que tu le trouveras dans cette pièce, qui sait, déclara-t-il avec un sourire narquois.

Je levai les yeux au ciel et frappai à la deuxième porte. Cette fois-ci, une jeune femme magnifique apparut et me sonda avant de soupirer de soulagement.

— Tu dois être l'amie d'Adam ?

— En quelque sorte, oui. Je suis Camila, la sœur de sa coloc.

Elle hocha la tête, mais je compris rapidement qu'elle se foutait de qui j'étais, elle voulait uniquement me refiler le problème, en l'occurrence Adam. En parlant du loup, je le retrouvai enfin, sur un canapé, au fond de la pièce, le visage penché en avant. Près de lui se trouvait une autre femme, avec l'air tout aussi las que sa copine.

— Bon, pour te la faire courte, nous avons été envoyées par notre agence pour… le divertir…

Oh ! Adam avait donc fait venir des prostituées ici, dans ce club. J'ignorais pourquoi, mais cette idée me contraria. Il était préférable que je me tienne le plus loin possible de lui pour éviter toute situation incontrôlable. Pourtant, j'étais là, prête à l'aider, et à le ramener coûte que coûte à la villa.

— Et au lieu de s'amuser avec nous, il a voulu prendre du LSD. Visiblement, il n'avait pas anticipé les effets.

Je fronçai les sourcils, réalisant qu'il était totalement défoncé.

— Mais, vous n'avez pas pensé à appeler les secours ? demandai-je, inquiète.

— Il refuse de faire intervenir qui que ce soit, comme je te l'ai dit. De toute façon, ça ne servirait à rien. Il est juste trop défoncé, mais il ne va pas mal.

— C'est ce que je vois, oui.

— Bref, je ne suis pas payée pour être nounou, donc je vais te laisser le gérer. Il serait bien qu'il vomisse un coup, puis prenne une bonne douche froide avant une longue nuit de sommeil.

D'après ce que j'avais cru comprendre, Adam avait déjà été la cible de plusieurs scandales. Pour l'image qu'il était censé communiquer à ses fans et sa carrière, ça n'était pas bon du tout. La drogue était un sujet sensible – et heureusement donc mieux valait pour lui que cela ne se sache jamais.

— Il va se remettre mais il faut veiller à ce qu'il rentre bien chez lui.

Je hochai la tête, écoutant ses conseils, car je n'y connaissais rien dans ce domaine. Ça ne m'avait jamais intéressée ni concernée. Je ne pensais d'ailleurs pas être mêlée à ce genre de situation un jour.

— Bon courage.

Elle me tapa le dos et quitta la pièce avec sa collègue, nous laissant seuls. Je soupirai puis m'approchai d'Adam jusqu'à m'asseoir à côté de lui sur le canapé. La musique résonnait beaucoup trop fort, et j'imaginais que ça ne l'aidait pas. Il fallait que je le sorte de là et qu'il prenne une grande bouffée d'air frais.

— Adam ?

Il ne réagit pas. Je lui touchai le bras, et cette fois-ci il sursauta. Pour autant, il ne parvint pas à se concentrer sur moi. Je descendis, me mis à genoux et relevai son menton du bout de mes doigts jusqu'à croiser ses yeux vitreux. Il n'était plus lui-même, ses pupilles étaient complètement dilatées. Pourquoi en était-il arrivé là ?

— Adam, regarde-moi.

Il se força à m'observer, et je compris qu'il me sondait pour savoir qui j'étais.

— Camila ?

— Oui, c'est moi, Adam. Je suis venue te chercher.

— Mais… Comment tu…

— On en parlera plus tard. Essaie de te lever.

Je me redressai et tentai d'en faire autant avec lui mais, sans sa participation, je n'irais nulle part. Il m'attira à lui, et je me retrouvai assise sur ses genoux, face à lui, toute tremblante malgré la chaleur ambiante.

— Et si on restait ici, toi et moi ?

Son haleine empestait l'alcool, pourtant il était toujours aussi attirant. Ses lèvres si proches des miennes et ses mains tenant fermement le bas de mon dos me déstabilisèrent, mais rien ne pouvait se passer dans cette salle de débauche et avec lui dans cet état. Je fermai les yeux un instant, sentant des papillons envahir mon ventre. Je ne devais pas oublier que, il n'y avait pas cinq minutes, il était exactement au même endroit, avec deux prostituées.

— Adam…, soufflai-je, il faut qu'on rentre à la maison.

Il poussa une mèche de mes cheveux derrière mon oreille et murmura :

— Je sais que tu en as autant envie que moi…

Stop ! Ça devait cesser avant que je fasse une énorme bêtise. Et en ce qui me concernait, je n'avais pas l'excuse d'être dans un état second. C'était mon rôle de mettre un terme à ces conneries.

Malgré mon souhait de m'éloigner de lui pour me protéger, je n'en fis rien et me contentai de prendre son visage entre mes mains pour capter toute son attention.

— On ne fera rien ici. On va rentrer, tu as besoin de repos !

— Je n'ai pas besoin de toi pour ça.

Son attitude commençait à m'agacer. Je n'étais pas une de ses nombreuses poules de luxe, et il allait très vite le comprendre. Je l'obligeai à me lâcher et descendis de ses genoux pour me ressaisir, puis je l'attrapai par les bras pour qu'il se lève à son tour.

— Je t'en prie, aide-moi, je n'y arriverai pas seule.

Il sembla se détendre et forcer son corps à se redresser, puis il se retrouva contre moi, tanguant. Je dus faire appel à toutes mes forces pour ne pas tomber avec lui. Je passai son bras autour de mes épaules et fis en sorte de le soutenir au maximum. Il s'appuya sur moi et, même s'il ne marchait pas droit, il se concentra pour suivre le rythme de mes pas.

— Ça va aller, murmurai-je plus pour moi-même que pour lui.

Il ne répondit rien mais continua à avancer sans broncher. Nous passâmes devant la première porte à laquelle j'avais tapé. L'homme qui m'avait fait une indécente proposition se trouvait sur mon chemin, à mon grand désespoir.

— Tu es certaine de ne pas vouloir rentrer un petit moment ? Ton pote pourra dormir pendant que je te…

— Ferme ta gueule ou je ferai en sorte que tu n'aies plus jamais les moyens de dire quoi que ce soit.

L'agressivité d'Adam me surprit tellement que j'en restai bouche bée. L'homme n'apprécia pas du tout cette menace et s'approcha, prêt à en découdre. Adam n'était pas du tout en état de se défendre. Heureusement, comme par miracle, une silhouette s'interposa. Il s'agissait du videur de l'entrée.

L'homme ne chercha pas plus loin et retourna dans sa pièce privée en prenant soin de claquer la porte. L'agent de sécurité pivota et m'observa sans la moindre émotion.

— M. Evans m'a demandé de veiller sur vous jusqu'à que vous soyez dans votre voiture.

Décidément, Chace avait pensé à tout et avait été d'une grande aide. Je soufflai de soulagement, et le videur prit en charge Adam, qui était déjà reparti dans son état comateux.

Nous n'empruntâmes pas le même chemin qu'à l'aller, et je compris qu'il nous faisait passer par la porte de service. Une fois devant cette dernière, il l'ouvrit, puis la referma.

— Il y a déjà des paparazzis. La rumeur a dû être lancée.

Je réfléchis, le plus rapidement possible, jusqu'à avoir une idée.

— Je vais sortir seule avec lui, ça attirera moins l'attention que si vous êtes là. La voiture est à juste quelques mètres.

Le videur hocha la tête, me rendit mon téléphone et nous souhaita bonne chance. Lorsque je fus de nouveau seule avec Adam, ce dernier s'appuya contre moi, me collant au mur, et je me retrouvai coincée entre le béton froid et son corps chaud si diaboliquement attirant. Un rictus se dessina sur ses lèvres juste assez charnues pour que je veuille les dévorer, tout comme j'aurais adoré plonger les mains dans ses cheveux décoiffés et oublier l'absurdité de ce moment.

— J'ai envie de toi, Camila. Ici et maintenant.

Mon Dieu, pourquoi ses paroles me rendaient si réceptive ? Pourquoi me faisaient-elles un tel effet ? Je venais de le retrouver dans une pièce avec deux prostituées, je ne pouvais pas me permettre de tomber si facilement dans ce piège. Et puis, à l'origine, je le détestais !

Je grognai quand il frôla mes hanches et remis ses mains à leur place, puis il les colla au mur pour encadrer mon visage. Je sentis mon souffle s'accélérer, mais aussi le danger se rapprocher.

— Il faut qu'on rentre, Adam.

— Pour que tu puisses m'ignorer ?

Il n'avait plus aucun filtre, et ses paroles reflétaient comme un reproche. Je n'arrivais pas à le suivre, c'était définitif.

— Non, pour que tu puisses dormir dans ton lit et te reposer.

— Et si je refuse ?

— Je ne te laisse pas le choix.

Je craignais qu'il ne s'effondre à tout instant. Je retirai ma veste et ses yeux plongèrent directement sur le haut de mon corps couvert seulement d'un petit débardeur moulant. Son regard sur moi me causa une chaleur indescriptible. L'effet qu'il me faisait était terrible et destructeur. Et surtout, nouveau pour moi.

Alors qu'il passait les mains dans mon dos jusqu'à me coller complètement à lui, j'écartai toutes mes sombres envies et lui mis ma veste sur la tête pour dissimuler son visage.

— Cache-toi jusqu'à la voiture.

Il fronça les sourcils, mais sembla m'écouter. Après tout, c'était sa carrière qui était en jeu, pas la mienne. Ou peut-être que si, étant donné les risques que j'encourais pour sauver un acteur qui m'avait jetée dans une piscine la dernière fois que j'avais agi dans son intérêt.

Il reprit appui sur moi, et j'ouvris la porte de service, Adam contre moi, priant pour qu'il ne nous fasse pas tomber à la renverse.

Sans surprise, des flashs apparurent et m'éblouirent. Je savais que j'allais de nouveau me retrouver dans des magazines alors que j'étais habillée n'importe comment. Je détestais cette idée mais traîner avec des célébrités ne donnait pas le droit à l'intimité. Des questions s'élevaient autour de moi, les paparazzis voulaient comprendre ce que je faisais ici avec un homme caché par une veste. Heureusement, ils se tenaient derrière le portail du parking et ne pouvaient pas nous atteindre. Les mètres qui nous séparaient nous permettaient de conserver un minimum de dignité.

Une fois à la voiture, j'installai Adam sur le siège passager, l'attachai et montai côté conducteur. Je soupirai de soulagement en prenant la route en direction de la villa.

Un calme pesant régnait dans l'habitacle, une tension palpable demeurait entre nous. J'observai Adam, qui semblait dans ses pensées, et espérai qu'il irait bien. Il ne parla pas du trajet mais je sentis son regard sur mes cuisses dénudées.

Quand nous arrivâmes à la villa, je l'aidai à sortir et demandai à Abel de me donner un coup de main pour l'emmener dans sa chambre, ce qu'il fit sans poser de questions. À son expression, je compris que ce n'était pas la première fois qu'il s'occupait d'Adam.

— Vous souhaitez que je reste, mademoiselle Da Silva ? m'interrogea-t-il alors qu'Adam était assis au bord de son lit.

— Ça va aller, Abel, je vous remercie.

Il hocha la tête et quitta la pièce. Je me sentis nerveuse de me retrouver seule avec Adam dans l'intimité de sa chambre. Néanmoins, je ne pouvais pas partir sans m'assurer qu'il était hors de danger. Je l'accompagnai à la salle de bains. Je lui retirai sa chemise et l'emmenai près des toilettes pour suivre les conseils de la prostituée, même si je n'étais pas certaine de leur pertinence.

— Adam, il faut que tu vomisses, s'il te plaît.

Il secoua la tête en jurant mais je lui donnai un verre d'eau qu'il s'empressa de boire. Puis un second, qui sembla cette fois-ci suffisant pour lui provoquer des haut-le-cœur. Plutôt normal, puisque j'y avais ajouté du sel récupéré en un éclair dans la cuisine.

— Sors de là, m'ordonna-t-il d'un ton autoritaire.

Il ne souhaitait pas que je le voie vomir et je ne le souhaitais pas plus que lui, donc j'obéis et attendis derrière la porte de la salle de bains qu'il évacue au moins l'alcool bu en plus de la drogue qu'il avait prise.

J'en profitai pour faire un tour dans sa chambre. Je fus surprise de découvrir un lieu très sobre, aux murs taupe. Le sol était en marbre et les meubles, blancs, sans photos, sans traces de souvenirs. La pièce était aussi personnalisée que la chambre d'amis dans laquelle je dormais. Elle était grande et la vue était magnifique comme celle de la mienne, étant donné qu'elles étaient collées. Sa terrasse était plus imposante et un canapé d'extérieur était posé sur le côté.

Au bout de dix minutes, je frappai à la porte, et Adam grogna quelque chose m'indiquant que je pouvais entrer. Il était assis sur le sol, la tête en arrière, contre le mur, mais apparemment bien réveillé.

Je lui tendis les mains pour l'aider, mais il se releva seul et commença à se brosser les dents. Après qu'il eut fini, je lui demandai d'ôter ses chaussures et chaussettes puis le poussai gentiment sous la douche. Encore bien défoncé, il sursauta quand j'allumai l'option « pluie » de sa douche italienne et qu'il termina trempé. Il sembla recouvrer davantage ses esprits, et je n'en fus que plus rassurée.

— Tu devrais retirer tes vêtements, lui conseillai-je.

Je tournai les talons pour le laisser se laver mais, contre toute attente, il attrapa mon bras et me plaqua contre le mur, me fixant intensément. Choquée, je terminai aussi mouillée que lui et fus incapable de dire ou faire quoi que ce soit. Nous étions tous les deux sous cette douche, plus ou moins habillés, ne lâchant pas l'autre des yeux. Depuis le trajet en voiture, la tension s'était considérablement accentuée et les sensations dans mon bas-ventre m'effrayèrent. Je brisais toutes mes limites, une à une.

Il approcha son visage, jusqu'à coller son front contre le mien. Son souffle désormais mentholé me donnait envie de céder et de laisser libre cours à mes désirs. Mon Dieu, moi qui n'avais jamais cru à la réalité de ce genre d'instant, je tombai de haut tant c'était intense et excitant.

Seulement, un élan de clarté me fit revenir à la raison. Agir ainsi serait une énorme erreur, et je ne voulais pas être une de des conquêtes dont il ne se souviendrait même pas le lendemain, surtout qu'il n'était pas dans son état normal.

Adam allait m'embrasser, je le sentais, et je le voulais plus que tout. Mais je refusais d'abaisser toutes mes barrières. Quand ses délicieuses lèvres frôlèrent les miennes, je murmurai un « stop » à peine audible, et m'écartai, les yeux fermés.

Lorsque je les rouvris, Adam paraissait déçu et en colère. Constatant qu'il semblait avoir retrouvé ses esprits, je me précipitai hors de la douche et courus de sa chambre à la mienne, me laissant tomber contre la porte que j'avais pris soin de refermer. Mon cœur battait la chamade, et c'était sûrement ce qui me faisait le plus peur. Même avec Carter, l'homme que j'avais aimé et avec qui j'avais partagé toutes mes premières fois, jamais je n'avais ressenti un désir aussi fort. Ce genre de désir qui prenait aux tripes et ne demandait qu'à être assouvi.

Ce soir, j'avais merdé.

Chapitre 17

Adam

Un putain de tambour. Voilà ce qui tapait dans mon crâne. Quand je me réveillai en boxer dans mon lit ce matin-là, il me fallut plusieurs minutes pour me remémorer comment j'avais atterri là et ce qui s'était passé.

Avant de faire marcher mes neurones endoloris, je pris l'aspirine accompagné du verre d'eau sur ma table de chevet. Un petit mot avec indiqué « Pour te remettre en forme, babe ». J'allais vraiment devoir échanger avec Carla, qui se méprenait sur la nature de notre relation. C'était de plus en plus fréquent, ces surnoms, ces gestes…

Je décidai de me remémorer la soirée de A à Z. J'avais eu besoin de me vider la tête, je m'étais rendu seul au Private Love Club, et j'avais réservé une salle avec deux prostituées, Wendy et Candy, pour passer un bon moment de détente. Je m'étais rendu compte que je n'avais pas envie d'elles malgré l'alcool que je m'étais enfilé, alors j'avais pris un peu de LSD. Jusque-là, c'était plutôt clair, mais la suite était floue.

Oh ! bordel ! Mais bien sûr, Camila avait débarqué de nulle part, pour m'aider tel un ange gardien alors que Wendy insistait pour me foutre dans un taxi. Cette conne ne réalisait pas les conséquences que cela pouvait avoir. Qu'elle ait appelé Camila était improbable mais elle l'avait fait. Ce qui était encore plus surprenant était que celle-ci était venue. Je me souvenais de ses mains, son visage, son corps sur mes genoux… Mais merde, comment avait-elle pu savoir où j'étais ?

Je fouillai mon téléphone et compris. Elle avait reçu l'adresse du club. Son numéro était enregistré, car je l'avais déjà appelée. C'était lorsque nous la cherchions après le restaurant et que je l'avais retrouvée entourée de paparazzis. Mais ça n'expliquait pas pourquoi elle était venue, et seule qui plus est.

Je me souvins de ce mec qui voulait la baiser et que j'avais eu envie de détruire sur place, puis de ce couloir, où j'avais terriblement souhaité lui arracher son débardeur moulant. Mais bien que j'aie senti la réciprocité de mon désir, elle n'avait pas cédé. Et jamais elle ne m'avait laissé tomber. J'étais impressionné par sa ténacité et je devais avouer avoir du mal à la comprendre. Ce n'était pas comme si j'avais toujours été agréable avec elle.

Le moment où elle avait dissimulé mon visage à défaut du sien me revint et me fit me culpabiliser. Elle n'avait rien demandé, et mon comportement l'avait mise en danger.

Puis je me souvins de la douche… J'étais sur le point de lui faire l'amour contre ce mur tant mon désir pour elle me dévorait sur place.

Maintenant que je me rappelais tout, je ne voulais qu'une chose, aller la trouver, la remercier et, surtout, combler ce besoin de l'avoir, peu importe ce qu'en penserait Jess. Il ne s'agissait plus d'un caprice ou d'une envie de sexe passagère, c'était bien plus puissant. C'était effrayant et captivant, une dépendance à laquelle je ne souhaitais plus du tout résister.

J'avais encore bien mal au crâne. J'avais vraiment abusé hier soir, et si Camila ne m'avait pas sorti de tout ça, j'ignorais comment la situation aurait tourné. En tout cas, les paparazzis n'en auraient pas raté une miette. Mon agent m'aurait certainement appelé pour m'annoncer la fin de mon rôle dans *L'Emprise de l'Alpha*, et ça aurait été mérité. Ils m'avaient demandé une seule chose : éviter à tout prix la presse à scandales.

Je décidai de reprendre une douche et de ne plus ignorer mon excitation en repensant à Camila dans ce même endroit, cette nuit, avec moi. Elle semblait avoir été prête à accepter sa défaite, prête à me laisser l'embrasser.

Après avoir enfilé un T-shirt et un jogging, je réalisai que j'avais raté une répétition. Je me contentai d'envoyer un message à Brie pour indiquer que j'étais malade et que je ne viendrais pas de la journée. Mes cernes ne tromperaient personne, je n'étais pas en état.

Je descendis et me préparai un petit déjeuner. Tout en croquant dans une pomme, je cherchai Camila dans toute la villa mais ne la trouvai pas. Je tombai en revanche sur Jess, qui paraissait très en retard, vu son agitation. Plus je les observais, plus sa jumelle et elle me semblaient différentes. Malgré leurs visages aux nombreuses similitudes, elles dégageaient toutes deux des choses qui n'avaient rien à voir.

— Oh ! tiens, Adam, ça va ? T'es rentré tard hier soir ?

Alors Camila n'avait rien dit. Je ne savais pas pourquoi elle avait choisi de garder le secret mais ça me convenait très bien.

— Ouais, un peu, répondis-je en haussant les épaules.

Jess attrapa un mug, le remplit de café et se fit une queue-de-cheval. Tous ses mouvements accentuaient mon mal de crâne.

— T'as loupé le tournage aujourd'hui ! m'indiqua-t-elle, comme si je ne le savais pas.

— Ouais.

— Romeo m'a dit qu'ils vont se focaliser sur ses scènes.

Je hochai la tête, ravi qu'ils aient pu trouver une solution de rechange. Non, en fait, je m'en contrefoutais.

Jess me prévint qu'elle ne rentrerait pas avant tard ce soir et partit en courant. J'en vins à me demander si cette fille avait déjà été à l'heure une fois dans sa vie.

J'entendis des pas et me redressai, ressentant une drôle de nervosité à l'idée de voir Camila. Pas de bol, ce n'était pas elle, mais Naomi, qui débarqua dans la cuisine vêtue d'une nuisette. Elle me gratifia d'un joli sourire séducteur. Si elle pensait que je n'avais pas compris ses allusions et signaux, elle se trompait. Je faisais juste semblant de ne pas les remarquer.

— Bien dormi, Adam ? s'enquit-elle en se préparant une tartine.

— On peut dire ça, et toi ?

Je n'étais pas un grand bavard, mais je n'avais rien de mieux à faire, alors autant me montrer un minimum sympa avec notre invitée.

— J'ai rêvé de toi cette nuit, m'annonça-t-elle.

Je me demandais bien où était passée Camila. Dormait-elle encore ? D'après ce que j'avais compris, elle était plutôt matinale.

— Tu sais où est Camila ?

Naomi parut vexée que j'ignore son commentaire et que je ne cherche pas à en apprendre davantage, mais je m'en contrefoutais autant que du tournage que je ratais aujourd'hui. Je n'avais pas envie de faire semblant.

— Elle est partie courir, j'imagine.

Je décidai d'aller boire mon café sur la terrasse le temps qu'elle revienne. J'avais conscience de foncer droit dans un mur en souhaitant davantage avec elle, étant donné qu'elle s'en allait dans à peine quelques jours.

Une bonne heure plus tard, j'entendis des voix dans la cuisine. Je reconnus sans mal celle de Camila. Essoufflée, elle portait son legging qui la rendait terriblement sexy. Je pris le temps de la mater jusqu'à qu'elle pivote vers moi, comme si elle avait senti mon regard sur elle. Elle me fixa de ses yeux vert clair et finit par se retourner sans même me dire bonjour.

Je ne me démontai pas et la rejoignis. Naomi était là, j'étais persuadée qu'elle avait compris mes intentions, mais elle ne se cassa pas pour autant. À croire que son boulot dans le marketing ne l'occupait jamais suffisamment.

— On peut parler ? demandai-je à Camila, qui agrippa vivement le plan de travail.

Je lui faisais de l'effet, c'était indéniable. Et au fond, j'adorais ça.

Je rêvais de poser mes lèvres sur sa nuque et de la torturer de mes mains alors qu'elle ferait son possible pour paraître impassible.

— Pas maintenant, rétorqua-t-elle en partant en direction de sa chambre.

Je la suivis sous les yeux ébahis de Naomi, mais ce qu'elle pensait était réellement le cadet de mes soucis.

Arrivé à l'étage, je coinçai la porte avec mon pied avant que Camila ne s'enferme dans sa chambre, entrai et la refermai moi-même.

— Si, maintenant.

Elle me fusilla du regard et recula. Quel était son problème ? Pourquoi faire tout ça la veille pour finalement la jouer distante ? Il était évident que nous avions pris un tournant dans notre relation. Un tournant que j'allais finir par réduire en miettes, étant donné que j'étais Adam Carrera. Un gars qui ne savait pas aimer ni être aimé.

— Adam, qu'est-ce que tu me veux ? demanda-t-elle sérieusement.

J'étais tenté de quitter la pièce pour éviter cette discussion que je passais ma vie à fuir comme les ex collantes et les responsabilités. J'avais bien assez de contraintes dans ma profession pour ne pas me pourrir l'esprit avec des sujets futiles. Pourtant, j'étais toujours là, face à elle.

— Pourquoi t'as fait ça hier ?

— Pourquoi j'ai fait quoi ?

Le faisait-elle exprès ? Ou se moquait-elle ouvertement de moi ?

— Tu sais très bien de quoi je parle !

— Oh ! tu veux peut-être parler du fait que je suis allée te récupérer au fin fond d'un club craignos en pleine nuit parce qu'une de tes prostituées m'a appelée ?

Vu sous cet angle, la situation ne faisait pas rêver. Mais ça ne changeait rien ! Je savais exactement ce qu'elle faisait : elle extériorisait sa colère, car avouer autre chose était au-dessus de ses forces.

— Et tu es venue.

Elle verrouilla son regard au mien, et j'eus un instant envie de me perdre dans ce vert magnifique et d'allonger Camila sur son lit pour lui montrer ce que j'attendais impatiemment de lui faire.

— Je suis venue parce que tu étais en détresse.

— Tu aurais pu appeler n'importe qui, tu aurais pu me laisser, mais tu ne l'as pas fait.

Je m'étais rapproché d'elle machinalement. Accordais-je trop d'importance à son geste, parce qu'on ne m'avait jamais protégé de cette manière ? Peut-être… Mais peu importe. J'adorais ce petit jeu.

— Adam, quoi que tu imagines, enlève-toi cette idée de la tête.

— Laisse-moi au moins te remercier comme tu le mérites…

Je caressai son bras et descendis la main près de sa poitrine couverte d'un débardeur de sport. Juste un geste, quelques millimètres, et je goûterais l'interdit.

Elle ferma les yeux et son souffle saccadé me conforta dans l'idée qu'elle me désirait autant que je la voulais. C'était peut-être ça qu'il nous fallait. Une grosse séance de sexe qui comblerait nos envies mutuelles avant que chacun retourne à ses occupations.

— Personne n'en saura rien, murmurai-je en m'approchant jusqu'à coller mon corps au sien, rempli de frissons.

Je caressai cette fois-ci son cou, puis descendis mes doigts le long de ses seins, puis de son ventre, jusqu'à ce que, à ma grande surprise, elle me repousse brusquement.

— Stop ! Arrête ça immédiatement.

Pourquoi résistait-elle à ce point ? Pourquoi voulait-elle nous frustrer tous les deux ? Je cessai tout mouvement, car forcer les femmes était quelque chose qui me débectait au plus haut point. Toutes celles qui avaient partagé mon lit étaient totalement consentantes. Suppliantes, même.

— Tu ne me plais pas, Adam. Je refuse que tu me touches. Je refuse tout ce qui vient de toi.

Aïe. Je ne m'attendais pas à une telle violence et mon ego en prit un sacré coup. C'était bien la première fois qu'on osait me dire non, d'autant plus avec une telle agressivité. Je reculai et la foudroyai du regard.

— Qu'est-ce qui te prend ?

Elle n'était pas naturelle. Ce n'était pas la Camila qui m'avait empêché de conduire ma voiture défoncé, qui m'avait serré dans ses bras lorsqu'elle était en larmes et encore moins celle qui m'avait récupéré au club. J'étais peut-être crédule, mais je savais reconnaître un regard, l'attitude d'une femme que je consumais.

— Oui, je t'ai aidé hier, mais je l'aurais fait pour n'importe qui. Tu veux me remercier ? Fiche-moi la paix jusqu'à mon départ dimanche.

C'était donc ça qu'elle voulait. J'essayai de chercher le regret dans son regard mais celui-ci était assombri par la colère, bien que je sois persuadé d'y avoir lu une certaine tristesse. Malgré tout, ses paroles étaient claires, et je n'allais pas tenter quoi que ce soit après ça.

— Très bien.

Je quittai la pièce sans claquer la porte pour ne pas lui montrer à quel point elle venait de toucher quelque chose que je pensais inexistant chez moi. Je n'avais plus qu'à attendre qu'elle se casse pour retourner à sa petite vie soporifique loin d'ici.

Chapitre 18

Camila

Je passai l'après-midi enfermée dans ma chambre. Rejeter Adam avait été vraiment difficile, j'avais détesté ça. Oui, j'avais envie des mêmes choses, je le désirais, et sentir ses mains sur moi avait bien failli me faire perdre tout contrôle. Et justement, c'était tout ce que je voulais éviter.

Je ne voulais pas souffrir, je n'étais pas assez forte. Je savais que, si je le laissais m'atteindre ainsi, cela ne resterait pas uniquement sexuel. Du moins, de mon côté.

Il ne voulait combler ce désir que nous avions de toute évidence l'un pour l'autre que pour retourner ensuite à ses occupations. C'était une prostituée qui m'avait appelée la veille, cela prouvait à quel point nous vivions dans deux univers opposés.

Je refusais qu'il m'approche parce que j'ignorais quelle était ma capacité à lui résister. D'ici quelques jours, je serais partie pour de bon loin de lui, loin de cette tentation qui torturait la femme libérée en moi. Ce côté que j'avais enfermé à double tour pour être certaine qu'il ne ressorte jamais. Pourtant, Adam faisait tout ressortir.

Le soir même, je trouvai une excuse pour ne pas avoir à le croiser. Ma sœur mangea avec moi sur la terrasse de ma chambre, et rire avec elle me fit le plus grand bien. J'étais heureuse qu'elle ne se doute de rien à propos de ce qui s'était passé ; même si, finalement, il n'y avait rien eu de vraiment notable. Pourtant, c'était assez pour que je préfère le lui cacher.

— Que vas-tu faire pour Carter ?

Carter... J'avais imaginé une vie simple et sans trop de rebondissements avec lui. Cela me faisait désormais beaucoup moins envie, et j'ignorais quoi faire maintenant que tout avait basculé.

— Je n'en sais rien, avouai-je en soupirant.

— Tu ne vas quand même pas le pardonner ?

— Je n'en serai pas capable.

— J'espère bien ! Il finirait par recommencer et, crois-moi, le fait que tu t'en sois rendu compte avant de vivre avec lui est la meilleure chose qui pouvait t'arriver.

Jess avait raison. Carter n'était pas digne de confiance. M'aurait-il avoué son infidélité si je n'avais rien découvert ? Tant de questions sans réponses... J'aurais de toute façon une sérieuse discussion avec lui dès mon retour, bien que ça ne change rien à ma décision. Avant d'être amants, nous étions amis. Je n'étais pas certaine d'être prête à totalement le sortir de ma vie.

— Ce n'est pas facile, mais ça va aller.

Ma jumelle prit ma main et la caressa de ses doigts avec un sourire plein de compassion. Quelque chose avait changé chez elle, elle était plus mature, plus sereine. Ça lui allait à merveille, et je remerciai intérieurement Romeo d'avoir su apaiser ses peurs et chasser ses mauvais démons.

— Ça ne sera pas facile mais tu t'en sortiras, parce que tu es la personne la plus forte que je connaisse ! m'assura-t-elle.

— N'importe quoi.

— Si, *mi vida*. Tu as su garder la tête haute quand maman est... partie, alors que j'ai conscience d'à quel point tu en as souffert. Tout te réussit, tu es brillante, et ce n'est pas un loser comme Carter qui va t'en faire douter !

Ses paroles m'allèrent droit au cœur. Ma sœur n'était pas le genre de personne à faire des déclarations, mais celle-ci me toucha particulièrement. Je me levai pour la serrer dans mes bras.

— Je t'aime tellement, lui chuchotai-je.

— Moi aussi, et savoir que tu vas partir me détruit le moral…

— Je suis encore là…

Après une longue étreinte, nous continuâmes notre discussion et, de nouveau, je réalisai que j'avais envie de repousser mon départ, mais ce n'était pas possible. Je devais reprendre ma vie et rester loin d'Adam Carrera.

Le lendemain, je décidai de réviser le droit en bronzant au bord de la piscine. J'avais passé la journée seule, et ça m'avait fait un bien fou. Jess, Romeo et certainement Adam étaient au travail tandis que Naomi se trouvait chez sa mère pour plusieurs jours, voire semaines, le temps que l'histoire avec Josh se tasse. Elle m'avait promis de venir à New York très bientôt. Son métier lui permettait de travailler d'où elle voulait, tant qu'elle avait son ordinateur avec elle.

En fin d'après-midi, j'entendis du bruit dans le salon. Du bruit qui se rapprocha de moi. Je plissai les yeux pour voir ce qui se passait et reconnus la silhouette musclée d'Adam avec une femme. Je me penchai et remarquai qu'il s'agissait de Carla, la gouvernante de la maison. Elle le poussa sur le canapé et le chevaucha sans attendre, sous mon regard écœuré.

— J'ai très envie de le faire dans la piscine, lui glissa-t-elle.

Oh non, merde !

J'observai tout autour de moi, il n'y avait aucune échappatoire, ils allaient forcément me voir. Cette villa n'était-elle donc pas assez grande ?!

Je les entendis approcher et fis semblant de me replonger dans mon livre.

— Bordel ! Désolée, ma belle, les lieux sont déjà pris.

Je ne pus m'empêcher de fusiller Adam du regard, qui me contemplait d'un air provocateur semblable à celui qu'il aimait tant arborer lors de nos premiers échanges. Vivre près de deux semaines avec quelqu'un pouvait créer tant de sentiments et de ressentiments… Ça m'en donnait le tournis.

— Va m'attendre en haut, j'arrive, reprit-il.

Ne pouvait-il pas se contenter de la suivre ? Pourquoi restait-il dans l'encadrement de la baie vitrée ? Eh merde, pourquoi avançait-il jusqu'à moi ?

— Tu couches avec elle, n'est-ce pas ?

Mon ton était nonchalant. Je n'avais aucune légitimité à me mêler de ses affaires. J'avais choisi de couper court à tout rapprochement entre nous.

Son regard se planta dans le mien, me déstabilisant, comme toujours. Il se pencha vers moi, réduisant encore la distance pourtant déjà trop petite entre nous. Les muscles de ses bras se dessinaient et son torse nu me mettait mal à l'aise.

— Ça te dérangerait si c'était le cas ?

Son sourire arrogant me donna à la fois envie de le gifler et de me cacher dans un trou de souris. Sa question, bien que pleine de vanité, était, contrairement à ma réaction, légitime.

Je repris mes esprits et bombai le torse.

— Pas du tout.

— Tu es sûre ? murmura-t-il en s'approchant un peu plus, réduisant mon assurance à néant.

Je me surpris à observer ses lèvres légèrement charnues un instant et m'arrêtai.

— Certaine.

J'étais fière de mon air impassible. Adam ne devait surtout pas découvrir la moindre faille. C'était un manipulateur très doué, et je n'étais pas dupe. Il profiterait de n'importe quelle faiblesse pour me blesser ou la retourner contre moi d'une manière ou d'une autre. Il ne m'aimait pas et ne s'en était jamais caché.

— Alors oui. Je la baise dans tous les recoins de cette baraque. Même là où tu dors.

Je pris sur moi pour ne pas réagir à sa provocation. Jamais je ne lui ferais ce plaisir. Je devais me rappeler de le détester.

Je soutins son regard jusqu'à me sentir faiblir sous le poids d'émotions inconnues qui me dévoraient.

Soudain animée d'un courage inespéré, je fermai mon livre de droit et me tournai de manière à quitter le transat. Avant que je me lève, il se saisit de mon visage et m'obligea à le regarder.

— Tu peux nier autant que tu le veux, ce qui s'est passé hier était réel.

Non, il ne pouvait pas me dire ça, pas alors que ma vie m'attendait sagement à New York.

— Adam, tu es acteur, non ? Tu devrais le savoir quand quelqu'un n'est pas sincère.

Je lui adressai mon sourire hypocrite le plus crédible et me levai sous son regard meurtrier.

Il n'ajouta rien et, heureusement pour moi, me laissa partir. Mon instinct me criait que, s'il m'avait retenue, j'aurais commis la plus grosse bêtise de mon existence. Je savais ce qu'il me restait à faire, quitter Los Angeles et découvrir ma nouvelle vie.

Chapitre 19

Camila

Durant ces dernières quarante-huit heures, j'avais réussi à éviter Adam au maximum, sauf lors de sa petite scène pitoyable avec Carla. Celle-ci ne semblait pas si satisfaite que ça, vu sa façon de claquer la porte en partant, quelques minutes plus tard. Décidément, il ne pouvait s'empêcher de faire du mal.

Ce soir, c'était la dernière grosse sortie avec Romeo, Jessica et, bien évidemment, Adam. J'avais hésité à tout expliquer à ma sœur, mais je n'en avais pas eu le courage. Je ne voulais pas créer de conflits à moins de deux jours de mon départ. Tant pis, je prendrais sur moi, en espérant qu'il irait dans son coin comme il aimait si bien le faire. Il devait bien rester une ou deux prostituées qu'il n'avait pas encore payées pour passer du temps en sa compagnie.

Ma sœur insista pour m'aider à me préparer. Je la laissai faire et je finis avec une robe noire, dos nu, moulante, courte, à bretelles avec des détails brillants sur le décolleté, une tenue à la fois chic et sexy. Je n'aurais jamais osé porter de tels vêtements sans son initiative, mais je devais pourtant avouer que Jess avait de très bons goûts et savait à la perfection mettre un corps en valeur. Avec de belles sandales à talons noirs et la queue-de-cheval haute qu'elle m'avait faite, je me sentais en confiance.

Ma sœur opta pour une combinaison sophistiquée et sexy rouge bordeaux. Elle lui allait à merveille, surtout accompagnée de ses escarpins assortis. Elle dompta sa chevelure rouge en un chignon élégant.

Lorsque nous rejoignîmes les garçons au rez-de-chaussée, je devinai le regard brûlant d'Adam sur moi. Je résistai à l'envie de le déshabiller des yeux. Sa chemise noire et son jean gris foncé le rendaient sexy et encore plus mystérieux. Il prit une veste qu'il balança sur son épaule et se dirigea vers le garage sans dire un mot. Puis il partit de son côté. Il ne semblait pas souhaiter faire le trajet avec moi. Heureusement, ses colocataires n'y firent pas plus attention que ça, ils étaient certainement habitués à son comportement parfois imbuvable.

Romeo complimenta sa petite amie et, pendant un instant, j'enviai leur complicité et leur amour mutuel. Ils étaient très beaux à regarder.

À notre arrivée à la boîte, qui était beaucoup plus grande que les précédentes, Adam s'échappa rapidement, ce qui me soulagea. Quant à moi, je pris quelques cocktails avec mon beau-frère et ma sœur. Nous enflammâmes la piste de danse, et je profitai vraiment de ce moment. C'était tout ce dont j'avais besoin avant de me retrouver à nouveau dans l'engrenage new-yorkais avec mon père. La liberté et l'insouciance avaient du bon et me donnaient envie d'arrêter le temps.

Je ne regardais pas l'heure, riant, dansant avec deux personnes qui allaient terriblement me manquer d'ici quelques jours…

— Je vais reprendre un verre, je reviens ! leur indiquai-je avant de m'éloigner vers le bar, encore euphorique.

À peine eus-je passé ma commande que je sentis quelqu'un me tirer si fort que j'en fis tomber mon portable sur le sol. Le cerveau ralenti par l'alcool, je n'eus pas le temps de crier ou de voir de qui il s'agissait que je fus poussée contre une porte en métal par un homme qui me tenait fermement. Elle s'ouvrit sur une petite cour et, quand je reconnus enfin celui qui me faisait face, mon cœur faillit cesser de battre.

Oh ! mon Dieu…

— Surpris de me voir ?

Josh était là.

— Josh, je ne sais pas ce que tu es en train de faire, mais…

Je voulus le contourner pour atteindre la porte, mais il me poussa avec une telle violence que je manquai de perdre l'équilibre.

— Naomi m'a quitté à cause de toi ! me lança-t-il d'une voix effrayante et lourde de reproches.

J'avais peur, prétendre le contraire aurait été mentir. Je savais me défendre d'ordinaire, mais dans ce contexte j'étais paralysée, ignorant de quoi il était capable.

— Ce n'est pas à cause de moi, dis-je, tentant de le raisonner.

— Tu vas me faire croire qu'elle est partie seule ? Sans ton influence de merde ?

Ses yeux injectés de sang n'annonçaient rien de bon, il empestait l'alcool et faisait de trop grands gestes.

Je savais qu'il ne fallait pas répondre à la violence par la violence. Je devais me montrer forte, mais pas provocatrice. Sa colère devait redescendre à un stade « normal » si je ne voulais pas que tout ça dégénère. Ma stratégie était de tout faire pour ne pas jeter de l'huile sur le feu.

— Elle a besoin de se retrouver, lui affirmai-je avec calme, faisant tout pour cacher ma peur.

J'analysai le plus discrètement possible les alentours et n'en fus pas plus rassurée. Nous étions derrière la boîte, Romeo devait danser avec ma sœur, Adam draguer tout ce qui passait avec je ne sais quelle substance toxique dans le corps. À une heure si tardive de la nuit, personne ne se baladait dans la cour arrière d'une discothèque. J'étais seule face à cette situation.

— Bien sûr, puisque tu lui as foutu cette idée dans le crâne.

Il me pointa du doigt en s'approchant trop à mon goût, m'obligeant à reculer. Son regard me balaya d'un air qui n'annonçait rien de bon. Il était de toute évidence bourré, drogué, et n'était plus lui-même. C'était ce qui rendait cette situation aussi dangereuse.

— Là, je suis fou de rage, reprit-il, plus doucement. Et c'est ta faute si Naomi n'est pas là pour me calmer.

Son ton de psychopathe me fit m'écarter à nouveau. Pas besoin d'être un génie pour comprendre où il voulait en venir. Il pouvait toujours aller se faire voir s'il imaginait pouvoir m'imposer quoi que ce soit. Je n'étais pas sa petite amie ni sa victime. Si besoin, je me rebellerais contre lui autant que mes forces me le permettraient.

— Ne fais rien que tu pourrais regretter, dis-je sans agressivité.

Il sourit en envahissant définitivement mon espace vital.

— Qui a parlé de regret ? Je te veux depuis que je t'ai vue dans ton joli petit legging moulant à la villa.

Il voulut attraper une mèche de mes cheveux, mais par réflexe, je repoussai sa main sans ménagement.

— Ne me touche pas, espèce de malade.

C'était foutu, la colère m'envahissait. Je ne pouvais plus cacher mon dégoût envers ce connard. Il m'empêchait d'atteindre la porte de secours de la boîte et j'espérais que n'importe qui l'emprunte pour constater la situation dans laquelle je me trouvais.

— Sinon quoi ?

— Sinon je ferai en sorte que tu passes le reste de ta misérable vie en prison, lui lançai-je.

Il attrapa cette fois-ci mon cou et me poussa contre le mur derrière moi, me coupant le souffle.

— Je te jure que tu vas regretter d'avoir fourré ton nez là où il ne fallait pas et ravaler tes pitoyables menaces.

Sa main m'empêchant de respirer, je le griffai autant que possible en essayant de l'écarter de moi. Au bout de quelques secondes qui me parurent des années, il me relâcha, et je m'écroulai sur le sol, tandis qu'il reculait d'un pas en se tapant les mains.

— Y a du monde ici, je ne suis pas assez con pour aller plus loin. Mais crois-moi, espèce de garce, on n'en a pas fini.

Il m'observa et, alors que j'imaginais qu'il allait me frapper, il tourna des talons et se dirigea vers la porte, avant de l'emprunter et la refermer derrière lui.

Sous le choc, je repris mon souffle pendant de longues minutes, puis éclatai en sanglots, traumatisée par cette violence. Ce mec avait bien plus qu'un grain et mon instinct me criait de fuir avant qu'il mette ses menaces à exécution.

Après un moment qui me parut interminable, je me relevai, essuyai mes larmes et remis ma robe correctement. Je passai la porte et me sentis rapidement oppressée au milieu de cette musique bien trop forte. Je n'avais qu'une envie, prendre une douche et courir me réfugier dans mon lit afin de craquer une bonne fois pour toutes.

Alors que j'avais la tête qui tournait comme si j'avais beaucoup trop bu, une main se posa sur mon épaule, me faisant hurler de peur. Heureusement, mon cri fut partiellement camouflé par les basses. Mon cœur rata un battement, mais repartit de plus belle quand je découvris Adam, et non ce psychopathe de Josh.

— T'étais où ? Jess te cherche partout. Quelqu'un l'a appelée et lui a filé ton portable tombé à côté du bar.

Je sentis à son ton agacé qu'elle avait dû le réquisitionner pour me retrouver alors qu'il avait clairement autre chose à faire.

Il s'arrêta sur mon visage, l'air plus concentré, fronçant les sourcils.

— Est-ce que ça va ?

Il voulut me toucher le bras, mais j'eus un brusque mouvement de recul, jusqu'à qu'il m'attrape par la taille pour m'éviter de bousculer d'autres personnes et de nous créer des ennuis. J'essayai de me dégager mais il me tenait trop fermement pour que je puisse faire quoi que soit.

— Tu trembles, ajouta-t-il près de mon oreille, plus pour lui-même.

Je n'eus pas le temps de réagir qu'il m'entraîna avec lui plus loin, vers l'entrée de la boîte, là où la musique était moins forte et où les clients ne venaient pas traîner.

— Il s'est passé quelque chose ?

La fermeté de sa voix mêlée à son regard sombre, profond et inquisiteur me déstabilisa. J'osai l'affronter, puis détournai les yeux, de peur de craquer maintenant, avant d'être seule.

— Je vais rentrer, me contentai-je de répondre. Tu peux prévenir les autres ?

Il continua de m'observer attentivement, hocha doucement la tête et m'attrapa de nouveau le bras, sans violence. Il m'entraîna dehors et, une fois dans la rue, je tremblais toujours, cette fois-ci de froid plus que de peur. Adam ne m'appréciait pas mais il ne me ferait pas de mal, j'en étais convaincue. Pas après ce que nous avions déjà fait l'un pour l'autre sans réellement le vouloir. J'éprouvais étrangement une certaine confiance en lui et une sorte de sentiment de sécurité.

Il retira sa veste noire et me la balança presque trop brusquement, à tel point que je faillis ne pas la saisir au vol.

— Mets-la sur toi.

Je l'observai à mon tour, surprise de cette attention qui ne lui ressemblait pas. Cependant, je ne me fis pas prier pour m'emmitoufler dedans.

Adam sortit son téléphone et le plaça près de son oreille, me laissant l'occasion de l'admirer davantage. Sa musculature continuait de m'étonner. Pour entretenir un corps pareil, il devait certainement s'entraîner plusieurs heures par semaine. Je l'avais déjà vu partir courir à l'aube et revenir au moment où je commençais mon sport. Il squattait probablement la salle de musculation de la villa après son cardio. Sa beauté et son charisme ne laissaient aucune place au doute : son succès auprès des femmes était amplement justifié.

— Ouais… elle est avec moi… Non, reste avec Rom… je m'en occupe… oui, putain, si je te le dis… oui, oui… allez, à plus tard.

Je haussai les sourcils quand il raccrocha. Il soupira et se tourna vers moi, me fixant de ses yeux marron foncé aux touches dorées envoûtantes.

— Je te ramène, m'annonça-t-il.

— Oh ! ne t'embête pas, je peux prendre un taxi et…

— J'ai dit à ta sœur que je me chargeais de te ramener, alors je te ramène, me coupa-t-il fermement.

Son attitude n'avait aucun sens. Pourquoi me raccompagnait-il, gâchant ainsi la fin de sa soirée ? N'en avait-il pas déjà assez fait en me cherchant dans toute la boîte ?

Il ne me laissa pas le choix et me fit un signe de tête pour m'indiquer de le suivre, ce que je fis sans l'interroger davantage. Au fond, je n'attendais que de rentrer.

Quand il déverrouilla sa moto et grimpa dessus, je reculai et me crispai en l'observant. Il était hors de question que je monte là-dessus alors qu'il avait certainement pris je ne savais quoi tout au long de la soirée.

— Ne fais pas l'enfant, monte !

— Tu n'es pas en état de…

— Arrête tes stupides accusations. Je n'ai bu que deux bières, et je n'ai consommé aucune drogue. Je n'avais pas la tête à ça.

Nous nous défiâmes du regard. Disait-il la vérité ? Quoi qu'il en soit, il parvint à me convaincre car, lorsqu'il redescendit de son appareil et me tendit un casque sorti de l'intérieur de son siège, je le pris sans broncher.

— Je vais y aller doucement.

Cette étrange tendresse dans sa voix me surprit encore plus que ma décision d'enfiler le casque, de monter derrière lui et de me tenir à ses abdos d'acier.

Iron Man démarra et se mit à rouler vite dès les premiers mètres, m'incitant à m'agripper davantage à lui. Je craignais ces sensations nouvelles, mais je me relaxai rapidement et lâchai prise pour la première fois depuis longtemps. Je profitai de l'air frais de Los Angeles et des paysages, malgré la pénombre.

Je fermai les yeux et appuyai la tête contre son dos, qui se contracta un instant avant de se détendre à nouveau. Il accéléra mais, étrangement, je n'avais plus peur. J'appréciais même cette sensation de perte de contrôle et de me reposer sur lui.

Une fois qu'Adam s'arrêta, je mis quelques secondes avant de m'écarter de lui. Pourtant, il resta sans bouger, ne démontrant aucune impatience. Je finis par descendre de sa moto et lui rendis son casque, croisant son regard brillant.

— Merci de m'avoir déposée.

Il ne répondit rien.

J'entrai rapidement dans la villa et ôtai mes escarpins, puis m'avançai vers la cuisine pour me servir un verre d'eau.

Sentant une présence dans mon dos, je me retournai brusquement et découvris qu'il m'avait suivie.

— Oh ! j'ai oublié de te rendre ta veste…

Tandis que je la retirais, il s'approcha, les sourcils froncés, et s'arrêta seulement lorsque nos corps se touchèrent presque. Il souleva mon menton sur la droite, m'électrisant, et observa mon cou avant de me lâcher et de changer totalement d'expression. C'était désormais de la colère que je lisais en lui, mais pas dirigée contre moi.

— Ces traces dans ton cou… D'où elles viennent ?

J'eus un geste de recul, comprenant que Josh avait réussi à marquer ma peau. Ça ne m'étonnait pas. Rien que d'y penser, des vagues de nausées me submergèrent.

— Camila ?

L'entendre prononcer mon prénom avec un ton aussi ferme réveilla mon bas-ventre, ce qui me fit honte. J'étais déjà affreusement mal à l'aise avec ce qui s'était passé ce soir. Je faisais typiquement ce que toute victime ne devrait jamais faire : je me sentais coupable, comme si j'avais cherché ce qui m'était arrivé.

— Ce n'est rien.

— Ce n'est rien ? répéta-t-il, plein de haine. Quelqu'un t'a touchée ? Dis-le-moi !

Son agressivité me déstabilisa totalement. J'ignorais comment réagir. Lui qui se fichait royalement de mon existence démontrait une rage envers quelqu'un qui m'aurait fait du mal ?

Je ne comptais pas garder cette histoire pour moi, mais je voulais en parler avec ma sœur le lendemain, lorsque j'aurais eu le temps de me reposer et de prendre du recul. Je détestais agir sans réfléchir, c'était d'ailleurs ce que j'avais appris tout au long de mes études.

Sentant les larmes monter de nouveau, je portai la main à la bouche et quittai la pièce pour fuir dans ma chambre, priant pour qu'il me laisse tranquille. Malheureusement, je n'eus pas l'occasion de refermer la porte derrière moi qu'il me retourna pour m'obliger à affronter son regard.

— Réponds-moi.

Cela sonnait comme un ordre, et je n'avais plus le courage de résister. J'étais choquée, apeurée et triste. J'avais besoin de me confier, et Adam était le seul présent à ce moment-là. Ou peut-être aussi le seul à qui j'avais envie de confier ça à cet instant.

Je craquai, laissant mes larmes dévaler mes joues dès que j'ouvris la bouche pour raconter ce qui s'était passé.

— Josh a compris que j'avais influencé Naomi et… il l'a très mal réagi. Il m'a entraînée dans la cour de la boîte et, bien que j'aie essayé de le calmer, il n'a rien voulu entendre…

Je repris mon souffle, puis regardai Adam pour la première fois depuis le début de mon récit. Surprise par son visage déformé par la colère, je continuai mon histoire avant de ne plus avoir le courage pour le faire.

— Il s'est énervé et… il m'a étranglée puis menacée.

— Le fils de…

Agité, il marcha dans la pièce, la mâchoire contractée. Il s'arrêta puis me regarda attentivement.

— Repose-toi, tu en as besoin. Je reviendrai plus tard pour voir comment tu vas.

Surprise par son empressement, je ne pus l'interroger, car il quitta les lieux d'un pas décidé, me laissant enfin la possibilité de me recroqueviller sur moi-même et d'évacuer ce que je contenais en moi depuis cette agression. J'avais toujours eu l'habitude de défendre les victimes, mais jamais je n'aurais pensé avoir besoin d'être moi-même défendue.

Chapitre 20

Camila

Une nuit remplie de cauchemars et de réveils, voilà ce à quoi j'avais eu droit. Je me sentais vulnérable et je détestais ça. À tel point que j'avais même secrètement rêvé qu'Adam revienne pour veiller sur moi. La nuit avait été courte et, bien que je l'aie entendu ouvrir légèrement la porte pour vérifier que j'allais bien presque au lever du jour, il n'avait rien fait de plus.

Ce samedi matin-là, je traînai longuement au lit, n'ayant aucunement le courage d'affronter cette journée et tout ce qui en découlerait. Je m'empressai de prendre une douche et constatai que les traces dans mon cou étaient moins visibles, mais tout de même présentes. J'avais vraiment une sale mine.

Finalement, j'enfilai une combinaison noire, souple et simple. Pour ma dernière journée à Los Angeles, je comptais absolument ne rien faire. Moi qui avais décidé de dédier ma vie à défendre les autres, je ne me sentais même pas capable d'affronter mes propres problèmes.

Alors que j'allais sortir de la pièce, ma main trembla et je renonçai à abaisser la poignée, préférant m'affaler dans un fauteuil de la chambre. J'allumai mon téléphone et déglutis en constatant que, au bout de quinze jours, Carter continuait de me harceler d'appels et de messages. Pour mon propre bien-être, je ne souhaitais pas me préoccuper de ça maintenant et le mis de côté.

Au bout d'un long moment que je passai à cogiter et à lire sans conviction, quelqu'un frappa à ma porte. Très certainement ma sœur, qui allait me poser des dizaines de questions et faire exactement ce que je ne voulais pas : réagir trop vite et sans réfléchir. L'intelligence était quelque chose qui m'avantageait face à Josh, je devais m'en servir.

Finalement, la personne entra avant que je l'y autorise. Lorsque je levai les yeux, je me retrouvai en face d'Adam, qui me regardait fixement.

— Comment tu te sens ?

Je haussai les sourcils, surprise par sa sollicitude. Pourquoi se préoccupait-il autant de mes états d'âme ?

— Mieux, je crois, répondis-je.

— Ravi de l'entendre.

Le ton de sa voix était doux et rassurant. Pourquoi Adam Carrera, l'homme désagréable, imbu de lui-même, don Juan par excellence, se souciait-il tant de moi ?

Après tout, je l'avais moi-même bien aidé, il devait juste se sentir redevable.

Il s'avança vers moi et je fermai mon livre.

— Tu n'imagines pas à quel point je regrette de ne pas avoir gardé un œil sur toi à cette soirée.

Je me levai, étonnée de cette révélation, et m'approchai de lui.

— Adam… Tu n'y es pour rien et, surtout, tu ne me dois rien. Ce que j'ai fait l'autre fois ne t'engage pas à quoi que ce soit…

Il fronça les sourcils et me scruta comme il aimait tant le faire.

— Tu te trompes.

Cette fois-ci, c'était à mon tour de tenter de déchiffrer son comportement. J'avais toujours beaucoup de mal à le comprendre.

— J'aurais dû rester avec toi et ne pas te lâcher, c'est tout.

Sauf qu'agir ainsi n'aurait eu aucun sens. Nous ne représentions rien l'un pour l'autre malgré les quelques étranges émotions et gestes qui nous avaient dépassés.

— Comment tu peux me détester autant et me protéger comme ça ensuite ?

— Tu es bien longue à la détente pour une avocate.

Son tacle ne m'atteignit pas, car il ne cherchait de toute évidence pas à me blesser mais à exprimer quelque chose, j'ignorais quoi. Ou peut-être que je ne voulais pas savoir, puisque cela me confronterait à une réalité que je ne me sentais pas capable d'affronter.

Fatiguée, je soupirai en l'observant. Pas par ennui mais plutôt pour m'assurer que je n'avais pas oublié de respirer. Car c'était l'un des symptômes qu'Adam Carrera provoquait en moi, il me coupait le souffle et toute envie de m'éloigner.

Notre jeu de regards me fit perdre la notion du temps. Alors que j'allais enfin rompre ce silence anormal, je fus interrompue par une furie fonçant sur moi. Elle me poussa et me détacha complètement de l'emprise d'Adam.

— Qu'est-ce que c'est que ce bordel ? hurla Jess, postée devant moi, les mains sur les hanches.

Il se redressa, dominant ma sœur jumelle de toute sa hauteur, puis croisa les bras sur son torse, faisant ressortir cette musculature ciselée qui ne cessait d'attirer mon attention. Il retrouva en un rien de temps son regard froid et fermé. Cela ne m'étonnait plus qu'il soit capable de passer aussi rapidement d'une émotion à l'autre, même si elles étaient contradictoires. Il avait étudié cette méthode depuis bien plus longtemps que j'étudiais le droit.

— Il y a une horde de journalistes devant la maison ! Il y a des photos et vidéos qui tournent où on te voit frapper Josh à plusieurs reprises en pleine nuit, mais bordel, Adam ! Tu es fou ? !

Il ne répondit rien et jeta un coup d'œil dans ma direction. Alors c'était ça qu'il était parti faire après m'avoir subitement laissée ? Il était allé me venger tandis que je le soupçonnais de n'en avoir rien à faire de moi. J'étais peut-être bien plus à côté de la plaque que je ne l'imaginais.

— Jess…

— Non, Cam ! Reste en dehors de ça.

Son ton autoritaire et sa manière de me rembarrer me contrarièrent énormément, mais m'énerver n'arrangerait en rien les choses à cet instant. Puis, je n'en avais plus la force.

— As-tu pensé à ta carrière ? Tu joues dans une putain de série pour ados, alors flanquer une raclée à un de tes collègues en sortie de boîte, c'est de loin la pire idée que tu aies eue ! Ça pourrait te causer d'énormes problèmes.

Romeo entra dans la chambre et rejoignit sa fiancée, l'agrippant par les épaules pour la calmer. Ma sœur était une véritable boule de nerfs, et en voyant son état de colère, je compris qu'elle tenait plus à Adam que je ne l'avais imaginé. Leur trio m'étonnait de plus en plus chaque jour. Ils se protégeaient, s'aimaient et se chamaillaient comme des frères et sœurs le feraient. Ils étaient semblables à une famille.

— Elle a raison, ajouta Romeo, tu as fait de la merde.

Adam n'avait pas l'air prêt à avouer quoi que ce soit, et je compris que, par égard pour moi, il ne comptait rien dire. Mais les enjeux étaient bien trop graves pour que l'on puisse garder ce secret plus longtemps. Qu'il soit discret et mystérieux sur ce qu'il faisait était un fait, mais qu'il mette ses relations et sa carrière en péril à cause de moi en était un autre. Frapper Josh n'était clairement pas une bonne idée, ni quelque chose qui l'aiderait, mais il l'avait fait pour moi en ayant conscience des risques qu'il encourait. Et pour cela, je lui étais redevable. Je ne pouvais nier que cela m'ait touchée.

Je pris mon courage à deux mains et m'interposai, dos à Adam, bien trop proche de sa chaleur, et face à ma sœur, qui fronça les sourcils, probablement surprise que je défende celui que je détestais depuis mon arrivée.

— Si Adam a fait ça, ce n'était pas à cause de l'alcool ou bien ce genre de raison immature, il m'a vengée.

— Te venger ? répéta Jessica, fixant maintenant mon cou.

Son visage se décomposa, et même si elle avait déjà compris elle devait connaître la vérité.

— Cet enfoiré l'a menacée et l'a prise par le cou.

Adam venait d'intervenir, se rapprochant en même temps de

moi. Un frisson courut le long de ma nuque. Je priai pour que ni lui ni Jess ne l'aient remarqué.

— Donc il a eu ce qu'il méritait.

Sur ces dernières paroles, il s'éloigna et quitta ma chambre, faisant instantanément baisser la température de la pièce. J'affrontai le regard à la fois inquiet et réprobateur de ma sœur.

Il venait de m'abandonner et de me laisser avec une étrange sensation de vide…

Chapitre 21

Adam

Quel con ! Je venais littéralement de me dévoiler à Camila, qui repartait le lendemain. J'avais tenu, j'avais réussi à mettre ces étranges sentiments de côté, attendant patiemment de ne plus l'avoir à proximité pour l'oublier. Mais ce qui lui était arrivé hier m'avait fait sortir de mes gonds. À cause de ma fierté mal placée, elle avait eu des ennuis. J'aurais dû être là, j'aurais dû veiller sur elle. Mais non, Josh avait eu le temps d'agir avant que je puisse intervenir.

Depuis le temps que je fréquentais le monde des célébrités, je connaissais tous ses dangers et sombres secrets : agressions sexuelles, violences, alcool et drogues. Il y avait trop peu de gens bienveillants, j'avais par contre souvent affaire à des malades en quête d'argent, d'adrénaline, prêts à blesser n'importe qui pour un peu d'émotion dans leur pitoyable existence de stars déchues.

Personnellement, je n'en avais rien à foutre. J'étais sur le devant de la scène depuis si longtemps que, maintenant, je ne souhaitais que me cacher. Il m'était arrivé de vouloir disparaître, mais ce n'était pas possible. Mon quotidien tournait autour de mon travail, tout mon équilibre reposait là-dessus ; et même si j'avais assez d'argent pour vivre une vie plus paisible, en avais-je vraiment envie ? Parce qu'il ne fallait pas oublier que je ne savais rien faire d'autre. Ma chère mère m'ayant poussé dans ce milieu avant que j'aie conscience de quoi il s'agissait réellement, je m'étais résigné à continuer ce métier pour toujours. J'aimais mon travail. Ce que je n'aimais pas, c'était devoir faire semblant d'apprécier de belles brochettes de cons, fréquenter des gens superficiels et soporifiques pour la majorité, sourire sur les *stories* destinées aux réseaux sociaux, devoir constamment faire bonne figure et être observé dans mes moindres faits et gestes comme un animal de cirque.

Camila était à mille lieues de cet univers. Et c'était certainement ce qui me plaisait le plus chez elle. Sa force de caractère, son répondant, sa capacité à gérer ce qui n'allait pas dans sa vie, sa simplicité, son physique… En fait, si elle m'avait tant énervé à son arrivée, c'était parce que j'avais inconsciemment compris qu'elle pouvait représenter un terrible danger pour mon cœur, que j'avais enfoui si profond que je me demandais parfois s'il battait encore.

Mais elle partait. Et bien que mon attirance soit réciproque, j'avais peu de chances de la revoir. Sa vie était si loin de la mienne, sans parler de la distance entre nous. Je n'étais qu'un mec qu'elle oublierait vite lorsqu'un avocat la séduirait sur un *rooftop* de New York. Ça me retournait autant l'estomac que ça me soulageait pour elle. Mais bordel, qu'est-ce qui m'arrivait ?

La sonnerie de mon téléphone me sortit de mes pensées. Je soupirai en voyant le nom de Brie s'afficher. J'allais passer un sale quart d'heure, c'était une certitude.

— Quoi ?

Non, je n'avais pas envie de me montrer poli. J'étais en colère, frustré, et je n'avais pas dormi depuis trop longtemps. De plus, la redescente de la drogue que j'avais consommée avant de fracasser Josh n'aidait pas.

— Adam ! Mais qu'est-ce qui t'a pris ? Tu es complètement fou ! !

— Fou ? répétai-je, indigné, il l'a cherché.

Il n'était pas nécessaire de préciser de qui nous discutions. Brie ne m'appelait que dans les cas critiques, c'est-à-dire systématiquement à chacune de mes frasques qui ressortaient dans les magazines et qui intéressaient tous les connards véreux de ce putain de monde de merde.

— Peu importe ! ! Une bavure de plus, et tu risquais de tout perdre ! Je ne comprends pas ce qui t'a pris de faire une chose pareille, tout le monde ne parle que de ça, je suis harcelée de coups de fil !

Brie était folle de rage, et son statut l'empêchait certainement de m'insulter de tous les noms. J'étais son plus gros contrat et, si elle me perdait, cela pourrait ruiner sa réputation d'agent. Après ça, il serait compliqué pour elle de s'acheter les dernières chaussures Gucci comme elle aimait le faire pour fêter nos victoires et nouveaux contrats. Bien qu'elle soit proche de moi, j'avais compris depuis longtemps qu'elle en avait assez de mon comportement et qu'elle me supportait difficilement. Mais au fond, elle tenait à moi, je le savais. Pas autant qu'une mère tient à son fils, mais toujours plus que ma propre génitrice.

Avant de poursuivre cette conversation, je sortis sur ma terrasse et m'allumai une énième clope.

— Passons ton sermon, dis-moi plutôt quelles sont les conséquences.

Je l'entendis jurer de loin, elle avait certainement couvert le micro de son téléphone avec sa main. Je restai silencieux.

— Si Josh porte plainte, tu seras viré de la série. La production en a assez de prendre ton parti, et si la justice s'en mêle, ils ne risqueront pas de tout perdre à cause de tes erreurs.

Je m'attendais à ce que cela arrive, Brie m'avait suffisamment averti. Josh déposerait plainte juste par vengeance et désir de ruiner ma carrière. Je n'avais aucun doute là-dessus, je devrais donc me résigner à tout recommencer. Depuis le temps qu'il souhaitait voir son rôle devenir plus important, il fallait croire que son vœu finirait par se réaliser. Il ne s'était jamais caché de vouloir prendre ma place.

— Tu me diras ce qu'il en est.

Je raccrochai avant qu'elle ait l'occasion de poursuivre la conversation et soufflai en regardant l'horizon. L'effondrement de ma carrière était la pire épreuve qui pouvait m'arriver, car c'était bien la seule chose qui me maintenait sur pied. Tant pis. Je n'avais aucun regret. Josh avait mérité de se faire tabasser pour ce qu'il avait fait subir à Naomi et Camila. Et le plaisir que j'avais pris en le rouant de coups n'avait pas de prix.

— Alors ? Qu'est-ce que le fait de jouer les héros va te coûter ?

Surpris, je me retournai et trouvai Camila, appuyée contre le cadran de la porte-fenêtre, les bras croisés. Elle était terriblement sexy et je n'avais qu'une envie, oublier cette nuit de merde en la prenant sur mon lit, à quelques mètres derrière elle.

Elle rougit légèrement, comme si elle avait lu dans mes pensées.

— Trois fois rien, répondis-je en haussant les épaules.

— C'est-à-dire ?

Elle était intelligente, et il ne servait à rien de lui mentir. Après tout, elle avait été formée sur ces questions. Et je n'avais aucune raison de l'épargner.

— Si Josh porte plainte, ma carrière est finie.

Elle écarquilla les yeux, et je devais avouer l'avoir rarement vue si touchée par quelque chose. Elle m'analysa, comme pour savoir si je plaisantais, mais ce n'était pas le cas, et ça n'aurait eu rien de drôle.

— Oh ! mon Dieu, Adam, je suis tellement désolée !

Elle s'approcha de moi, et son regard si ébranlé la rendait d'autant plus attirante. Camila n'était pas très expressive et cachait très bien ses émotions. Mais à cet instant, je lisais en elle comme dans un livre ouvert et sa culpabilité injustifiée me frappait en plein visage.

— Tu n'y es pour rien.

Et c'était vrai. Le seul coupable de cet acte, c'était Josh. Et en prenant la décision de la venger, j'avais risqué énormément. J'en étais conscient quand j'avais démarré la voiture pour aller régler son compte à ce connard.

— J'aurais dû t'empêcher d'aller le voir et…

Cette fois-ci, je m'approchai à mon tour et lui attrapai le menton. Elle paraissait à la fois si forte et si vulnérable que c'en était déstabilisant. J'avais fréquenté un nombre record de femmes mais jamais aucune comme Camila.

— Les choses ce qu'elles sont, et c'est très bien ainsi.

Elle fixa mes lèvres quelques secondes, faisant monter la température dans la pièce, puis reprit ses esprits en s'écartant assez pour rompre tout contact physique entre nous.

— Tu n'as pas à perdre quoi que ce soit pour m'avoir défendue.

Après cette phrase, elle quitta ma chambre d'un pas décidé, laissant un vide. J'ignorais quel foutu sort cette copie améliorée de Jess m'avait jeté, mais il était peut-être un peu trop efficace.

Je reçus des coups de téléphone de journalistes, de mon agent, du producteur de *L'Emprise de l'Alpha*, puis après tout ce bordel, je décidai de dormir un moment pour me remettre les idées en place. Romeo m'annonça que notre gala de charité était maintenu, car il était plus que nécessaire dans ma situation. Je n'avais aucune envie de subir les regards et jugements de tous les invités mais je n'avais pas vraiment le choix. Et c'était ma dernière occasion de passer du temps avec Camila avant de lui faire mes adieux.

— Adam ?

Cette voix… Je la reconnaissais désormais dans ses moindres nuances…

— Adam, réveille-toi.

J'ouvris les yeux et tombai sur Camila, assise sur mon lit. Un geste m'aurait suffi pour la renverser et me mettre au-dessus d'elle pour assouvir mon désir. Si elle avait su à quel point j'avais envie de l'attraper.

— Qu'est-ce que tu fais là ?

Je passai les mains derrière la tête et me retins de me lécher la lèvre tant la tentation de mordre les siennes était grande.

Cependant, je remarquai que quelque chose n'allait pas. Elle semblait tendue et ses yeux étaient rougis.

Elle soupira comme pour faire redescendre une pression qu'elle portait sur ses épaules depuis un moment et me remit un document.

— Tu m'as aidée, c'était à mon tour de le faire.

Je fronçai les sourcils et consultai le papier tandis qu'elle était déjà debout, prête à partir.

Il s'agissait d'un document attestant que Josh ne porterait pas plainte contre moi signé de sa part. Comment avait-elle eu ça ? ! Avant que je puisse la questionner, elle avait quitté ma chambre. Je venais de comprendre : elle avait pris le risque de l'affronter après ce qu'il lui avait fait. Elle s'était retrouvée face à son agresseur, et pourquoi ? Pour sauver ma carrière ? Cette fille n'avait aucune limite et son courage m'impressionna, la faisant un peu plus grimper dans mon estime, bien que je sois très contrarié qu'elle ait osé agir ainsi sans prévenir qui que ce soit.

Son geste aurait pu avoir des conséquences bien plus graves, et je devinais qu'elle s'en contrefoutait car sa culpabilité avait été plus forte.

Chapitre 22

Camila

Jess tournait en rond dans la pièce, s'arrachant presque les cheveux. Elle me faisait la morale depuis près d'une heure dans le salon de la villa, me suppliant d'aller au commissariat, mais je refusais et je n'en démordrais pas. J'avais fait mon choix.

— Bordel, Cam ! Ce connard aurait pu te tuer ! ! Il doit payer ! !

Elle avait raison. Mais malgré mes études, malgré tout ce que j'avais appris et malgré mes valeurs, j'avais décidé de mettre la justice de côté au profit d'un pacte avec le diable. Et le diable en question se prénommait Josh. Un frisson désagréable me parcourait quand je pensais à lui et la sensation de ses mains sur mon cou, mais je devais faire bonne figure, surtout si je voulais calmer ma sœur. De plus, un sociopathe tel que lui serait beaucoup trop satisfait de me terroriser. La meilleure vengeance était de l'affronter et de lui prouver que je n'en ferais pas des cauchemars. Ce qui était faux. Cet après-midi, j'avais eu besoin de reprendre des cachets contre l'anxiété.

Adam apparut au fond de la pièce et jeta un coup d'œil dans notre direction. Ce qui se passait entre nous n'avait rien de normal et me donnait envie de partir plus tôt que prévu, avant que je ne commette une énorme erreur. J'avais peur de ce qu'il me faisait ressentir.

— Et s'il recommence ? insista ma sœur.

— Recommencer quoi ? rétorquai-je dans un soupir.

— Qu'il s'en prend à toi !

— Il ne le fera pas. Il n'est pas assez bête pour ça.

Je mentais. Au fond, un homme comme lui avait des problèmes psychologiques bien plus profonds et il n'attendait que d'assouvir sa vengeance. Je ne doutais pas qu'il souhaite s'en prendre de nouveau à Naomi, à moi, ou à des innocentes. Je serais bientôt loin et j'espérais que la plainte de Naomi suffirait à faire bouger les choses. Malheureusement, il y avait des chances pour qu'il recommence ça avec d'autres femmes.

— Mais putain ! Pourquoi, toi qui prônes la justice, tu préfères garder le silence sur cette affaire ?

Adam me foudroya du regard. Il avait compris. Et là, je m'apprêtais à vivre une galère sans nom. Il s'approcha, et je rêvai de me téléporter ailleurs. Je ne pouvais pas, mais je me précipitai dans la cuisine pour me préparer un sandwich au beurre de cacahuète. C'était la seule option que j'avais trouvée pour me sortir d'affaire.

Je sentais les regards pesants de ma sœur et d'Adam dans mon dos, mais les affronter en même temps me paraissait ingérable, surtout aujourd'hui.

— C'est vrai ? Tu ne vas pas balancer Josh ?

Le ton sévère qu'il employa me donna envie de disparaître. Il était contrarié et, quand Adam Carrera était contrarié, il devenait exécrable.

— Non, répondis-je en continuant de tartiner mon pain.

— Elle refuse de le dénoncer, je ne sais pas pourquoi, mais il est hors de question que je laisse passer ça !

— Jess a raison.

Je me tournai vers eux, énervée qu'ils ne se contentent pas de respecter ma décision. C'était déjà loin d'être simple à gérer.

— C'est comme ça. Si vous voulez tout savoir, j'ai fait un *deal* avec lui. Pour qu'il foute la paix à Adam et ne lui nuise pas, je devais approuver ses deux conditions : ne pas porter plainte et accepter sa présence au gala de ce soir pour qu'il s'excuse d'avoir cherché Adam. Ça leur permettra de redorer leur image à chacun.

Ma sœur ouvrit grand la bouche alors qu'Adam fronçait les sourcils.

Il venait de comprendre que j'avais agi dans son seul intérêt, pour le protéger.

Jamais je n'aurais pu supporter qu'il perde tout par ma faute. J'avais l'impression que son équilibre actuel ne tenait qu'à un fil.

— Quoi ? Attends… Tu es allée le voir ? ! Et tu vas me dire que tu as fait tout ça pour sauver le cul d'Adam ?

Jess me dévisagea, puis dévisagea Adam, avant de regarder dans le vide. Oh non, ses conclusions hâtives n'allaient pas arranger notre affaire déjà complexe.

— Oui, je suis allée le voir, mais je ne suis pas folle ! J'ai demandé à Chris de m'accompagner et de rester quelques mètres derrière. Nous étions dans un lieu public.

J'y serais allée seule sans aucun souci, mais j'étais heureuse que Chris et son allure de gorille agressif aient accepté de venir avec moi. J'avais apprécié qu'il ne me pose pas de questions, se contentant de veiller sur moi.

— Tu es inconsciente ! Tu imagines ce qui aurait pu t'arriver ? Je ne comprends pas !

Après avoir fini de crier dans ma direction, Jess se tourna vers Adam sans attendre de réponse de ma part et le fixa à son tour, l'air menaçant.

— Tu couches avec elle ?

Elle était passée dans son état agressif hystérique et planta son doigt directement dans le torse de son ami, qui ne détacha pas son regard du mien.

— Tu as autorisé ce fils de pute à se pointer ce soir ? me demanda-t-il en ignorant royalement ma sœur.

— Je te l'ai dit, il avait deux conditions. Celle-ci en faisait partie. Un pacte est un pacte. Il va faire un gros don pour sauver sa réputation et discrètement expliquer aux journalistes que la bagarre vient de lui.

Il ne parlait pas, mais me scrutait comme si ce que j'avais dit ne pouvait pas être vrai. Pourtant, ça l'était. Affronter Josh dans ce café ce matin avait été une épreuve difficile. Il avait d'abord voulu m'obliger à coucher avec lui, mais évidemment j'avais refusé. Mon offre était trop belle pour qu'il passe à côté. Se battre contre une avocate, contre la fille de Cameron Da Silva, était un risque que même cet abruti n'était pas prêt à prendre.

Il allait s'en tirer, et ça me rendait malade mais, au moins, Adam en sortirait indemne.

— Je répète ma question : vous couchez ensemble ?

— Non, répondis-je en soupirant. Loin de là. Mais s'il a frappé Josh, c'était pour me venger. Je me devais de l'aider à mon tour.

Jess hocha doucement la tête, dubitative, puis observa sans relâche Adam, qui, lassé, quitta la pièce pour s'allumer une cigarette à l'extérieur.

— Il te plaît ? m'interrogea ma jumelle.

À quoi bon lui mentir ? Elle le devinerait immédiatement et expliquerait sa perspicacité par le fait qu'elle soit venue au monde quelques minutes avant moi, comme à chaque fois.

— Ça n'a pas d'importance, je pars demain.

Une vague de tristesse traversa son regard. Elle était blême et semblait sur le point de rendre son petit déjeuner.

— Même si te voir partir va me briser le cœur, c'est sûrement une bonne chose. Avoir des sentiments pour Adam est le pire qui pourrait t'arriver.

La violence de ses paroles me surprit, mais je préférai acquiescer. Elle le connaissait bien mieux que moi et, si même ma déjantée de sœur considérait qu'il me détruirait, je ne pouvais que la croire.

— Mais merci pour ce que tu as fait pour lui. C'était imprudent, stupide, mais courageux.

Elle s'excusa et quitta rapidement la pièce tandis que je sortais sur la terrasse rejoindre Adam, qui fumait en regardant l'horizon devant lui. Je pouvais admirer ses muscles dorsaux développés et attrayants. Je me surpris même à désirer passer la main dans ses cheveux.

Comme s'il avait senti ma présence, il se tourna vers moi et dévora mon corps de ses yeux foncés, à tel point qu'une décharge me traversa.

— Savoir que tu es allée le voir me rend fou de rage.

Je ne m'attendais pas à ça. Je n'avais pas pour habitude de fréquenter des hommes fougueux et explosifs comme lui. Ce qui me déstabilisait le plus était d'aimer ça beaucoup plus que je ne l'aurais dû alors qu'il était évident que ce n'était ni viable ni sain.

— Contente-toi de me dire merci.

— Le fait qu'il vienne ce soir pourrait empirer les choses. Un regard dans ta direction et, cette fois-ci, je le bute.

Il écrasa son mégot dans le cendrier et quitta la terrasse en laissant cette menace plus que sincère planer au-dessus de moi. J'étais déchirée entre les papillons dans mon ventre et ma colère contre lui. Il était incapable de se maîtriser même lorsque les conséquences pouvaient être dramatiques.

À croire que le sauver ne servait à rien. J'avais épargné sa carrière, et ma conscience par la même occasion, mais j'avais l'étrange sensation qu'il n'avait pas besoin de moi pour s'autodétruire.

Chapitre 23

Adam

20 heures. Le gala commençait, les invités arrivaient. La villa avait été parfaitement métamorphosée pour un événement de la sorte. Tous ces faux-culs parlaient entre eux et me donnaient envie de les dégager d'ici. J'étais de mauvaise humeur, et il ne fallait pas avoir inventé l'eau chaude pour comprendre mes raisons. Josh allait se pointer avec son sourire de connard vicieux, j'étais en manque de sommeil, de drogue, puis la cerise sur le gâteau : Camila partait demain. Moi qui avais été pressé qu'elle dégage quelques jours auparavant, j'étais désormais envahi de pensées dignes des navets dans lesquels j'avais eu l'occasion de tourner. J'avais envie de lui proposer de rester, juste pour voir ce que ça donnerait si nous nous rapprochions encore. C'était égoïste, car sa vie l'attendait à New York et, de toute façon, elle refuserait. Ses intentions envers moi avaient été claires bien que ses agissements me laissent penser le contraire. Pourquoi, si elle se préoccupait si peu de moi, avait-elle pris autant de risques pour me sauver ?

J'ignorais à quel moment notre lien s'était ainsi transformé. J'ignorais aussi comment j'avais pu tomber si bas alors que je m'étais promis de ne pas jamais céder à des sentiments. Ils finissaient tous par disparaître. Ma mère avait toujours été guidée par l'argent que je lui rapportais et la drogue, et mon père n'avait pas souhaité me connaître, payant assez ma génitrice pour s'assurer de ne jamais entendre parler de moi. La vie m'avait appris deux choses : ne jamais m'attacher et ne compter que sur soi-même.

Envahi par ces sombres pensées, je me servis un verre de gin que je bus cul sec, espérant qu'il suffirait à me changer les idées.

— Elles sont incroyables, pas vrai ? dit Romeo en tapant dans mon dos, le sourire jusqu'aux oreilles.

Les jumelles descendaient les marches de l'étage et arrivaient vers nous. Effectivement, elles étaient époustouflantes. Je déviai en un rien de temps de Jess à Camila. La profondeur de son regard à la fois si doux et déstabilisant était appuyée par du maquillage. Je n'y connaissais pas grand-chose, mais je savais reconnaître une mise en beauté réussie. Son rouge à lèvres aussi rouge que le sang me donnait envie de jouer avec sa bouche pulpeuse à des jeux très peu recommandables, surtout à un gala de charité. Elle salua des invités, accompagnée de sa sœur, et je pus admirer sa tenue. Elle était habillée d'une robe patineuse de la même couleur que ses lèvres, lacée dans le dos, qui éveillait mes plus sombres désirs. Cette femme était une véritable tentation. Je n'osais pas imaginer ce à quoi devaient songer tous les tordus de cette soirée en la regardant, et mieux valait que je pense à autre chose.

Je mourais d'envie d'écarter sa longue queue-de-cheval lisse et de caresser son dos.

Merde, là, je vrillais totalement. Je me resservis un verre de gin que je bus à nouveau d'une traite.

— Tu assumes enfin qu'elle te plaît ? m'interrogea mon ami.

— T'as oublié qu'elle nous quitte demain ? Parce que, moi, non.

Ce n'était pas celle qu'il attendait, mais il s'agissait d'une réponse plutôt claire.

— Jess est anéantie par son départ. Je ne l'ai jamais vue aussi épanouie que depuis qu'elle a retrouvé sa jumelle.

Ça ne m'étonnait pas. Leur relation était touchante. J'étais fils unique, du moins j'avais grandi comme tel, et je n'avais aucune idée de ce que cela pouvait faire d'avoir une personne aussi proche. C'était à la fois flippant et tentant.

Étrangement, la soirée commença bien. Des dons furent enregistrés pour les enfants immigrés démunis. J'avais même surpris Camila en train de rédiger un chèque qu'elle déposa dans l'urne prévue à cet effet. Elle parlait avec les invités, mais demeurait très souvent collée à sa sœur. J'avais envie de discuter avec elle, mais mieux valait que l'on reste loin l'un de l'autre jusqu'à son départ.

J'étais néanmoins admiratif de sa capacité à faire comme si tout allait bien, comme si elle n'avait pas été agressée la veille.

En parlant du loup, il finit par se montrer. Josh était là, la gueule pleine d'hématomes, la mesquinerie inscrite sur son visage. Quand il rentra, il ne manqua pas de me regarder de travers. Grosse erreur, j'en étais à mon sixième verre de gin.

Mais ce qui déclencha mon envie de le tuer devant tous les invités, ce fut lorsqu'il se lécha la lèvre en reluquant Camila sans la moindre gêne. C'était trop.

Je fonçai vers lui, mais une petite furie rouge m'arrêta, l'air très inquiet.

— Adam, je connais ce regard…

— Je t'avais prévenue, *honey*, que s'il posait les yeux sur toi, je m'occupais de lui.

Elle plaça les mains sur mon torse et ferma les paupières un instant avant de soupirer.

— Je t'en prie… Ne fais rien.

— Et pourquoi ça ?

— Parce que tu lui donnerais une raison de plus de t'anéantir.

— Et ça te dérangerait ?

— Arrête…

— Arrêter quoi ?

— De tenter le diable.

— Tu sais très bien que c'est trop tard pour ça.

Elle osa enfin plonger ses yeux dans les miens, et j'hésitai un instant à la prendre sur mon épaule pour l'emmener dans mon lit et lui montrer où ça pouvait mener de tenter le diable. Mais c'était un fantasme. Je ne devais pas l'approcher. Le fruit interdit n'avait jamais été aussi désirable que ce soir.

— Promets-moi de rester calme.

Je n'en avais aucune envie. Je connaissais très bien le fonctionnement de Josh, il ferait son possible pour me faire sortir de mes gonds et il y parviendrait. Je n'avais qu'une solution : me casser.

J'attrapai la bouteille de gin posée sur la table, qui était déjà bien entamée, puis montai à l'étage rejoindre ma chambre. C'était mieux pour tout le monde que je reste à l'écart.

Seul en train de ruminer, je tournai rapidement en rond, tenté d'aller exploser Josh contre un mur. Je devais me calmer et faire redescendre cette pression qui me prenait aux tripes. Je ne connaissais qu'un moyen d'y parvenir. Je bus au goulot de longues gorgées avant de me préparer un rail de coke qui allait, je l'espérais, faire passer cette soirée de merde plus vite.

Chapitre 24

Camila

Dès le départ d'Adam, j'avais compris que j'allais commettre une énorme erreur et de nouveau me mêler de ce qui ne me regardait pas. Je me perdais complètement dans mes résolutions, dans mon contrôle, dans toutes les règles que je m'étais instaurées. Adam Carrera était à l'antipode de ce que je voulais dans la vie. Pourtant, tout me poussait à monter le rejoindre, à passer ma dernière soirée avec lui plutôt que dans ce gala plein d'inconnus. Ma sœur était sans cesse sollicitée et, après avoir discuté longuement avec Chace et Romeo, je me retrouvai à boire ma quatrième coupe de champagne.

Réalisant que ce n'était pas là que je voulais être, j'avalai un dernier verre d'une traite et me rendis discrètement à l'étage, hésitant avant de toquer à la porte d'Adam. Puis je me lançai. Personne. J'insistai. J'étais certaine qu'il était là.

J'ouvris afin de m'assurer qu'il allait bien et le découvris dans sa salle de bains, sous la douche, tout habillé. Merde. Il était réveillé et n'avait pourtant pas l'air en plein *bad trip*.

— Qu'est-ce que tu fais ? demandai-je alors qu'il sortait de la douche et attrapait une serviette pour s'essuyer le visage.

— C'est plutôt à toi qu'il faut demander ça. Qu'est-ce que tu fous dans ma salle de bains ?

Gênée, je reculai d'un pas sans savoir quoi répondre.

— Tu es sûr que ça va ? lançai-je, inquiète.

— Ouais, j'ai juste pris… une dose trop forte. J'ai senti le truc arriver alors j'ai préféré me mettre la tête sous l'eau avant de… bref.

J'étais folle de rage. Peut-être que ma colère était exacerbée par l'alcool mais je le haïssais de se comporter ainsi. Pourquoi avait-il eu besoin de se droguer ce soir ? Pourquoi faisait-il ça ?

— Tu dois arrêter ça ! C'est trop ! C'est n'importe quoi !

Il sembla surpris par mon agressivité et haussa les sourcils avant de me foudroyer du regard.

— Je ne me rappelle pas t'avoir demandé ton avis.

Sa condescendance me fit froid dans le dos et me permit de réaliser que je n'avais pas ma place dans cette pièce avec lui. Je m'étais embarquée dans une situation que je n'étais pas capable d'assumer. Pourtant, face à lui, je me sentais en confiance. Guidée par l'adrénaline, je refusais de quitter sa chambre et de prendre le risque qu'il reprenne quoi que ce soit qui pourrait le mener à l'hôpital, ou pire… Je ne pouvais même plus l'envisager sans être profondément touchée.

— Tu dois arrêter ça, Adam ! Ça va finir par te tuer !

— Tu n'es pas ma mère ni ma femme, alors fous-moi la paix, putain !

Son hostilité me démontra un peu plus ce qui n'allait pas. Ces deux semaines passées avec lui m'avaient permis de comprendre de nombreuses choses, comme le fait qu'il ne dormait pas assez et que seule la drogue le maintenait debout. Ses cernes sous les yeux étaient effrayants. J'avais même lu des articles sur les soupçons des journalistes quant à son mode de vie ainsi que sur l'inquiétude de ses fans. Le fait qu'il ait réglé le compte de Josh ne faisait qu'empirer sa situation déjà critique. Je venais de comprendre une triste réalité : si personne ne l'aidait, il se noierait.

— Ça m'est égal.

Je lui tenais tête en ayant retrouvé mon calme et j'en étais très fière.

— Ce n'est parce qu'on s'est rapprochés que ça fait de toi quelqu'un d'important pour moi.

Sa méchanceté me blessa, mais je fermai les yeux un instant et me forçai à me maîtriser. Il avait besoin d'aide. Lui avait été là pour me soutenir à plusieurs reprises. Je ne laisserais pas tomber.

— Tu peux me dire toutes les horreurs que tu veux, ça ne changera rien.

Adam s'approcha si près de moi que je reculai, jusqu'à rencontrer le mur de sa salle de bains. Je levai les yeux pour croiser son regard assombri et désormais effrayant. Pourtant, en m'y perdant, j'eus l'impression de lire de la souffrance. Une profonde douleur enfouie, si bien cachée que personne ne devait être capable de la percevoir.

— Pourquoi tu m'aides ? Pourquoi tu ne pars pas comme tout le monde l'a toujours fait ?

Il se dévoilait. Les effets de la drogue ou du manque commençant à se faire ressentir, il s'exprimait davantage, mélangeant colère et révélations. J'avais l'impression que l'on n'en arriverait jamais là. Adam n'était pas le genre d'homme à se confier.

— Je ne te laisserai pas ce soir, Adam.

Il se calma instantanément et approcha son visage du mien, l'air toujours contrarié, mais chercha des réponses à travers mes yeux. J'ignorais s'il en trouvait mais j'étais prête à lui en apporter. Il m'importait bien plus qu'il ne l'aurait fallu. Il lécha doucement sa lèvre, ce qui me perturba davantage. Je n'étais pas droguée ni en manque, pourtant, je posai la main délicatement sur sa joue et continuai d'affronter son regard déjà ancré au plus profond de mon âme.

— Je ne veux pas que tu ailles mal…

J'avais la sensation qu'il était partagé entre m'envoyer sur les roses et me laisser toucher une partie de sa vulnérabilité. Alors qu'il me dominait de toute sa hauteur, je maîtrisais néanmoins la situation.

— Qu'est-ce que ça peut bien te faire ? fit-il.

Son souffle contre mes lèvres me fit frissonner. Il était proche, beaucoup trop, et le contrôle s'inversait de seconde en seconde.

— Je…

Mes yeux plongés dans les siens, je priai pour que mon cœur battant la chamade ne soit pas aussi bruyant que j'en avais l'impression.

— Je ne sais pas comment c'est arrivé, mais... je ressens quelque chose pour toi.

Il ne s'écarta pas d'un poil tandis que ma dignité s'envolait en fumée. Plus il gardait le silence, plus j'avais envie de disparaître. Il parut chercher la vérité sur mes traits, puis hésiter.

— Je devrais partir...

Alors que j'allais tenter une échappée, il me recolla au mur, me souleva et me posa sur le rebord du lavabo à côté. Il attrapa ensuite mon visage et mit ses lèvres sur les miennes avec une fureur aussi effrayante qu'excitante. Cela créa un courant électrique dans tout mon corps, le réveillant comme s'il avait été dans le coma durant des années.

Ses mains me tenaient fermement, presque douloureusement, mais je ne voulais pas qu'il les retire. Sa langue caressa la mienne, et son souffle au mélange alcoolisé et mentholé m'enivra, ainsi que son goût délicieux. Je m'avançai contre lui de manière à le sentir davantage, à réduire la moindre distance nous séparant. Je voulais plus, je le voulais lui, tout entier, ici et maintenant. Je n'avais jamais eu autant envie d'un homme qu'à cet instant.

— Ordonne-moi d'arrêter avant que j'en sois incapable, murmura-t-il entre mes lèvres.

— Ne t'arrête surtout pas.

Mon accord lui ouvrit toutes les portes et nous emporta dans des ténèbres délicieusement troublantes. Nous ne pouvions anticiper les conséquences de nos actions, mais quelle importance ? Ce désir mutuel et insoutenable entre nous devait connaître une fin heureuse, il était nécessaire que nous passions à l'acte pour calmer cette tension dominante et épuisante.

Adam remonta ma robe sur mes cuisses, mit doucement sa main entre elles et sourit lorsqu'il constata l'effet qu'il me faisait. Tout en décalant assez mon tanga, il recommença à m'embrasser, puis dévora mon cou tout en jouant vigoureusement avec mon intimité. Il me rendait complètement folle, j'étais retournée par les sensations qui irradiaient en moi. Tandis que je gémissais dans son oreille, il me laissa enfin découvrir ce qu'il ne parvenait plus à cacher dans son pantalon. Je me hâtai de lui retirer son T-shirt et tout ce qui me séparait de sa virilité et m'en emparai pour le malmener à mon tour. Je me délectai de sa respiration haletante caressant mon visage en feu.

— Ça suffit, grogna-t-il, j'ai trop attendu.

Il se débrouilla pour m'ôter totalement mon sous-vêtement, qu'il jeta à travers la salle de bains, et sortit d'un petit tiroir à notre droite un emballage carré que je reconnus sans peine. Il enfila le préservatif et me regarda une dernière fois, comme pour obtenir mon accord. Mais il l'avait, et depuis la seconde où il avait posé ses lèvres sur moi. J'avais perdu tout contrôle et j'adorais ça. Voyant mon sourire, il en esquissa un aussi avant de m'embrasser et de m'écarter davantage les jambes pour se mettre complètement entre elles, m'emprisonnant contre son corps musclé et si désirable. Être entièrement collée à lui me procurait un éventail de sensations et d'émotions indescriptibles.

En une poussée, il me pénétra doucement, mais sans prendre de pincettes, m'arrachant un gémissement de plaisir intense. Je posai mon front sur le sien, oubliant l'inconfort du lavabo, me concentrant uniquement sur Adam s'immisçant en moi avec tendresse et vigueur, ce qui lui ressemblait tant. Quand il me sentit réceptive, son regard changea, devenant plus sauvage, plus vif. Il s'enfonça un peu plus, me pressant fermement contre lui, et accéléra ses mouvements. L'intensité de ce moment me rendait complètement folle ! Je m'agrippai à lui comme si le vide m'attendait si je le lâchais et croisai ses yeux brûlants. Mon Dieu, ce que j'éprouvais pour lui allait au-delà d'un désir sexuel, je m'en rendis compte alors que mon plaisir était en train d'imploser, contractant mon bas-ventre. Au bout d'un moment que j'aurais voulu éternel, je perdis pied et jouis dans le cou d'Adam tandis qu'il m'accompagnait, s'enfonçant un peu plus, pour terminer lui aussi de savourer son orgasme.

Nous restâmes ainsi, l'un contre l'autre – l'un dans l'autre – quelques minutes avant de reprendre nos esprits. Il finit par se retirer et se rhabiller. Je descendis du lavabo, les jambes toutes tremblantes. Jamais on ne m'avait touchée ou regardée comme il venait de le faire.

Gênée, je ramassai mon tanga et regardai Adam pour la première fois dans les yeux depuis qu'il avait terminé de me faire l'amour avec une intensité dont je ne me remettais pas.

— Des regrets ?

C'était donc la première chose qu'il trouvait à me dire ? Même si je n'aurais jamais dû faire ça, j'étais incapable de regretter un tel plaisir.

— Pourquoi, tu en as toi ?

Il fronça les sourcils et, pendant un instant, je crus qu'il allait de nouveau me sauter dessus comme un prédateur sur sa proie.

— J'ai eu envie de toi dès je t'ai vue, alors non.

J'étais flattée. Mais maintenant, qu'en était-il ? Ferais-je juste partie de son palmarès s'agrandissant de jour en jour ? Évidemment… Je rentrais à New York dans quelques heures et lui avait une sexualité bien différente de la mienne. Je connaissais ma sensibilité, Adam était le premier à me faire l'amour depuis Carter ; et, moi qui pensais que cela n'arriverait jamais, j'étais encore surprise d'avoir été capable d'aller jusque-là. Ce qui m'effrayait, c'était de lui avoir révélé avoir des sentiments, de lui avoir confié quelque chose d'aussi précieux et dangereux. Je refusais qu'un homme puisse me briser le cœur à nouveau, si tôt et si fort. Car je pressentais que, cette fois-ci, la douleur n'en serait que bien pire.

Je lui souris légèrement et quittai sa chambre au plus vite pour rejoindre la mienne. Je m'observai dans le miroir et constatai à quel point j'avais changé depuis mon arrivée ici. Je paraissais plus expressive, moins « figée ». Une partie de ma carapace s'était effondrée, et ça m'effrayait. J'avais pourtant presque tenu jusqu'à mon départ, et il avait fallu que quelques heures avant je gâche chacun de mes efforts pour garder mes distances. Au fond, j'en étais peut-être tout simplement incapable. Pour la première fois, j'avais écouté mon cœur et mon désir, et non ma tête. Et même si maintenant j'étais bien embêtée, je n'avais aucun regret. Je ne m'étais jamais sentie aussi vivante et désirable que dans les bras d'Adam.

Je me recoiffai, arrangeai mon maquillage et enfilai une nouvelle culotte. Je soupirai et eus le courage de sortir de ma chambre pour rejoindre les autres invités.

Une fois en bas, je tombai de haut en apercevant Adam parler avec des filles. Au moins, le message était clair… Il était déjà reparti en chasse alors que je le sentais encore ancré en moi. C'était blessant, mais je ne me laisserais pas abattre. C'était un coup d'un soir, nous avions enfin comblé notre désir et notre attirance l'un pour l'autre et, désormais, chacun reprenait sa vie.

— Ça va ?

Je sursautai quand je compris que Romeo venait de s'adresser à moi avec un petit sourire en coin, un verre à la main.

— Oui, pourquoi ?

J'espérais avoir l'air le plus naturel possible, mais son expression n'indiquait rien de bon.

— Oh ! je dis ça parce que je t'ai vue monter avant Adam, puis redescendre après lui et, étant donné vos têtes à tous les deux, je me doute que vous n'avez pas parlé couture.

Je tapai l'épaule de mon beau-frère en faisant mine d'être outrée par son accusation.

— Adam et moi ? ! Tu es fou !

Il acquiesça en riant et s'éloigna. Si lui l'avait remarqué, ma sœur s'en rendrait-elle aussi compte ? Et les autres invités ? Je devais rapidement devenir invisible avant que qui que ce soit me lance un regard qui me déstabiliserait.

Chapitre 25

Adam

Ce moment avec Camila m'avait bien plus déstabilisé que je ne le pensais. Elle qui m'avait tant énervé, tant donné envie de péter les plombs et que j'étais pressé de voir dégager. Ça, pour un retournement de situation, nous étions en plein dedans. C'était incroyablement improbable ce qui venait de se passer dans ma salle de bains. Non pas que je lui fasse l'amour comme ça, mais cette intensité qui m'avait fait prendre un plaisir inimaginable.

Dès l'instant où elle avait quitté la pièce, j'avais eu envie de la rattraper pour remettre ça. Mais ce n'était pas le bon choix. J'avais l'habitude de me taper des femmes et jamais je n'avais éprouvé cette foutue sensation qui allait au-delà du plaisir de plonger en elles. Non, c'était autre chose d'indescriptible et de fort. Trop fort pour que ça puisse être sain.

J'aurais presque pu comparer ça à une drogue dure, celle qui me permettait de dormir quand il le fallait, parce que, actuellement, je n'étais pas vidé mais apaisé. J'avais une impression de plénitude émotionnelle que je n'avais peut-être jamais ressentie. Alors que j'étais en train de monter en pression, de redescendre après la drogue que j'avais prise, elle avait réussi à me faire retrouver mes esprits puis me les faire reperdre en l'espace de quelques minutes.

Que s'était-il passé, bordel de merde ? ! Comment Camila Da Silva, cette avocate coincée, avait-elle pu accepter d'aller aussi loin, comme ça, la veille de son départ ? N'était-elle pas censée être la plus raisonnable de nous deux ? Elle était le bien et moi, le mal.

Elle me l'avait avoué. Elle ressentait quelque chose pour moi. Comment était-ce possible ? Je n'étais pas le mari ou le gendre idéal dont les femmes tombaient amoureuses, mais plutôt celui qu'on était fier d'avoir à son tableau de chasse, même si beaucoup imaginaient le contraire, persuadées d'avoir trouvé l'homme qu'elles voulaient à tout prix.

C'était loin d'être la première à m'avoir avoué ses sentiments, il y en avait eu tellement, des groupies amoureuses, des co-stars, des potes, des rencontres ! Mais jamais, non réellement jamais, je ne m'étais demandé si c'était réciproque. Je détestais l'idée de me foutre dans une merde pareille, mais j'étais en plein dedans et j'allais devoir trouver une solution avant qu'aucun retour en arrière ne soit possible.

— Tu ne perds pas de temps.

J'avais presque oublié que j'étais entre trois femmes qui venaient de je ne savais où. Elles me parlaient et, bien que physiquement je sois présent, mon esprit était à des milliers de kilomètres d'elles. Je me contrefoutais de ce qu'elles pouvaient bien dire. En revanche, pas de ce que Romeo sous-entendait.

— Quoi ?

Il me regardait, l'air nonchalant, un verre de punch dans les mains.

— J'ai compris, Adam, je ne suis pas con.

— Ça, tu me l'apprends.

Il leva les yeux au ciel, et je m'éloignai avec lui ; il valait mieux que cette conversation reste privée, pour notre intérêt à tous.

— Ça ne sert à rien de nier, reprit-il.

— Comment tu as su ?

— Vous êtes aussi discrets que les paparazzis qui nous suivent à longueur de journée.

Je soupirai, agacé. Si Romeo était au courant, d'autres l'étaient peut-être également. Camila était toujours liée à son connard de fiancé et devait débuter une carrière dès le lendemain à l'autre bout du pays. Une scandaleuse histoire avec un acteur au sommet de sa notoriété et de ses frasques était la dernière chose qu'il lui fallait, surtout au vu de ma réputation de pire en pire chaque jour.

— Mais t'inquiète, si Jess ne vous a pas encore grillés, personne ne l'a fait.

— Pourtant toi, si.

— Tu me connais, j'ai un sens de l'observation surdéveloppé.

— Ça doit absolument rester entre nous.

Il hocha la tête, je bus dans mon verre, et il m'imita. Je pus admirer la silhouette de Camila qui bavardait avec sa sœur jumelle. Elle éveilla immédiatement quelque chose en moi.

— Quel est ton projet ?

Je fronçai les sourcils, las de ses questions et qu'il détourne mon attention alors que je la matais.

— Comment ça ?

— Ne tourne pas autour du pot. Elle part demain et, clairement, vous deux, ce n'est pas que du cul.

Comment pouvait-il en être aussi convaincu ? Ce n'était pas comme si j'en avais parlé ou que j'aie évoqué le sujet avec lui. Il n'avait fait que spéculer.

— Et qu'est-ce que t'en sais ?

— Je te connais, mon frère. Il y a des regards qui ne trompent pas. Et tu tiens beaucoup trop à Jessica pour risquer de te taper sa sœur juste pour une partie de jambes en l'air.

Ah ça, je ne rêvais que de lui lever les jambes à nouveau… Mais je devais me reprendre, ce n'était pas le sujet.

Il n'avait pas tort. J'étais un connard, mais j'avais du respect pour Jessica, cette chieuse invétérée qui avait réussi à gagner une petite place dans mon cœur éteint. Camila allait-elle parler à sa sœur de notre moment à deux ? Malgré leur proximité, elle paraissait assez pudique à propos de ce qui concernait sa vie privée. De toute façon, j'avais fait de la merde. Et d'une manière ou d'une autre, j'allais payer.

Goûter le fruit interdit était puni, mais mon Dieu, quel fruit ! J'aurais dû regretter mon geste, mais j'en étais incapable.

— Je n'ai pas de projet, finis-je par répondre.

— Merde, Adam, t'es vraiment con ! Tu étais au courant qu'il ne fallait pas la toucher.

— Ouais, je sais, j'ai merdé.

— Tu n'as pourtant pas l'air désolé.

— Parce que je ne regrette rien.

Il me toisa en fronçant les sourcils jusqu'à ce qu'une lueur semble éclairer son regard.

— En fait, c'est bien pire que ce que je pensais. Tu es tombé amoureux !

J'explosai de rire avant de finir mon verre cul sec et d'en reprendre un sur les plateaux que portait un des serveurs de la fête.

— N'importe quoi.

Moi, amoureux ? J'en avais entendu des conneries, mais celle-ci était de loin la pire de toutes. J'étais incapable d'aimer.

— En attendant, elle part demain.

— C'est mieux ainsi.

— Tu ne vas rien faire ?

Je réfléchis. Romeo insinuait-il que je pourrais la retenir si je le souhaitais ? Pourquoi le ferais-je ? Et si, au fond, j'en mourais d'envie ? Putain, je devais me ressaisir. Ce con avait raison, je ressentais des choses pour elle et c'était le pire qui puisse nous arriver, à elle comme à moi. J'allais causer sa perte et la mienne, et il en était hors de question. Bien que je sois le plus égoïste qui puisse être, quelque chose m'empêchait de lui faire du mal en la laissant rester près de moi, si tant est qu'elle le souhaite. Était-ce envisageable de son côté ? Pas avec l'avenir brillant qui l'attendait à l'autre bout du pays. Ici, je n'avais rien à lui offrir à part des larmes et de l'instabilité.

Je ferais donc une bonne action, pour une fois. Quoi qu'il en coûte, elle partirait le lendemain.

— Non, elle doit rentrer chez elle. Et chacun doit reprendre sa vie.

Contrairement à ce que j'imaginais, Romeo ne me fit pas la morale. Il se contenta de me scruter avant de hocher doucement la tête.

— C'est la meilleure chose à faire.

Il savait quel bâtard je pouvais être avec les femmes.

Je m'assis près de la piscine, sur le transat où elle aimait s'allonger pour contempler les étoiles. Et au lieu de diriger mon regard vers le ciel, je l'observai elle, souriante et plus épanouie que jamais. Et si j'y étais pour quelque chose ? Non, impossible. Je n'apportais jamais rien de positif aux gens qui m'entouraient.

Elle se tourna vers moi, comme si elle m'avait senti à travers la baie vitrée. Ses yeux se plantant dans les miens me déstabilisèrent, et mon pouls s'accéléra. Il était vraiment temps qu'elle s'en aille.

Je m'allumai une clope et avançai dans le jardin, attendant patiemment que ce gala de charité se finisse. Mieux valait pour tout le monde que je reste loin de Josh et Camila. Pas pour les mêmes raisons, bien sûr, mais les deux me faisaient perdre tout contrôle.

Chapitre 26

Adam

J'avais bien cru que cette soirée ne se terminerait jamais. J'avais fini par monter répéter l'un de mes textes en voyant que personne ne se décidait à dégager de chez moi. Isolé dans ma chambre, j'avais passé plus de temps à me remémorer ce qui s'était déroulé avec Camila dans ma salle de bains.

Alors que je m'allumais une nouvelle clope sur ma terrasse, quelqu'un toqua à la porte. Sûrement Carla, qui trouverait n'importe quelle excuse pour coucher avec moi, mais je n'en avais aucune envie.

J'ouvris la porte un peu brutalement et fus surpris de tomber sur deux iris verts qui me fixaient avec intensité.

— Camila ?

— On peut parler ?

Visiblement nerveuse, elle mordillait son adorable lèvre charnue. Elle entra dans ma chambre dès que je lui cédai le passage. Elle plissa le nez en sentant l'odeur de cigarette, mais reprit ses esprits et sortit sur la terrasse. Je l'imitai.

— De quoi tu veux parler ?

Je n'étais ni froid ni avenant, juste curieux d'entendre ce qu'elle avait à me dire. Je mettais d'habitude un point d'honneur à ne pas avoir de discussion sérieuse après avoir couché avec une femme, mais là tout était différent.

Elle soupira et planta ses yeux dans les miens.

— J'ai toujours cru que garder le contrôle permettait de ne pas être malheureuse, qu'en ne prenant aucun risque j'éviterais de souffrir, mais je me suis trompée. Cette vie n'a aucun sens, et ça, je l'ai compris ici, à Los Angeles.

Je m'appuyai contre la rambarde, posté à sa droite, l'écoutant attentivement.

— Et maintenant, je me retrouve à coucher avec le coloc de ma sœur. Je n'aurais jamais agi comme ça avant, mais je ne parviens pas à le regretter parce que je ressens quelque chose de nouveau pour toi, Adam. Je ne sais pas pourquoi ni comment, mais c'est arrivé, et je n'ai aucune envie de prendre cet avion demain.

Le silence. Elle avait cessé de parler, pourtant ses mots résonnaient encore clairement dans mon esprit. Je ne comprenais pas comment une femme telle que Camila pouvait éprouver cela envers moi, Adam Carrera, un acteur orgueilleux et exécrable de vingt-sept ans, coureur de jupons et drogué.

Je n'avais qu'une envie, la prendre, l'embrasser et l'emmener dans mon lit pour lui montrer à quel point ce qu'elle ressentait était réciproque. Mais je m'étais fait une promesse, celle de ne pas me comporter comme un égoïste. Elle méritait mieux qu'une vie enfermée avec moi dans une villa trop luxueuse pour des jeunes de notre âge et dont elle ne pourrait pas sortir sans être suivie par tous ces connards de paparazzis. Si elle restait, il ne lui faudrait pas plus de deux semaines avant de réaliser son erreur. Il était donc évident que, pour notre bien à tous les deux, nous devions vivre loin l'un de l'autre. Je n'étais pas sûr de pouvoir lui être fidèle. Que se passerait-il la prochaine fois que je sortirais ou prendrais une drogue trop forte ? Je lui briserais le cœur et elle me haïrait. Je n'étais pas certain de pouvoir le supporter.

— Alors si tu ressens la même chose, je t'en prie, dis-le-moi avant qu'il ne soit trop tard, qu'on puisse réfléchir ensemble.

Ses yeux brillants d'espoir me mirent mal à l'aise. Pourquoi faire preuve de bonté faisait-il aussi mal ? Je n'avais pas envie qu'elle s'en aille et prétendre le contraire aurait été mentir. J'avais l'impression de devenir fou.

— Tu devrais préparer tes valises et prendre ton avion, Camila. Il n'y a rien pour toi ici et, non, je ne peux pas te dire quoi que ce soit, puisque je ne ressens rien.

Elle m'observa comme si elle cherchait à quel moment j'allais lui dire que c'était une mauvaise blague, puis, au fur et à mesure, la lueur dans ses yeux s'éteignit pour n'y laisser qu'un vide glacial. Je l'avais blessée, je le savais, je le sentais. Mais c'était pour son bien et c'était nouveau pour moi de faire passer l'intérêt de quelqu'un d'autre avant le mien.

Le rose de ses joues avait disparu, et elle n'avait jamais autant eu l'air d'une avocate froide et rigide. Je n'avais pas été tendre, mais elle ne devait repérer aucune faiblesse dans mes paroles. Si elle restait plantée encore longtemps en face de moi, j'allais finir par craquer et de nouveau soigner mon mal-être en elle, comme si elle était le remède à tous mes maux. Un putain de psy parlerait de relation toxique, moi je parlerais de sauvetage.

— Félicitations, Adam. En seulement quelques secondes, tu es passé de la meilleure chose qui me soit arrivée à Los Angeles à la pire.

Elle me foudroya du regard, mais ce n'était pas sa colère qui me toucha le plus, non, c'était la tristesse qu'elle camouflait. Je pouvais presque sentir sa déception me frapper en plein visage et je la comprenais mieux que personne, étant donné ce que j'éprouvais moi-même.

— Prends soin de toi, lui dis-je avant qu'elle ne quitte la pièce pour toujours.

Elle serra la main autour de la poignée et, sans se retourner, prononça les pires dernières paroles que j'aurais pu attendre de sa part :

— Va te faire foutre, Adam.

Elle claqua la porte et je me retrouvai comme un con, dans cette immense pièce vide, à me demander pourquoi j'avais décidé de faire une bonne action. Je n'étais pas quelqu'un de bien. Alors pourquoi m'imposer une connerie pareille ? J'avais juste à franchir la porte, lui expliquer l'idée folle qui m'était passée par la tête et lui faire l'amour jusqu'au lendemain, quand je serais certain que son avion serait parti sans elle.

Alors que je m'apprêtais à enclencher la poignée, je me ravisai et reculai. Non. C'était n'importe quoi, et cette situation allait me rendre malade. Je ne devais pas la recroiser avant son départ, au risque de faire la seule chose qu'il ne fallait pas : la faire rester. Sa colère l'aiderait à s'en aller.

Finalement, je finis par trouver une distraction avec un joint bien chargé qui me ferait dormir rapidement.

Malheureusement, avant que je ne sombre pour le reste de la nuit, mon esprit vagabonda et inventa des scénarios improbables dans lesquels Camila deviendrait bien plus qu'un simple coup d'un soir pour moi. C'était horriblement agréable d'imaginer qu'elle se réveille dans mon lit, qu'elle apaise mes démons et me soutienne lors de mes répétitions interminables, mais ce n'était pas la réalité. Nous étions aux antipodes l'un de l'autre, et il était temps que je me le rentre dans le crâne avant de perdre la raison et d'aller la rejoindre.

Camila pourrait-elle apprécier une telle vie ? Elle avait besoin d'attention, qu'on l'aime pour ce qu'elle était et qu'on respecte ses choix. Elle était la glace et le feu à la fois, capable de camoufler tous ses sentiments puis de mordre telle une lionne enragée. Je l'avais vue à l'œuvre plus d'une fois et ce que j'avais retenu, c'était qu'elle n'était pas comme les autres femmes, qu'il s'agisse de son rire, de son caractère affirmé, de ses regards sensuels et profonds.

J'avais envie de davantage, j'avais envie d'elle maintenant. Je décidai de fumer un peu plus pour être certain de ne pas reproduire la même connerie et sombrai dans les ténèbres de la nuit, bien moins dangereux que les miens…

Chapitre 27

Camila

L'heure du départ avait sonné. J'allais devoir faire mes adieux. Bon, ceux avec Adam avaient été beaucoup plus « violents » et « clairs » que je ne l'aurais voulu, mais c'était finalement un mal pour un bien. M'éloigner de ce connard était la meilleure chose qui puisse m'arriver et il m'avait confortée dans mon choix de partir définitivement d'ici. Ma sœur avait eu raison le concernant.

Romeo conduisait et, étrangement, elle ne prononçait pas le moindre mot. Elle qui était toujours bavarde, peut-être trop, semblait s'être renfermée. J'ignorais ce qui n'allait pas, mais mon instinct me criait que ce n'était pas uniquement dû à mon départ.

J'hésitai à plusieurs reprises à poser des questions, mais si elle restait silencieuse, c'était soit qu'elle ne voulait pas en discuter, soit que ce n'était pas le bon moment. Mais je m'apprêtais à rejoindre l'autre bout du pays…

Néanmoins, je pris sur moi et me contentai d'observer les paysages qui défilaient en me demandant ce qui se passerait à mon retour. J'allais commencer par faire dégager Carter et toutes ses affaires de mon appartement. J'expliquerais aussi à mon père qu'à l'aube de mes vingt-cinq ans, j'étais prête à prendre ma vie en main, seule. Qu'il devait cesser de prétendre savoir ce qui était le mieux pour moi. Je devinais que cette situation serait conflictuelle.

Bien qu'ayant du mal à l'admettre, je m'étais attachée à Los

Angeles et aux moments que j'y avais vécus. En deux semaines, j'avais l'impression d'être passée par toutes les émotions possibles, allant de l'énervement à la joie, de la haine au désir, de la peur à l'amour… C'était difficile, j'avais cette étrange boule au ventre et dans la gorge, comme si je m'apprêtais à pleurer. Pourtant, j'étais libre de revenir quand je voulais, et j'en avais les moyens. Après tout, L.A. se trouvait dans le même pays que New York, mais un univers semblait les séparer.

J'avais eu l'impression d'être une personne totalement différente ici, et en m'en allant je laissais cette Camila épanouie et insouciante derrière moi pour retrouver mon équilibre, qui m'avait toujours paru essentiel depuis la mort de maman. Mon séjour ici avait été plus efficace qu'une vie de remises en question et de thérapies. Je m'étais découverte, libérée, testée, lâchée… Et mon Dieu, qu'est-ce que ça m'avait fait du bien !

Alors qu'à New York il m'arrivait de beaucoup trop en abuser, je n'avais presque pas touché à mes cachets contre l'anxiété ici, et ce malgré mes mésaventures. Un frisson désagréable me parcourut à leur souvenir. Mais j'avais ainsi pu constater ma force de caractère et ma résistance à la pression. J'avais pris confiance en moi.

Et Adam… Cet homme aussi diaboliquement beau qu'instable, mystérieux, indomptable… Il existait beaucoup trop d'adjectifs pour le décrire, pourtant, il en manquait certainement. Il était du genre à pouvoir faire monter une femme au septième ciel à tous les niveaux, et à la détruire l'instant d'après. Il était de ces mecs dangereusement toxiques. Même si j'avais conscience de ses défauts et ses problèmes, mon cœur ne pouvait s'empêcher d'accélérer ses battements à son évocation. Pourquoi m'étais-je attachée à la seule personne que j'aurais dû éviter lors de mon séjour ? Et pourquoi quand je repensais aux bons moments, ceux avec lui prenaient quatre-vingt-quinze pour cent de la place ?

— On est arrivés.

Je sortis de ma torpeur et quittai la voiture sans grande conviction.

Romeo enfila une casquette et des lunettes de soleil qui le rendirent tout sauf discret, comme il avait l'air de le croire. Ma sœur l'imita, et je me contentai de porter moi aussi des lunettes.

Une fois devant les portes automatiques de l'aéroport, ils s'arrêtèrent et se tournèrent vers moi.

— Si on va plus loin, on risque de te faire rater ton avion à cause d'une émeute.

J'avais tendance à oublier ce que la célébrité pouvait engendrer. Encore une fois, Jess ne parlait pas et conservait un visage totalement fermé. Peut-être qu'elle était plus touchée par mon départ que je ne le pensais, ce qui m'étonnait, car nous nous étions promis de nous revoir sous peu.

— Je vais vous laisser, alors.

Romeo me prit dans ses bras et, avant que je puisse dire ou faire quoi que ce soit, une voix s'éleva à côté de nous.

— Tu ne peux pas partir maintenant.

Jessica. Je reportai mon attention sur elle, curieuse. Ça n'avait pas l'air d'une supplication ou d'une demande particulière, non, cela ressemblait plutôt à une constatation. Je fronçai les sourcils et elle s'effondra en larmes.

Surprise, je la serrai contre moi, me sentant affreusement mal de la voir ainsi. Sa souffrance était la mienne, et j'avais toujours haï quand elle était dans cet état.

— Les filles, je suis désolé de vous interrompre, mais on nous a reconnus. Allez dans la voiture, je gère.

Une petite foule de personnes se rapprocha, et j'eus tout juste le temps d'attraper ses clés avant de me précipiter vers le parking avec Jess, qui reniflait, pleurant encore à chaudes larmes. Ma sœur n'était pas le genre de personne à s'exprimer ainsi. Je la connaissais assez pour savoir que ça n'avait pas seulement un rapport avec moi.

Une fois que nous fûmes à l'abri et assises sur la banquette arrière du Range Rover de Romeo, je l'observai.

— Jess, dis-moi ce qui t'arrive.

— Tu dois rester encore un peu…

— Mais, je reviendrai ! Tu le sais ! Et tu peux venir à New York quand tu veux.

— Ce n'est pas ça, j'ai besoin de toi maintenant, en ce moment.

— Arrête, je dois rentrer pour mon travail…

— Tu ne peux pas partir maintenant, Cam !

Je jurai et me retournai vers elle, dépitée. Je ne voulais pas rester et, même si je ne pouvais pas lui avouer mes véritables raisons, elle devait le comprendre.

— Je te l'ai déjà dit, j'ai du travail ! dis-je, proférant un demi-mensonge.

Mon père s'impatientait, et ça, c'était un fait. Mais mes vacances ici m'avaient aussi appris à ne pas tenir autant compte de son jugement.

— C'est à cause d'Adam ?

Je crus m'étouffer à l'évocation de ce prénom. Qu'est-ce que cet imbécile avait bien pu dire ?

— Écoute, s'il est méchant avec toi, tu peux me le dire, je lui réglerai son compte !

Ouf, il ne lui avait rien dit. Elle en était demeurée au stade où nous ne nous appréciions pas, ce fameux stade auquel j'aurais dû rester. J'avais peur qu'à cause de nos dernières discussions animées elle ait tout compris comme Romeo.

— Si c'est pour Josh, on fera en sorte qu'il ne t'approche plus jamais dans tous les cas !

— Jess…

— Je suis enceinte.

Mon cœur manqua un battement, et je laissai tomber mon téléphone, les yeux écarquillés. Enceinte ? Jessica ? La même Jess qui un an auparavant avait la nausée rien qu'à l'évocation du mot « enfant » ?

— Quoi ?

— Oui, je sais, dit-elle en plongeant les mains dans ses cheveux, c'est un truc de dingue ! C'est vrai que Romeo et moi, on a tendance à passer des week-ends agités et, en rentrant de soirée, on ne fait pas toujours attention, mais de là à être en cloque ! Putain ! Je suis en panique.

Je l'étais aussi. Ni Jessica ni moi ne voulions d'enfant jeunes, ou du moins pas avant nos trente ans révolus. Nous avions imaginé en avoir en même temps tardivement afin qu'ils puissent grandir ensemble et créer une relation semblable à la nôtre. Étant donné ma situation actuelle, ce plan tombait définitivement à l'eau. Je n'aurais jamais cru qu'elle serait enceinte à vingt-quatre ans.

Ma sœur avait plus que jamais besoin de moi. J'étais tiraillée entre mon avenir professionnel, ma relation avec mon père et mon envie de soutenir la personne la plus importante de ma vie. Bien entendu, je ne pouvais pas abandonner Jessica à son triste sort.

— Ça va aller, *hermana.* Je suis là.

Mon self-control me permit de camoufler l'inquiétude dans ma voix. Je la pris dans les bras en lui chuchotant que tout se passerait bien.

C'était officiel, je ne quittais pas Los Angeles ce soir. Et j'ignorais ce que cela allait donner.

Chapitre 28

Adam

Carla. Elle était ma seule solution pour me sortir Camila de la tête. Elle devait se pointer d'ici moins d'une heure, je lui avais expressément demandé d'être habillée de sa plus belle lingerie. Avec ce que je venais de consommer, mon esprit divaguerait un bon moment. C'était ce qu'il me fallait, baiser notre gouvernante, pour oublier à quel point j'étais un con.

La porte d'entrée claqua. Je devinais facilement que Carla avait roulé suffisamment vite pour me rejoindre et prendre son pied. Au fond, je n'avais aucune envie de baiser. Pas après ce que j'avais vécu avec Camila. Putain, elle m'avait mis dans une sacrée galère.

Je descendis les marches avec beaucoup de difficulté. Mélanger les cachets et l'alcool était une idée de merde. Malgré tout, je l'avais fait. J'étais un connard d'alcoolique drogué et je n'avais jamais réussi à gérer mes émotions autrement que par ce biais-là. Voilà pourquoi je devais rester loin de tout ce qui pourrait me faire sortir de mon je-m'en-foustisme professionnel.

Oh ! bordel ! *Elle* était là, en face de moi, ses grands yeux verts me fixant avec intensité. Pourquoi était-elle revenue ? Ce n'était certainement pas pour moi, étant donné ce que je lui avais dit.

Elle fronça les sourcils et bougea, se balança. Ah non, ce n'était pas elle qui bougeait, mais moi qui tanguais. Je me raclai la gorge et m'appuyai contre une des colonnes marbrées du salon, les bras croisés sur mon torse.

— Adam ? Qu'est-ce que tu as encore pris ?

Si elle savait… Elle serait assez dégoûtée pour courir jusqu'à son avion et le piloter elle-même si nécessaire.

— Rien de spécial.

Elle jura doucement et s'avança vers moi, puis passa son bras autour de mon buste pour me soutenir. Je la serrai contre moi, mais plus pour m'assurer qu'elle ne sortait pas de mon imagination, que ce n'était pas un de ces effets secondaires parfois trop réalistes. Son parfum fruité et sucré ne pouvait pas être une hallucination.

— Où sont Jess et Rom ?

Elle me guida jusqu'au canapé.

— Ils ne rentrent pas à la villa ce soir. Ils vont dormir à l'hôtel et passer du temps ensemble.

Donc nous étions tous les deux… Elle et moi, dans cette immense baraque où les lieux pour faire l'amour ne manquaient pas. Et je me trouvais dans un état pitoyable.

— Pourquoi tu es là ?

Elle m'observa, sembla réfléchir, puis finit par me laisser dans l'angle du sofa. Elle allait s'éloigner, mais j'attrapai sa main et l'obligeai à me tomber dessus.

— Mais qu'est-ce que tu fais !

— Reste avec moi.

Elle soupira, mais fut rapidement déstabilisée par la proximité de nos lèvres. Cependant, lorsque la porte d'entrée s'ouvrit à nouveau, le charme fut rompu.

Merde.

— Adam ? Ta petite soubrette est là !

Carla… Camila écarquilla les yeux puis me tua du regard. Je venais de la blesser, encore.

— Je vois que tu ne perds pas de temps.

Elle s'écarta de moi, visiblement écœurée par mon attitude, et je ne pouvais rien dire. Alors que mon esprit me hurlait de la retenir, de lui expliquer, mon corps était comme paralysé par les effets de la drogue. Je n'étais pas moi-même et j'allais mettre plusieurs heures à reprendre le contrôle.

— Attends ! criai-je.

Elle ne m'écouta évidemment pas et, quelques secondes plus tard, elle claqua la porte d'entrée.

Un raclement de gorge me fit revenir sur terre, et je me souvins que Carla était là, prête à assouvir toutes mes envies, mais je n'en avais plus aucune la concernant. L'objet de mon désir venait de passer la porte. Et j'ignorais comment arranger les choses. Je l'avais incitée à partir, et elle m'avait grillé sur le point de me taper une autre femme. Pourtant, j'avais fait tout ça pour elle, pour ne pas l'empêcher de vivre sa vie et pour l'oublier ensuite. Comment pouvais-je autant merder en si peu de temps ? Pourquoi ne pas me contenter de la détester, comme au début ? Je ne parvenais même plus à me souvenir de cette époque…

— Tu peux te casser, ordonnai-je peut-être un peu trop agressivement à Carla.

Elle me foudroya à son tour du regard, mais l'impact ne fut pas du tout le même, je n'en avais strictement rien à foutre de ses états d'âme. Elle savait très bien ce qu'il en était de notre relation.

Avant qu'elle parte, je tanguai jusqu'à la salle de bains du rez-de-chaussée et me précipitai sous la douche pour reprendre mes esprits. Rien de plus efficace que les douches froides et vomir tout ce que j'avais dans le corps.

Il me fallut trois bonnes heures pour aller mieux.

Je me redressai enfin, appuyai les mains contre les rebords de la vasque et regardai mon visage dans le miroir mural. Habituellement hâlée, ma peau était à terne, sans vie. Mes yeux étaient assombris et j'avais d'énormes cernes. J'avais une tête à faire peur, prouvant que j'allais trop loin, que plus j'avançais, plus je ressemblais à ma mère. Et ça, c'était hors de question.

Bref. Bien que tous les effets indésirables post-défonce que je ressentais me donnent envie de me taper le crâne contre le mur, j'enfilai un jean gris et un T-shirt noir accompagnés d'une veste en cuir de la même couleur et courus à la recherche de Camila. Je ne la laisserais pas m'échapper cette fois-ci. Bien que je ne sois pas la raison de son retour, ça m'était égal, je prenais ça comme un coup de pouce du destin. Désormais, je ne voulais qu'une chose : qu'elle soit à moi.

Je tentai de l'appeler à cinq reprises, aucune réponse, juste sa messagerie. Elle m'ignorait délibérément, mais pouvais-je lui en vouloir ? J'avais été odieux avec elle et, quand elle m'avait trouvé défoncé, une autre femme arrivait pour coucher avec moi. Je pouvais comprendre sa haine et son dégoût.

Je n'étais pas un mec bien, ni fiable, ni sain, ni quoi que ce soit qu'il lui fallait. Pourtant, je ne me sentais pas capable de mettre à nouveau mon égoïsme de côté. Le faire une fois m'avait prouvé que ça ne servait à rien.

Camila Da Silva m'appartiendrait, je m'en faisais la promesse.

Après plus qu'une heure à écumer les bars et les rues les plus proches de notre villa, j'appelai alors la seule personne qui pouvait m'aider.

— Adam ?

— J'ai besoin de toi, Rom.

— Je suis un peu occupé, là tout de suite.

— Camila a disparu.

— Quoi ? ! Attends, reste en ligne.

Je l'entendis bouger, sûrement pour s'éloigner de Jess, qui piquerait une crise de nerfs si elle savait ce que je venais d'annoncer.

— Comment ça elle a disparu ? reprit-il sans parler trop fort.

— On s'est un peu… bref, rien de spécial, mais elle s'est barrée, il commence à être tard et je ne la trouve nulle part.

— C'est une grande fille, tu sais ? rétorqua-t-il, visiblement rassuré.

— Elle ne me répond pas au téléphone. Il pourrait lui arriver n'importe quoi, alors s'il te plaît, appelle-la.

Romeo jura et soupira, mais je devinais que j'avais déjà gagné. Je n'étais pas le genre d'homme auquel on refusait quoi que ce soit. J'obtenais toujours ce que je voulais et Camila ne ferait pas exception.

— OK. Je vais voir ce que je peux faire.

Il raccrocha, et j'attendis patiemment dans ma voiture en réfléchissant à ce que j'étais en train de faire. Pour la première fois de ma vie, je courais après une femme. Une femme avec laquelle je n'avais pas d'avenir. Mais à cet instant, je n'éprouvais qu'un besoin, la retrouver. Peut-être que ce sentiment était accentué par le reste des drogues que j'avais prises, peut-être que je faisais un transfert d'addiction, mais ça m'était égal. Je voulais enfin lui parler, mais aussi la ramener à la maison. Je ne pouvais me résoudre à la laisser traîner je ne savais où, seule la nuit, dans une ville où elle ne connaissait pratiquement personne.

Alors que je commençais à sérieusement m'impatienter, mon téléphone sonna pour m'annoncer l'arrivée d'un SMS.

Elle est au Sunset Lounge. Ne te comporte pas comme un abruti, stp.

Je souris face à l'efficacité de mon ami et démarrai en trombe. Elle n'était qu'à un quart d'heure de route.

Chapitre 29

Adam

Arrivé au bar, j'entrai rapidement en espérant ne pas être reconnu. Il était minuit passé, un dimanche soir, peu de monde était de sortie, et ça m'arrangeait bien.

Je mis moins d'une minute à la trouver, assise au bar, un homme à côté d'elle. Mon sang ne fit qu'un tour, et je serrai les poings pour contrôler ma haine et attendre un peu avant de le détruire sur place. Maîtriser mes émotions n'avait jamais été mon point fort.

Je m'approchai sans qu'elle me voie arriver et surpris leur conversation.

— Allez, chérie, une belle femme comme toi ne va quand même pas rentrer seule, mon appart n'est qu'à deux rues d'ici. Ça fait déjà trois fois que je te le propose.

Ce fils de pute posa la main sur la cuisse de Camila, et il ne m'en fallut pas plus pour l'attraper et lui tordre le bras jusqu'à le faire crier de douleur. Ma jolie avocate écarquilla les yeux en me voyant, mais avant de lui porter de l'attention je plaquai l'homme d'une trentaine d'années contre le bar et le saisit par le col.

— Elle n'est pas seule.

— Je ne savais pas qu'elle avait un mec ! lança-t-il, paniqué.

— Dégage de là.

Je le lâchai, et il courut presque jusqu'à l'extérieur. Je m'étais retenu d'aller plus loin, car un nouveau scandale pourrait anéantir ma carrière définitivement. Les quelques personnes présentes me regardaient toutes, ahuries.

— Tu n'es pas mon mec, Adam.

Camila s'était levée de son siège et tanguait un peu, visiblement sous l'effet de l'alcool.

— Ça ne m'empêchera pas de veiller sur toi.

Elle pouffa si fort que le barman marcha dans notre direction, sûrement pour vérifier que je n'allais pas la traiter comme l'homme qui venait de se sauver. S'il savait. Il n'osa pas interférer, certainement parce qu'il avait compris qui j'étais.

Elle s'appuya contre le comptoir pour ne pas perdre l'équilibre.

— Veiller sur moi ? Tu te moques de qui, Adam Carrera ?

Qu'elle dise mon nom si fort me crispa. Je n'avais pas du tout envie d'être reconnu par tout le monde ici. Mais je la laissai faire, ne souhaitant pas risquer de la blesser à nouveau.

— Tu as pourtant été clair quand tu m'as balancé ne rien ressentir pour moi. Alors ne viens pas dans ce bar jouer les caïds ! Je n'ai jamais eu besoin qu'on m'aide ! Et j'ai encore moins besoin de toi !

J'aperçus un groupe d'amis sortir leurs téléphones, probablement pour filmer cette scène. Comprenant que ça n'annonçait rien de bon, j'attrapai Camila et la jetai sur mon épaule malgré ses cris et sa façon violente de se débattre. Si elle pensait que je la laisserais descendre pour si peu, elle se trompait.

— Mais tu vas me lâcher, espèce de malade ? !

Je nous emmenai jusqu'à ma voiture et la déposai devant alors qu'elle me repoussait sans même me faire bouger d'un poil. Je la trouvais sexy quand elle était énervée.

— T'es complètement taré ! me hurla-t-elle.

— Tu allais finir sur les réseaux sociaux, je t'ai juste épargné ça.

Elle ne paraissait pas très stable sur ses talons, et la peur qu'elle tombe m'incita à m'approcher davantage d'elle. En voulant reculer, elle faillit trébucher, mais je l'attrapai par l'avant-bras et la collai presque à mon visage.

— Arrête ça, lui ordonnai-je fermement.

— Sinon quoi ? dit-elle d'un ton provocant.

Je fermai les yeux un instant pour contrôler ma colère. Cette fille savait me rendre fou. Dans tous les sens du terme.

— Monte dans la voiture.

— Non !

— Monte dans cette putain de voiture !

Mon agressivité sembla la surprendre, car elle sursauta avant de me dévisager, silencieuse.

— Pourquoi je ferais ça après ce que tu m'as dit ?

— Je t'ai menti. C'est ce que tu voulais entendre ?

Elle sembla totalement déstabilisée par ma révélation et, après des secondes qui me parurent interminables, elle monta enfin dans ma voiture. Je la rejoignis et, une fois installé, je m'appuyai contre le dossier de mon siège et fermai les yeux. Putain. Qu'est-ce que j'allais faire ? Prendre le risque de tout lui avouer ? Gâcher sa chance d'aller vivre son rêve new-yorkais ? La plonger dans le monde sordide des célébrités ? Les relations dans ce milieu, je les connaissais très bien. L'argent et la notoriété détruisaient même les gens les plus sains, les poussant dans leurs retranchements et les menant au vice. Camila était une bonne personne qui s'était battue pour en arriver là où elle en était, et l'idée de la faire sombrer avec moi me terrifiait autant que ça me tentait.

— Adam. Sur quoi tu m'as menti ?

L'alcool semblait encore la posséder à moitié, mais sa raison avait refait surface. Son ton était plus sérieux. Je fixai la route devant moi et démarrai. Nous devions rentrer avant que quelqu'un n'essaie de voler des clichés de nous. J'avais été repéré.

— Adam ?

Je serrai le volant aussi fort que possible et contractai la mâchoire. Je ne parlais jamais de ma vie personnelle et encore moins de mes sentiments. Ma règle avait toujours été de les cacher quoi qu'il m'en coûte pour ne pas laisser quelqu'un s'en servir contre moi. Je n'avais plus le choix, car je n'aurais pas d'autre occasion, je le savais. Camila n'était pas le genre de femme qu'on pouvait manipuler ou faire patienter. Elle me permettait de m'exprimer et je devais saisir cette chance.

— Quand je t'ai dit que je n'éprouvais rien, c'était faux.

Un silence. Je gardais les yeux fixés sur la route alors que ma conduite était plus machinale que concentrée.

— Alors pourquoi ? Je ne comprends pas. Je t'ai dit ce que je ressentais, on a même… bref, je t'ai donné beaucoup plus que ce que je pensais.

Si elle me dévoilait tant de choses, c'était aussi à cause de – grâce à – l'alcool, j'en avais conscience. Mais tant qu'elle me disait la vérité, peu importait.

— J'ai voulu te protéger.

— Me protéger de quoi ?

— De moi, de mon monde.

Un nouveau silence.

— Tu as un rêve, Camila. Ta sœur m'en a bien assez parlé pour que j'en saisisse l'importance. Ta vie n'est pas ici.

Elle soupira et s'affala contre son siège.

— Ce n'est pas à toi de décider de ce genre de choses.

Alors que j'avais pris la route pour rentrer à la maison, je n'avais qu'une hâte, avoir une discussion avec elle en face-à-face et pouvoir exprimer ce que je souhaitais. Dans un lit.

— Je ne veux pas rentrer.

— Quoi ?

— Et si on allait dans ton club privé ?

J'étais très surpris par sa requête. Pourquoi souhaitait-elle se rendre dans une boîte de célébrités avec le mec qu'elle détestait ? Ça n'avait aucun sens. Mais le fait qu'elle veuille passer du temps avec moi me convenait.

— Tu as raison, ajouta-t-elle. Nous avons merdé. Mais rien ne nous empêche d'être amis.

Aïe. Ses paroles me touchèrent, mais je fis mine de rien.

— Alors je préfère aller danser et m'amuser que me retrouver seule dans une villa avec toi et de l'alcool dans le sang.

J'esquissai un sourire en coin. Avait-elle aussi envie de moi ? Pour ma part, je n'avais pas l'intention d'être ami avec elle.

Arrivés au club, nous rentrâmes et nous installâmes à une petite table pour être plus tranquilles. Elle but deux verres avec moi et la voir sourire me rassura. Elle avait l'air moins en colère contre moi.

Elle m'entraîna avec elle sur la piste, riant, s'amusant, pour mon plus grand plaisir. Le bonheur lui allait bien.

Ses yeux pétillants accrochèrent les miens, et je sus à cet instant que ma résistance venait de toucher à sa fin.

Chapitre 30

Camila

Cette sensation de liberté me procurait un plaisir effrayant. Moi qui jugeais sans cesse les étudiants qui sortaient tous les week-ends explorer leurs limites, je ne pouvais que les comprendre désormais. Être ici avec Adam me permettait d'enfin oublier le futur et tout ce qui m'attendait. Car finalement, ce que je souhaitais, c'était être avec lui.

— Alors c'est ce que tu veux, partir rejoindre ton fiancé ?

Il me défiait comme il adorait le faire depuis notre rencontre. C'était ainsi que fonctionnaient nos échanges plus ou moins tumultueux et borderline. Parfois, nous allions trop loin et aucun de nous deux ne semblait avoir la volonté d'arrêter. C'était presque addictif, et ça n'avait aucun sens.

— Ce n'est plus mon fiancé.

— Je sais ce qu'il est et ça ne répond pas à ma question.

Donc son but était de se montrer agressif pour me faire avouer je ne savais quoi. Qu'attendait-il de moi ? Au fond, je le savais, mais j'étais bien trop peureuse et bornée pour l'admettre. J'avais conscience qu'une pulsion suffirait à changer le cours de mon existence et m'obliger à revoir tout ce joli programme que j'avais imaginé, guidée par le recul et l'intelligence de mon père. Tout portait à croire que mon séjour à Los Angeles libérait une partie de moi enfouie au plus profond de mon être qui ne demandait qu'à sortir. Mon père aurait appelé ça de l'influence, moi une perte de contrôle qui me faisait découvrir un tout autre type de sensation, l'excitation de faire quelque chose d'interdit ou de n'en faire qu'à sa tête. J'avais avoué mes sentiments à Adam. J'avais déjà failli craquer et faire n'importe quoi à cause de ce voile qui dissimulait la réalité lorsque j'étais avec lui. Heureusement, il m'avait fait retrouver la raison en un claquement de doigts.

— Ne joue pas avec moi, l'implorai-je.

— Si on étudie bien la question, lequel joue le plus avec l'autre ?

Je le foudroyai du regard mais au même moment une décharge me traversa. Cette folie devait s'arrêter, ma vie n'était pas ici, nous n'étions pas dans une de ces séries pour adolescents dans lesquelles il jouait.

Son rapprochement me fit reculer et basculer en arrière pour la seconde fois de la soirée, mais il me rattrapa fermement et me bloqua entre son torse et son bras, m'électrisant totalement.

— Tu ne tiens plus sur tes jambes, *honey*, souffla-t-il entre mes lèvres.

Sentir son haleine mentholée et alcoolisée ne me rafraîchit pas les idées, au contraire. Mon corps entier s'embrasait à son contact et ma culpabilité avec lui. Pourquoi étais-je tout bonnement incapable de le repousser ? Pourquoi tous mes sens semblaient-ils s'accorder aux siens ?

— Adam…

Il approcha sa bouche de mon oreille, me serrant plus fermement, et à mon grand désespoir, j'adorais ça.

— J'aime voir tes lèvres prononcer mon prénom comme ça…

Il déposa un baiser chaleureux et humide sur la fine peau de mon cou, éveillant des zones de mon corps à une vitesse qui me surprenait.

— Ordonne-moi d'arrêter avant que j'en sois incapable.

Cette phrase… Celle qu'il avait dite lorsque nous avions fait l'amour… Il m'embrassa de nouveau. Mon désir pour cet homme surpassait ma raison. À ses côtés, j'avais l'impression de découvrir de délicieux vices.

Ses lèvres frôlèrent les miennes à un point qui ne faisait qu'empirer les limites déjà trop largement dépassées, mais mon esprit ne se focalisait sur rien d'autre que lui.

— Ordonne-le-moi…, répéta-t-il en supprimant les derniers millimètres nous séparant.

Mes yeux plongés dans les siens, je savais qu'il était trop tard pour revenir en arrière.

Devinant que je ne le repousserais pas, il captura mes lèvres avec les siennes et provoqua en moi un incendie qu'il faudrait des heures pour éteindre. Sa langue caressa la mienne, et je compris que j'avais attendu de ressentir ça toute ma vie. Ce baiser était un véritable séisme d'émotions, confondant intensité, dangerosité, interdit et passion.

Cela faisait des jours qu'un désir inavoué nous obsédait l'un comme l'autre et moi, qui pensais pouvoir largement l'occulter, je venais de me laisser transporter dans cette terrible tornade qu'était Adam. Alors qu'il mordillait ma lèvre inférieure, plus rien n'avait de réelle importance, à part les papillons qu'il avait réveillés dans mon bas-ventre. J'étais dans une galère sans nom et, contre toute attente, j'adorais ça.

Malgré tout, je m'écartai en douceur, essoufflée.

— C'est… une erreur…

— Une délicieuse erreur, murmura-t-il, toujours aussi proche de moi.

Un flash. Un putain de flash venait de m'éblouir. En pivotant la tête vers la droite, je réalisai que ma vie allait prendre un tournant que je ne souhaitais pas. Un paparazzi s'était infiltré je ne savais comment dans ce club et nous avait surpris. Notre proximité ne tromperait personne, encore moins mon père et Carter. J'étais effrayée à cette idée.

— Je suis désolé.

Il mentait. Je pouvais lire la satisfaction sur son visage, bien qu'il fasse son nécessaire pour la cacher. Il jouait beaucoup moins bien avec ses vraies émotions, visiblement. Il avait compris que j'avais décidé d'accepter son monde en l'embrassant.

J'hésitai un instant à courir après ce journaliste afin de le supplier de ne pas diffuser ce cliché, mais c'était inutile. J'avais beau avoir beaucoup de défauts, ne pas assumer mes actes n'en faisait pas partie. Mon père, ma sœur et Carter devaient savoir.

Ce baiser me coûterait peut-être le prix fort, pourtant, mon esprit encore engourdi ne parvenait pas à le regretter.

— Accorde-moi une soirée, une seule. Si après ça tu ne veux pas continuer, je te laisserai partir sans rien dire.

Ses yeux toujours plongés dans les miens, sa voix rauque et douce à la fois mêlés à son odeur délicieuse m'empêchèrent de faire ce que j'aurais dû : refuser.

— D'accord. Une soirée.

Mes jambes tremblaient, j'étais euphorique de n'avoir Adam que pour moi, de réaliser que je lui accordais bien plus d'intérêt que je ne le pensais. Finalement, la grossesse surprise de ma sœur était peut-être la meilleure chose qui puisse arriver. Elle m'avait empêchée de partir et de passer à côté de toute cette effrayante et délicieuse intensité.

Je continuai de danser avec lui jusqu'au bout de la nuit, de me laisser porter par cette folie qui me guidait et de savourer ces instants d'innocence volés.

Chapitre 31

Camila

Le réveil me parut insurmontable. Je regrettais déjà d'avoir autant bu la veille. Je me tapais une migraine digne de ce nom. Mais quand je me remémorais les moments avec Adam, je ne pouvais m'empêcher de sourire. J'avais peur, mais j'étais excitée. C'était un drôle de mélange. Avec cet homme, j'avais comme une sensation continue d'adrénaline, comme si je ne pouvais rien contrôler lorsqu'il était avec moi. Il me donnait l'impression de pouvoir atteindre la lune même si je savais qu'il pouvait être très nocif pour moi.

Nous allions passer la soirée ensemble. Il m'avait proposé ce qu'on pouvait appeler un *date*. Pourtant, nous avions clairement grillé les étapes avant le premier rendez-vous. Mais au fond, ça en disait long sur notre relation. Elle n'avait ni logique ni cohérence, et c'était peut-être ce qui me faisait tant vibrer.

En parlant de vibrer, mon téléphone sonna, et je consultai mes appels manqués ainsi que les SMS que j'avais reçus.

Où es-tu, Camila ? Le taxi censé t'accueillir ne t'a jamais vue arriver. Tu as raté ton avion ?

Mon père. Il m'avait sûrement attendue dans mon appartement, prêt à me faire la morale à propos de mon comportement. Il s'était montré « tolérant » mais je le connaissais assez pour savoir qu'intérieurement il bouillonnait.

Cam, on doit discuter, tu dois absolument rentrer.

Carter. Il m'avait accordé un peu plus d'espace ces derniers jours, mais j'avais conscience qu'il n'attendait qu'une seule chose : parler et régler les soucis de notre relation comme s'il s'agissait d'une affaire de justice à laquelle il était possible de trouver un arrangement ou une solution. Sauf que je n'étais capable ni de le pardonner, ni de revenir sur ce que nous avions vécu après ce qui s'était passé avec Adam.

Je savais qu'au fond j'étais dans le déni. Je ne voulais pas quitter cette bulle que je m'étais créée ici, je n'étais pas prête à en sortir. C'était certainement toxique, et ça n'arrangerait en rien les différends que j'avais à régler à New York, mais au moins, je me sentais *bien*.

Quelqu'un toqua à ma porte. Peut-être Adam ? Je n'en avais aucune idée. Nous avions préféré dormir séparément, car l'alcool et le désir circulant entre nous ne feraient de toute évidence pas bon ménage.

Par précaution, je me recoiffai rapidement et me passai de l'eau fraîche sur le visage avant d'ouvrir la porte.

— Cam ! C'est tellement bon de te voir ici.

Jess me sauta dans les bras et me serra si fort que je faillis basculer en arrière. Bordel. J'ignorais ce qu'elle savait réellement sur mes liens avec Adam mais, étant donné les discussions que nous avions eues sur lui et ses relations qui l'exaspéraient, je redoutais sa réaction.

— Merci mille fois d'être restée !

— Je suis contente de l'avoir fait.

Elle m'observa et grimaça.

— Tu as une mine affreuse, tu as mal dormi ?

— Oh non, j'ai dormi comme un bébé.

— Tu es sortie hier soir ?

Merde. Merde, merde, merde. Une excuse, vite ! Je n'en avais aucune, mais je ne pouvais pas lui avouer ce qui s'était réellement passé. Si elle me posait la question, c'était que Romeo – qui, je m'en doutais bien, avait cafté ma localisation à Adam – ne lui avait rien dit.

— Non, mentis-je.

Admettre la vérité devant elle me semblait beaucoup trop difficile. Je m'étais donnée à Adam en sachant pertinemment qu'une relation avec lui ici à Los Angeles ne pouvait pas avoir d'avenir.

J'étais pourtant à deux doigts de lui révéler mon secret, réalisant que, à cause du paparazzi, notre baiser serait bientôt dévoilé au grand jour. Adam était connu mondialement, c'était ce qui m'inquiétait le plus. Nous agissions comme deux adolescents ayant la chance de pouvoir se cacher alors que ce n'était clairement pas le cas. Le moindre faux pas pourrait ruiner notre vie à tous les deux.

— On part bruncher pour annoncer la grande nouvelle à Adam. Prépare-toi.

Peu importait les circonstances, l'évocation de son prénom provoquait systématiquement une petite vague de papillons dans mon ventre.

Je grignotai sans appétit mes œufs brouillés, j'avais toujours la gueule de bois. Adam, lui, paraissait rayonnant. Je l'avais rarement vu aussi souriant. Vêtu d'un jean troué et d'un T-shirt noir, il était à tomber. Étant donné le nombre de femmes qui louchaient sur nous, je n'étais pas la seule à le penser. Heureusement, nous avions une table dans un coin isolé, dans l'un de ces restaurants de célébrités où la notion de vie privée était respectée.

Adam, à côté de moi, posa discrètement la paume sur ma cuisse nue, remontant même légèrement ma robe jaune. Je sentis mon corps entier s'embraser et paniquai à l'idée que quelqu'un puisse nous remarquer. Je le repoussai gentiment, mais il ne lui fallut que quelques minutes pour remettre sa main, un peu plus haut. Il me rendait folle. Tant par son culot que par ses gestes.

— Ça va, Camila ? Tu as chaud ?

Je crus m'évanouir au commentaire de ma sœur, imaginant qu'elle nous avait grillés.

— Tu as les joues rouges, poursuivit-elle.

— Non, ça va.

S'il continuait, Adam allait gâcher ce repas.

— Si nous vous avons invités ici et si Camila est restée plus que prévu, c'est parce que nous avons une nouvelle à t'annoncer, Adam.

Romeo attrapa la main de sa petite amie et se mit à la regarder en souriant d'un air amoureux. J'enviais parfois la beauté et la simplicité de leur relation. Si j'avais bien compris une chose, c'était qu'ils étaient prêts à tout pour être ensemble.

— C'est encore un peu tôt, c'est d'ailleurs pour cela que vous serez les deux seuls au courant pour les prochaines semaines, prévint Romeo.

— Je suis enceinte, déclara Jess, l'air heureuse et nerveuse à la fois.

Le silence. J'osai lancer un coup d'œil vers Adam, qui n'affichait aucune expression particulière si ce n'était peut-être de la surprise.

— Attendez, quoi ?

— On va devenir parents, ajouta Romeo en passant son bras autour des épaules de ma sœur.

Sa relation avec Romeo l'avait réellement fait grandir et évoluer. Elle avait l'air plus sage, plus calme, plus mature sur beaucoup de choses. Elle avait peut-être peur, mais le bonheur se lisait sur son visage, et je ne pouvais que me réjouir pour elle. Elle s'était trouvé un véritable équilibre ici, et jamais je ne tenterais de la faire rentrer avec moi à New York, comme je l'avais imaginé en débarquant ici.

— Adam, je t'en prie, dis quelque chose ! l'implora Jess.

Je portai cette fois-ci toute mon attention sur lui. Sa posture m'impressionnait toujours. Adam était le genre d'homme qui donnait la sensation que rien ne pouvait l'atteindre. Pourtant, il pouvait être plus que vulnérable, son problème avec la drogue et l'alcool en témoignait pour lui.

— Félicitations, se contenta-t-il de répondre.

Il avait l'air sincère.

— C'était imprévu, ajouta ma sœur, et même si on est flippés, on est heureux.

— Vous ne serez pas seuls pour gérer ça.

Adam qui se montrait rassurant ? Même Romeo parut étonné,

puis il me regarda, comme si j'y étais pour quelque chose. Je ne pus m'empêcher de sourire discrètement. C'était un moment précieux, et je n'aurais jamais imaginé en vivre un comme celui-ci à Los Angeles.

Le reste du brunch se déroula à merveille, Jess expliqua que les nausées de ces derniers jours lui avaient mis la puce à l'oreille et que, avec Romeo, ils avaient décidé qu'elle devait faire un test qui s'était avéré positif. Ils nous confièrent qu'ils avaient pleuré ensemble, à la fois heureux, terrorisés et émus. Ils devaient se rendre chez le gynécologue très prochainement pour savoir depuis combien de temps exactement elle était enceinte, mais d'après ses hypothèses cela daterait de moins de deux mois.

J'ignorais comment aborder la suite des événements. Ma sœur qui était enceinte, ma relation avec Adam qui prenait un tournant que je n'étais pas certaine d'être capable d'assumer, ma vie à New York qui m'attendait… Peut-être que j'empruntais un très mauvais chemin et que je devrais renoncer à ce que je désirais le plus : Adam Carrera.

Chapitre 32

Adam

Après une longue et épuisante journée de tournage et de répétitions, j'allais enfin pouvoir passer un moment avec Camila. Je m'étais absenté dès la fin du brunch, j'ignorais donc dans quel état d'esprit elle se trouvait. Ma soirée avec elle me préoccupait plus que la nouvelle concernant Romeo et Jess, bien que je sois ravi pour eux. Du moment que leur mioche ne m'empêchait pas de dormir en pleurant toute la nuit, ça ne me dérangeait pas.

Je patientais devant la villa dans ma voiture. Je ne savais pas vraiment à quoi m'attendre. J'étais plutôt du genre indépendant, froid, distant. Mais elle semblait avoir une capacité incroyable à me faire baisser les armes. Peut-être qu'envisager quelque chose de plus sérieux était un véritable risque ?

J'arrêtai de penser à ces choses-là lorsqu'elle entra dans ma voiture, et je me redressai. Montrer mes failles n'était pas dans mes habitudes.

— Salut, me dit-elle d'un ton attendrissant.

Je pris le temps de l'admirer, comme à chaque fois. Elle portait une robe rouge moulante incroyable, qui me donnait envie de zapper l'étape restaurant pour directement passer au dessert. Cette femme avait le don d'éveiller mon désir, au point que je me sente serré dans mon jean dès qu'elle était là. Sa longue queue-de-cheval dégageait son cou, que j'aurais voulu dévorer.

Ce que j'aimais chez elle, c'était sa manière similaire à la mienne de me regarder. C'était comme si nous pouvions réchauffer chaque lieu. Je lui avais déjà fait l'amour, je savais parfaitement le plaisir que cela me procurait, et je n'attendais que de pouvoir recommencer. Mais pour le moment, je devais lui prouver que prendre le risque de plonger avec moi en valait la peine.

— Salut, répondis-je en démarrant.

J'avais réservé un restaurant à une demi-heure de la ville, suffisamment loin pour que nous nous fassions oublier. Pendant tout le trajet, elle me raconta des anecdotes sur elle et sa sœur, et je buvais ses paroles, prenant soin de ne pas l'interrompre.

À notre arrivée, elle descendit de la voiture, des étoiles plein les yeux. C'était l'effet escompté, j'étais ravi. Je voulais lui montrer que, même si j'étais une célébrité, nous pouvions encore passer des moments intimes, bien que pour cela j'aie dû réserver tout le restaurant pour la soirée et payer gracieusement le personnel pour son silence.

Nous rentrâmes dans l'établissement sur pilotis et nous nous installâmes à une table avec une vue imprenable sur le clair de lune reflété sur l'océan, relativement calme ce soir. Les guirlandes led semblèrent faire leur effet, tout comme la décoration à la fois classe et champêtre.

— C'est endroit est incroyable, s'exclama Camila en observant tout autour d'elle.

Cependant, elle me lança un regard accusateur en comprenant que nous étions les seuls clients. Je la gratifiai de mon sourire en coin et commandai deux coupes de champagne.

— Je me doutais que ça te plairait.

Nous trinquâmes, et j'eus l'impression que, elle comme moi, nous étions perdus dans les yeux de l'autre. Le temps s'arrêtait lors de ces moments et j'avais la sensation de ne plus être Adam Carrera et tout ce que cela engendrait, mais juste Adam, ce mec de vingt-sept ans qui cherchait à séduire la femme qu'il désirait.

— Ça me fait bizarre d'être ici avec toi, dit Camila, comme un couple normal… enfin, presque normal…

— Alors c'est ce qu'on est, *honey* ? Un couple ?

Ce terme écorchait mes règles strictes, je m'interdisais d'habitude de vivre ce genre de relation. Elle parut soudain plus nerveuse, touchant ses mains et fuyant mon regard jusqu'à finalement reporter complètement son attention sur moi.

— La véritable question, c'est : qu'est-ce qu'on est capables de s'offrir ?

— Je suis prêt à t'accorder du temps et des nuits si intenses qu'il te faudra de longues heures de sommeil pour t'en remettre.

Bien qu'elle lève les yeux au ciel, je la sentis gigoter sur son fauteuil, ce qui me conforta dans l'idée que je provoquais chez elle un désir immense.

— Adam, je suis sérieuse…

— Alors commence. Qu'es-tu prête à m'offrir, Camila Da Silva ?

Elle baissa le regard et sourit. Elle était sublime.

— À vrai dire, je ne sais pas vraiment. J'ignore encore quand je vais repartir, et ma vie me paraît si floue que j'ai peur de m'engager dans un nouvel échec.

— Il ne s'agit d'un échec que si tu considères ça comme tel.

— Mais… et si on se brise mutuellement ?

— On n'a qu'à essayer, et on verra ce que ça donnera.

— Alors c'est sérieux ?

— Oui, car je ne supporterais pas l'idée qu'un autre puisse te toucher.

— Adam… Je ne parle pas de ça, je parle de toi et moi.

En réponse, je me levai de mon fauteuil et fis le tour de la table pour aller à sa rencontre ; elle se leva aussi.

Je m'approchai d'elle et la serrai contre moi suffisamment fort pour qu'elle ne puisse pas m'échapper, jusqu'à l'embrasser tendrement.

Tout le long du repas, nous fûmes dans notre bulle, complètement déphasés de la réalité. J'en avais oublié les notions de temps, d'heure… Mais ça n'avait aucune importance.

— Au fait, le journaliste d'hier s'est fait coincer par le videur à l'entrée, ils m'ont appelé aujourd'hui pour me le dire. La photo a été détruite, on n'a pas besoin d'officialiser tout de suite notre relation. Enfin, façon de parler…

Elle sembla soulagée, et je l'étais aussi, car elle n'avait pas idée de l'ampleur que pouvait prendre l'image d'un couple médiatisé. Je ferais mon possible pour la protéger de ce monde, même si m'en croire capable tenait encore du fantasme.

Aucun de nous n'ayant envie de partir, nous nous installâmes dans une paillote, avachis sur un canapé, accompagnés d'une bonne bouteille de vin. Elle était contre mon torse, et je pouvais sentir qu'elle était aussi bien que moi. Je n'avais pas l'habitude de vivre ce genre de moment, et je risquais de trop vite y prendre goût.

— Adam, j'émets une condition à notre relation.

Cette demande me tendit immédiatement. Je ne respectais pas les règles que l'on m'imposait. Au contraire, j'avais une belle capacité à les transgresser.

— Je ne veux pas que tu prennes de drogue.

— Tu as conscience qu'il s'agit d'une addiction ?

Même si l'assumer me faisait honte, c'était la triste réalité. Malheureusement, ces substances dominaient mon existence depuis si longtemps que je ne pouvais pas m'imaginer vivre sans un jour.

— Une addiction qu'on combattra ensemble.

Je savais par avance que ça ne serait pas facile, mais si sa seule condition était de protéger ma santé, je ne pouvais pas le lui refuser.

— Je te promets de faire au mieux.

Chapitre 33

Adam

Camila dansait devant moi, telle une déesse. Mon verre de gin à la main, je l'admirais, assis sur l'un des canapés du club où nous étions déjà venus la veille. Ils nous avaient proposé de nous offrir la soirée pour s'excuser de l'intrusion du paparazzi qui nous avait pris en photo. Contre toute attente, elle avait été enjouée à l'idée de s'y rendre avec moi.

Plus je l'observais, plus je m'estimais chanceux. Cette femme si sublime, intelligente, drôle, désirable et charismatique était à moi. Pour combien de temps ? Je n'en avais aucune idée. Mais je ne la laisserais pas m'échapper.

Beaucoup d'hommes la contemplaient, nous jetaient des coups d'œil curieux, puis comprenaient à mon regard noir qu'elle m'appartenait. C'était très étrange pour moi de ressentir de la possessivité et de l'exclusivité, mais j'aimais cette idée.

Plusieurs personnes m'avaient proposé des drogues en tout genre, beaucoup savaient que j'étais un très bon client, mais je résistais et me focalisais sur Camila. Je pouvais être fort lorsque la motivation était suffisante. Et elle l'était.

J'aperçus Josh au loin et, en songeant à ce qu'il avait fait à Camilla, j'hésitai à le tuer, quitte à finir en taule, quitte à le payer toute ma vie. Ce connard aimait squatter ici, car il savait qu'il était simple d'y trouver des proies naïves et avides de fréquenter des célébrités. Je le haïssais. Comment pouvait-il se balader comme si de rien n'était alors qu'il avait osé frapper et agresser des innocentes ? J'avais envie de le fracasser, ça me démangeait. Il était loin d'avoir assez payé pour tous ses actes.

Comme si elle l'avait senti, Camila attrapa mes mains et je me levai pour danser avec elle d'une manière si sensuelle qu'il était préférable que nous quittions au plus vite cet endroit. Ce n'était pas dans ce type de club que je pouvais lui faire tout ce qui traversait mon esprit à cet instant.

— Emmène-moi loin d'ici, Adam, murmura-t-elle à mon oreille.

— À tes ordres, *honey*.

Sa main toujours dans la mienne, je bus mon verre cul sec, et nous courûmes jusqu'à ma voiture garée dans un coin sombre du parking privé de la boîte. Elle s'assit à l'intérieur et à peine eus-je le temps de m'installer qu'elle attrapa mon visage et s'empara de ma bouche avec une ardeur qui me rendit complètement fou. Elle cessa de m'embrasser et mordit sa lèvre, brûlante de désir. Avant qu'elle puisse reprendre une respiration plus normale, je la fis basculer à cheval sur mes genoux. Sa tête touchait le plafond et le volant nous gênait – l'inconvénient d'une voiture de sport –, mais à cet instant plus rien n'avait d'importance. Je la voulais plus que tout et à la vitesse avec laquelle elle ôta ma ceinture et baissa ma braguette, nous étions une fois de plus sur la même longueur d'onde.

Mes mains fermement posées sur ses fesses, elle libéra rapidement mon sexe et sourit. J'adorais qu'elle puisse se montrer à la fois sérieuse et complètement dingue lors de nos moments charnels. Je caressai ses cuisses et relevai sa robe suffisamment haut pour ce qui allait suivre.

J'embrassai son cou, le dévorai, tandis qu'elle jouait avec mon sexe. J'allais faire de même avant qu'elle me surprenne en retirant son tanga tant bien que mal. Elle se redressa et me chevaucha, me laissant la pénétrer doucement et profondément, me faisant gémir au même rythme qu'elle. Dieu que c'était délicieux.

— Oh ! *honey*…

Encouragée par mon plaisir et aidée par mes mains sur ses hanches, elle fit des va-et-vient de plus en plus rapides, me faisant tout oublier à part le moment que nous vivions. J'aimais par-dessus tout me sentir en elle, la combler, lui donner toute la jouissance qu'elle méritait.

— Adam…

L'entendre prononcer mon nom avec cette voix saccadée m'incita à accélérer le rythme et y aller avec encore plus de puissance. Elle perdit tout contrôle et gémit de plus en plus fort, pendant de longues minutes, jusqu'à qu'elle prenne son pied alors que mon plaisir suivait le sien. Je mordis son cou en libérant toute l'intensité accumulée. C'était si bon, incomparable avec tout ce que j'avais pu vivre jusqu'à présent. Mêler désir et sentiments était la clé de l'orgasme parfait.

Toujours sur moi, son front contre le mien, elle retrouva difficilement sa respiration. J'embrassai ses lèvres gonflées, et elle se remit sur le siège passager, encore tremblante.

Je réalisai quelque chose qui me perturba. Je n'avais jamais fait l'amour sans préservatif et, bien que cela soit bien plus incroyable que je ne l'aurais jamais imaginé, ça n'en restait pas moins très risqué.

— Camila, on a fait une connerie.

— Adam, si tu parles de capote, j'étais fiancée, alors je prends la pilule depuis plusieurs années, ne t'en fais pas.

Je hochai la tête et serrai les dents à l'évocation de sa récente situation amoureuse. Rien que de l'imaginer avec son ex me donnait envie de lui refaire l'amour pour effacer toute trace de ce connard.

Je démarrai. Dans la voiture, le calme régnait, mais il n'était pas pesant. Il s'agissait plutôt du silence de deux personnes qui se remettaient d'avoir atteint le septième ciel.

À notre arrivée au garage, je descendis de la voiture.

— Attends, me demanda Camila en claquant la portière. Si on entre en même temps, Romeo et Jess risquent de se douter de quelque chose, non ?

— Si, et alors ?

— Je… C'est encore tout frais, je pense que… qu'on devrait prendre notre temps pour en parler.

Nous n'avions pas les mêmes notions de « prendre son temps », c'est elle qui m'avait littéralement sauté dessus dans un parking.

— On vit dans la même maison, ça va forcément se savoir.

— S'il te plaît, laisse-moi le temps de lui en parler.

Je levai les yeux au ciel, contrarié. Ce qu'elle n'avait pas l'air de comprendre, c'était que dissimuler une relation avec un gars comme moi n'était pas possible. Nous avions déjà pris un énorme risque en faisant l'amour dans ma voiture, quelqu'un aurait pu nous voir et envoyer les images à la presse à scandale. Nous n'avions pas la possibilité de vivre cachés.

— Camila…

— J'ai conscience de beaucoup t'en demander, mais je voudrais au moins qu'on se laisse quelques jours pour savoir où tout ça nous mène avant d'officialiser notre relation.

Je pouvais la comprendre, mais je doutais que ce soit réalisable. Elle n'avait pas idée de l'ampleur de sa décision lorsqu'elle avait choisi de devenir ma petite amie. Je priais intérieurement pour que mon univers ne finisse pas par l'empoisonner comme cela s'était produit pour moi.

— C'est d'accord.

Elle parut soulagée. Alors qu'elle s'apprêtait à attendre je ne savais quoi, je lui attrapai l'avant-bras pour la faire rentrer avec moi.

— Il est 4 heures du matin, tout le monde dort ! Et si ce n'est pas le cas, je dirai que je suis passé te prendre. Ce qui n'est pas faux…

Elle hocha la tête en riant, me frappant gentiment le torse. Dans la maison, nous ne croisâmes évidemment personne. Romeo et Jess devaient être couchés depuis un moment.

— J'ai besoin d'une douche, m'avertit Camila en montant l'escalier.

— Ça tombe bien, moi aussi. Et j'adore avoir quelqu'un pour me tenir compagnie quand je me lave.

Elle rit puis m'embrassa avec intensité. Nous nous précipitâmes dans ma salle de bains, et je l'aidai à retirer cette magnifique robe rouge, qui toute la soirée m'avait rendu fou, avant de presque lui arracher ses sous-vêtements et de la plaquer contre le mur de la douche. Il ne me fallut que quelques secondes pour la pénétrer à nouveau ; je plaçai ma main sur sa bouche pour éviter que l'on réveille toute la villa.

Chapitre 34

Camila

Trois jours étaient passés et, pourtant, je continuais d'avoir des courbatures de partout. Mes nuits – et même mes journées – avec Adam étaient épuisantes. Il m'usait, me faisait vivre des sensations nouvelles et si intenses que j'étais aussi fatiguée que comblée. Cela dit, j'étais complètement accro à ce qu'il me faisait éprouver. Et j'avais l'impression que c'était pareil de son côté.

Il parvenait à enchaîner répétitions et moments charnels avec moi, ce qui me faisait extrêmement plaisir. Je l'obligeais à dormir, et il ne se faisait pas prier, car il finissait aussi épuisé que moi. Il me rejoignait dans mon lit la nuit, et nous dormions ensemble. Romeo nous lançait des regards éloquents, il avait parfaitement compris ce qui se tramait. En revanche, et Dieu merci, Jessica n'avait pas l'air de se douter de quoi que ce soit, trop focalisée sur sa nouvelle situation. Dans un sens, cela m'arrangeait pour le moment, car je pouvais profiter de ce que la vie m'offrait tout en conservant ma bulle avec Adam.

Elle m'avait néanmoins interrogée sur mes sorties tardives, et je lui avais fait croire que j'avais rencontré des filles sympas avec qui je m'amusais. Fatiguée par ses nausées qui s'accentuaient, elle n'avait pas cherché plus loin. Évidemment, elle avait été obligée de mettre en pause sa nouvelle carrière. Grâce à ses bons rapports avec Serena, elle avait la possibilité de conserver son poste. Seulement, elle ferait partie de la troupe plus tard, certainement pour une prochaine tournée d'ici un ou deux ans.

Je me regardai dans le miroir, admirant cette magnifique robe qu'Adam m'avait offerte. Rose pâle, longue, bustier et fendue sur le côté. Classe et sexy. Je remis en place ma chevelure, que j'avais ondulée pour l'occasion, et soupirai avant de rejoindre les autres en bas. Je portais rarement des robes de créateurs, et Adam avait très bon goût.

Ce soir, nous nous rendions à un gala.

Quand j'atteignis le rez-de-chaussée, Adam se mordit la lèvre en me contemplant, ce qui me flatta et me donna envie de m'enfermer une fois de plus avec lui. Il était incroyablement beau dans son costume bleu marine. C'était parfois compliqué de le voir se faire draguer à longueur de temps, étant donné que nous n'avions rien officialisé et que je n'avais aucun statut particulier.

— Cam, quelle classe ! Tu es magnifique, *mi vida.*

Je serrai Jess dans mes bras et la complimentai. Elle et Romeo étaient splendides et assortis, comme toujours. Ils avaient tout du couple idéal et je les enviais de pouvoir vivre leur relation pleinement sans jamais se soucier d'avoir à se séparer dans le futur.

Nous prîmes une limousine, et je devais avouer apprécier sa taille. Je n'étais jamais monté dans un tel véhicule jusqu'à présent.

J'étais assise à côté de ma sœur, et Adam, à côté de Romeo. Mon nouveau petit ami me dévorait des yeux à tel point que je craignais que Jess le remarque.

Arrivés au gala, nous rentrâmes dans un vaste et magnifique domaine. Les jardins étaient splendides, pleins de lumières, de guirlandes, de fleurs… C'était chaleureux et luxueux. Quant à l'intérieur, la salle de réception était si grande qu'un mariage avec plus de cinq cents invités aurait pu y avoir lieu.

Jessica me présenta aux hôtes, un couple de producteurs ayant fait fortune et organisant régulièrement des galas de charité tels que celui-ci. D'après ma sœur, la femme était une très bonne personne, mais son mari cachait ses mauvaises actions et ses infidélités derrière ce genre d'événements.

Adam avait pris le temps de me mettre en garde contre l'élite de Los Angeles, c'était des artistes, des hommes ou femmes d'affaires, des héritiers, etc. Il me disait que, lors de ses périodes les plus sombres, il avait fréquenté certains des mêmes lieux qu'eux et vu certaines choses auxquelles il aurait préféré ne jamais assister. Ce que je retenais, c'était qu'il s'était senti seul au point de se rendre dans ce genre d'endroit… Je souhaitais de tout cœur lui apporter l'équilibre dont il avait tant besoin.

— Pour garder notre petit secret auquel tu tiens tant, je vais aller me prendre un verre et saluer quelques invités, me murmura Adam avant de s'éloigner.

Je hochai la tête, espérant que ma contrariété restait discrète. Je discutai avec des gens qui me parurent fort sympathiques. Beaucoup me donnèrent leurs coordonnées, ils recherchaient un avocat prêt à les défendre les yeux fermés. Je n'étais pas ce genre de personne et je ne les rappellerais probablement jamais, mais je les acceptais pour faire bonne impression.

Quand je jetai un coup d'œil vers Adam, il était sans surprise entourée de jeunes femmes qui le regardaient d'un air qui m'agaçait. Pour lui avoir succombé, je connaissais son pouvoir sur la gent féminine et, à mon grand dam, il en avait énormément.

Je décidai de me prendre une coupe de champagne, que j'avalai cul sec, avant de me retrouver nez à nez avec un homme mat de peau et de nombreuses tresses plaquées sur la tête. Il était très beau, et ses yeux noisette ressortaient. Jessica se tenait debout à côté de lui.

— Sacrée descente ! me lança-t-il.

Je souris, gênée, et reposai mon verre vide sur le plateau d'un serveur qui passait à ce moment-là. J'en repris un que je comptais boire plus lentement.

— Je te présente Elliot, fit Jess, l'un des meilleurs amis de Chace.

— Oh ! ravie de te connaître.

Il cogna doucement son verre au mien, puis souffla un « enchanté, Camila » avant de boire en me souriant. Il avait beaucoup de charme, et je devinai que ma sœur jouait les entremetteuses. Elle connaissait mon style et savait qu'Elliot était tout à fait mon genre.

— Elliot vit à New York et travaille au sein d'une grande compagnie immobilière.

Ah, tout devint clair. Elle souhaitait m'aider à trouver quelqu'un là-bas.

— C'est super, ça doit être vraiment intéressant.

— Je serai ravi d'en discuter avec toi autour d'un dîner, si tu es d'accord.

J'écarquillai les yeux, surprise par son audace. Ma sœur avait le sourire jusqu'aux oreilles. Elle lui avait sûrement vendu mon profil avant de l'emmener jusqu'à moi, pour être certaine que les choses évoluent dans le bon sens.

— Je ne vais pas passer par quatre chemins, Jess m'a beaucoup parlé de toi au début de la soirée, et tu me plais. Alors pourquoi perdre du temps ? Je repars dans deux jours à New York.

Dans un contexte différent, j'aurais pu accepter ce rendez-vous avec cet homme. Mais là, c'était impossible. Mon cœur appartenait à un autre, et je ne voulais pour rien au monde changer cela.

— Elle n'ira nulle part avec toi.

Ce ton agressif, cette voix rauque, cette assurance… Oh ! non… Adam avait tout entendu et n'avait pas pu garder notre secret plus longtemps. Jess ouvrit grand les yeux tandis qu'Elliot demeurait dans l'incompréhension. Ce que je craignais le plus venait de se produire. Adam était en train de tout dévoiler à cause de sa jalousie.

— Pardon ? lança Jessica d'un ton indigné.

J'ignorais que faire ou que dire jusqu'à ce qu'Adam entoure ma taille de son bras d'une manière possessive.

— Je pense qu'il est temps que vous sachiez.

Ma sœur regarda fixement la main d'Adam agrippée à moi, puis me dévisagea, puis lui, l'air furieux. Romeo arriva au même moment et grimaça en comprenant ce qui se passait.

— On est ensemble, avouai-je, mal à l'aise d'officialiser si rapidement notre relation, et surtout en ces lieux.

Étant donné la fragilité de notre histoire naissante, j'avais très peur que nous gâchions tout en nous exposant.

— Dans le jardin, tout de suite. Vous deux ! lança Jess.

Je devinai que nous allions passer un très mauvais moment mais, tant pis, Adam en valait largement la peine, et j'avais fait assez de cachotteries à la personne qui comptait le plus dans ma vie : ma sœur jumelle.

— Toi aussi, Romeo, parce que ton manque de réaction prouve que tu n'es pas innocent dans cette histoire.

Il soupira mais se résigna et nous suivit.

Une fois que nous fûmes tous à l'extérieur dans un coin plus calme, ma sœur croisa les bras sur la poitrine et nous fusilla tous du regard, un par un.

— J'attends des explications. C'est quoi ces conneries ?

J'observai Adam, ce qui m'apaisa ; il n'avait pas du tout l'air embêté par la situation, au contraire, il semblait même montrer un certain soulagement.

— Adam et moi… On est…

— En couple, compléta-t-il.

Jess pouffa et se passa les mains sur le visage, visiblement dépitée.

— Toi, en couple avec… ma sœur jumelle ? Que tu n'appréciais pas ?

— De l'amour à la haine, il n'y a qu'un pas, lâcha Romeo.

— Oh toi, n'en rajoute pas ! Pourquoi tu ne m'as rien dit ?

— Chérie, ne t'énerve pas… Je leur ai laissé le libre choix, c'est tout.

— Mais ce mec qui a couché avec la moitié de l'Amérique ne peut pas sortir avec ma sœur !

Je me raclai la gorge, n'appréciant pas forcément qu'on me rappelle le passif agité d'Adam.

— Écoute, dit le principal concerné d'une voix lasse, je ne vais pas te dicter la liste d'arguments justifiant que nous soyons ensemble, mais juste te confirmer qu'aujourd'hui c'est le cas, et nous sommes très bien.

— C'est une blague, ce n'est pas possible…

— Non, Jess, intervins-je. J'ai conscience que ça doit te paraître… surprenant, mais c'est comme ça. Et je t'assure que tout va très bien entre nous.

Elle observa Adam, puis moi, et soupira. Je la connaissais, elle n'allait pas chercher plus loin, car elle savait que, pour le coup, elle ne maîtrisait pas la situation.

— D'accord, je veux bien vous croire. Mais qu'en sera-t-il quand tu repartiras à New York ?

Un silence. Cette question restait pour le moment sans réponse. Et à voir la tête de ma sœur, c'était ce qu'elle redoutait. Effectivement, c'était inconscient, voué à l'échec, mais c'était aussi si bon et si incontrôlable…

— Vous n'y avez pas réfléchi, n'est-ce pas ?

— Jess, tu ne crois pas qu'on ferait mieux de les laisser vivre leur relation comme ils l'entendent ?

Romeo demeurait encore et toujours la voix de la sagesse. Son point de vue était raisonnable. Mais celui de ma sœur aussi, malheureusement…

— OK, OK, répondit-elle en levant les mains en l'air, mais je refuse que tu brises le cœur de ma sœur, Adam.

— Ce n'est pas mon intention.

— Je l'espère, parce que je ne te le pardonnerais pas. Tu as fait le choix de sortir avec la seule femme au monde que tu ne devais pas toucher, très bien. Mais que jamais je ne la voie souffrir à cause de toi.

Adam hocha la tête. Jessica pouvait être vraiment flippante, quand elle s'y mettait. J'ignorais encore ce que donnerait cette nouvelle relation, mais elle me faisait vibrer, et je ne voulais y renoncer pour rien au monde.

Chapitre 35

Camila

Un mois était passé, et j'ignorais comment le décrire tant il avait été unique. Je vivais un rêve éveillé aux côtés d'Adam Carrera. Derrière son apparence d'homme toxique et occasionnellement instable, il pouvait avoir l'attitude d'un véritable prince charmant. Il m'emmenait chaque soir dans un restaurant, un bar ou un lieu insolite de Los Angeles, et parfois dans les plus beaux hôtels où nous étions libres de vivre notre relation naissante avec toute l'intensité que nous voulions. Je me rendais avec lui sur ses tournages et je l'aidais à répéter. Quand il jouait, je l'admirais comme une groupie. J'étais devenue sa première fan, j'étais si fière de ce qu'il accomplissait et de la force dont il faisait preuve. Il m'avait lui-même confié aller mieux, même si à cause du manque de drogue son comportement pouvait être incontrôlable. Mais j'étais là pour lui, je ne le lâchais pas. J'étais si heureuse du chemin que nous avions parcouru. Chaque jour était un combat, mais nous l'avions toujours gagné jusqu'à présent.

Mon départ nous pendait au nez depuis maintenant trop longtemps, et j'avais songé à ce que nous démarrions une relation à distance. Sauf que nous n'en étions pas capables. Nous avions besoin l'un de l'autre, d'être proches, de calmer les peurs de l'autre. Je m'étais contentée d'envoyer un message à mon père lui indiquant que je rentrerais quand je serais prête et je ne lui avais plus donné de nouvelles depuis. Je n'avais pas encore le courage de l'affronter et, même si ma culpabilité grandissait chaque jour, je ne pouvais accepter de renoncer à ce que j'avais construit ici. Je savais déjà que c'est ce qu'il chercherait à m'imposer.

Ce que je ressentais était indescriptible tant c'était puissant. Je n'aimais pas seulement Adam, je l'avais dans la peau. Cette situation ne pourrait pourtant pas durer, j'allais très vite avoir besoin de travailler et de commencer mes projets. Car aujourd'hui, mon monde, ma vie tournait autour de lui. Et il n'était pas nécessaire d'avoir fait des études en psychologie pour deviner que ce n'était pas sain.

Alors que je faisais du shopping avec ma sœur, l'aidant à dénicher des vêtements plus adaptés à sa grossesse encore invisible – étant très adepte du moulant, elle n'avait absolument rien qui pouvait convenir –, je me figeai sur place.

— Camila, enfin je te trouve…

Carter… Ici, à Los Angeles… Je blêmis, car je ne l'avais pas revu depuis notre dernière dispute, le soir où j'avais appris qu'il m'avait trompée.

— Carter ? Comment tu m'as trouvée ?

Question bête, mais je n'avais pas le courage de lui demander tout de suite ce qu'il me voulait, car j'avais un bien mauvais pressentiment. Ce que j'avais construit ici était encore si récent, si fragile, je savais que tout pouvait s'effondrer facilement.

— Je suis avocat, ça fait partie de mon métier de trouver des réponses. Je t'ai vue dans un magazine, j'ai compris que je me devais d'intervenir.

Je n'étais pas rassurée d'être apparue dans la presse et, même si Adam, Romeo et Jess m'avaient bien dit de ne pas y porter attention, je craignais que cela me fasse perdre toute chance d'exercer en tant qu'avocate. Dans ce métier, la réputation et la crédibilité ne tenaient qu'à un fil. Le ton plein de reproches et de déception de Carter brisait quelque peu cette carapace que je m'étais construite avec Adam, loin de la réalité qui m'attendait.

— Qu'est-ce que tu veux à ma sœur, Carter ?

Jessica ne l'appréciait pas et ne s'en était jamais cachée. Ça avait commencé lorsqu'elle faisait ses études avec nous. Elle avait fait des efforts par égard pour moi, parce que je m'étais mise en couple avec lui, mais depuis qu'elle savait ce qu'il m'avait fait, elle ne se retenait plus de le critiquer. Je la soupçonnais même d'y prendre un malin plaisir.

— Parler avec elle.

— Je n'ai aucune envie de discuter avec toi maintenant, Carter.

Il était contrarié. Malgré ça, il conservait cette posture d'avocat, prêt à tout négocier. Je n'étais pas assez stupide pour croire qu'il quitterait la ville sans avoir eu l'occasion de me parler, surtout s'il était venu jusqu'ici juste pour ça.

— Je sais tout, Cam, pour toi et Carrera.

Je dus devenir très blanche, alors qu'il était logique qu'il soit au courant.

— Tu ne peux pas agir comme ça, ajouta-t-il.

Des paparazzis firent leur apparition, nous prenant en photo dans tous les sens. Me voir face à un homme devait leur donner plein d'idées de scoops débiles qui seraient publiés dès que possible dans leurs torchons ou sur leurs blogs avides de briser les vies de ceux qu'ils admiraient, ou détestaient secrètement.

— Tu dois t'en aller, lui dis-je.

— Je n'irai nulle part tant qu'on n'aura pas parlé !

Même si nous avions demandé à conserver notre intimité et notre indépendance, Abel, l'un des gardes du corps de Romeo et Adam, s'interposa entre nous, percevant la tension qui émanait de cette conversation.

— Monsieur, veuillez-vous en aller.

Carter bouillonnait, je le sentais. Je devais apaiser la situation avant que nous finissions au journal du soir, ce qui mettrait un terme définitif à ma carrière qui n'avait pas encore eu la chance de débuter.

— Ça va aller, Abel.

Il s'écarta sans pour autant lâcher mon ex-fiancé des yeux. Je suspectais Adam de lui avoir demandé de veiller sur moi quoi qu'il en coûte, car à chacune de mes sorties il me suivait comme mon ombre. Mon petit ami avait des difficultés à me laisser vivre tranquillement, inquiet qu'il puisse m'arriver quelque chose ou que je puisse faire une mauvaise rencontre. De par mon nouveau statut, je pouvais être la cible de personnes mal intentionnées. J'avais du mal à m'y faire mais, au fond, je conservais l'idée que tout ça serait temporaire.

Je m'approchai de Carter, confiante et forte, me sentant détachée de cet homme qui m'avait trahie.

— OK, j'accepte qu'on parle. Mais pas ici, ni maintenant. Ce soir, au Mac Lounge, à 21 heures. Ne sois pas en retard.

Adam serait en répétition jusqu'à au moins 22 heures. Ça me laisserait le temps de régler le problème Carter.

— C'est d'accord.

Je soupirai de soulagement, bien que j'aie un mauvais pressentiment quant à la suite des événements. Je n'aimais pas du tout savoir mon ex ici, surtout avec Adam et sa possessivité compliquée à gérer.

Chapitre 36

Camila

Le soir même, je décidai de m'habiller d'une robe noire, moulante juste comme il le fallait, assez simple, avec des escarpins à talons. Je me sentais plus en confiance dans ce genre de tenue et, pour la discussion qui m'attendait, j'avais besoin de réunir toute l'assurance possible. Carter n'était pas venu jusqu'ici pour seulement me demander de rentrer et accepter mon refus. Je le connaissais assez pour savoir qu'il avait préparé un plan A, puis B, puis C, jusqu'à trouver la faille parfaite pour obtenir ce qu'il voulait.

Adam avait tenté de m'appeler, mais je n'avais pas répondu, ne souhaitant ni lui dire où j'allais ni lui mentir. L'ignorer n'était pas un bon choix non plus, mais c'était celui qui m'avait paru préférable dans l'immédiat. Il était parfois compliqué pour moi d'accepter qu'actuellement mon monde tournait autour de lui.

J'empruntai la voiture de ma sœur et me garai devant le Mac Lounge. J'inspirai profondément. Carter était là, je le savais, étant donné qu'il était toujours en avance.

Quand j'entrai dans le bar, il était effectivement déjà assis avec son éternel verre de vin rouge à une table. Même à l'autre bout du pays, il conservait son style qui ne trompait personne : une veste de costume et un chino assorti. Carter était très classe, à l'image de ceux qui travaillent dans les buildings des quartiers d'affaires de New York. Le voir ici me faisait vraiment un drôle d'effet. C'était comme si les dernières années que j'avais passées avec lui, à croire qu'il serait l'homme de ma vie, me revenaient en pleine face. Je n'avais aucun regret quant à la tournure des événements, car cela m'avait permis de rencontrer Adam et de côtoyer ma sœur.

Dès qu'il m'aperçut, il se redressa et parut se tendre. Il était visiblement en colère contre moi, et je pouvais le comprendre. Même si c'était lui qui avait merdé, je ne lui avais jamais accordé le temps d'une discussion. Je l'avais rayé de ma vie comme s'il n'avait jamais compté, en tant que fiancé, ou en tant qu'ami.

— Bonsoir, Cam, déclara-t-il après s'être éclairci la voix.

— Salut, répondis-je.

Je commandai un verre de vin blanc qui arriva rapidement tandis que Carter m'observait attentivement. Non, il analysait mon comportement, et je détestais cette sensation. Un malaise pesait entre nous et je n'avais qu'une envie, quitter cet endroit. Je ne voulais pas être là, je ne voulais pas le voir ni lui parler, je n'étais pas prête pour ça. J'aurais voulu qu'il demeure enfermé à New York, avec le reste de ma vie placé dans la case « déni » pour le moment.

— Tu as l'air… différente.

— Probablement.

— Tu es plus sûre de toi, plus… je ne sais pas. Mais quelque chose a changé.

— On est là pour discuter ou pour chercher les sept erreurs entre ma version d'avant et ma version actuelle ?

J'étais consciente d'être un peu agressive mais cette situation ne me plaisait pas. J'étais dans un bar, seule avec mon ex-fiancé, et si aucun paparazzi ne balançait ça à la presse, ce serait un miracle. Je connaissais bien assez Adam pour savoir qu'il n'apprécierait pas ce rendez-vous secret. Je redoutais beaucoup sa réaction, surtout parce que j'imaginais déjà ce qu'il pourrait se mettre en tête. La dernière chose que je souhaitais était le blesser. Gagner sa confiance n'avait pas été facile et, encore aujourd'hui, j'avais l'impression que lui comme moi doutions de nous-mêmes, à la fois consumés par nos passés respectifs et notre amour l'un pour l'autre.

Carter haussa les sourcils, surpris, puis se racla la gorge. Je ne l'avais jamais rendu aussi mal à l'aise. Il n'aimait pas ne pas avoir le contrôle d'une situation et encore moins les scandales.

— Je ne vais pas tourner autour du pot. Depuis que tu es partie, rien ne va. J'ai merdé, et crois-moi, je m'en mords les doigts tous les jours.

— Oh ça oui, tu as merdé, et c'est peu de le dire.

— Mais j'ai réfléchi, j'ai pris du recul, je sais ce que je veux maintenant.

— Ah oui ?

— Je te veux toi, Camila. Quoi qu'il m'en coûte, tu es la femme de ma vie.

Merde, il commençait fort. Il parlait de mon changement, mais lui ne m'avait jamais dit les choses aussi clairement qu'à cet instant, même lors de sa demande en mariage dans ce joli parc à Boston.

— Tu n'imagines pas le cauchemar que je vis depuis ton départ… Je ne pense qu'à toi, je ne parviens plus à sourire, à rien. J'étais à l'aéroport le jour où ton avion devait atterrir, parce que j'avais réussi à obtenir ton itinéraire par ton père. Mais tu n'es jamais arrivée. Et un mois est passé depuis ce jour. Quand j'ai vu ces articles sur toi et cet… acteur dépravé, j'ai pris le premier vol pour Los Angeles.

Carter ne lisait pas la presse people alors je n'avais pas imaginé qu'il tomberait sur des articles parlant d'Adam et moi.

— C'est quoi cette histoire ? Il y avait cette photo où il… ou vous… vous embrassiez. Dis-moi que c'est juste un jeu, une vengeance.

Il ne servait à rien de répondre à sa déclaration, je devais uniquement mettre les choses au clair. C'était ce que j'étais venue faire et peu importait ce qu'il pouvait bien me dire, pas question de perdre mon objectif de vue.

— C'est tout ce qu'il y a de plus sérieux entre Adam et moi, Carter. Je suis désolée.

Il serra ses mains l'une contre l'autre sur la table et ferma les yeux quelques secondes, comme pour se maîtriser. Carter était un homme qui contrôlait très bien ses émotions, contrairement à Adam. Mais là, son état était inédit, même pour moi.

Je remarquai seulement à cet instant qu'il avait une barbe de plusieurs jours, un air fatigué et une voix plus rauque, comme s'il avait repris la cigarette, alors qu'il s'était battu pour arrêter.

— Ça doit cesser.

— Carter…

— Je refuse de rentrer sans toi et je ne le ferai pas.

— Pourtant, il va falloir. Je rentrerai, mais pas maintenant. J'ai encore des choses à vivre et à faire ici.

Je ne lui annoncerais pas la grossesse de ma sœur, il se serait empressé de le répéter à mon père, et ce n'était pas à moi de décider quand le lui dire. Jess m'avait promis qu'elle s'en occuperait mais elle attendait le bon moment. J'étais persuadée qu'elle repoussait juste l'appel. Après un an où elle avait dû le contacter quatre ou cinq fois au maximum, c'était compréhensible. Leurs conversations se finissaient sans cesse en disputes et en reproches.

— À mes yeux, tu es encore ma fiancée, Camila, alors je rentrerai à New York avec toi.

Il était dans le déni. Comment pouvait-il imaginer que nous projetions toujours de nous marier alors que je sortais avec un autre homme depuis plusieurs semaines ?

— Carter, je crois que tu n'as pas saisi l'ampleur de la situation.

Il planta son regard dans le mien, et l'obscurité que je trouvai dans le sien me donna envie de reculer. Il fouilla sa poche et me tendit un bijou que je connaissais très bien : la bague de fiançailles qu'il m'avait offerte dans ce qui me semblait être une autre vie.

— J'ai très bien saisi que tu te tapes un autre mec, et je vais m'efforcer de te pardonner si tu me promets que ça ne se reproduira plus jamais.

Il devenait fou. Je ne voyais que cette option. Comment était-il possible qu'il soit autant à côté de la plaque ? Je repoussai sa main et me collai au dossier de ma chaise, conservant un maximum de distance entre nous.

— Oh que si, ça va se reproduire, par contre ce qui ne va pas se reproduire, c'est toi et Camila seuls dans un putain de bar.

Mon cœur rata un battement quand j'entendis dans mon dos cette voix qui s'était rarement montrée aussi agressive. Mon Dieu, Adam était là. C'était catastrophique. Je jurai et me levai jusqu'à me retrouver en face de lui. Visiblement très en colère, il me foudroya du regard. Même s'il n'avait pas encore explosé, il le camouflait beaucoup moins bien que Carter.

— Adam ? Mais comment…

— Tu me prends vraiment pour le dernier des cons, *honey*.

Carter se redressa à son tour et s'avança vers nous alors que je m'interposais entre eux avant que les choses aillent trop loin.

— C'est donc toi, son occupation… Malheureusement, Camila doit reprendre sa vie en main, et nous avons une relation à reconstruire.

Adam pouffa et m'écarta pour aller affronter directement Carter. Je cessai de respirer tant la tension était à son comble.

— Son *occupation* ? T'es complètement abruti ou tu le fais exprès ?

— Adam, s'il te plaît, ne le frappe pas. Il saura te le faire payer.

— Tu crois que j'ai peur de ce connard ?

— Non, mais tu devrais. Physiquement, il ne t'arrive clairement pas à la cheville, mais il trouvera le moyen d'user de ses compétences d'avocat véreux.

Carter me fusilla du regard à son tour, sûrement contrarié que je le rabaisse ouvertement devant mon nouveau petit ami, qu'il devait considérer seulement comme un simple amant.

— On se casse, lâcha Adam.

— On n'a pas terminé notre discussion, Cam.

— Et vous ne la terminerez pas, répliqua Adam en me prenant la taille et en m'entraînant avec lui.

Nous plantâmes Carter là, dans ce bar, mais au fond je craignais qu'avec les paroles qu'il avait tenues il ne laisse pas tomber aussi facilement.

Adam m'ouvrit la portière de sa voiture, et je montai sans pester, devinant sa haine après ce qu'il venait de se passer. Il monta à son tour et démarra en trombe, m'obligeant à m'accrocher à la portière.

— S'il te plaît, Adam, ralentis.

Il ne m'écouta pas tout de suite mais se résigna finalement à rouler à une vitesse plus normale en fixant la route.

— Je ne sais pas ce qui me retient de faire demi-tour pour lui casser sa gueule de con.

— Ne sois pas en colère… Laisse-moi t'expliquer avant.

— J'ai passé la journée à répéter. J'ai essayé de te contacter pour te proposer de venir manger avec moi directement sur le lieu du tournage, mais tu ne m'as pas répondu. J'ai cru que tu étais occupée avec ta sœur, jusqu'à que je vois une photo de vous deux avec un autre homme dans une rue. J'ai fait le rapprochement. J'ai appelé Jess, elle a fini par avouer. Mais que tu ailles seule dans un bar avec ton ex, ça, je ne comprends pas.

C'était si compliqué de lui faire entendre quelque chose que je ne saisissais pas moi-même. S'il s'était rendu dans un bar avec Carla ou je ne savais qui sans me le dire, je me serais retrouvée dans le même état que lui à cet instant.

— Il a traversé le pays pour me parler, je lui devais au moins ça…

— Tu ne lui dois rien du tout, vous n'êtes plus ensemble, chose qu'il n'a pas l'air d'avoir percutée. Je l'ai vu te tendre cette putain de bague que j'aurais dû lui faire bouffer.

— C'est compliqué.

— Et me le dire ? C'était trop compliqué aussi ?

— Tu ne m'aurais jamais laissée y aller seule.

— Évidemment. Mais ce n'était pas une raison pour me cacher la vérité.

Je levai les yeux au ciel. Je l'aimais à la folie, mais sa possessivité avait tendance à me fatiguer. Néanmoins, c'était grâce à lui que cette conversation pesante avec mon ex avait été écourtée, ce dont j'étais soulagée. L'atmosphère qui s'était dégagée de ce rendez-vous n'avait rien eu de sain. Dès mon entrée au Mac Lounge, j'avais hésité à fuir.

Adam demeura silencieux tout le reste du trajet, serrant si fort le volant que ses phalanges étaient plus blanches que jamais.

À notre arrivée à la villa, il sortit sur la terrasse fumer une cigarette en m'ignorant totalement tandis que Jess et Romeo, avachis sur le canapé, me dévisagèrent.

— Pas de commentaire.

— Comme tu voudras, répondit Romeo.

— Tu n'aurais jamais dû accepter de voir Carter, lança ma sœur, ne tenant pas compte de ma remarque.

Je poussai un juron et allai rejoindre Adam.

Il était assis sur l'une des chaises longues au bord de la piscine, celles sur lesquelles nous aimions nous allonger et regarder le ciel étoilé en évitant notre sujet tabou : celui de l'avenir. Mais ce soir, mon passé et ma réalité nous avaient rattrapés. Si nous voulions résister à ce qui nous attendait, nous devions nous soutenir, prouver que nous n'allions pas nous briser à la première difficulté.

Encore aujourd'hui, j'aimais admirer la beauté de ses traits. Adam représentait le charisme et le mystère. Ses cheveux noirs bougeaient au rythme de la brise et me donnaient envie d'y plonger les mains. Ses yeux aux touches dorés étaient si incroyables que j'aurais pu me noyer dedans pendant des heures. J'adorais aussi m'appuyer contre son torse musclé et sentir ses bras épais m'entourer, me rassurer. L'intensité entre nous électrisait toutes les pièces où nous passions, j'avais parfois l'impression que tout le monde pouvait deviner le désir qui émanait de nos deux corps. Il était ma folie.

Je m'approchai et m'installai sur le transat face à lui, attendant qu'il daigne enfin me regarder. Lorsqu'il se décida à le faire, mon cœur accéléra instantanément. C'était ainsi depuis que je le connaissais. Cet effet qu'il avait sur moi était littéralement destructeur.

— Je suis désolée.

Il resta silencieux. Adam était du genre rancunier et détestait le mensonge. Étant donné son passif, je ne pouvais pas lui en vouloir.

— J'aurais dû te dire que j'allais voir Carter ce soir, mais tu peux me faire confiance, je voulais juste avoir une dernière discussion avec lui.

Il regarda sur le côté avant de reporter son attention sur moi et de me fixer.

— Je ne veux pas que tu le rencontres seule. De toute évidence, ce con n'a pas compris que vous ne serez plus jamais ensemble.

— Même si ça arrivait, tu n'aurais rien à craindre.

— Je m'en fous.

— C'est toi que j'aime, Adam.

Il se figea, et un petit sourire s'afficha sur son visage angélique. Je fronçai les sourcils, jusqu'à comprendre pourquoi.

— Que tu quoi ?

— Je t'aime, Adam ! Ce n'est un secret pour personne.

Il attrapa mes mains et m'attira jusqu'à lui, sur ses genoux. Surprise, je m'accrochai à lui en enroulant mes bras autour de sa nuque et le contemplai d'encore plus près, humant son délicieux parfum musqué.

— Tu ne me l'avais jamais dit.

— Eh bien, c'est fait.

Il déposa ses lèvres sur les miennes avec une délicatesse qui ne lui ressemblait pas et me serra contre lui avec force. Évidemment, je prolongeai ce baiser qui devint intense et rempli de désir. Comme à chaque fois, la chaleur montait à une vitesse fulgurante et je ne souhaitais qu'une seule chose, ne faire qu'une avec lui.

Sur la même longueur d'onde que moi, Adam me souleva de manière à ce que je puisse l'entourer de mes jambes et m'emmena avec lui dans le salon, où nous croisâmes Romeo et Jess, toujours au même endroit, le sourire jusqu'aux oreilles.

— Ravie de vous voir réconciliés ! cria-t-elle alors qu'Adam grimpait déjà les escaliers tandis que j'embrassais son cou.

À notre arrivée dans sa chambre, il me jeta sur son lit et déboucla sa ceinture avec un regard totalement différent de celui qu'il avait quelques minutes plus tôt. Il était semblable à un prédateur prêt à dévorer sa proie. Et j'adorais être la proie en question.

Chapitre 37

Adam

J'avais proposé Camila de m'accompagner sur mon lieu de tournage aujourd'hui. J'aimais l'avoir près de moi, et j'aurais menti si j'avais dit que ce n'était pas un peu pour être certain qu'elle ne voit pas son abruti d'ex. Il ne lui avait envoyé aucun message et, d'après elle, c'était encore plus étrange que s'il l'avait fait.

Personnellement, je n'en avais rien à foutre. Mon tournage se mettrait bientôt en pause car la promotion de la saison cinq de *L'Emprise de l'Alpha* démarrait d'ici quelques jours. J'allais faire le tour du monde durant deux mois, et j'avais déjà tout prévu pour ne pas être séparé de Camila.

Si notre couple pouvait être fragilisé, c'était à cause de l'absence. Camila était mon remède, mon essence. Si elle n'était pas là, j'avais la sensation de me noyer. Tout ce travail m'épuisait, comme ma présence constante sur les plateaux de télé ou dans les médias. Depuis qu'elle était à mes côtés, j'avais l'impression d'avoir repris des forces et j'avais sorti la tête de l'eau. Elle était la pièce manquante dans ma vie, celle que j'avais toujours cherchée.

C'était pourquoi j'avais tout organisé. Elle qui n'avait jamais eu l'occasion de voir le monde, j'allais tout faire pour lui en mettre plein les yeux. Mon objectif principal était de la convaincre de rester avec moi et de lui faire oublier son projet New York. Elle était suffisamment brillante pour réussir ici. J'avais conscience d'être un abominable égoïste mais je n'accepterais pas qu'elle me quitte.

Tandis qu'une de mes assistantes – avec laquelle j'avais couché, mais Camila n'était pas obligée de le savoir – nous apportait un déjeuner, je me préparai mentalement à argumenter mon discours. Elle n'allait pas être facile à convaincre mais elle m'avait aussi avoué m'aimer, alors rien n'était perdu. Je ne pouvais pas imaginer qu'elle refuse.

— *Honey*, tu as déjà envisagé de voir la tour Eiffel ?

Elle me regarda en souriant et en fronçant les sourcils en même temps, ne comprenant visiblement pas où je voulais en venir.

— Nous devions y aller avec ma mère, avant que… enfin non, je n'y suis jamais allée mais j'espère en avoir l'occasion un jour !

Dès qu'elle évoquait sa mère, les yeux de Camila s'assombrissaient, et une vague de tristesse l'envahissait. Il s'agissait d'un sujet délicat, mais ces derniers temps elle avait réussi à se dévoiler davantage. Tout comme j'avais essayé de le faire avec elle, bien que cet exercice soit pour moi le pire de tous.

— Et si on y allait ?

Elle posa sa fourchette sur son assiette et me dévisagea.

— Adam, mais qu'est-ce que tu racontes ? On ne peut pas se rendre à Paris comme ça !

— Je suis Adam Carrera, ma belle. On peut aller où tu veux quand tu veux.

Elle leva les yeux au ciel et attendit que j'en dise davantage. Pensait-elle que je plaisantais ? Alors elle n'était pas prête à entendre la suite. Mais je devais me lancer, le départ étant prévu trois jours plus tard.

— Plus sérieusement, je dois voyager pendant deux mois.

Camila se décomposa et fit tomber sa fourchette dans son assiette.

— C'est une blague ?

— Laisse-moi finir !

Je pouvais voir sa nervosité à sa respiration qui s'était accélérée et son chemisier qui bougeait plus rapidement sur sa poitrine. Quoi qu'elle fasse, elle était délicieuse.

— J'ai fait le nécessaire pour que tu puisses nous accompagner.

— Quoi ?

— Ah, et ne t'en fais pas, j'ai fait en sorte que Josh ne vienne pas. Il ne sera pas disponible, il doit tourner un rôle pour un film de Noël sans budget qui n'aidera pas sa minable carrière.

Pourquoi ne souriait-elle pas encore ? Elle avait l'air perdue, et ça ne me rassurait pas du tout. Peut-être m'étais-je emballé en imaginant qu'elle accepterait de m'accompagner.

— Mais Adam, c'est de la folie…

— Et alors ?

Elle parut réfléchir.

— Et Jess ? Et New York ?

— Jess en est au début de sa grossesse. Quand on reviendra, elle aura juste doublé de volume. Et quant à New York, c'est à toi de décider, mais ça peut attendre, non ?

J'aurais souhaité une réponse de sa part immédiatement, mais je n'étais pas stupide.

— Réfléchis-y, d'accord ?

Elle hocha la tête et me prévint qu'elle devait partir passer l'après-midi avec Jessica. Je savais que c'était un prétexte pour lui parler de la situation et lui demander son avis. J'espérais que mon amie avait compris à quel point ça me tenait à cœur. Elle qui me prenait pour un homme à femmes – ce qui était relativement justifié – allait devoir accepter que je me sois rangé.

Romeo me rejoignit rapidement et termina son sandwich en me regardant avec insistance.

— Quoi ?

— C'est un sacré saut que tu nous fais là, Carrera.

— Ouais.

— Va falloir assumer.

— Ce n'est pas moi qui ai mis ma copine enceinte.

Il roula des yeux mais ne cessa pas de manger pour autant. Je profitai de l'absence de Camila pour prendre un petit cachet qui allait me réveiller. Ces derniers jours de tournage étaient vraiment difficiles.

— Putain, Adam ! Tu lui avais promis.

— C'est exceptionnel.

— Et alors ? Tu penses qu'elle en dirait quoi ?

— Elle n'a pas besoin de le savoir.

Il avait beau ne pas du tout me soutenir dans mes choix, Romeo restait mon meilleur ami et ne me balancerait pas.

— Si tu veux que votre relation soit saine, tu ne dois pas lui mentir, surtout sur ce genre de trucs. Crois-moi, ça ne te mènera à rien.

Je soupirai et acquiesçai. Après tout, il n'avait pas complètement tort. Camila n'était pas le type de femme qu'il était bon de trahir, et si nous étions amenés à passer deux mois ensemble, sur les routes, je ne pouvais plus me permettre de faire ça. Encore une fois, elle était ma bouée de sauvetage, et j'espérais de tout mon cœur qu'elle se joindrait à moi. Aucune autre option ne me paraissait envisageable.

— Comment tu te sens ?

— Pour ?

— Le fait que Jess soit enceinte et que tu doives partir.

— Elle va venir les premières semaines. Puis, si ça devient compliqué, je rentrerai le plus souvent possible.

— T'es un gars bien, Rom.

— Juste un futur papa qui ne veut pas passer à côté de toutes les belles étapes pré et postnaissance. On a des métiers qui nous prennent la majorité de notre temps, je refuse que ça me vole ma vie.

Je me levai et lui tapai dans le dos, fier de son évolution. Avant Jess, Romeo était le genre à accumuler les conquêtes et à s'en vanter. Mais elle l'avait fait changer. Il fallait croire que les sœurs Da Silva avaient un don pour remettre sur le droit chemin les plus volages des hommes.

J'espérais que Camila me choisirait, car je n'avais aucune idée de ce que je ferais si ce n'était pas le cas.

Chapitre 38

Camila

J'étais prête. Prête à annoncer la nouvelle à Adam, à voir son visage s'illuminer. J'adorais lui faire ce genre d'effet, car ça ne faisait que me conforter dans l'idée que lui aussi était amoureux de moi, bien qu'il ne me l'ait pas dit clairement pour le moment. J'étais effrayée par l'idée de quitter Los Angeles pour l'inconnu avec lui, mais je lui faisais confiance. Et je nous faisais confiance. Ma sœur m'avait parlé de nous accompagner tant qu'elle le pouvait encore, alors je ne pouvais qu'accepter. Les deux personnes que j'aimais le plus seraient à mes côtés, comment les choses pouvaient-elles mal tourner ?

À mon retour, je pourrais enfin envisager mon avenir. Mais pour me retrouver, j'avais besoin de ce voyage pour découvrir le monde que je n'avais vu qu'à la télé. Et peut-être qu'ensuite j'y verrais plus clair sur le futur.

Ce soir, Adam m'emmenait dans un magnifique palace loin du centre-ville. J'aimais tant ces instants de bonheur volés qui me faisaient vibrer et me permettaient de profiter de lui comme je le voulais. Sortir avec une célébrité me donnait souvent l'impression de le partager avec la planète entière. Il nous était impossible de marcher dans la rue sans être sollicités par des fans, des paparazzis, des producteurs essayant d'obtenir des rendez-vous avec lui…

Même s'il prétendait qu'il n'appréciait pas tout cela, je n'arrivais pas à l'imaginer quitter cette existence. Il ne connaissait que ça depuis son adolescence.

J'avais pour l'occasion enfilé une jolie combinaison short avec de la dentelle pour lui. J'aimais lui plaire et voir son sourire.

Adam revint à la villa pour se laver et se changer, puis une fois son sac prêt il m'emmena à l'hôtel avec lui pour qu'on y passe une belle nuit à deux.

— Tu es magnifique.

— Et pourtant, depuis que je suis avec toi, je ne fais que m'empiffrer !

— Ça ne me gêne pas, ça me fait plus de toi à manger.

Je ricanai. J'ignorais comment les choses se dérouleraient, ce que l'avenir nous réservait. Néanmoins, j'étais confiante. Car malgré toutes nos difficultés, nos différences, nous souhaitions la même chose quoi qu'il arrive : rester ensemble.

— Alors ? Tu as réfléchi ?

— Patience, diva.

Il grogna et je me retins de rire. Adam détestait ne pas avoir ce qu'il voulait.

À l'hôtel, la réceptionniste n'hésita pas à draguer Adam devant moi, et je dus prendre sur moi pour ne rien dire. Mon bel acteur joua de son charme jusqu'à croiser mon regard haineux et se calma aussitôt. Adam aimait les femmes, ce n'était pas un secret, ni pour elles ni pour moi. C'était juste parfois difficile à supporter.

— Ça m'a fait plaisir de te revoir, Adam.

Pardon ? C'était pire que je ne le pensais. J'en étais maintenant persuadée, cette femme avait couché avec lui. Folle de rage, je fonçai tête baissée vers l'ascenseur mais, avant que les portes se referment, il les bloqua avec son pied et monta à mes côtés, le visage inquiet.

— Qu'est-ce qui se passe ? me demanda-t-il.

— Tu as couché avec cette fille ?

— Qui ça ?

— Arrête de te foutre de moi ! lui criai-je.

— Tu es en train de me faire une crise de jalousie ?

Qu'il prenne ça aussi à la légère m'énervait au plus haut point. Alors que je comptais ne plus lui répondre, il appuya sur le bouton d'arrêt d'urgence sous mes yeux écarquillés.

— Mais t'es malade !

Il ignora mon commentaire et s'approcha de moi. Il passa une mèche de mes cheveux derrière mon oreille et caressa mon visage du bout de ses doigts. Lorsqu'il plongeait son regard dans le mien, me surplombant de sa hauteur, j'avais beaucoup de mal à lui résister. Il le savait. Il en jouait. Et je le détestais pour ça.

— Oui, je me suis tapé cette réceptionniste, c'est vrai, une fois où je dormais ici. J'avais eu une journée de merde. Mais aujourd'hui, ça n'a plus rien à voir. Je suis ici avec toi, et c'est tout ce qui compte pour moi.

— Je refuse que tu joues avec ces femmes-là.

— Je ne joue pas.

— Et si j'avais joué à ce jeu-là avec Carter, comment tu aurais réagi ?

Il contracta la mâchoire. Ce mouvement le rendait terriblement sexy. Eh oui, monsieur Carrera, la réalité pouvait être blessante quand elle n'allait pas dans notre sens.

— Ça n'a rien à voir. Tu as aimé ce mec. Moi, je n'ai aimé personne avant toi.

Je restai bouche bée. Venait-il d'admettre qu'il m'aimait ?

Il dut se rendre compte qu'il en avait trop dit, car avant même que je puisse commenter il appuya de nouveau sur le bouton d'arrêt d'urgence, et l'ascenseur poursuivit sa montée jusqu'à la suite du dernier étage. Mieux valait que je ne relève pas ses paroles pour le moment. Puis, au fond, je savais à quel point il tenait à moi, à nous…

Une fois à l'intérieur, je restai stupéfaite devant la décoration sobre, classe et magnifique. Tout était dans les tons beiges et blancs, avec des nuances de bois et une moquette apparemment si douce que je n'étais pas sûre d'oser marcher dessus.

— Si ça te va, je vais nous faire monter le repas directement ici, ça évitera qu'on soit dérangés.

Vivre cachés… Voilà à quoi nous en étions réduits. C'était un sacrifice supplémentaire que j'étais prête à faire pour être avec lui. De toute façon, je n'étais pas très démonstrative en public, et j'aimais mon intimité.

Alors que je retirais mes chaussures, Adam m'attrapa et me prit dans ses bras telle une princesse avant de m'emmener sur l'immense lit de la chambre. Il me jeta un regard si éloquent que tout mon corps s'embrasa et que je le laissai me faire l'amour avec une passion et une intensité qui me faisaient tout oublier. Lorsqu'il m'embrassait, me serrait contre lui en me pénétrant, je sentais d'autant plus à quel point nous comptions l'un pour l'autre.

Je me régalai avec le repas. Je terminai par une crème glacée que je savourai avec Adam qui me regardait fixement, attendant visiblement quelque chose de moi. Je savais très bien de quoi il s'agissait, aussi je pris le temps de lécher sensuellement ma cuillère, puis la reposai soigneusement dans le pot de Ben & Jerry's.

— Penses-tu que je doive apporter des pulls dans ma valise ?

Il m'adressa un magnifique sourire et se détendit instantanément.

— Alors c'est oui ?

Je hochai la tête, et il se leva de sa chaise pour venir me serrer dans ses bras.

— Tu t'es mis de la glace partout.

— Ah bon ? Où ça ?

Je ne vis aucune trace sur moi jusqu'à ce que le doigt d'Adam s'écrase sur mon visage, me tartinant de crème glacée. Je criai de surprise, et il me souleva pour m'emmener dans la salle de bains. Je ris quand il activa la fonction pluie de la douche alors que nous étions tout habillés. Ça commençait à devenir une habitude, à force !

— Adam, mes vêtements !

— T'inquiète pas, tu auras l'occasion de t'en racheter à Paris.

Il s'empara de ma bouche, et je m'accrochai à son cou tandis qu'il me plaquait au mur. Cet homme me rendait folle et je craignais que cela ne finisse par causer ma perte.

Chapitre 39

Camila

Allongée dans le lit, seulement vêtue d'un T-shirt d'Adam, je le regardai parler au téléphone en fumant sa cigarette. Il était si beau, si concentré. Je pouvais le contempler pendant des heures sans jamais me lasser.

Nous avions passé une nuit incroyable. Jamais de ma vie je ne m'étais sentie aussi aimée et importante aux yeux d'un homme. Je souris bêtement et décidai d'aller me préparer en l'attendant. Nous devions partir le lendemain pour le grand voyage. Cette idée me causait une boule dans le ventre, d'excitation et de crainte à la fois.

J'avais toujours été organisée, suivant le chemin bien droit que j'avais pris soin de tracer. Pourtant, je me retrouvais aujourd'hui à vivre un amour passionnel, et j'ignorais totalement de quoi serait fait l'avenir. Je m'éloignais de plus en plus de mon projet initial. Du métier que j'avais toujours voulu faire.

Dans un sens, ça m'embêtait, et je savais que rien de ce que je faisais actuellement ne m'aiderait à m'en sortir dans ma carrière d'avocate. En revanche, j'avais psychologiquement grandement besoin de cette pause.

En me trompant, Carter m'avait montré la voie : celle de la liberté et de l'imprévu. Sans ça, jamais je n'aurais osé faire le quart de ce que j'avais fait. Même si je n'irais pas jusqu'à le remercier pour autant, évidemment.

Adam avait son dernier jour de tournage aujourd'hui. Ces dernières semaines, il avait énormément travaillé. J'étais si fière de lui, de le voir se battre. Malgré la fatigue que son corps devait accumuler, il avait toujours le temps pour moi, pour nous.

J'enfilai un jean et un T-shirt. Je devais faire mes valises, alors je n'avais pas besoin de m'apprêter. Je ne parvenais pas à croire que j'allais préparer mes bagages pour partir avec Jess, Adam, Romeo, et tous les acteurs de leur série, sauf Josh, bien évidemment. Cela me soulageait d'ailleurs vraiment. Je n'imaginais pas passer mes journées avec quelqu'un qui m'avait agressée et qui hantait encore parfois mes nuits. J'en aurais été incapable. Puis Adam n'aurait pas pu se contrôler. Les laisser ensemble aurait été une véritable folie.

Je rangeai le T-shirt d'Adam dans son sac, ne le voyant pas arriver. Il allait finir par se mettre en retard. Je décidai de préparer ses affaires moi-même.

En soulevant sa trousse de toilette, je renversai une petite boîte, certainement des chewing-gums. Je jurai et me baissai pour les ramasser. En les prenant, je constatai que ce n'était pas du tout ce que je pensais. Je n'y connaissais rien mais je n'étais pas complètement stupide. Une boîte dissimulée dans ses affaires… J'aurais dû le deviner tout de suite. Il m'avait menti.

Réalisant qu'Adam n'était pas foutu d'être honnête avec moi, je déposai les cachets sur le lit, enfilai ma veste, puis me dirigeai vers la sortie de la chambre avec mon sac à dos. Et moi qui lui faisais aveuglément confiance !

— *Honey ?* Où tu vas ?

Quand je me retournai vers lui, il comprit que quelque chose n'allait pas. Je lui en voulais tellement ! Je lui avais demandé une chose, et il n'avait pas été capable de la faire… ou même de m'en parler.

— Je suis tombée sur tes p'tits cachets.

Il se décomposa et contracta sa mâchoire. J'étais très en colère et, s'il y avait bien quelque chose que je n'accepterais pas, c'était la drogue. Je l'applaudis en l'assassinant des yeux.

— Bien joué, je t'ai vraiment cru quand tu m'as affirmé que tu arrivais à t'en passer.

Il se contentait de m'observer, comme s'il attendait que je me calme. Mais j'étais bien trop folle de rage. Nous devions partir le lendemain, j'avais mis tous mes plans en pause juste pour rester près de lui, et lui n'avait même pas été fichu de respecter la seule promesse qu'il m'avait faite.

— J'aurais dû t'en parler.

— Oui, et surtout, tu aurais dû tenir ta promesse !

Il se passa les mains dans les cheveux et regarda sur le côté, à la fois honteux et agacé.

— Tu ne sais pas ce que c'est de vivre dans ce milieu.

Alors c'était ça son excuse ? Jouer à la star désespérée qui subissait la vie ? Non ! C'était beaucoup trop facile.

— Aucun métier ne vaut de se détruire avec ce genre de conneries.

— Tu n'y connais rien. Rien du tout.

Son ton était plus agressif... Osait-il réellement être énervé contre moi ? C'était une vaste blague.

— Tu te moques de moi ?

— Non, Camila. C'est un fait, tu parles sans savoir. Qu'est-ce que tu connais finalement de mon monde, hein ? Sais-tu ce que ça fait d'être chaque seconde sous le feu des projecteurs ? D'avoir la pression au point de ne plus avoir le temps de dormir ? De devoir toujours apparaître sous ton meilleur jour, de sourire alors que des jeunes filles te hurlent littéralement dessus juste pour attirer ton attention ? Tu n'as aucune idée de ce que je vis au quotidien ! C'est facile de juger quand on sort d'une des plus grandes universités du monde payée par papa.

Il avait osé. C'était donc ce qu'il pensait de moi ? Que si j'en étais là, c'était uniquement grâce à mon père ?

— Tu as raison, Adam, je parle sans savoir. Mais tu viens de faire exactement la même chose.

Je me tournai, prête à m'en aller.

— Où tu vas ?

— Là où tu ne seras pas.

Et je quittai la pièce en retenant mes larmes. Je descendis par les escaliers de secours dans l'espoir qu'Adam ne me suivrait pas. J'étais déçue, en colère, blessée, et le problème, c'était que tout était décuplé quand ça le concernait.

Une fois sur le parking, je commandai un Uber pour me rendre dans un petit café. J'avais besoin d'être seule et de prendre du recul sur tout ça.

Plus tard dans la journée, je décidai enfin de consulter mon téléphone. Je l'évitais au maximum, car il m'apportait rarement de bonnes nouvelles. Un message de Carter s'afficha. *Tiens, qu'est-ce que je disais…*

On doit parler. Je te garantis que tu voudras m'écouter quand tu sauras de quoi il s'agit.

Merde. Pourquoi tout le monde avait décidé de me contrarier aujourd'hui ? Ce qui devait être une super journée avant le grand départ se transformait en calvaire. Carter devait comprendre qu'il n'obtiendrait rien de moi, même s'il me mettait la pression.

Carter, tu dois arrêter ça. Je m'en vais pour quelque temps, alors il est préférable pour toi de rentrer à N.Y. Prends soin de toi.

Seulement quelques secondes après l'envoi de mon message, il tenta de m'appeler, mais je l'ignorai et commençai à rassembler mes affaires. Il était évident qu'Adam et moi devions avoir une discussion. Je partirais demain, mais, s'il n'était pas disposé à faire les efforts nécessaires, ce ne serait pas avec lui.

Rien que d'imaginer cette option me tordait le ventre. J'avais beau jouer la dure, je l'aimais tellement… Il ne fallait surtout pas que je cède à tout et n'importe quoi, c'était les premiers symptômes d'une relation toxique. Même si je n'étais pas dupe, nous avions déjà un pied dedans.

Jessica passa sa journée à trier les vêtements qu'elle pouvait porter et qu'elle pourrait toujours mettre d'ici quelques semaines. Elle qui avait si peur d'être enceinte, elle semblait avoir parfaitement encaissé la nouvelle et s'était habituée à sa situation. J'étais persuadée qu'elle ferait une mère formidable.

Après une année loin de ma jumelle, j'étais la plus heureuse de pouvoir partager ça avec elle. C'était surréaliste.

J'avais si hâte qu'Adam rentre pour que nous puissions discuter comme deux adultes. Ce qu'il avait osé me balancer au visage m'avait profondément blessée, car je refusais d'être vue ainsi. Oui, mon père avait de l'argent et, oui, j'étais une privilégiée sur beaucoup de points, mais je m'étais battue pour en arriver là et jamais je n'accepterais qu'on prétende le contraire. Surtout si cela provenait de la personne que j'aimais.

Alors que j'étais dans mes rêves, regrettant déjà cette jolie chambre qui m'avait servi de cocon pendant presque deux mois, quelqu'un frappa à ma porte.

Je fronçai les sourcils et observai ma montre : 14 h 30. Il était impossible qu'Adam soit de retour si rapidement. Quant à ma sœur, elle ne toquait pas, elle rentrait juste.

Je me décidai à ouvrir et tombai des nues. Carter était en face de moi, le regard inquiet, Abel à côté de lui. J'étais très étonnée que ce dernier l'ait laissé entrer sans rien dire.

— Mademoiselle Da Silva, votre… hum… ami souhaite vous parler.

Carter ne sembla pas apprécier le terme « ami », mais c'était bien le cadet de mes soucis. Et ce serait bientôt le sien aussi s'il ne cessait pas de me harceler.

— Qu'est-ce que tu viens faire jusqu'à ma chambre ?

— Je ne pouvais pas te laisser partir. Tu dois savoir des choses avant.

Je haussai les sourcils, regardai mon prétendu « garde du corps », ne comprenant pas que Carter ait pu m'atteindre avec autant de facilité.

— Vous devriez l'écouter, me suggéra-t-il avant de nous laisser un peu d'intimité.

Je soupirai et fis entrer mon ex-fiancé, déjà agacée de le voir ici. Si Adam apprenait qu'il était avec moi dans ma chambre, je n'osais pas imaginer sa réaction, qui serait assurément démesurée, notamment après notre dispute de ce matin.

Je gardai une bonne distance avec Carter et lui signifiai de la tête de dire ce qu'il avait à me dire.

— Tu dois repartir avec moi à New York.

Je jurai, exaspérée d'entendre encore une fois la même chose.

— T'es vraiment venu jusqu'ici me répéter ça ? Je t'ai déjà dit que je ne rentrerais pas maintenant !

Il n'avait pas l'air en colère, cette fois-ci. Il semblait… anxieux.

— J'aurais tellement voulu ne pas être celui qui te l'apprendrait…

Là, il avait réussi à capter toute mon attention. Je flippais, littéralement. Pourquoi prenait-il ce ton si mélodramatique ?

— Je suis désolé…

— Accouche, Carter !

J'avais conscience de ne faire preuve d'aucun tact mais on avait largement dépassé le stade où il y avait droit.

— C'est ton père, Camila… Il est gravement malade.

Chapitre 40

Camila

J'avais l'impression que tout était devenu flou autour de moi. Comme si je faisais une sorte de petit malaise. Carter me maintint et m'aida à m'asseoir sur mon lit.

Pitié, faites que j'aie mal compris, mal entendu, halluciné, peu importe tant que ce n'est pas la réalité…

Mon père était un homme si solide, Jess et moi l'avions toujours imaginé immortel… Comment pouvait-il être malade ? Lui qui faisait attention à son alimentation, qui ne fumait pas et buvait peu !

— Tu mens ! Ce n'est pas possible.

J'avais compris. Carter voulait tellement me faire rentrer avec lui qu'il était prêt à inventer n'importe quel prétexte et j'étais tombée dans le panneau comme une abrutie !

— Quoi ?

— T'es un vrai malade ! lui criai-je. Inventer une chose pareille, mais qu'est-ce qui ne tourne pas rond chez toi ? !

Je m'agitai, j'étais presque prête à le frapper, mais au lieu de s'éloigner Carter se mit à genoux devant moi et prit mes mains. Lui, qui était si pudique et si peu démonstratif… J'étais stupéfaite par son attitude.

— Cam, chérie, s'il te plaît. Toi et moi, on se connaît depuis des années maintenant et, même si je t'aime à un point inimaginable, jamais je ne mentirais sur une chose pareille pour t'obliger à me suivre !

Je compris qu'il disait la vérité alors que tout ce que je souhaitais, c'était qu'il me mente une fois de plus.

— Mais comment… pourquoi…

— Il se sentait fatigué, il a passé une batterie de tests et il a eu le résultat… Il s'agit d'un cancer à un stade avancé.

Je laissai ma tête tomber entre mes mains. Comment avais-je pu être si égoïste et ne pas remarquer que mon père allait si mal ? Nous n'étions pas d'accord en permanence, mais il n'en restait pas moins celui qui m'avait toujours donné de l'amour, même si ça n'était pas forcément de la bonne manière. Il m'avait tout offert, et je savais assurément qu'il sacrifierait sa vie pour Jess ou moi. Et aujourd'hui, nous étions toutes les deux à l'autre bout du pays, à penser à notre bonheur personnel, prenant à peine de ses nouvelles. Que devait-il imaginer ? Quoi que ce soit, nous le méritions. J'avais si honte de moi !

— Mais… Il va… mourir ?

— Non, ne pense pas comme ça, Cam ! On n'en sait rien. Pour le moment, il suit un traitement. Il l'a commencé récemment.

Je ne cachai pas mon soulagement. Si j'avais appris qu'il était condamné, j'ignorais comment j'aurais réagi.

— Pourquoi il ne m'a rien dit ?

— Il l'a appris très récemment… Il attendait ton retour, il ne voulait pas t'annoncer une telle nouvelle au téléphone.

Et moi qui comptais partir pendant deux mois, sans même me soucier de ce que mon père pouvait vivre.

Il était clair que je devais parler à mon père, à Jess et à Adam. Mais, encore sous le choc, j'ignorais totalement comment appréhender cette tragédie. J'avais peur, j'étais en colère contre la vie, contre moi, contre tout…

Alors que je m'apprêtais à remercier Carter de s'être donné tant de mal, la porte s'ouvrit sur la dernière personne que j'imaginais voir ici et maintenant.

— Carla ? Si vous pouviez revenir plus tard, ça m'arrangerait.

Elle me fusilla du regard et, au lieu de ressortir, elle ferma la porte derrière elle en me dévisageant avec un petit sourire narquois qui ne me plaisait pas du tout, surtout que je n'en comprenais pas la raison. Bien qu'elle ne m'ait jamais appréciée, certainement à cause de ma relation avec Adam, elle ne m'avait jamais provoquée ou cherchée.

Carter sembla contrarié mais résigné.

— Tu ne lui as pas dit ?

Qu'elle s'adresse ainsi à mon ex-fiancé me surprit. Comment pouvaient-ils se connaître ? J'avais l'impression d'avoir raté un épisode de série en plein milieu d'une saison. Ou pire, la saison entière.

— Me dire quoi ? demandai-je, méfiante.

Elle avait l'air si fière que, si je n'obtenais pas une réponse rapidement, je pourrais devenir incontrôlable. Je n'en pouvais plus.

— Eh bien… Avec le recul, je ne sais pas si c'était vraiment nécessaire mais… j'ai croisé cette jeune femme qui sortait de la villa il y a deux jours et, quand j'ai mené mon enquête, j'ai vite compris qu'elle et Carrera avaient eu une histoire.

OK. Quel était le rapport ? Pensait-il m'apprendre quoi que ce soit sur le passé d'Adam ? Lorsque j'étais tombée amoureuse de lui, je l'avais accepté. C'était loin d'être facile, et il m'arrivait d'avoir des difficultés à le supporter, comme la veille à l'hôtel, mais il n'empêche que j'étais au courant, aussi frustrant que cela puisse être.

— Carla est très contrariée de la manière dont Adam l'a jetée. Elle considère qu'il a abusé d'elle et s'est servi de sa naïveté pour la manipuler. C'est très moche, même de la part d'un raté alcoolique tel que lui. Je lui ai donc proposé de la représenter à titre gracieux si elle souhaitait porter plainte contre lui.

— Pardon ? Donc, tout ce que tu as trouvé pour assurer tes arrières, c'est une garce prête à témoigner contre Adam sur de fausses accusations ?

— Qui est-ce que tu traites de garce ? me lança Carla d'un ton agressif, retenue par Carter.

— Stop, Carla. Je t'ai proposé mon aide, mais je peux à tout moment me désister si ton attitude ne me convient pas.

Contrariée, l'intendante de la villa quitta la pièce sous mon regard ébahi. C'était là tout le malheur d'une femme qui se sentait trahie. Elle n'avait rien trouvé de mieux à faire que se venger de l'homme qui ne l'avait jamais désirée plus que dans un lit.

Alors là, je tombais des nues, c'était ridicule de vouloir accuser Adam d'un tel comportement, il avait beaucoup de défauts, mais ce n'était pas le pervers narcissique et manipulateur que Carter décrivait.

— Voici le deal : si tu repars avec moi, on oublie cette histoire de plainte, et Carla se démerdera et n'ira certainement pas bien loin avec un avocat commis d'office. En revanche, si tu refuses de venir, elle accusera Adam d'avoir profité d'elle et, avec le soutien d'un avocat tel que moi, nous gagnerons le procès sans problème. Avec les scandales du moment dans le monde des célébrités, personne ne croira ton acteur, ou du moins, ça mettra le doute dans toutes les têtes et il sera fini.

Mon Dieu, Carter était prêt à aller aussi loin par pure jalousie ? Tout ça pour que j'accepte de le suivre sans broncher ? Mais il était réellement malade ! Aller jusqu'à ruiner la vie de quelqu'un d'innocent ? !

— Je n'arrive pas à croire ce que j'entends. Tu veux me faire chanter ?

— Quand j'y pense, j'ai un peu exagéré, je l'admets. Et rien ne me prouve que ce que prétend Carla est faux. Puis ça ne m'étonne pas vraiment qu'il soit ainsi.

— Tu es pathétique. La nouvelle concernant mon père suffisait, tu ne crois pas ?

— Je voulais être certain que tu ne gâcherais pas ton avenir. Tu as travaillé trop dur pour en arriver là.

— Oh ! Je devrais donc te remercier ?

Il haussa les épaules, et ce fut la goutte de trop, je le giflai avec force. J'étais folle de rage. Après m'avoir trompée, il osait comploter contre moi et l'homme que j'aimais !

Choqué par ma baffe, il me foudroya du regard, mais je pouvais presque lire son air satisfait très bien caché. Il avait tout prévu. Il savait depuis le début qu'il ne partirait pas d'ici sans moi. Je le détestais, et je me haïssais encore plus de n'avoir pensé qu'à moi.

— Dégage d'ici.

— Mais…

— Dégage, barre-toi !

Mon hystérie le surprit, et il recula.

— On se retrouve ce soir à l'aéroport ?

Je lui claquai la porte au nez et éclatai en sanglots contre cette dernière.

Jess… Elle devait savoir. Mon Dieu, et si cette terrible nouvelle était trop stressante pour sa grossesse encore si récente…

Les larmes coulaient déjà sur mes joues. Je n'arrivais pas à croire que, en l'espace de quelques minutes, tout se soit écroulé autour de moi. J'avais envie de hurler, de supplier je ne savais qui pour que ça s'arrête, que tout ça soit une mauvaise blague.

— Cam ?

Ma sœur… Je reconnus sa voix pleine d'inquiétude. Et encore, elle n'avait aucune idée de ce qui se tramait. J'avais une boule dans la gorge qui m'empêchait de parler, j'étais beaucoup trop mal.

— *Mi vida*… Ouvre-moi, je t'en prie…

Je n'aurais jamais la force de lui avouer la vérité et de la voir souffrir comme je souffrais. Nous avions déjà vécu des moments sombres et bien trop difficiles à l'adolescence, alors je ne voulais pour rien au monde que cela recommence.

— J'ai vu Carter partir, il t'a fait du mal ? J'appelle Adam ?

— NON !

Surtout pas, ce n'était pas envisageable. J'avais besoin de réfléchir, même si au fond j'avais pris ma décision, je n'avais finalement pas vraiment le choix.

Je finis par ouvrir la porte et me retrouvai dans les bras de ma sœur, pleurant toutes les larmes de mon corps.

— Cam, tu me fais peur… Dis-moi ce qui s'est passé.

Au bout de quelques minutes, je parvins à me calmer. J'étais anéantie mais ce n'était pas terminé. Noyée dans le malheur, je me devais d'être encore forte quelques instants. Il était nécessaire qu'elle sache.

— Assieds-toi.

Elle me dévisagea, l'air très inquiet, et ça me détruisait intérieurement. Je détestais avoir à lui annoncer cette nouvelle.

Heureusement, elle prit mon conseil au sérieux et s'installa sur le bord de mon lit, la paume sur son ventre à peine arrondi.

— C'est papa… Il est malade.

— Qu… Quoi ?

Je m'assis près d'elle et lui pris la main. J'en avais autant besoin qu'elle.

— Un cancer, d'après Carter, assez grave.

Jess porta la main à sa bouche et retint son souffle jusqu'à qu'elle me regarde. J'avais les yeux brillants de larmes. Voyant que je ne plaisantais pas, elle appuya la tête sur mon épaule et pleura à son tour, sûrement aussi détruite que moi.

Mon père avait ses défauts mais il n'empêchait qu'il ferait n'importe quoi pour ma sœur et moi. Et inversement. Malgré tous les conflits qui demeuraient entre nous.

— Il va s'en sortir ? eut-elle enfin le courage de me demander.

J'avais l'impression qu'elle avait rassemblé toutes ses forces pour me poser cette question. Même si j'avais très envie de la rassurer, je ne voyais pas comment, je n'en avais pas les moyens.

— Il a commencé un traitement. Ils en sauront plus dans quelque temps.

Jess se passa les mains sur le visage et fixa le mur blanc devant elle. Elle réfléchissait, mais sa conclusion serait la même que la mienne. Sauf que, pour moi, c'était beaucoup plus définitif.

— On doit rentrer à la maison.

J'acquiesçai. Ça me détruisait de quitter tout ce que j'avais construit ici, mais mon père avait besoin de moi, et pas pour quelques semaines, non, pour bien plus longtemps. Je venais de sortir de ma bulle de bonheur, comprenant que tout cela n'était qu'une utopie à laquelle j'avais naïvement cru. Adam et moi avions beau nous aimer, nous n'étions pas faits pour vivre ensemble. Nos chemins prenaient deux directions opposées, une faille infranchissable était apparue entre nous, et ce serait égoïste que nous continuions à nous battre et à nous imposer des mois de souffrance pour une histoire sans futur.

Jess attendait un enfant, elle avait bâti une vraie relation solide et durable ici avec Romeo et, même si elle m'accompagnait à New York, elle ne resterait pas. Mon père aurait besoin d'aide pour gérer le cabinet qui représentait le travail de sa vie. Je devais être là pour lui et me focaliser sur ça.

— Va falloir l'annoncer aux garçons...

Cette idée me déchira le cœur. Je n'avais aucune envie de faire comprendre à Adam que tout ce que nous avions vécu touchait à sa fin... Je l'aimais tellement. Mais je l'aimais au point de lui épargner de se battre pour une histoire sans avenir.

— Je... Je vais préparer mes valises.

Ils devaient rentrer plus tard, et c'était tant mieux, car j'étais brisée par ce qui était en train de se passer.

Chapitre 41

Camila

Je passai les deux heures suivantes à préparer mes affaires et à vider la chambre que j'avais occupée des semaines. Celle-ci se retrouverait très bientôt comme avant mon arrivée. Abel et Chris m'aidèrent à descendre ma valise initiale, plus celle contenant tous les vêtements achetés avec ma sœur, et je posai le tout près de l'entrée.

Jess avait convenu de me rejoindre dans quelques jours, après son rendez-vous médical pour le bébé.

La porte s'ouvrit, et je me retrouvai nez à nez avec Adam, qui sourit en me voyant, puis regarda étrangement mes valises, avant de froncer les sourcils en étudiant mon visage.

— *Honey* ? Tu as pleuré ?

Je ne parvenais pas à lui répondre. J'en étais incapable sans m'effondrer à nouveau.

— Pourquoi tes valises sont là ? On ne part que demain.

J'entendis Jessica prendre Romeo à part en lui disant : « Ils ont besoin d'être seuls et on doit parler aussi. »

Alors qu'Adam se tenait face à moi, je me demandai pourquoi il avait fallu que je tombe amoureuse. Je savais depuis le départ que tout ça n'avait aucun sens.

— Si c'est à cause de ce matin, je suis rentré plus tôt pour m'excuser… Tu ne méritais pas que je m'énerve contre toi, j'ai conscience que j'ai merdé et que je dois me passer pour de bon de toutes ces conneries. Mais je vis comme ça depuis tellement longtemps, j'ai besoin de temps.

Je posai mon index sur ses lèvres et appuyai mon autre main contre son torse, profitant une dernière fois de sa chaleur.

Je devais m'en aller avant de changer d'avis. C'était vital.

— Je vais rentrer chez moi, Adam.

Il me dévisagea, et je sentis une partie de lui s'écrouler. Toute son assurance sembla disparaître. J'étais si mal que je me demandais si je serais capable de marcher jusqu'à l'extérieur de la villa.

— Quoi ?

— Pour plusieurs raisons. On ne peut pas être ensemble. On va finir par se détruire.

Je luttais contre moi-même pour continuer de le regarder dans les yeux alors que les touches de doré s'y trouvant s'éteignaient une à une pour laisser place à des ténèbres.

— Nos vies sont trop différentes, la mienne n'est pas ici ni en tournée avec toi. Ce n'est pas ma réalité. Mon père a besoin de moi.

— J'ai aussi besoin de toi !

— Mais tu n'es pas gravement malade !

Surpris, il planta son regard plein d'incompréhension dans le mien.

— Ton père est malade ?

— Oui. Carter me l'a annoncé cet après-midi.

— Attends, quoi ? ! Ce fils de pute est venu ici ? Et tu crois à ses conneries ? Mais Camila, ouvre les yeux !

— Non, toi, ouvre les tiens ! Carter a des défauts, et pas qu'un peu, mais jamais il ne me mentirait sur ma propre famille ! Il sait ce que j'ai vécu.

— Putain, mais tu me fais quoi, là ?

— Ça ne peut plus durer. Toi et moi, ce n'était qu'un beau rêve.

J'étais à deux doigts de fondre en larmes, mais, si je le faisais, jamais Adam ne me laisserait partir.

— Tu ne peux pas faire ça.

— Je t'en supplie, Adam, ne rends pas les choses plus compliquées…

Il avait envie de craquer, je pouvais le lire dans ses yeux. Il ne comprenait pas ma décision. Je m'étais épanouie ici, avec lui, et le fait que je m'en aille comme ça faisait penser le contraire. Tout n'était pas rose, notre relation menaçait de s'écrouler à tout moment, mais elle ne méritait pas qu'on la laisse tomber comme si elle ne valait rien ! Pourtant, je n'avais aucune autre solution. Je rentrais définitivement à New York tandis qu'Adam serait toujours en tournée ou en tournage. Il n'avait pas de temps à m'accorder, et moi non plus. Il fallait bien que l'un de nous se décide à agir, car nous ne pouvions pas rester ainsi éternellement. Le choc de la nouvelle concernant mon père m'avait fait prendre conscience que je n'avais pas le droit de vivre comme si j'étais encore une adolescente insouciante.

— Ma vie est là-bas.

— Et j'étais quoi, moi ? Un foutu amour de vacances ? Un cas désespéré que tu as voulu sauver ?

— Arrête, je t'en prie…

Il réalisa que je ne changerais pas d'avis. Je pouvais le lire sur son visage si expressif.

— Je comprends que ce soit compliqué et que tu aies besoin de voir ton père. Mais ne me quitte pas, Cam, parce que si tu le fais, ce sera pour toujours.

— Je suis désolée…

Je reculai, et il resta à sa place, figé, me regardant m'approcher un peu plus de la sortie. J'avais l'impression que mon cœur s'était éteint, n'acceptant plus de subir toute cette souffrance.

— D'accord. Alors bon voyage, et adieu.

Il fit demi-tour, et son attitude me blessa énormément. C'était ça les au revoir qu'il m'imposait ? Il me tournait le dos comme si je n'étais rien.

Comprenant qu'il fallait que je m'éloigne au plus vite de lui, je me dépêchai d'atteindre la rue avec mes valises. Quelques minutes plus tard, alors que j'attendais mon Uber, Romeo arriva vers moi en courant.

— Je t'emmène à l'aéroport, m'annonça-t-il.

— Ce n'est pas nécessai…

— Ce n'était pas une question, me coupa-t-il. Je vais chercher la voiture.

Il revint bientôt avec son Range Rover, et les premières minutes du trajet se déroulèrent dans le plus grand silence. J'espérais vainement qu'il ne voie pas mes larmes. J'avais si mal, cette douleur était physiquement insupportable.

— Je te comprends, Camila.

Je n'avais aucune envie de parler et encore moins d'écouter ce que je n'étais pas prête à entendre.

— Tu as peur, parce que tu as appris des choses tragiques, et que plus rien ne semble avoir de sens pour toi. Mais crois-moi, tu finiras par te retrouver. Et ce jour-là, tu sauras ce qui est bon pour toi.

Je passai par tant d'émotions que je fus tentée plusieurs fois de faire demi-tour, mais je n'en fis rien. Je me contentai de remercier Romeo, de le prendre dans mes bras en me retenant de fondre en larmes et d'entrer dans l'aéroport, consciente que tout était terminé.

Je croisai Carter à l'embarquement mais l'ignorai totalement.

Dans l'avion, j'observai le ciel à travers le hublot et l'écran de mon téléphone. Je n'avais pas de réseau, pourtant, je savais que, même si j'en avais eu, je n'aurais eu pas de message d'Adam.

Que faisait-il ? Comment réagirait-il ? Se consolerait-il dans les bras d'une des nombreuses femmes de son tableau de chasse ? Ou dans ceux d'une prostituée ? Je le savais capable de tout, surtout depuis que j'avais lu dans son regard à quel point je lui avais fait de la peine. Et la peine conduisait à la haine.

Comment lui expliquer que j'étais une lâche ? Que ma relation avec lui ne m'apportait aucune assurance alors que mon métier et ma vie à New York m'étaient servis sur un plateau d'argent ? La maladie de mon père et ma peur du futur avaient pris le dessus sur mon besoin d'évasion et sur le bonheur de ces semaines d'égarement. Ses addictions m'effrayaient et présageaient de beaucoup trop d'instabilité. J'étais malheureuse, avec le cœur si serré que j'avais l'impression de suffoquer, mais je contrôlais cette souffrance, elle ne pouvait être pire, et je ne confierais désormais plus mon bien-être à quelqu'un qui serait capable de le détruire d'un claquement de doigts.

Les prochains jours seraient difficiles, affreusement difficiles, mais je resterais forte.

Chapitre 42

Adam

Je n'arrivais pas à croire qu'elle ait osé partir ainsi. Je n'étais pas con, j'avais conscience à quel point, malgré les conflits entre eux, son père comptait pour elle. Le fait qu'elle choisisse de le retrouver ne faisait que prouver sa loyauté et son dévouement pour ses proches. Je l'admirais pour ça. Mais moi dans cette histoire ? Et *nous* ? J'avais mal, parce qu'elle ne m'avait laissé aucune option, j'avais la haine parce qu'elle n'avait pas hésité à me quitter. J'avais l'impression de n'avoir jamais compté.

Soit elle était une très bonne comédienne, soit j'étais le pire des abrutis de n'avoir rien vu. Bordel, je n'arrivais pas à comprendre. Ça m'avait paru si fort, si réel… Je n'avais jamais ressenti un truc pareil avant et c'était sûrement pour ça que c'était aussi douloureux.

Romeo était parti juste après Camila, et j'en avais déduit qu'il l'avait accompagnée.

Assis sur le transat qu'elle aimait tant, j'attendis, enchaînant les clopes, fixant de loin la porte d'entrée. Cette dernière finit par s'ouvrir au bout d'un moment, si long que j'avais arrêté de compter. Romeo s'avança dans ma direction en me regardant puis baissa la tête, visiblement désolé. C'était officiel et définitif, Camila n'était pas avec lui.

Complètement déboussolé, perdu et en colère, j'appelai mon club favori pour réserver une table, bien décidé à oublier son départ.

Moi qui m'attendais à quitter le pays et commencer une belle aventure avec celle que j'aimais, car oui, j'étais tombé amoureux, je me retrouvais seul. Encore une fois.

— Tu ne devrais pas laisser tes émotions te…

— Ferme-la.

Romeo haussa les sourcils, étonné par mon agressivité. Il aurait dû comprendre pourquoi je lui en voulais.

— Tu m'as poussé vers elle, tu m'as encouragé à croire que ça valait le coup.

— Adam…

— Oui ou non ?

— Je ne pensais pas que…

— Et pourtant, c'est arrivé.

Il était préférable que je m'éloigne de lui avant de lui mettre toute ma colère dans la gueule. M'en prendre à la mauvaise personne ne pouvait rien m'apporter de bon.

Le soir même, j'enchaînai les verres d'alcool, les joints et la cocaïne. Si Camila m'avait vu, seul dans cette salle privée avec non pas deux, mais trois prostituées, elle aurait été folle de rage. Ou alors dégoûtée. Quoi qu'il en soit, elle était rentrée à New York et ne débarquerait pas pour me sauver cette fois-ci. Je n'avais pas besoin d'elle. Chiante et rabat-joie, elle m'aurait très certainement gâché la soirée et fait la morale.

Je consultai mon téléphone, aucun appel ou SMS.

— Adam Carrera, laisse-moi te faire oublier ta journée…

La jolie brune sur mes genoux était probablement une des femmes les plus désirables de la ville, mais je ne la voyais même pas. Putain. Camila avait changé beaucoup trop de choses chez moi et ça commençait à très sérieusement me soûler.

Je rebus un verre cul sec, espérant que je me détendrais un peu.

Jessica avait essayé de me raisonner cet après-midi, me suppliant de comprendre la décision de sa sœur. Mais voir son visage, à la fois si semblable et si différent de celui de Camila, m'avait rendu encore plus fou de rage. Je la détestais pour avoir rompu sa promesse d'être toujours là pour moi et de s'être barrée avec tant de lâcheté. Jess pensait que j'étais un égoïste, et c'était ce que j'étais, mais je ne méritais pas si peu de considération. Évidemment, je n'avais pas réussi à lui expliquer les vraies raisons de ma haine, puisque j'étais incapable d'exprimer d'autres émotions que ma colère.

De toute façon, je m'en contrefoutais. Je n'avais pas besoin qu'elle comprenne quoi que ce soit, puisque ça ne changerait rien.

Plus mon esprit divaguait grâce aux substances de toutes sortes que j'avais ingurgitées, snifées, fumées... plus je *la* voyais. Moi qui pensais justement la sortir de ma tête, c'était tout l'inverse qui se passait.

J'étais en train de faire n'importe quoi. Me foutre en l'air ne la ferait pas revenir et ne m'aiderait pas à surmonter tout ça non plus. Si avec elle j'avais beaucoup diminué la drogue, cela signifiait que j'en étais tout à fait capable. Mon addiction me tuait à petit feu et mon pire cauchemar serait de finir comme ma génitrice. Et si, finalement, je lui ressemblais bien plus que je ne voulais l'assumer ?

Cette idée me donna la nausée et, alors que je me levais pour aller aux toilettes, tout se mit à tourner autour de moi et je fus pris de fortes palpitations. Merde, merde, merde. Je connaissais ces effets et ils n'annonçaient jamais rien de bon. La tête compressée, je me laissai glisser contre le mur, jusqu'à me retrouver assis par terre.

— Adam ? Adam ! ! Tu nous entends ? !

Je distinguais des voix, mais elles me paraissaient si éloignées que je ne parvenais plus à savoir si ces femmes se trouvaient dans la même pièce que moi. Tout tournait, tout était flou mais, surtout, je ne sentais plus mon corps. OK, c'était flippant, mais mon esprit était comme prisonnier, impossible pour moi de bouger.

— Il est tout blanc, et ses yeux sont complètement défoncés... On doit appeler les secours !

— T'es folle ? Il nous l'a interdit !

— Mais merde, il saigne du nez ! Il ne répond plus à rien ! Hors de question que je laisse un homme mourir devant moi ! C'est Adam Carrera !

Si j'en avais eu la force, je me serais levé et je me serais cassé. Je n'avais pas envie d'être avec ces femmes, ni d'être ici ni d'être dans cet état. Mais c'était trop tard et, plus les secondes passaient, plus mon cœur semblait dangereusement s'emballer.

Des points noirs apparurent devant mes yeux et je me laissai sombrer dans les ténèbres qui me tentaient depuis déjà de longues minutes. Non, en fait, depuis le départ de Camila.

Des bips… Des putains de bips désagréables… La gorge sèche… Les paupières plus lourdes que jamais… J'ouvris les yeux, ne sachant pas du tout où je me trouvais. Ce plafond blanc n'appartenait de toute évidence pas au club privé.

J'étais dans un lit, dans une chambre très sobre et très claire, avec une putain de machine qui ne faisait que biper à ma droite.

Il me fallut quelques secondes pour comprendre que ces bips correspondaient à mon rythme cardiaque. Putain. J'étais dans un hôpital, ce qui signifiait que j'avais vraiment merdé.

— Oh ! Adam…

Jessica. Quand je tournai la tête à gauche, je la découvris assise dans un fauteuil, les jambes repliées. Elle avait d'atroces cernes et était d'une pâleur extrême. Étant donné sa situation actuelle, je me culpabilisais de lui causer tout ce souci.

— Comment tu te sens ? me demanda-t-elle en se levant pour s'approcher de moi.

Qu'est-ce que je pouvais bien lui répondre ? Affreusement vide ? Que ma tête risquait d'exploser à tout moment ? Que chacun de mes membres me paraissait si lourd que je n'essayais même pas de les soulever ?

— Qu'est-ce qui s'est passé ?

Romeo entra dans la pièce, suivi d'un médecin, et soupira de soulagement lorsqu'il m'aperçut.

— Tu… Tu as fait une overdose, Adam.

Elle s'écarta tandis que le médecin contrôlait mon état de santé, m'emmerdant au plus haut point. Je n'avais qu'une envie, rester seul. J'étais conscient de la merde que j'avais foutue et, à mon avis, ça ne resterait pas un secret bien longtemps. Ce serait même étonnant que je n'aie pas encore fait la une des journaux.

— Monsieur Carrera, vous avez failli y laisser la vie, il est nécessaire de vous soigner le plus vite possible. Nous avons des professionnels qui…

— Merci, Doc, le coupai-je.

Comprenant qu'il était de trop, il m'annonça qu'il reviendrait plus tard. Avec ce que j'avais fait, je n'espérais pas qu'il me permette de me barrer l'air de rien. J'aurais pu mourir.

Je n'avais jamais réellement songé à la mort, j'étais trop occupé à vivre ma vie à cent à l'heure. Pourtant, mon attitude me l'avait fait approcher de beaucoup trop près.

— T'as vraiment été trop loin, Adam.

Romeo prenait son ton moralisateur, et ça ne me plaisait pas. Malheureusement, c'était le prix à payer quand je choisissais d'agir comme un abruti et de blesser les seules personnes qui tenaient encore à moi.

— T'as failli y passer, putain !

Il était fou de rage, mais pas uniquement contre moi. Je le connaissais assez pour savoir qu'il se culpabilisait de m'avoir laissé en arriver là. Pourtant, il n'aurait rien pu y changer. J'étais une bombe à retardement prête à exploser à chaque instant. Comme l'avait dit le psy que ma mère m'avait obligé à rencontrer alors qu'elle ne saisissait pas que c'était elle le problème, j'avais une tendance à l'autodestruction.

— J'ai dormi combien de temps ?

— Ça fait six jours. Ils ont dû te prendre en charge en urgence et te donner des trucs.

Jamais je n'avais été aussi loin. Les mélanges que j'avais faits avaient failli me faire payer le prix fort. Pourtant, Camila m'avait prévenu. La drogue n'était pas une solution et finirait par me détruire. Malheureusement, cette fille m'avait plus détruit que la drogue.

— J'imagine que la terre entière est au courant, dis-je avec un soupir.

Romeo et Jess s'observèrent avant de reporter leur attention sur moi.

— On s'occupera de ça plus tard, repose-toi avant tout, me recommanda mon amie.

Je hochai la tête et attrapai mon téléphone sur la table de chevet. De nouveau, je les surpris qui échangeaient des regards. Que me cachaient-ils ?

Tous mes messages et appels provenaient de partenaires et potes de séries ou de films, de journalistes qui prétendaient prendre innocemment des nouvelles ou de mon agent et ses équipes. Je ne fus pas étonné de ne trouver aucun message de ma génitrice, sûrement trop ivre ou droguée pour faire attention à ce qui concernait son fils, si tant est qu'elle soit encore en vie. Cependant, le fait de n'avoir aucune nouvelle de Camila me surprenait davantage. En avait-elle à ce point rien à foutre ? J'étais certain qu'elle était au courant d'une manière ou d'une autre, puisque ma vie n'avait aucun secret pour personne. J'étais exposé comme une bête de cirque. Et elle n'avait pas cherché à me joindre. J'aurais voulu demander à Jessica et Romeo s'ils avaient reçu des appels de sa part, mais je n'étais pas prêt à entendre la vérité. Si elle m'avait accordé l'importance que je lui accordais, elle serait venue.

Plus tard dans la journée, je compris que ma carrière avait pris un énorme coup. Mon overdose avait fait le tour du monde, j'étais l'un des sujets principaux de l'actualité, comme s'il n'y avait pas de problèmes plus graves sur terre. J'avais fini par avoir Brie au téléphone, qui m'avait annoncé que la tournée était décalée. Hors de question que je parte en voyage tant que je n'étais pas guéri. Et par « guéri », elle entendait *clean*. Cette histoire devait se tasser et j'allais devoir m'expliquer à la télévision, me justifier et prouver que tout ça était derrière moi.

Pour la première fois, je décidai d'être honnête. Pour mon propre bien, il fallait que je saisisse cette seconde chance et m'en montre digne.

Chapitre 43

Camila

Je raccrochai et demandai à mon assistante de faire entrer Carter. En l'attendant, je pris le temps d'observer Manhattan et la magnifique vue que m'offrait la baie vitrée de mon bureau au trente-cinquième étage.

Mon retour à New York trois jours plus tôt avait été beaucoup plus difficile que je l'imaginais. J'avais dit à Carter de me laisser tranquille. Je lui étais reconnaissante de m'avoir avoué que mon père était gravement malade, mais je lui en voulais énormément d'avoir essayé de me faire chanter pour être certain que je quitterais Adam. Qu'il n'apprécie pas notre relation était une chose, mais vouloir lui nuire pour qu'on se sépare ? Quel genre d'ami agissait ainsi ? Car oui, Carter ne serait plus jamais autre chose, en espérant que je lui pardonnerais un jour son attitude.

Sans surprise, mon père m'attendait dans mon appartement à mon retour. Assis avec son verre de vin – probablement pas recommandé dans son état actuel –, il m'avait regardée, à la fois soulagé de me voir et très en colère. Je l'avais déçu, et il avait certainement cru me perdre comme Jess. Cette dernière devait arriver sous peu, mais je ne lui avais rien dit. Elle m'avait indiqué devoir régler quelques soucis imprévus avant de nous rejoindre. Je n'en savais pas plus mais elle m'avait demandé de ne pas m'inquiéter.

J'avais hâte de la retrouver. Quitter Adam avait été un déchirement, et je ne m'étais jamais sentie aussi seule qu'en ce moment. Mon père travaillait de chez lui et se ménageait au maximum tandis que Carter, qui avait déménagé quelques semaines après mon départ à Los Angeles, n'avait obtenu aucune réponse de ma part jusqu'à ce matin, quand il m'avait supplié de déjeuner avec moi afin que nous puissions discuter et mettre les choses à plat, pour le bien de notre collaboration professionnelle.

En attendant son arrivée, je scrollai les nouvelles sur mon compte Twitter, jusqu'à tomber sur une vidéo avec un titre qui m'interpella :

Le célèbre Adam Carrera et son overdose ont brisé le cœur à des millions de fans

Overdose ? Bordel…

J'avais à peine eu le temps de regarder mon téléphone ces derniers jours et, si je devais être honnête, je l'avais surtout évité au maximum, de peur de craquer et de changer d'avis.

Les mains tremblantes, je pris le courage de démarrer la vidéo, qui mettait en scène deux journalistes en train de débattre de la situation.

« – Adam Carrera a dépassé les bornes, le fait qu'il se retrouve à l'hôpital à cause d'une overdose inquiète ses proches et ses fans, tout le monde craint qu'il ne réussisse pas à se sortir de son addiction.

— Après tout, un acteur qui un problème avec la drogue et l'alcool ne fait rêver personne. »

Entendre cette garce de journaliste parler d'Adam de cette façon avec son air faux m'irrita au plus haut point. Je m'assis sur le canapé de mon bureau, dépitée.

J'avais mal, affreusement mal. Je ne pouvais pas l'aider, ce n'était plus de mon ressort et le savoir en détresse me rendait dingue. Je n'avais qu'une envie, sauter dans le premier avion pour le soutenir et l'accompagner pour qu'il remonte la pente qu'il avait empruntée. Je l'aimais, oui, j'étais amoureuse de cet homme qui finirait par me conduire à ma perte. J'étais partie avant qu'il ne m'entraîne avec lui dans les ténèbres. Il était au plus mal et j'étais à l'autre bout du pays à jouer les avocates dévouées. Pourquoi je n'acceptais tout simplement pas d'avoir changé d'envies ? De rêves ? Pourquoi étais-je incapable d'expliquer à mon père que les affaires avec les grandes entreprises ne m'intéressaient plus ? Je voulais me battre pour de vraies causes, j'en avais assez de ces P-DG qui se permettaient des réflexions et des gestes déplacés, parce que j'étais une jeune femme fraîchement diplômée.

Quelques jours m'avaient suffi à comprendre que mes ambitions n'étaient plus les mêmes. Si mon séjour à Los Angeles m'avait appris quelque chose, c'était que se laisser aller était parfois le meilleur moyen d'être heureux. Aujourd'hui, je parvenais de moins en moins à me souvenir pourquoi rentrer avait été le meilleur choix. Mon père prétendait avoir besoin de moi pour gérer l'entreprise, mais j'étais la moins compétente de ses collaborateurs. Je restais pour ne pas l'abandonner à son sort.

Je le savais, Adam cachait de profondes souffrances, si bien qu'il ne pouvait sortir la tête de l'eau. Son problème avec ses addictions nous empêchait d'avancer, et je ne pouvais pas accepter qu'il m'entraîne avec lui dans sa chute. Pas après m'être battue pour me construire un bel avenir.

Malheureusement, la seule chose à laquelle je pensais actuellement était de le sauver, et peu importe ce qu'il m'en coûterait. J'étais prête à tout pour l'aider à se relever et lui montrer que je serais là pour lui. Mais étais-je prête à lui donner mon âme ? Oui. Et c'était ce qui le rendait aussi dangereux pour moi.

— Cam ?

Carter me fit sursauter. Le voir là éveilla ma rancœur envers lui alors qu'il n'était pour rien dans ce qui venait de se passer. Je savais qu'il avait encore l'espoir que nous renouions des liens. Non seulement je n'étais pas capable de pardonner l'infidélité, mais surtout mon cœur appartenait à un autre.

Il dut lire dans mes pensées, car son sourire s'effaça. En écoutant les nouvelles toujours diffusées sur mon téléphone, il fronça les sourcils puis prit un air hautain.

— Quel con, celui-là. Il était évident que ce bon à rien allait mal finir. Il n'a que ce qu'il mérite.

Envahie par la rage, je poussai brutalement Carter vers la sortie de mon bureau.

— Dégage !

— Ça ne va pas ? Qu'est-ce qui te prend ? !

— Je t'interdis de parler de lui comme ça, t'as compris ?

Je lui claquai la porte au nez et m'affalai dans mon fauteuil, le visage entre les mains.

Que devais-je faire ? L'appeler ? Il devait me haïr… Je l'avais abandonné, et il n'avait aucune raison de me pardonner. Je ne lui avais pas laissé le choix. Son overdose ne faisait que me confirmer que nous ne vivions pas dans le même monde. Jamais je n'aurais songé à risquer ainsi ma vie ou ma santé, et encore moins si, comme lui, ma carrière en dépendait. Mais je n'y connaissais pas grand-chose, c'était lui-même qui me l'avait balancé au visage.

Complètement perdue, comprenant pourquoi Jess n'était pas toujours arrivée à New York, je devinai qu'il s'agissait d'une situation grave et urgente. Je devais lui parler, même s'il me détestait, je devais savoir s'il allait bien. Malgré notre relation actuelle, je serais incapable de vivre dans un monde où Adam Carrera ne serait pas là.

Prise de tremblements, j'attrapai mon téléphone et me levai, faisant les cent pas dans mon bureau, les yeux embués.

Pas de réponse. Adam était-il inconscient ? Ou allait-il affreusement mal ? J'avais besoin de le savoir.

Je rappelai quatre fois, désespérée, la gorge trop nouée pour laisser un message. Que pourrais-je bien lui dire ? Je voulais juste l'entendre.

— Allô ?

Cette voix… Je la reconnaissais très bien, et ce n'était pas celle d'Adam. J'étais effrayée à la perspective qu'il lui soit arrivé malheur.

— Romeo… Est-ce que Adam…

— Salut, Cam, il va s'en sortir. Ça a été compliqué, mais ça ira mieux.

Je ne pus m'empêcher de souffler de soulagement.

— Où est-il ? Pourquoi c'est toi qui décroches ?

Je le sentais mal à l'aise. Il était évident qu'il me cachait quelque chose.

— Il a besoin de repos.

— Tu peux me le passer ? J'ai besoin de lui parler.

Il s'éclaircit la gorge, et je compris qu'il ne comptait pas accéder à ma requête.

— Romeo, laisse-moi lui parler, je t'en supplie ! Je ne serai pas longue !

— Camila… Je déteste devoir prendre ce rôle, mais si je refuse, c'est pour le bien d'Adam… Il a très mal vécu ton départ. Il a besoin de temps.

— De temps sans moi, c'est ça ? Tu penses qu'il s'est retrouvé à l'hôpital par ma faute, je me trompe ?

— Ne me fais pas dire ce que je n'ai pas dit. Adam a merdé, et ça aurait pu lui coûter la vie. Mais ce qui est certain, c'est qu'il a besoin de prendre du recul et de s'éloigner de tout ce qui le conduit à ce comportement autodestructeur.

— Je suis toxique pour lui…

— Pour le moment, oui. Tu dois le laisser refaire sa vie et se reconstruire. Reste en dehors de tout ça.

Ses paroles brisèrent littéralement mon cœur meurtri. Mais le plus difficile, c'était d'admettre qu'il avait raison. Adam et moi étions nocifs l'un pour l'autre et incapables de réfléchir et d'agir correctement lorsque cela concernait notre relation.

— Je t'en prie, promets-moi de veiller sur lui.

Retenir mes larmes me paraissait désormais insurmontable, et je dus accepter de les laisser couler. Romeo m'entendait, j'en étais persuadée. Mais je lui étais reconnaissante de ne pas commenter cela.

— Je te le promets.

Je raccrochai et gardai mon téléphone posé contre mon cœur,

comme si cela changerait quoi que ce soit. Je glissai contre le mur, mes pensées se dirigeant vers celui que j'étais incapable de sortir de ma tête : Adam Carrera. Avait-il agi ainsi par ma faute ?

Ce qui était certain, c'est que je l'aimais bien plus que je ne l'avais imaginé. Je l'avais dans la peau et j'étais effrayée à l'idée de devoir reprendre ma vie. Une vie dont il ne faisait pas partie. Il était temps de passer à autre chose, de l'oublier, aussi difficile que ce soit.

Chapitre 44

Adam
Deux mois plus tard

Huit semaines s'étaient écoulées depuis ma sortie de l'hôpital, et j'avais fait le choix d'intégrer une cure de désintoxication. Bien que j'aie longtemps considéré ça comme une connerie qui coûtait une tonne de fric aux célébrités désespérées, je m'étais vite rendu compte de mon erreur. Contrairement à ce que je croyais, ce centre m'avait probablement sauvé la vie en me permettant de me soigner de mon addiction. Durant cette période interminable, j'étais passé par toutes les phases. Les pires pensées avaient traversé mon esprit, mais l'optimisme et le désir de m'en sortir avaient fini par prendre le dessus. Chaque jour avait été une bataille, et cela continuerait. D'après mon coach, Matt, même si je croyais que le pire était derrière moi, le travail pour ne pas replonger était tout aussi complexe et, surtout, il s'agissait d'un combat qui me suivrait très longtemps, peut-être jusqu'à la fin de ma vie.

J'en étais donc là. Debout à quelques mètres de la porte du centre que je venais de quitter, à attendre. Ma voiture était stationnée dans le parking mais, si j'allais en ville, je savais déjà que les paparazzis s'empresseraient de m'interroger, en quête de nouvelles sur moi après cette longue absence. Et si je rentrais à la villa, mes colocs me poseraient des questions auxquelles je n'avais pas envie de répondre.

L'ennui était que la seule personne à laquelle je souhaitais parler était aussi la seule qui n'avait pas cherché à prendre de mes nouvelles.

Pourtant, j'étais prêt à passer au-dessus de tout ça. J'étais prêt à l'écouter, à entendre ses arguments et a trouver une solution qui nous permettrait de vivre cette putain d'histoire qui nous avait tous deux embrasés.

Elle avait pris peur, son père était malade, tout allait très vite entre nous, et j'avais une grosse addiction toxique. Concernant cette dernière raison, elle n'avait plus lieu d'être. Je m'étais battu jour et nuit pour m'en détacher et laisser cette sombre partie loin de moi.

J'étais devenu une meilleure version de moi-même pour moi, mais pas seulement, je l'avais aussi fait pour *elle*.

J'avais tenté de lutter contre mes sentiments, de l'oublier, de me persuader que nous n'étions pas faits l'un pour l'autre mais rien n'avait fonctionné. Je l'aimais, c'était ainsi, c'était douloureux, mais c'était une évidence.

Alors autant prendre un risque et me lancer. Malgré son choix de s'en aller, son absence, son silence, je restais un homme persévérant. Et elle méritait que j'essaie une dernière fois de la récupérer.

J'hésitai à prendre le premier avion pour la rejoindre, puis décidai qu'il était préférable de l'appeler avant.

Nerveux, je sortis mon téléphone et composai son numéro. Étonnamment, deux sonneries suffirent à ce qu'elle réponde.

— Camila ?

Elle resta silencieuse à l'autre bout du fil. Était-elle choquée de m'entendre ? Dans le bon sens ou dans le mauvais ?

— Carrera…

Mon corps entier se tendit lorsque je reconnus cette voix. J'avais envie de lui coller mon poing dans sa gueule d'abruti.

— Carter. Je souhaiterais parler à Camila.

J'avais hâte qu'elle m'explique pourquoi ce connard avait son téléphone. Toute la haine que j'avais enfouie et soignée ces dernières semaines remonta instantanément à la surface. Je comprenais mieux les conseils de Matt, désormais : « Reste loin des situations de stress qui peuvent te conduire à t'énerver. »

— Ça ne va pas être pas possible.

Garder mon calme, ne pas l'insulter. Garder mon calme, ne pas l'insulter… Je n'avais aucune envie qu'il raccroche, alors je me devais d'être un minimum « aimable », même si c'était une véritable torture.

— Et pourquoi ça ?

— Elle est sous la douche.

OK, là, c'était trop.

— Écoute-moi bien, si tu la touches, je te jure d'être là avant la tombée de la nuit pour t'éclater la tête, sale fils de…

— Oh ! mais ne prends pas la peine de te déplacer, m'interrompit-il, l'air très calme. Il est normal que ma fiancée se douche dans notre appartement. Ce qui l'est moins, c'est que son ex toxicomane et alcoolique l'appelle de bon matin.

J'allais tuer cet enfoiré. C'était décidé et, au moins, je n'entendrais plus son putain de ton hautain à la con. Un mot me frappa en plein visage : « fiancée » ? Je ne pouvais pas croire que Camila ait accepté de se remettre avec cet abruti fini. C'était impossible, elle qui semblait si libérée de sa relation, si heureuse de s'ouvrir à d'autres chemins ! Elle n'avait d'ailleurs pas manqué de me répéter que ce qu'elle vivait avec moi était unique et bien plus fort que tout ce qu'elle avait connu. Mais elle était aussi partie précipitamment. Elle m'avait promis de toujours être là mais je n'avais reçu ni visite ni appel, ni même un pitoyable SMS de sa part lors de mon hospitalisation. Peut-être que je m'étais réellement planté. Et si, finalement, elle ne m'avait considéré que comme un pansement après qu'elle eut été trompée ? Je ne pouvais pas concevoir qu'elle se soit montrée aussi fausse.

— Tu mens.

— C'est ce qu'on verra quand sa sœur recevra un carton d'invitation pour notre mariage. Tu n'étais rien pour elle, Adam. Elle n'a eu que de la pitié pour toi, alors retourne à ta petite vie de star pour ados et supprime son numéro.

— Va te faire foutre, et un conseil : fais en sorte que nos chemins ne se recroisent jamais.

Je raccrochai et balançai mon téléphone avec une telle violence qu'il se brisa en mille morceaux sur le sol. Tout comme mon cœur. Je n'arrivais pas à croire que la situation avait pu prendre un tournant si merdique. C'était donc ça, accorder sa confiance ? Quelle connerie ! On m'avait poignardé dans le dos, et je me retrouvais comme un con, aussi seul qu'avant, mais cette fois-ci avec des souvenirs qui me rappelaient ce que j'avais perdu.

Cela faisait des heures que j'enchaînais les clopes et les verres de gin sur la terrasse, au bord de la piscine. Jess et Romeo semblaient dépités, ne comprenant pas mon état après des semaines de cure. J'avais renoncé à la drogue, mais à l'alcool, non, je ne m'étais pas engagé là-dessus. Bon, j'étais censé me limiter à des verres occasionnels, mais la situation actuelle ne me permettait pas de garder la raison.

Je n'avais jusqu'à présent jamais vraiment connu la villa sans Camila depuis son départ, et son absence provoquait en moi un vide considérable. Noyer ma peine était la meilleure solution que j'avais trouvée pour le moment.

— Adam, Brie ne fait que m'appeler, elle me dit qu'elle tombe directement sur ta messagerie.

— Je n'ai plus de téléphone.

Romeo paraissait exaspéré par mon comportement, mais il prenait des pincettes, je ne le connaissais que trop bien. Il avait peur que je pète les plombs.

— Elle veut que tu te rendes à une interview en direct pour t'expliquer demain soir. Elle pense que c'est essentiel pour relancer ta carrière.

Je n'avais aucune envie de parler de ma vie privée ni de me justifier à propos de quoi que ce soit. Mais je savais que, suite à mes dernières frasques, je n'avais pas le choix. Je ferais donc en sorte de ne pas me retrouver dans le palmarès des stars oubliées plus vite que leur ombre. Après tout, à part mon métier, il ne me restait plus grand-chose à quoi me raccrocher.

— Dis-lui de me faire déposer un nouveau téléphone avec l'heure et le lieu du rendez-vous inscrits dans le planning. J'y serai.

Romeo alla passer son appel tandis que Jessica s'assit près de moi, caressant son ventre arrondi. Elle était revenue de New York pour quelques jours, mais repartait le lendemain, à ce que j'avais compris. D'ici plusieurs semaines, elle arrêterait les allers-retours pour se concentrer sur l'arrivée du bébé.

— Adam… Je suis contente de te voir.

— Moi aussi, Jess, mais j'ai une faveur à te demander.

— Bien sûr, dis-moi !

— Je ne veux plus qu'on évoque Camila. Je veux que ce soit comme si elle n'avait jamais existé.

Je savais que la situation ne plaisait pas à Jessica, qui aimait sa sœur jumelle de tout son cœur. J'étais un enfoiré d'égoïste mais je n'avais pas de meilleure solution pour le moment. Ses yeux démontraient une grande tristesse, mais ça m'était égal, j'avais juste besoin de penser à moi. Du moins, pendant quelque temps.

— Mais Adam…

— Oui, je suis au courant que tu la vois régulièrement, que vous vous occupez de votre père, mais ça ne change rien, je ne veux pas entendre parler d'elle. Plus jamais.

Elle soupira et observa le paysage avant de se reconcentrer sur moi.

— C'est d'accord, si ça peut t'aider…

Je hochai la tête et me resservis un verre de gin sous le regard réprobateur et inquiet de Jessica. Heureusement que son caractère différait de celui de sa sœur, où les choses se seraient révélées d'autant plus compliquées.

— Je suis là pour toi. Tu le sais, n'est-ce pas ?

Je ne lui avais pas demandé une seule fois si elle allait bien. Je ne m'étais pas préoccupé de ce qu'elle pouvait ressentir face à tout ça.

Tout ça parce que mes émotions avaient pris le dessus à tel point que je ne m'intéressais plus qu'à ma petite personne.

— Je le sais, oui. Merci d'avoir veillé sur moi. Tu pourras aussi toujours compter sur moi.

Elle me sourit et attrapa ma main pour la serrer dans la sienne, tentant de cacher la tristesse qui émanait de ses yeux bien trop similaires à ceux de son clone maudit.

Comment aurais-je pu refuser cette interview qu'on me proposait ? Le monde devait savoir qu'Adam Carrera était de retour. Rien de mieux que prétendre être un cœur à prendre pour relancer sa carrière, alors c'était ce que j'allais faire. Évidemment, je n'étais pas près de replonger dans la moindre relation, mais le faire croire serait bénéfique pour moi et, je l'espérais, ferait mal à Camila. Ou peut-être qu'elle n'en aurait rien à faire. Après tout, elle s'était remise avec ce connard de Carter. Peut-être que je m'étais complètement trompé sur elle et que je ne la connaissais pas réellement, comme je le pensais. Le fait qu'elle n'ait pas cherché à avoir de mes nouvelles était plutôt révélateur.

J'allais repartir de zéro. Reprendre ma carrière qui m'avait valu tant de sacrifices et arrêter de m'apitoyer sur mon sort. Je décidai de cesser de songer à Camila Da Silva. Elle était désormais comme morte à mes yeux.

Chapitre 45

Camila

Je souris de toutes mes dents, heureuse d'avoir pu trouver la solution à l'affaire sur laquelle bloquait Carter depuis des semaines. Un patron qui avait harcelé des collaboratrices que nous devions défendre. Nous prenions ces cas très à cœur, car ils humanisaient beaucoup notre cabinet et c'était, d'après mon père, un point à ne pas écarter.

Les relations avec mon ex-fiancé s'étaient nettement améliorées. Il s'était excusé de son comportement excessif et m'avait assuré qu'il n'avait jamais eu l'intention de me faire du mal ou d'en faire à Adam, mais que sa jalousie l'avait dépassé. De plus, il m'aidait beaucoup à me former, il m'assistait aussi souvent dans mon travail pour que j'aie le temps d'aller voir mon père et lui tenir compagnie. Ce dernier souhaitait que je fasse rapidement partie de la direction du cabinet avec son cogérant, Jack Peyton. Mais je n'aimais pas penser à cette idée pour deux raisons évidentes : cela signifierait que mon père ne serait plus de ce monde, or cela m'était inconcevable, et je ne voulais pas passer ma vie dans cette société. Détruire des entreprises au profit de patrons déjà bien trop riches et régler des affaires de harcèlement dans le seul but de redorer notre image n'était pas ce à quoi j'aspirais. Je voulais plus.

Nous avions littéralement travaillé toute la nuit sur son dossier avant l'audience qui se tenait aujourd'hui, et j'étais épuisée. Je lui avais proposé de venir dans mon appartement bien trop grand et impersonnel à mon goût, et il avait fini par me suivre. Je l'avais surpris à regarder plusieurs fois les lieux avec nostalgie, comme s'il regrettait d'avoir agi comme il l'avait fait. Le passé appartenait au passé et, après avoir fait changer de nombreux meubles et la décoration, j'avais accepté de vivre où il m'avait trompé. Sans lui, évidemment.

Il s'était trouvé un petit logement non loin, à seulement deux rues du mien.

Alors que je prenais ma douche, mes pensées se dirigèrent vers Adam. Malgré moi, je songeais souvent à lui. J'avais indirectement des nouvelles de lui par Jessica, qui accumulait les allers-retours entre Los Angeles et New York. Il avait apparemment commencé une cure de désintoxication, et j'étais si fière de lui… J'avais hésité des centaines de fois à lui écrire une lettre, à le contacter, étant allée jusqu'à rédiger des messages que j'avais plus tard effacés, mais ce n'était pas une bonne idée. Je devais attendre la fin de sa cure et lui permettre de se remettre de tout ça. Romeo me l'avait demandé, et il connaissait bien mieux son ami que moi. Je respectais donc sa requête, même si cela avait parfois été une torture. Puis un autre élément entrait en compte. Je ne parvenais pas à oublier ses paroles, avant mon départ : « Ne me quitte pas, Cam, parce que, si tu le fais, ce sera pour toujours. » Je n'étais pas certaine qu'il accepterait de me reparler un jour.

J'avais recroisé Elliot, l'ami de Chace, le cousin de Romeo, lors d'un dîner d'affaires où nous offrions nos services à de grandes agences immobilières new-yorkaises. Elliot et moi avions négocié, il m'avait demandé si j'étais encore avec Adam, et je lui avais expliqué que non, sans rentrer dans des détails trop douloureux. Son sourire à ce moment-là m'avait énervée bien qu'il n'y ait aucune raison. Il m'avait proposé un dîner, j'avais dit non. Il m'avait donc donné sa carte, au cas où je changerais d'avis. Je n'étais pas prête à m'engager dans quoi que ce soit, pas avant d'avoir pu reparler avec Adam.

Après m'être préparée et avoir enfilé un tailleur beige clair, je rejoignis le salon où m'attendait Carter, qui m'observa étrangement. Il détourna le regard, s'éclaircit la gorge et se reconcentra sur son ordinateur portable.

— Mon père n'a pas appelé ?

Il se remit à me fixer et ouvrit les lèvres pour finalement les refermer.

— Carter ?

Il se passa les mains sur le visage et me sourit.

— Non, tu n'as reçu aucun appel. Désolé, le manque de sommeil ne me réussit pas.

Je hochai la tête et rangeai mes affaires dans mon sac.

— Tu es prête ? Je t'offre un café avant le début du procès.

Je le suivis, et nous nous retrouvâmes dans un Starbucks non loin de là où devait se dérouler l'audience. Je sentis Carter assez nerveux.

— Ça va aller, Carter. On a travaillé dessus toute la nuit, et tu es un très bon avocat.

Mon sourire sembla l'apaiser, et il attrapa ma main sur la table. Je me crispai à ce contact. Il avait accepté l'idée qu'on soit amis, mais il s'agissait d'un combat quotidien. Nous étions comme deux potes troublés qui s'étaient mutuellement fait du mal et qui devaient aller de l'avant.

Mais mon problème à moi n'était plus de gérer mes sentiments pour Carter, qui me semblaient bien lointains, mais ceux pour Adam, qui me torturaient encore chaque jour. Pourtant, notre relation n'avait aucun avenir.

— Merci, Camila. Je ne sais pas ce que je deviendrais sans toi.

— Tu t'en sortirais très bien, comme lorsque j'étais… à L.A.

En discuter était douloureux, mais c'était aussi une partie de mon existence. Je ne pouvais pas l'ignorer. Deux mois là-bas m'avaient fait vivre plus d'émotions que toute ma vie ailleurs.

— À ce propos… j'aimerais qu'on parle.

— Carter, l'audience commence dans moins d'une heure, ça ne peut pas attendre ?

Il secoua la tête en fixant mes yeux, mes lèvres, puis ma main dans la sienne, que je retirai instantanément.

— Ça fait des mois maintenant que j'ai fait la pire connerie de ma vie, que je m'en veux jour après jour, et je… j'ai envie qu'on réessaie. Je suis convaincu qu'on peut passer au-dessus de ça, et surtout je sais que plus jamais je ne te trahirai.

Eh merde. Cette conversation, nous l'avions eue quelque temps après mon retour à New York, et je lui avais demandé de ne plus évoquer le sujet, car je ne changerais pas d'avis. Au-delà du fait que je ne sois pas en mesure de pardonner l'infidélité, d'autres choses rentraient en ligne de compte. Je ne l'aimais plus ainsi.

— On en a déjà parlé…

— Oui, quelques jours après ton retour ! Mais ça fait des semaines qu'on bosse ensemble. Je ne rêve que de reprendre là où s'est arrêtés…

— Ça n'arrivera pas. Je hais l'idée de te blesser, mais tu dois refaire ta vie.

— Mais toi et Carrera, c'est fini, alors…

Un nouveau coup de couteau. Je détestais entendre ce genre de phrases qui me faisaient atrocement mal. Oui, c'était fini, et oui, je l'aimais encore.

— Notre rupture n'avait rien à voir avec Adam. C'est toi qui t'es mis cette idée dans la tête.

— Laisse-moi une autre chance…

Il essaya d'attraper ma main à nouveau mais je l'esquivai, fuyant son regard. J'aurais dû deviner que le faire venir chez moi n'était pas judicieux, que c'était trop tôt, mais je tenais à lui. Il était l'un de mes seuls amis. Néanmoins, tant que ses sentiments pour moi seraient aussi présents, je devais prendre mes distances, pour notre propre bien.

— On se retrouve à l'audience.

Je quittai les lieux sans me retourner. Mon doigt sur le numéro de téléphone d'Adam, j'hésitai longuement à appuyer. J'avais tant besoin d'entendre sa voix, de savoir comment il se portait. Et s'il venait de partir de son centre de désintoxication, il devait probablement aller mieux ?

J'avais tant besoin qu'il me le dise de vive voix que je l'appelai malgré les recommandations de Romeo, le cœur battant à cent à l'heure. J'avais fait preuve de bien plus de patience que je ne m'en croyais capable. Je tombai directement sur sa messagerie. Alors il avait choisi de délibérément ignorer mon appel. C'était évident. Il respectait juste ses paroles qui avaient sonné comme une promesse.

J'essuyai la larme qui menaçait de couler et repris mes esprits en me rendant au tribunal. Je devais rester forte.

Je passai le lendemain dans mon appartement à m'apitoyer sur mon sort en mangeant de la crème glacée. Jessica était avec notre père. Enfin, après des semaines à faire comme si de rien n'était, comme si elle n'était jamais partie, elle avait décidé de crever l'abcès et de se trouver un moment seule avec lui, pour qu'ils aient une discussion à cœur ouvert. J'étais fière d'elle. Notre père était en train de s'épuiser et, bien qu'il essaie de rester fort, son traitement l'usait de jour en jour. Il ne quittait que très peu son appartement et travaillait désormais uniquement de chez lui, lorsqu'il en avait l'énergie. J'admirais son courage.

Je décidai de regarder la télévision, car l'un de mes films préférés, *Love Actually*, devait être diffusé d'ici une vingtaine de minutes. Ma sœur et moi adorions ce film que nous avions dû visionner au moins cent fois, si ce n'était plus. Dépité par nos bêtises d'adolescentes, mon père nous avait même confisqué le DVD pour nous punir.

Face à mon écran, je me décomposai en tombant sur une interview d'Adam dans une émission dédiée aux plus grandes célébrités du pays. Il était assis dans un fauteuil, plus beau que jamais dans sa chemise blanche. Il avait l'air très fatigué, abîmé par les dernières semaines, mais en bonne santé. C'était tout ce qui m'importait au fond, qu'il aille bien. Mon cœur battait la chamade, et ça me rendait dingue que, même à des milliers de kilomètres, il me fasse encore ce genre d'effet.

« – Tous vos fans sont rassurés de vous savoir remis de votre overdose, désolé d'en reparler, mais des millions de personnes se sont inquiétées pour vous dans le monde entier.

— Eh oui, Jim, j'ai traversé une très mauvaise passe, mais je remonte la pente. J'ai eu une très grosse prise de conscience et, désormais, la drogue est une histoire que je laisserai derrière moi. Je ne me cacherai pas de mes erreurs, mais je ne recommencerai pas.

— Les bruits courent, certains disent que vous auriez pu en mourir.

— C'est la vérité. »

Entendre ça me fit une sensation de coup de poignard en plein cœur. J'aurais dû aller le voir, l'aider, le soutenir. Il avait touché le fond, et au lieu d'être là je ne m'étais intéressée qu'à ma petite personne, pensant nous protéger tous les deux.

« – D'autres bruits courent, et je m'excuse par avance d'évoquer ce sujet délicat, après je vous promets de passer à des questions axées sur votre carrière. Mais certains disent que vous ne seriez plus avec Camila Da Silva. »

En entendant mon nom, je me redresserai et montai le son. Adam avait perdu son sourire et parut plus fermé, plus sombre. Parler de moi ne semblait pas lui plaire, mais je ne pouvais pas lui en vouloir.

« – Les rumeurs disent vrai, nous ne sommes plus ensemble depuis plusieurs semaines. Ça a été difficile, mais c'est la vie.

— Mais tout le monde se demande : que s'est-il passé ? Vous faisiez tant rêver vos fans !

— Nos chemins se sont séparés, et malheureusement ce n'était pas la bonne.

— Votre cœur est donc à prendre ?

— Tout à fait. Je suis passé à autre chose et, désormais, je suis ouvert à de nouvelles rencontres. »

Son sourire lors de ses derniers mots me brisa en mille morceaux. Tandis que je pleurais pour lui beaucoup trop souvent, il déclarait au monde entier que je n'étais qu'une erreur de parcours. Il confiait même être à la recherche de la femme de sa vie. J'avais mal, affreusement mal.

J'éteignis la télévision et fixai l'écran noir un long moment. Peut-être que, finalement, j'aurais dû accepter que tout soit fini, comme lui l'avait fait. Il m'avait pourtant prévenue que, si je partais si brusquement, tout serait terminé. Cette overdose et cette cure l'avaient fait changer, en bien. Il n'avait plus besoin de ce qui lui remémorait sa période toxique, et malheureusement j'en faisais partie. Il avait ignoré mon appel de la veille, je comprenais mieux pourquoi.

Je me levai et allai chercher dans mon sac la carte d'Elliot. Dans un élan de folie, je décidai d'accepter sa proposition de dîner. Je devais moi aussi m'ouvrir à d'autres champs de possibilités. Il me plaisait, je lui plaisais, alors pourquoi me priver ?

Je répondis à son message, lui indiquant qu'on pourrait se rencontrer vendredi soir, dans un bon restaurant italien de l'Upper East Side. Je changerais peut-être d'avis quant à l'idée de refaire ma vie. Ou du moins, avant de songer à ça, je tournerais déjà la page.

Adam Carrera appartenait désormais à mon passé.

Chapitre 46

Camila
Trois mois plus tard

Paniquée, je secouai Elliot. Il râla avant de sourire en voyant l'excitation sur mon visage. Je ne l'attendis pas pour sauter du lit et courir téléphoner à la personne la plus importante de ma vie. Évidemment, elle ne répondit pas au premier appel, mais au second. J'avais reçu un message de son petit ami dans la nuit, m'annonçant que ma sœur jumelle avait accouché.

— Bonjour, chère sœur, me lança-t-elle.

Sa voix semblait fatiguée, mais son bonheur s'entendait à l'autre bout du fil. Ma sœur, Jessica Da Silva, était maman. C'était absolument incroyable ! Je ne l'avais pas vue depuis des semaines, étant donné qu'il n'était pas recommandé qu'elle voyage. De mon côté, j'avais beaucoup trop de travail à New York, et au fond j'avais aussi évité au maximum Los Angeles, pour une raison évidente : Adam Carrera. Songer à lui me causa un pincement au cœur. Cela faisait plusieurs mois maintenant que j'avais décidé de l'évincer de ma tête, bien qu'il me soit impossible de ne jamais penser à lui. J'avais explicitement demandé à Jess de ne plus jamais me parler de lui, dès qu'elle était arrivée après l'interview où il avait déclaré au monde que je n'étais plus rien pour lui.

— J'espère que tu es devant ton avion pour aller rencontrer ton neveu !

— Pas encore ! répondis-je en riant.

La spontanéité de ma sœur m'avait manqué.

— Et qu'est-ce que tu attends ? J'ai trop hâte ! Embarque papa et venez !

Notre père allait de mieux en mieux. Pour les médecins, il s'agissait d'un miracle mais, pour moi, c'était juste qu'un maudit cancer ne pouvait pas vaincre le grand Cameron Da Silva. Lorsque j'avais vu son état s'améliorer ces dernières semaines, je n'avais pu m'empêcher de remercier le ciel. Contrairement à ma famille, je n'étais pas une grande croyante, surtout depuis le décès de ma mère, mais là, je devais être reconnaissante. Il avait gagné et était en rémission. En apprenant cette nouvelle, je l'avais invité au restaurant et lui avais organisé une fête surprise au cabinet. Pudique de nature, mon père n'avait pas montré beaucoup d'émotion mais j'avais pu sentir son soulagement et son bonheur.

— Oui… Je vais voir avec lui…

— Camila… J'ai conscience que tu redoutes de venir à L.A., mais ça ira. Ça fait des mois maintenant…

— Je sais, dis-je dans un soupir.

— Je vais demander à notre nouvelle intendante de vous préparer des chambres.

— Ce serait peut-être mieux que j'aille à l'hôtel !

— C'est hors de question ! J'ai besoin de vous avec moi ! Si « A » n'est pas d'accord, il n'a qu'à aller se prendre une chambre d'hôtel lui-même.

Elle disait ça pour me rassurer mais, au fond, elle avait autant besoin de sa présence que de la mienne. Je savais très bien à quel point elle aimait Adam, et je ne pouvais pas lutter. Je serais forcée de me battre contre mes démons. Ce n'était que l'histoire de quelques jours. Une semaine, pas plus.

— Allez, fais ta valise et bouge-toi ! Je t'aime.

— Je t'aime aussi, dis-je en riant avant de raccrocher.

Je secouai la tête et retournai dans la chambre. Assis sur le bord du lit, Elliot me fit signe de le rejoindre. Je me positionnai debout face à lui, et il attrapa mes fesses avec ses mains avant d'embrasser doucement mon ventre.

— Romeo m'a envoyé un message.

Je savourais sa tendresse tout en l'écoutant.

— Je pars avec toi.

Mince, je n'avais pas anticipé ce scénario. Moi qui avais pris l'habitude d'être totalement indépendante, je n'avais pas imaginé faire le trajet avec Elliot. Lui et mon père. Génial.

Elliot et moi, c'était assez simple et compliqué à la fois. Nous avions réellement accroché lors de notre premier rencard trois mois plus tôt, et nous avions continué à nous voir, à rire, à partager de super moments. J'en avais donc profité pour me lâcher et, après les deux histoires complexes que j'avais vécues juste avant, j'avais opté pour de la légèreté. Nous passions beaucoup de nuits ensemble, et j'adorais sa manière de me toucher, de me faire l'amour, bien qu'il ne s'agisse là que de plaisir entre deux adultes consentants. Nous n'avions pas posé de mots sur notre relation, même si aucun de nous n'aillait voir ailleurs, mais ça me convenait très bien ainsi.

Je souris.

— Ça me va.

— Je vais rentrer préparer ma valise et je m'occupe de réserver l'avion. On se retrouve à l'aéroport d'ici midi ?

Je hochai la tête et sentis mon rythme cardiaque accélérer. J'avais peur, même si j'étais la plus heureuse de rencontrer mon neveu.

À notre arrivée à Los Angeles, mon père, Elliot et moi attendions Romeo, qui avait tenu à venir nous chercher pour qu'on aille directement à la maternité.

Mon père avait semblé surpris de me voir avec un autre homme, mais n'avait fait aucune remarque. Ça ne tarderait pas à mon avis. Il n'avait pas apprécié que je me sois séparée de Carter, encore moins lorsque je lui avais expliqué que c'était définitif. Évidemment, il ne connaissait pas les vraies raisons de notre rupture, car j'avais souhaité l'épargner. D'ailleurs, mon ex-fiancé avait enfin compris qu'il ne servait plus à rien de tenter quoi que ce soit pour me récupérer. Il s'était lui-même éloigné, préférant prendre du recul le temps de se remettre. Il m'évitait au cabinet, et je le croisais régulièrement en très bonne compagnie. Si c'était ce dont il avait besoin, alors soit. Je lui souhaitais d'être heureux, et qu'il me fiche la paix me convenait. Nous retrouverions peut-être notre amitié en temps voulu.

J'avais dû expliquer à mon père ma courte relation avec Adam, lui faisant croire qu'il ne s'agissait que d'un flirt. Il m'avait fait la morale durant des heures, répétant que j'étais inconsciente et que ce « flirt » aurait pu me coûter ma crédibilité et ma carrière. Je me souvenais de son visage quand il avait lu des articles sur les frasques d'Adam. Il n'était clairement pas le gendre que mon père souhaitait et il préférerait encore que je sorte avec Elliot, bien qu'il ne soit pas Carter.

Les deux hommes qui m'accompagnaient échangeaient et parlaient finance, ce qui me permettait de laisser mes pensées divaguer tranquillement. Comment réagirait Adam en me voyant ? J'avais encore son regard plein de tristesse en tête lorsque je l'avais quitté, et plus la distance avec lui se réduisait, plus cette souffrance réapparaissait. Ce que j'avais vécu ici était à la fois lointain et frais, c'était trop tôt pour moi. Mais je devais me focaliser sur la raison de ma venue ici : Jessica et son fils.

Romeo arriva, toujours camouflé de sa casquette et de ses lunettes de soleil, et gara sa voiture à côté de nous. Mon père secoua la tête. Il prenait beaucoup sur lui, mais l'idée de savoir sa fille avec un acteur ne l'enchantait pas. En revanche, il avait promis à Jess d'être gentil et respectueux. Au fond, il était ému d'être grand-père, je me rappelais encore son attitude lorsque ma sœur lui avait annoncé qu'elle était enceinte à New York, peu après que nous avions appris sa maladie.

Romeo me prit dans ses bras, et je me souvins de la dernière fois que c'était arrivé. Mon cœur était brisé en mille morceaux. Il fit de même avec Elliot et serra la main de mon père, qui le dévisagea sans la moindre réaction apparente.

Romeo avait pu se libérer quelques jours et était venu à New York avec Jessica pour rencontrer son beau-père. Malgré quelques tensions au début, mon père avait compris qu'il était sain et gentil. Et surtout, qu'il aimait profondément sa fille. Pour préserver ses liens avec elle, il se devait d'accepter l'homme avec lequel elle avait choisi de faire sa vie.

— Ravi de vous revoir, monsieur Da Silva.

Mon père hocha la tête et l'atmosphère se détendit.

— Félicitations, Romeo. Maintenant, emmenez-moi vite voir ma fille et mon petit-fils. Et appelez-moi Cameron.

Nous sourîmes et nous montâmes en voiture. J'ignorais si Adam serait là, et au fond j'espérais que non. Je n'étais pas certaine d'être prête à le retrouver. J'étais partagée entre la peur et une autre sensation, comme de l'excitation à l'idée de pouvoir être de nouveau proche de lui.

À notre arrivée à la maternité, je pris une grande inspiration avant d'entrer dans la chambre de Jessica. Je ne parvenais pas à réaliser que ma sœur jumelle était maman. Une fois dans la chambre, nous la retrouvâmes avec Naomi, que je n'avais pas vue depuis un moment malgré les messages que nous nous étions envoyés et nos quelques appels. Elle était venue passer quelques jours à New York et nous en avions bien profité.

Jessica, allongée dans son lit, portait son fils dans ses bras, et je ne pus m'empêcher de verser ma larme. J'étais si fière d'elle… Je m'approchai et l'embrassai sur le haut de la tête tandis qu'elle aussi était émue. Je me penchai vers son magnifique bébé.

— Je vous présente Nate Evans, déclara-t-elle en souriant.

Un joli prénom pour un très beau nourrisson, avec ses petits yeux bleus à peine ouverts, et ses quelques cheveux de naissance déjà aussi foncés que ceux de ma sœur et moi au naturel. Il avait une peau légèrement hâlée.

Je m'installai sur le lit près de ma sœur, et elle me déposa avec une délicatesse que je ne lui connaissais pas son fils dans les bras. Les yeux remplis d'émotion, je le regardai et compris à quel point elle devait être heureuse de partager cet instant magique et de nous présenter le fruit de son amour avec Romeo.

J'embrassai son front et craquai en inspirant cette douce odeur naturelle de bébé.

— Nate Evans, je peux te dire que ta tante sera toujours là pour toi.

Jess sourit et cala la tête contre mon épaule. J'avais désormais la certitude que je ferais tout mon possible pour voir son fils grandir.

Mon père s'approcha à son tour et tenta de cacher au mieux ses émotions, bien qu'il ne trompe personne dans cette pièce.

— Bravo, ma fille, ton fils est magnifique.

Cette parole fit fondre ma sœur en larmes. Les derniers mois avaient été loin d'être simples, et voir notre père ici aujourd'hui, en bien meilleure santé, nous comblait de bonheur.

— Merci, papa.

Je rendis Nate à ma sœur, me relevai et reculai pour leur laisser ce moment d'intimité. Je sortis avec Elliot dans le couloir. Romeo partit chercher de quoi boire et grignoter, accompagné de Naomi.

— Ta sœur a l'air vraiment épanouie !

— Oui, répondis-je avec fierté.

— Ça me donnerait presque envie d'avancer dans notre relation.

Il m'attrapa et me colla contre lui avec son regard charmeur. J'adorais passer du temps avec lui mais je n'avais pas développé de sentiments amoureux, si bien que je ne pouvais imaginer ce genre de futur avec lui.

Je ris et acquiesçai doucement. Je savais qu'il plaisantait. Elliot était un homme d'affaires très pris, ses ventes immobilières marchaient très bien mais ne lui permettaient pas d'accorder assez de temps à une femme pour une relation. Ce que nous vivions nous convenait à tous les deux.

J'avais senti quelque chose, je tournai la tête à droite et mon cœur manqua un battement.

Il était là. Il me regarda, puis Elliot, puis ses bras sur le bas de mon dos. Il comprit. De travers, évidemment. Il nous ignora totalement et entra dans la pièce comme si nous n'existions pas, laissant pourtant derrière lui le froid glacial qu'il avait apporté.

La douleur que je ressentis me fit l'effet d'un coup de poignard en plein cœur. J'avais l'impression que nous étions deux inconnus et je ne pouvais pas le concevoir après tout ce que nous avions vécu. En le revoyant toujours aussi beau, j'avais compris que j'avais échoué dans ma quête de passer à autre chose.

— Ouah… C'était tendu.

Je m'écartai d'Elliot.

— Je vais aller prendre l'air.

Chapitre 47

Adam

Camila Da Silva. Ici, à Los Angeles. Évidemment, Romeo m'avait prévenu. Je pensais être prêt à la revoir, mais il fallait croire que non. Et j'étais encore moins prêt à la voir dans les bras d'un ami proche de Romeo, un mec avec qui nous avions fait pas mal de soirées. Elle qui était fiancée, n'avait-elle aucun respect pour personne ? Ou bien ses fiançailles étaient tombées à l'eau. Quoi qu'il en soit, je m'en contrefoutais, ce n'était plus mon problème.

J'avais une haine incommensurable pour elle. J'avais envie qu'elle se casse, qu'elle rentre dans sa ville où elle rêvait tant de retourner. Savoir qu'elle dormirait à la villa me rendait fou, j'avais même hésité à prendre une chambre d'hôtel. Mais si je me comportais ainsi, cela lui prouverait que la situation me touchait et je ne le voulais surtout pas. Alors je supporterais sa présence, aussi insoutenable soit-elle.

Je n'arrivais pas à croire qu'elle puisse encore m'atteindre après tout ce temps. Pourtant, j'avais eu quelques aventures, et ma carrière était repartie de plus belle. Étant donné que notre tournée promotionnelle avait été annulée à cause de mes frasques et la future paternité de Romeo, j'avais pu tourner dans un nouveau film d'amour et d'action. Tout allait bien. J'avais arrêté la drogue et, bien que ce soit parfois compliqué, j'avais diminué l'alcool, même si la revoir me donnait envie de m'envoyer une bouteille de gin entière.

L'ignorer était ce que je pouvais faire de mieux. Il était hors de question de que je fasse ami-ami avec elle et prétende qu'il ne s'était rien passé. Je la détestais, c'était ainsi.

— Adam, ça va ?

Je sortis de mes réflexions en réalisant que Jessica me fixait d'un air étrange. Elle avait compris. Tout le monde avait compris, j'en étais persuadé mais peu importait.

— Ouais, merci.

J'avais déjà passé une partie de la journée avec eux, j'étais juste rentré à la villa pour me laver et me changer. Je ne pensais pas tomber sur Camila dès mon retour, mais j'espérais avoir montré assez de dédain.

Un homme plus âgé, ressemblant à Jessica et Camila, me dévisagea. J'en déduisis qu'il s'agissait de leur père. Il avait l'air plutôt en forme, bien que je sache qu'il ait souffert d'un cancer. Jess m'avait annoncé la bonne nouvelle, il allait de mieux en mieux. Cependant, sa façon de me regarder n'avait rien de sympathique.

— Papa, je te présente Adam, notre colocataire et meilleur ami.

Je ne savais pas si je devais lui serrer la main ou me contenter de le saluer de loin, mais je choisis la première option. Il me la serra fort, espérant peut-être me faire mal, ce qui ne fonctionna évidemment pas.

— Ravi de vous rencontrer.

— Je le suis également, si vous restez loin de ma fille.

OK, là, c'était plutôt direct. Je ne m'y attendais pas et, bien que j'essaie de montrer le moins d'émotion possible, la surprise avait dû se lire sur mon visage.

— Papa ! gronda Jess.

— Non, laisse, Jess, il a raison. Ne vous inquiétez pas pour ça, monsieur.

Il hocha la tête et me lâcha. Je n'étais pas le gendre idéal, j'en avais bien conscience mais sa fille m'avait fait plus de mal que l'inverse. De toute façon, tout ça appartenait au passé, et ce n'était plus mon problème.

Je décidai de descendre fumer une clope. Un peu plus loin, je jurai en apercevant une silhouette que je ne connaissais que trop bien et qui ne faisait plus que hanter mon esprit. Je pris le temps de l'observer. Elle se tenait debout, droite, et tapotait je ne savais quoi sur son téléphone. Je ne pouvais pas nier que ces derniers mois lui avaient réussi. Ses longs cheveux bruns avaient poussé, et ça me rappela à quel point j'aimais passer les doigts dedans.

Je revins à la raison et m'allumai une clope. Comment en était-elle arrivée à se rapprocher d'Elliot ? J'étais curieux de le savoir. Ce qui était certain, c'était qu'elle ne se taperait pas ce mec sous mes yeux à la villa. J'avais mon seuil de tolérance et, là, c'était trop pour moi. J'avais peut-être décidé d'ignorer son existence, ça n'empêchait pas qu'il n'y avait pas si longtemps que ça, elle était ce que j'avais de plus précieux.

Comme si elle avait senti mon regard et que la connexion entre nous opérait toujours, elle se tourna vers moi et se figea complètement. Avait-elle une once de culpabilité ? Je n'en étais pas certain. Lui faisais-je encore de l'effet ? Étant donné les nuits que nous avions passées à faire l'amour intensément de toutes les façons possibles, je n'en avais aucun doute.

Elle commença à marcher vers moi. C'était une bien mauvaise idée. Je n'avais pas le courage de me montrer agréable avec elle, mais j'avais assez de cœur pour ne pas lui ruiner sa rencontre avec son neveu. Je décidai de me barrer, de prendre ma voiture et de rentrer à la villa. Il ne servait à rien que je reste une minute de plus ici alors que rien ne m'y obligeait.

Plus tard dans la soirée, je dus participer à quelque chose qui ne me plaisait pas du tout. Un dîner au restaurant. Romeo avait souhaité tous nous inviter, et évidemment je devais être là. Je m'étais juré de ne pas laisser mes émotions gâcher la naissance du petit Nate et le bonheur de ses parents, qui étaient comme ma famille. Alors j'allais m'y tenir et prendre sur moi.

Naomi, Chace, Elliot, Romeo, Cameron, et bien sûr Camila étaient là. Jessica et Nate ne sortiraient que d'ici trois jours, donc ils n'étaient pas parmi nous.

Chace était en bout de table. Camila était assise près d'Elliot. Je m'étais malencontreusement retrouvé face à elle, et elle évitait mon regard depuis le début du repas. Naomi était quant à elle en face d'Elliot, et Romeo, à côté de moi, tandis que son beau-père était en face de lui. J'ignorais pourquoi mon abruti d'ami avait insisté pour qu'on passe un moment aussi gênant.

— Je tenais à tous vous remercier d'être venus. Jess et moi sommes très touchés.

Nous trinquâmes à la santé de la mère et du bébé. Tout en buvant ma coupe de champagne, j'observai Elliot murmurer quelque chose à Camila, qui se mit à rougir. Je reposai mon verre en le serrant un peu trop fort, et il se brisa. Tous les regards convergèrent vers moi, et je n'eus qu'une envie, me barrer d'ici. Putain.

— Je vais vous laisser, je dois me lever très tôt demain.

Romeo sembla déçu et inquiet mais acquiesça. Camila osa enfin m'affronter, et je me perdis un instant dans le vert de ses yeux avant de saluer les autres et de m'en aller.

J'avais évidemment picolé tout seul à la villa, profitant de la tranquillité temporaire. Je n'aimais pas spécialement être envahi de plein de monde. J'en voyais déjà bien assez chaque jour dans le cadre de mon métier. Allongé sur le fameux transat, je regardais les étoiles un moment, plongé dans ma réflexion. C'était compliqué à gérer. Je le savais dès l'instant où Jess et Romeo m'avaient expliqué comment les choses se passeraient, mais malgré ça j'avais du mal à supporter la présence de Camila dans les mêmes lieux que moi, car elle me rappelait sans cesse ce que j'avais perdu.

J'entendis arriver les invités, pour ne pas dire les intrus, et je soupirai. Seulement quelques jours à tenir…

Quand je me redressai, j'aperçus tout le monde sauf Chace, qui avait dû rentrer chez lui. Ne pouvait-il pas embarquer son meilleur pote, Elliot ? Pourquoi cet abruti était-il encore là ? Il ne faisait pas partie de la famille et n'avait rien à foutre chez moi.

Je les rejoignis sans grande conviction, un peu trop alcoolisé. Comme si elle l'avait remarqué, Camila se mordit la lèvre et se tendit. Je la connaissais peut-être mieux que je ne le pensais, tout compte fait…

— Adam, tu ne dors pas ?

Romeo regretta sa question et, en me voyant une bouteille à la main, il s'arrêta net. Il fronça les sourcils et se posta devant moi, comme pour me cacher, puis se retourna vers son beau-père.

— Cameron, je vous laisse suivre Polly, qui va vous conduire à votre chambre.

Ce cher Cameron me lança un regard plein de dédain et emboîta le pas à notre nouvelle gouvernante, âgée d'une soixantaine d'années. Cette fois-ci, Romeo et Jess l'avaient choisie sans me demander mon avis. Étant donné ce qui s'était passé avec Carla, je pouvais le comprendre. Cette tarée avait menacé de nuire à ma carrière.

— Non, mais qu'est-ce que tu fous ? m'aboya Romeo en tentant de chuchoter.

— Quoi ? Je n'ai plus le droit de boire un coup ?

Il serrait les poings et essayait de garder son calme face à mon comportement.

— Adam, s'il te plaît.

— T'inquiète, Rom, je vais tranquillement aller me coucher.

— Merci, mon pote.

Reconnaissant, il posa la main sur mon épaule avant de se retourner vers les invités restants. Naomi me bouffait des yeux, je savais que je lui plaisais depuis longtemps, mais aussi qu'elle et Camila étaient copines. Comment réagirait-elle si je passais la nuit avec Naomi ? C'était tentant. Mais je n'avais aucune envie de baiser cette fille.

— On dort où, nous ? osa demander Elliot à Romeo sous mon nez.

Grosse erreur. Mon ami réalisa qu'il s'agissait de la question de trop et se posta tout de suite devant moi, devinant que j'étais tout à fait capable de casser la gueule de son pote.

— Camila, tu reprends ton ancienne chambre, et Elliot, on va regarder ensemble.

— Je peux squatter celle de…

— Montez, on voit ça ensemble dans deux minutes ! le coupa précipitamment Romeo.

Elliot me fixa. Il avait compris. Néanmoins, il ne chercha pas plus loin et monta à l'étage avec Camila, qui ne me regarda pas, mais dirigea ses yeux sur la bouteille que je tenais. Elle était contrariée. Malheureusement pour elle, je me contrefoutais royalement de son avis. En revanche, je faisais mon possible pour que le mien compte assez pour ne pas laisser n'importe qui la bais…

— Adam… je sais que la situation est compliquée…

— Il n'y a rien de compliqué. Si Elliot dort dans la même chambre qu'elle, je l'attrape pendant la nuit, je l'arrose du gin qu'il me reste et je lui fous le feu.

Dépité, mon ami se passa les mains dans les cheveux, à deux doigts de se les arracher.

— Je peux tolérer beaucoup de choses, mais pas ça.

— C'est d'accord. Mais s'il te plaît, jette-moi cette bouteille !

Il monta les marches quatre à quatre, et je sus que je n'avais aucun souci à me faire, mon ami respecterait ma requête. J'occupais la chambre à côté de celle de Camila, et il était hors de question que je l'entende prendre le moindre plaisir avec un autre. Rien que de songer à cette éventualité me donnait envie d'éclater ma bouteille contre le mur.

Chapitre 48

Camila

Après que j'eus tourné plusieurs heures dans mon lit, il m'était toujours impossible de trouver le sommeil. Le comportement d'Adam me restait en travers. Je pouvais comprendre qu'il m'en veuille mais me détester à ce point ? J'avais l'impression d'être la cible à abattre et, pour notre bien à tous, je devais avoir une discussion avec lui.

J'enfilai une robe de chambre en soie pour couvrir mon pyjama léger et pris mon courage à deux mains.

Je frappai à sa porte, et il ne me répondit pas. Évidemment. Peut-être dormait-il ? Alors que je m'apprêtais à retourner dans ma chambre, il ouvrit, et je me retrouvai face à son torse encore plus musclé qu'auparavant.

Cela réveilla tant de souvenirs en moi que je me sentis nostalgique d'une époque plus que révolue. Il parut surpris de me voir face à lui, et au lieu de me refermer la porte au nez, comme je l'imaginais, il plongea son regard dans le mien, patientant.

— On peut parler ?

Il fronça les sourcils puis me laissa finalement passer. Sa chambre était toujours aussi rangée et impersonnelle, sans photos, sans bibelots, telle une suite dans un hôtel. Je soupirai et sentis mon cœur accélérer lorsqu'il referma la porte. J'étais tiraillée entre prendre mes jambes à mon cou, lui sauter dessus et revivre l'intensité qu'il m'avait fait éprouver ou rester sérieuse et calmer le jeu. Je choisis la troisième option, qui était selon moi la plus raisonnable.

— Je sais que je suis la dernière personne que tu souhaites voir mais…

— Et c'est peu de le dire.

Ça n'allait pas être facile. Il m'en voulait encore et, moi, j'avais le cœur en miettes. Mais nous n'avions pas le choix, il devrait se résigner à ma présence pendant quelques jours. J'étais là pour une bonne raison et je ne me pardonnerais jamais de gâcher ces moments précieux pour ma sœur et mon beau-frère.

— Mais, on va devoir se supporter quelques jours, au moins pour Jess et Romeo. Nos conflits ne doivent pas interférer dans leur bonheur.

— Nos conflits ? Tu appelles ça comme ça, alors ?

Son rire nonchalant me confirma qu'il ne rendrait pas les choses simples. Adam était rancunier et il avait toutes les raisons de l'être. Je savais à quel point il avait souffert de l'abandon de ses proches et que sa carapace était là pour le protéger de nouvelles déceptions. J'avais percé cette carapace, je m'y étais introduite pour finalement lui faire subir exactement la même chose. Et pourquoi ? Par peur, par égoïsme, car l'idée de le perdre ou de perdre mon père après avoir perdu ma mère m'était insupportable. J'avais fui et j'avais été lâche.

— Ne compte pas sur moi pour faire ami-ami avec toi.

Le fait qu'il soit à la fois si proche et si loin de moi m'avait fait réaliser à quel point je souffrais encore.

— Et ton jouet, là, Elliot, je ne veux pas vous voir faire je ne sais quoi sous mes yeux.

J'étais très mal à l'aise de parler d'Elliot. Lui et moi, ce n'était rien de sérieux. Mais pourquoi devrais-je me justifier de ce que je faisais avec lui ? Adam ne m'avait certainement pas attendue non plus… bien que cette idée me donne la nausée.

Je n'arrivais pas à comprendre en quoi cela pouvait le déranger. Peut-être juste une histoire de fierté mal placée ?

— Pourquoi, Adam ? ! lançai-je, énervée. Pourquoi être jaloux alors que tu t'es autoproclamé libre et prêt à t'engager dans une nouvelle relation ? !

— Tu oses me demander pourquoi ? ! Tu ne m'as pas appelé une seule fois après mon… accident. Tu m'as quitté et, même si je suis passé à deux doigts de la mort, tu m'as complètement effacé de ta vie !

Comment ça ? Ah oui, évidemment… Romeo ne lui avait rien dit. Ça ne m'étonnait pas vraiment. Et je pouvais comprendre qu'il m'en ait voulu pour ça. J'avais longuement hésité à partir le retrouver.

— Pourtant, continua-t-il, toujours fou de rage, la première chose que j'ai faite quand je suis sortie de ma cure, c'est t'appeler. Quel con, hein ? Je t'ai contactée pour tomber sur ton cher fiancé, qui m'a expliqué que vous vous étiez remis ensemble. Après ça, je t'ai définitivement rayée de ma vie. Exactement comme toi.

Choquée, je m'assis sur le bord de son lit, qui dégageait son parfum musqué que j'aimais tant. Il m'avait appelée ? Et Carter lui avait répondu ? Mais…

Tout me revint d'un coup. Le jour où il était sorti de sa cure, je l'avais contacté. Mais j'étais tombé sur sa messagerie. Quelques heures avant, j'avais demandé à Carter de surveiller mon téléphone pendant que je prenais ma douche. Je me souvins de son regard fuyant, son expression suspecte, et notre discussion juste après… Il voulait se remettre avec moi. Merde ! Tout était clair, je m'étais fait avoir !

Adam cessa de gesticuler pour me dévisager, l'air tout d'un coup plus calme, presque inquiet…

— Ça va ?

Je fermai les yeux une seconde. Donc toute cette souffrance avait été inutile et, surtout, elle était due au fait que nous avions tous les deux renoncé trop vite à l'autre. Le destin nous avait séparés, tout ce scénario avait l'air pensé pour que nous ne soyons pas ensemble.

— Je ne me suis jamais remis avec Carter.

Il me regarda comme si j'étais stupide.

— Il t'a menti, Adam ! Jamais de ma vie je n'aurais accepté d'être à nouveau avec lui après ce qu'il m'a fait !

Il observa le sol un moment, puis souffla en fixant le plafond et en se passant les mains sur le visage. Il était fou de rage, mais plus uniquement contre moi. Je n'arrivais pas à croire que cette souffrance soit majoritairement due à des mensonges et un mauvais timing. J'en avais la nausée.

— Tu ne t'es jamais remise avec ? Sérieusement ?

— Bien sûr que non ! Je t'aimais à en crever ! Comment as-tu pu penser que j'aurais accepté de me remettre avec celui qui m'a trompée et incitée à te quitter ?

Il parut réfléchir et, moi, je commençais à avoir du mal à cacher les larmes qui menaçaient de couler. J'étais arrivée seulement depuis quelques heures, et déjà j'avais envie de tout plaquer pour lui. Je n'avais peut-être jamais pris de drogue, mais Adam Carrera était mon addiction.

— Pourquoi il avait ton téléphone ?

— Je l'ai aidé sur une affaire, on bossait ensemble. Et pendant que je me préparais pour une audience, il devait garder un œil sur mon portable au cas où mon père appellerait.

— J'arrive pas à y croire, bordel ! Quel fils de pute…

— J'ai essayé de te contacter ce même jour, mais je suis tombée sur ta messagerie.

— Normal, car à cause de ton ex j'ai explosé mon téléphone sur le sol.

Donc nous avions tenté de nous joindre mutuellement le même jour. Je préférai ne pas lui dire tout de suite pour l'appel que j'avais passé durant son hospitalisation, de peur qu'il réagisse mal et s'en prenne à son meilleur ami. Mon but premier était de calmer les tensions, pas d'en créer de nouvelles.

Je me levai et, comme pour m'empêcher de bouger davantage, il se posta devant moi, trop près… Je pouvais sentir son souffle sur moi, ce que j'éprouvais me terrorisait.

— Et Elliot ?

— C'est compliqué.

J'allais me diriger vers la porte, mais il attrapa mon bras et me ramena face à lui. Tous ces papillons qui se baladaient dès qu'il m'approchait de trop près se réveillèrent.

— « C'est compliqué » n'est pas une réponse.

— Il n'y a rien de sérieux entre lui et moi, si tu veux tout savoir. On passe juste… du temps ensemble.

Bien que j'aie pesé mes termes, Adam avait parfaitement compris leur sens et sa main se resserra autour de mon bras. Voyant mon visage se crisper, il me relâcha et recula d'un pas.

— Si tu veux qu'il reste entier, je te conseille d'éviter de passer du temps avec lui tant que tu seras ici.

Je soupirai et quittai la pièce, la tension devenait trop puissante et insupportable pour moi. Je devais m'éloigner de lui.

Chapitre 49

Adam

Impossible de dormir. Impossible de me calmer. Cogner dans ce sac de frappe depuis des heures était la seule solution que j'avais trouvée. Pitoyable, n'est-ce pas ? Mais c'était mieux que de fumer des clopes en boucle ou, pire, céder à l'alcool, la drogue… Je ne devais rien à personne mais je voulais me prouver à moi-même que j'étais plus fort que mes vieux démons, que tout ça était loin derrière moi et que ma cure de désintox avait été réellement bénéfique.

Trop de choses envahissaient mon esprit, et le problème était qu'aucune de ces pensées n'était positive. Chacune d'entre elles me donnait une envie de meurtre. Ce connard de Carter avait réussi à nous avoir, à nous nuire, et aucun de nous deux ne l'avait envisagé alors que, putain, c'était évident qu'il n'allait pas lâcher l'affaire si facilement ! Pour des conneries, l'unique personne qui m'avait réellement aimé m'avait échappé. Et je me retrouvais sur cette foutue case départ, seul.

Mais le pire, c'était d'avoir l'objet de tous mes maux tout près de moi et de ne rien pouvoir faire. J'avais assez de courage pour me contrôler. En revanche, Elliot était la goutte d'eau susceptible de faire déborder le vase   ou de le faire exploser –, et maintenant que j'étais au courant de tout ça, il était hors de question que je maîtrise ma haine à ce point. Rien que l'idée qu'ils soient ensemble dans le même lit me rendait fou de rage.

— Putain, Adam ! Tes poings !

Romeo débarqua, en pyjama, les yeux explosés. J'ignorais pourquoi il avait décidé de venir dans la salle de sport maintenant.

Je m'arrêtai de malmener ce pauvre sac de frappe, que j'imaginais être la sale gueule de Carter, et repris mon souffle en me frottant les mains. Je peinais à sentir la douleur sur mes membres, car celle que j'avais à l'intérieur était beaucoup trop forte et recouvrait toutes les autres. Je préférais mille fois la souffrance physique à la souffrance psychologique.

— Qu'est-ce que tu fais là ?

— Je m'inquiète pour toi, j'avais peur que…

— Que je replonge ?

Romeo ne répondit rien mais s'adossa au mur, et son silence en disait long.

— J'ai trouvé une autre solution.

— T'as vu l'état de tes mains ? Je ne suis pas certain que ce soit mieux.

Je haussai les épaules en nettoyant les traces de sang. Effectivement, j'avais abusé. Mais peu importait, ça m'avait fait le plus grand bien.

— Tu savais ?

— À propos de ?

— Elliot et Camila.

Romeo fuit mon regard. Je connaissais assez mon meilleur ami pour deviner qu'il avait quelque chose à se reprocher. Il n'avait pas à s'en vouloir. Après tout, c'était mon choix de ne plus évoquer Camila. Je savais d'ailleurs à quel point Jessica en avait souffert. Mais jamais elle n'avait rompu sa promesse, et pour ça je lui ferais toujours confiance. Pour ma santé mentale, j'avais été obligé de me protéger. Et aujourd'hui, je me retrouvais dans la même villa que celle que j'avais tout fait pour oublier. Quelle ironie.

— Ouais, Jess m'en avait parlé.

Je ne répondis rien. Je n'aurais pas dû évoquer le sujet, ça ne faisait qu'accentuer ma haine.

— J'ai appris certaines choses, aujourd'hui.

Romeo s'assit sur une machine de musculation, attentif à ce que je disais.

— Camila ne m'a jamais ignoré. Et elle ne s'est jamais remise avec son ex. Ce chien était là au moment opportun et m'a menti de manière à ce que j'en sois persuadé.

— Ça, je le savais… Lorsque je suis allé à New York, elle nous a expliqué s'être éloignée de lui, puisqu'il avait du mal à comprendre.

Quel abruti j'avais été. Juste en dialoguant, en ne jouant pas les bornés, j'aurais pu savoir que Camila n'avait pas récupéré ce con. Mais persuadé d'avoir été manipulé, je n'avais même pas envisagé cette option.

— De toute façon, ça n'aurait pas changé grand-chose au problème. Il est évident que nous ne sommes pas faits pour être ensemble. Nos vies sont trop différentes, et elle n'a quand même pas pris la peine de m'appeler quand j'étais hospitalisé.

Romeo posa la main sur son menton, comme s'il réfléchissait. Il ne me disait pas tout.

— Quoi ?

— Je… J'ai un truc à t'avouer.

Je devinais à l'expression de mon ami que cette révélation n'allait pas spécialement me plaire.

— Quand tu étais dans le coma… Camila a appelé. Elle m'a supplié de te parler mais tu venais de faire une overdose à cause de ta peine pour elle…

Pardon ? ! Non, mais c'était une putain de blague ? ! Carter, je pouvais encore comprendre, mais celui qui prétendait être mon meilleur ami ?

— Alors je lui ai dit de ne plus appeler et de te laisser tourner la page, que c'était pour ton bien.

— Tu te fous de ma gueule ?

— Tu allais tellement mal, j'ignorais comment réagir, je…

— Donc, tu as choisi de m'éloigner de la femme que j'aimais ? Sérieusement, t'as vraiment cru que c'était une bonne idée ?

Il baissa la tête, et je ne savais pas ce qui me retenait de lui en coller une. Tout ce temps, il m'avait caché ça. Pendant des mois, j'avais imaginé que Camila n'avait pas pris de mes nouvelles. Tout ce mal causé inutilement… Toute cette haine accumulée…

— Adam, je suis désolé. Sur le moment, j'ai cru que c'était la meilleure chose à faire.

— Ferme-la, Romeo, je t'assure, c'est préférable.

Je quittai la pièce et rejoignis ma chambre pour une douche froide. Mieux valait-il que je m'isole avant de m'en prendre aux mauvaises personnes.

Le lendemain, je me réveillai tôt, après avoir dormi quelques pauvres petites heures. Toujours en colère, je décidai de boire un café et fumer une cigarette sur la terrasse. Manque de chance, cet abruti d'Elliot était là aussi, à discuter avec Naomi. J'étais tenté de les virer, las de voir ma villa transformée en hôtel. Ils étaient ce genre de personnes qu'on apprécie de temps à autre, mais dont on peut largement se passer. Surtout Elliot.

Ne préférant pas attirer leur attention, je m'assis un peu plus loin, dans un fauteuil de jardin, des lunettes de soleil sur le nez. Ils me saluèrent mais ne s'attardèrent pas. Naomi avait peut-être enfin compris qu'elle ne pouvait plus rien tenter avec moi, que je n'étais clairement pas ouvert à la moindre option avec elle. Quant à Elliot, mon comportement de la veille avait été suffisamment éloquent pour qu'il n'essaie pas de creuser davantage avec moi. Je le connaissais de loin, mais, mis à part en soirée, je n'avais jamais cherché à en apprendre plus sur lui.

— Et donc, vous ne sortez pas ensemble ? Mais vous vous voyez tout le temps ? demanda Naomi à Elliot.

Oh non, pitié, que ce soit une mauvaise blague et que leur discussion ne porte pas sur ce que j'imaginais... Je n'avais aucune envie de m'énerver dès le matin, déjà assez remonté contre Romeo, Carter, et tout ce qui faisait qu'à ce jour j'en étais là avec Camila.

— Euh, c'est... à peu près ça, répondit Elliot. On va dire qu'on priorise nos carrières mais qu'on aime passer...

Je le foudroyai du regard, et il hésita à terminer sa phrase.

— Du temps ensemble.

Je me levai et retournai à l'intérieur. J'en avais vraiment marre de cette invasion, de tous ces gens inutiles qui ne comprenaient rien.

J'appuyai les mains sur le bar et baissai la tête, inspirant, les yeux fermés. Ce n'était que l'histoire de quelques jours, et ensuite tout reviendrait à la normale. Je partirais faire ma tournée durant un mois. Il s'agissait de promouvoir mon nouveau film, *Unstoppable*, qui sortirait très bientôt dans tous les cinémas du monde. Nous allions donc faire quelques rencontres dans certains pays, puis rentrer reprendre nos vies.

— Ça ne va pas ?

Camila. Qui d'autre ? Je me tournai et me retins de la reluquer en constatant qu'elle avait enfilé un legging moulant violet avec une brassière assortie. Il m'était impossible de ne pas la regarder. J'étais peut-être en colère mais pas aveugle pour autant.

— Si, tout va bien.

Je n'avais aucune envie de m'étaler sur le négatif, je préférais rester dans la simplicité d'une conversation cordiale. Après tout, nous n'avions plus de relation particulière. Je croquai dans une pomme en m'appuyant dos au plan de travail. Comme auparavant, nous nous observions sans parler, mais ce n'était pas nécessaire. Je lisais dans ses yeux comme dans un livre ouvert.

— Adam, cesse de me regarder comme ça.

— Pourquoi ?

Elle soupira en battant des cils rapidement, ce qu'elle faisait souvent lorsqu'elle était mal à l'aise.

— Tu sais pourquoi.

Bien sûr que je le savais. Nous n'étions plus ensemble depuis des mois, mais pas seulement à cause de facteurs extérieurs comme j'avais essayé de m'en convaincre, c'était aussi son choix à elle. Elle était partie.

— Je suis content que ton père aille mieux, même s'il ne m'apprécie pas beaucoup.

Son sourire en coin communicatif me fit aussi sourire.

— Cameron Da Silva n'aime pas grand-monde !

— L'essentiel, c'est que tu entretiennes de bonnes relations avec lui, puisque tu as décidé de rester à New York.

Elle fronça les sourcils mais, avant qu'elle puisse me répondre quoi que ce soit, je quittai la pièce. J'avais une interview aujourd'hui, puis je devais jouer les mecs amoureux avec ma partenaire à l'écran, la jeune actrice à succès Lou Peters. Nous allions nous montrer lors d'un dîner ce soir.

Chapitre 50

Camila

Adam avait disparu toute la journée, et c'était certainement préférable. De mon côté, j'arrêtais de me prendre la tête. Je profitais de mes proches et de mon adorable neveu à croquer, car je savais que je raterais beaucoup d'étapes de sa vie, ses premiers mots, ses premiers pas et tant de choses importantes.

Elliot avait décidé de dormir chez Chace les jours suivants, probablement blasé qu'Adam le tue du regard dès qu'il le croisait.

Ce soir, j'étais justement au restaurant avec Elliot, Naomi et Romeo. Le fait d'être peu nombreux était sympa et nous permettait de mieux discuter entre nous.

Naomi visionnait des *stories* sur son téléphone après que nous eûmes réglé l'addition, quand elle parut tout à coup surprise.

— Eh bien ! Il cache bien son jeu !

Je fronçai les sourcils et l'interrogeai du regard, mais elle sembla gênée et hésitante. Peut-être avais-je été critiquée dans la presse ? Cela arrivait régulièrement lorsque j'étais la petite amie officielle d'Adam, dans une autre vie… Mais je me rappelais encore à quel point tout cela me passait au-dessus. Car, finalement, à cette époque, rien ne comptait à part lui.

Je repris mes esprits et demandai à Naomi de me montrer son téléphone, curieuse de savoir ce qui la mettait dans tous ses états. Ce que j'aperçus me transperça le cœur.

Adam sortait d'un restaurant, main dans la main avec une belle blonde, et ils souriaient comme un couple de jeunes mariés. Si je n'étais pas déjà assise, je serais probablement tombée.

À l'écran comme dans l'intimité, Adam Carrera semble avoir trouvé la femme qu'il cherchait depuis tout ce temps, pour le plus grand bonheur de ses fans.

Ces mots, ces photos, ces extraits de vidéos, c'en était trop pour moi. J'aurais pu cacher mes émotions, faire mine que tout allait bien, mais c'était trop à supporter. Ses regards, ses paroles, sa colère, sa rancœur… Rien n'était réel, car il en aimait une autre. Je ne l'avais pas vu venir et, mon Dieu, ça faisait atrocement mal. Pourtant, il ne me devait rien.

— Désolée, Cam… Je… Je n'aurais pas dû.

— Ne t'en fais pas, Naomi.

Cependant, je ressentis le besoin de m'isoler, de passer un moment seule.

— Je vais aller prendre l'air. Je vous retrouve plus tard, ne m'attendez pas.

Je ne leur laissai pas le temps de répondre et quittai le bar pour marcher dans les rues de Los Angeles. J'avais besoin de respirer et de comprendre. Comment la situation avait-elle pu à ce point m'échapper ? Et pourquoi, après tous ces mois, cela me faisait-il toujours aussi mal ?

Les larmes aux yeux, j'éteignis mon téléphone et errai des heures durant dans cette immense ville sans limites, dans tous les sens du terme.

Je repensai à tous ces moments avec Adam, du pire jusqu'au meilleur. Qu'il s'agisse de la fois où je l'avais empêché de prendre la voiture défoncé et que j'avais bien cru qu'il allait me rouler dessus, ou bien quand j'étais allée le chercher en pyjama au milieu d'une boîte huppée. C'étaient les débuts et j'ignorais encore à quel point je tombais peu à peu amoureuse. Puis nous avions passé des semaines ensemble, à rire, à faire l'amour plus que de raison, à vivre dans cette bulle qui nous apportait tant, à nous confier l'un à l'autre, des moments qui resteraient gravés à tout jamais dans mon esprit. Il avait su me surprendre de jour en jour, comme la fois où il avait privatisé tout un restaurant sur la plage rien que pour nous ou quand il avait fait en sorte que je puisse le suivre sur la tournée promotionnelle de *L'Emprise de l'Alpha*. Adam souffrait secrètement de beaucoup de choses, pourtant, il avait tant d'amour à donner…

Et aujourd'hui, nous devions vivre séparés. C'était si difficile que je n'avais qu'une envie, repartir pour New York afin de reprendre le cours de ma vie. Passer du temps avec mon père, travailler dur, voir Elliot quand je souhaiterais me détendre…

À New York, j'avais le contrôle. Ici, mes émotions me submergeaient tellement que j'avais peur de me noyer définitivement.

J'étais là pour Jessica et pour la soutenir dans son rôle de jeune maman, mais rester dans cette villa m'était impossible. Pour mon propre bien, je devais m'éloigner d'Adam. Et ce dès ce soir, j'étais persuadée que Jess le comprendrait et ne m'en voudrait pas.

Quant à mon père, me savoir loin d'Adam ne le dérangerait certainement pas et il s'abstiendrait de poser des questions.

Au bout d'un long moment, je rallumai mon téléphone et constatai avec horreur que j'avais reçu des dizaines d'appels et de messages. J'étais partie pendant plus de quatre heures et je ne m'étais même pas rendu compte qu'il était 3 heures du matin !

Comprenant qu'il valait mieux que je me dépêche de rentrer, je contactai un Uber qui m'emmena rapidement à la villa.

Avant d'entrer, j'inspirai profondément. Je n'avais pas ouvert mes notifications, préférant m'expliquer avec ceux qui s'étaient inquiétés en direct. Foutu pour foutu, j'allais de toute façon me prendre une leçon de morale.

En m'apercevant, Chris et Abel semblèrent contents, et l'un d'eux pénétra dans la villa, certainement pour annoncer mon arrivée.

Une fois à l'intérieur, je me crispai en découvrant Romeo, Naomi et Elliot, assis sur le canapé, l'air dépités. Tous me dévisagèrent et parurent soulagés. Dieu merci, mon père n'était pas présent, ils avaient sûrement dû lui épargner cette inquiétude, et je leur en étais reconnaissante, étant donné sa santé encore fragile.

— T'es complètement folle, déclara Naomi.

— On était morts d'inquiétude, gronda Elliot.

— Je suis désolée, je… Je n'ai pas réfléchi. Je n'ai pas vu l'heure…

Romeo s'avança vers moi et planta son regard dans le mien.

— Tu ne peux pas nous faire des frayeurs pareilles ! On était à deux doigts d'appeler la police !

La police ? C'était peut-être légèrement excessif…

— Tu aurais pu faire de très mauvaises rencontres et ton portable était sur messagerie ! Ne recommence jamais ça, merde !

Il me prit dans ses bras, tel un grand frère, à la fois en colère et soulagé. Je me culpabilisais de m'être montrée aussi imprudente. Je devais avouer qu'avoir agi ainsi n'était ni très malin ni très mature de ma part. Si l'un de mes proches avait fait ça, j'aurais été dans le même état.

— Je ne voulais pas vous inquiéter, je suis vraiment désolée !

— Ce qui est important, c'est que tu ailles bien ! dit Elliott d'une voix apaisante en s'approchant.

Naomi l'imita et me serra contre elle à son tour. Je m'étais conduite comme une égoïste.

— Ça ne se reproduira pas.

Ils me sourirent, et j'avais de la chance qu'ils choisissent de me pardonner aussi rapidement. Ils étaient de réels amis sur lesquels je pouvais compter.

Soudain, la porte d'entrée claqua si fort que tout le monde sursauta et, lorsque je vis Romeo se décomposer, je paniquai et me tournai pour tomber face à Adam, le visage déformé par la rage.

— Non mais putain ! T'étais où, bordel ? !

Aïe, moi qui pensais qu'il était je ne savais où avec sa nouvelle conquête, j'étais à mille lieues de l'imaginer ici, visiblement prêt à m'assassiner sur place.

— On va vous laisser, annonça Romeo.

Ils quittèrent la pièce. Pourquoi fallait-il qu'il débarque maintenant, alors que j'étais déjà consumée par mes émotions ?

— Adam…

— Je viens de passer des heures à rouler à travers toute la ville pour te retrouver, alors tu as intérêt à me donner une bonne raison de ne pas te tuer, Camila.

Je l'avais rarement vu aussi contrarié. J'étais totalement déstabilisée, ce qui ne m'arrivait presque jamais.

— J'avais besoin d'être… seule.

— Seule ? Dehors en pleine nuit ? ! Non mais t'es pas bien ! Si tu veux être seule, t'as un foutu jardin à ta disposition, cria-t-il en pointant l'extérieur du doigt.

J'avais envie de le calmer, de lui dire que ça allait, mais j'en étais incapable, choquée par sa réaction excessive.

Il expira, se passa les mains sur le visage, contracta sa mâchoire carrée et me fonça dessus pour me serrer contre lui, à ma plus grande surprise. Je restai totalement figée.

— J'ai cru qu'il t'était arrivé quelque chose, ça m'a rendu complètement fou.

Je fermai les paupières et me laissai emporter par cette étreinte que j'avais l'impression d'avoir attendue toute ma vie. Je m'enivrai de son parfum si masculin et doux à la fois…

— J'ai réellement envie de te tuer mais je suis tellement content que tu n'aies rien…

Il me poussa gentiment devant lui pour m'observer, inquiet. Je plongeai dans ses yeux aux touches dorées, puis contemplai ses lèvres, qui devaient avoir été caressées par cette femme, cette blonde avec laquelle il sortait désormais. Savait-elle qu'il m'avait cherchée ?

— Je vais bien. Désolée que tu aies dû abandonner ta soirée pour moi.

Il fronça les sourcils et cogita, comme s'il tentait de deviner le sens profond de ma réflexion. Au bout de quelques secondes, il sembla trouver la réponse dans mes yeux.

— Tu es au courant pour Lou et moi ?

Lou… C'était donc elle, la nouvelle petite amie d'Adam. Celle que tous ses fans paraissaient adorer. Pour les médias, j'étais certainement celle qui l'avait poussé à l'overdose, et elle, celle qui lui redonnait le sourire. Et si tout était vrai ? Et si ce n'était pas Adam qui était toxique pour moi mais l'inverse ? Si, finalement, la meilleure chose que j'avais faite pour lui était de le quitter ?

— J'ai vu des articles.

Il continuait de me dévisager.

— Et qu'est-ce que ça te fait de me savoir avec une autre femme ?

Blessée et énervée, je le fusillai du regard et reculai.

— C'est donc tout ce qui t'intéresse ? Flatter ton ego ?

Je me tournai, décidée à m'éloigner de lui, mais il attrapa mon bras et m'obligea à l'affronter, nous rapprochant considérablement. Je n'étais pas prête pour ça car, face à lui, je perdais toute mon assurance.

— Je veux juste savoir ce que ça te fait, ce que tu ressens à l'idée que je sois avec elle, parce que, moi, j'ai vécu ça pendant des mois.

Il était agressif, mais ne criait plus, et chacun de ses mots me frappait avec violence.

— Je n'étais pas avec Carter. Il t'a menti.

— Et tu ne couches pas avec Elliot ?

— Ça n'a rien à voir, je n'ai aucun sentiment pour lui !

Le ton était monté, les dés étaient jetés, nous étions fin prêts à régler nos comptes.

— C'est toi qui as choisi de te barrer, Camila, sans jamais me demander mon avis.

— Parce que tu m'aurais suivie, peut-être ?

— On ne le saura jamais, puisque tu as préféré agir seule.

— Mon père était malade, Adam ! Et depuis toujours, il était clair que ma vie était à New York !

— Ton père va mieux depuis des semaines, ce n'est pas pour autant que tu as cherché à revenir.

— Tu ne peux pas m'en vouloir d'avoir privilégié ma carrière ! Je me suis battue pour en arriver là, je ne pouvais pas tout perdre avant même d'avoir juste essayé !

Il ne répondit rien. Le néant, Adam dans toute sa splendeur, qui préférait me blesser par son regard que par ses mots.

— Je t'en veux parce que, quelles que soient les options, je t'aurais toujours choisie.

Finalement, j'aurais souhaité qu'il reste silencieux, car la vérité était bien plus difficile à entendre. Ça faisait atrocement mal. Je l'avais perdu de la pire des façons, et je me retrouvais seule avec cette douleur lancinante dans la poitrine. Je l'avais abandonné, je ne méritais pas son pardon.

Les larmes me montèrent aux yeux, mais je ne devais pas craquer maintenant.

— Je suis désolée, d'accord ? Je n'ai pas su gérer ce que je ressentais pour toi, j'ai eu peur, et oui, c'était plus facile de partir sans toi et de te faire devenir un souvenir petit à petit plutôt que d'avoir une relation à distance compliquée !

Il resta silencieux, puisqu'il m'avait déjà tout dit.

— Et dans quelques jours, ça sera pareil. Je repartirai à New York reprendre ma vie là où je l'ai laissée.

Il réagit de la pire manière possible en hochant doucement la tête, apparemment résigné. Il se dirigea vers la véranda.

— Je vais dormir à l'hôtel dès demain, ajoutai-je. Le mieux serait qu'on évite de se croiser jusqu'à mon départ.

— Tu as raison, se contenta-t-il de me répondre.

Ce fut le cœur en miettes que je préparai ma valise cette nuit-là, dans l'optique de quitter les lieux dès mon réveil. Je ne pouvais plus rester dans la même villa que lui sans craquer ou sans souffrir. Je ne voulais pas interférer dans sa nouvelle relation. Bien que cette nouvelle me fasse mal, cette femme avait visiblement réussi là où j'avais échoué.

Chapitre 51

Adam

Camila me rendait complètement taré. Je l'avais cherchée pendant des heures à moto, imaginant le pire, qu'elle soit retombée sur Josh, que nous avions enfin réussi à dégager de la série, ou qu'un homme inconnu lui ait fait du mal, peu importait, j'avais eu la peur de ma vie.

J'avais espéré renouer un lien avec elle mais, ce soir, j'avais réalisé que la cassure entre nous était définitive. Elle ferait toujours passer sa carrière avant moi et souhaitait avant tout se construire en tant que femme, loin d'ici, loin de nous. Je le comprenais et je respectais son choix.

Elle avait cru à ma mascarade avec Lou, alors que c'était une pure campagne de marketing, je ne couchais même pas avec elle. Mais si Camila y croyait, c'était bien fait et tout ce qu'elle méritait. Elle avait mal ? Ce n'était rien comparé à ce que j'avais ressenti durant des mois, l'imaginant dans les bras de son ex. Finalement, ce n'étaient pas ceux de Carter mais ceux d'Elliot. Ça me foutait tout autant la haine.

Qu'elle aille dans un hôtel était très certainement la meilleure chose à faire. Nous ne pouvions pas vivre sous le même toit sans être irrémédiablement attirés l'un par l'autre, ce qui nous menait à des engueulades et des moments intenses où j'étais sur le point de craquer. J'avais trop souvent envie de la faire taire par des méthodes que je ne pouvais malheureusement plus utiliser.

Je n'avais pas d'autre choix que d'accepter sa décision, comme la première fois qu'elle était partie.

Les trois jours suivants, je réussis à esquiver Camila la plupart du temps. Depuis qu'elle était à l'hôtel, ça allait beaucoup mieux. Je ne la croisais plus dans ses leggings de sport sexy, je ne pouvais plus me perdre dans ses yeux magnifiques ni regarder sa bouche charnue lorsqu'elle me parlait. Malgré tout ce que je pouvais encore éprouver, me tenir loin d'elle était la meilleure chose qui pouvait m'arriver.

Jessica était rentrée avec Nate et, même s'il pleurait trop souvent à mon goût, j'étais content qu'elle soit de retour. Romeo et elle semblaient nager dans le bonheur, bien que leurs cernes prouvent que ça n'était pas facile d'être parents. Fort heureusement, ce genre d'événement ne me concernerait probablement jamais et Dieu merci.

Étant donné l'exemple parental que j'avais eu, je ne pourrais jamais m'occuper correctement d'un enfant.

— Tu penses vraiment que c'est nécessaire ? Ton bébé n'a que quelques jours !

Jess me foudroya du regard, et Romeo, qui suivait notre conversation de près en berçant son fils endormi, leva les yeux au ciel.

— Romeo n'est même pas croyant !

— Écoute, ma sœur et moi avons été baptisées dès nos premiers jours, et ça n'a pas dérangé qui que ce soit.

Entendre parler de Camila me tendait à chaque fois, mais j'en avais pris l'habitude, depuis son malencontreux retour.

— En même temps, tu voulais dire quoi ? Tu n'allais pas te révolter en balançant ta tétine dans la tête du prêtre…

— Bon, ça suffit, Adam. Je sais très bien pourquoi tu es si réticent, et ça n'a rien à voir avec Dieu ou nos décisions concernant Nate.

Je soupirai, dépité que Jess soit assez intelligente pour lire entre les lignes.

— Nous t'avons choisi comme parrain, et Camila comme marraine.

Alors quelle que soit votre… relation, débrouillez-vous pour vous entendre demain, pour Nate.

Débattre ne servait à rien. Jessica était bornée, si bien que Romeo n'eut même pas besoin d'intervenir. J'étais honoré d'être le parrain de leur fils, mais partager ça avec Camila me mettait en rogne. Je n'avais pas envie de faire quoi que ce soit avec elle avant son départ. Réussir à l'éviter ces derniers jours n'avait pas été une mince affaire.

— D'ailleurs, elle mange à la villa ce soir.

Je levai les yeux au ciel mais me retins de m'étaler sur le sujet. Évidemment qu'elle allait venir, en tant que marraine de Nate, ça me paraissait logique.

Quelques heures plus tard, tout le monde était là. J'avais pris soin de tous les saluer, même Camila, de façon très cordiale. Elle semblait préoccupée et passait un coup de téléphone depuis une heure, alors que nous prenions l'apéro. Chace discutait avec son abruti de meilleur ami, Elliot. Romeo et Cameron parlaient de je ne savais quoi, tandis que Jess, Nate dans ses bras, et Naomi évoquaient les derniers préparatifs de demain. Pendant ce temps-là, j'en profitais pour regarder celle que j'aurais dû ignorer pour mon propre bien. Elle faisait les cent pas près de la piscine.

La voir habillée de cette magnifique robe prune moulante me donnait envie de la dévorer ici, sur la chaise longue qu'elle aimait tant squatter à une époque qui me paraissait si lointaine désormais. Elle était sublime et désirable.

— Pourquoi Lou n'est-elle pas venue ?

Qui ? Ah oui, ma fausse petite amie !

Je sortis de mes pensées pour répondre à Naomi, qui s'était approchée de moi je ne savais quand :

— Ce n'est pas sérieux entre elle et moi.

Elle parut étonnée et fronça les sourcils.

— Pourtant, en interview…

— Ce n'est pas à toi que je vais apprendre les conneries qu'on peut dire aux journalistes pour des histoires de publicité, Naomi.

Elle haussa les épaules et but dans son verre de vin avant de se tourner vers Camila. Merde. Elle allait assurément lui en parler, et ma couverture tomberait à l'eau. De toute façon, ça ne changerait rien à la relation que nous entretenions désormais.

Camila entra et déposa son téléphone, le sourire aux lèvres. Elle se servit une coupe de champagne avant de trinquer avec son père, puis Elliot.

— Le contrat est finalisé, indiqua-t-elle à ce dernier. Je vais représenter ton agence immobilière et, si ça se déroule bien, je représenterai toutes celles de votre groupe !

Cameron parut si heureux que j'en vins à me demander s'il l'était autant en rencontrant l'enfant de Jessica et Romeo. Cet homme était la plupart du temps semblable à une porte de prison.

— Bravo, ma fille, je suis fier de toi.

Il lui embrassa le front et se précipita pour passer un appel à son tour, certainement pour prévenir son associé.

— Bien joué, lui souffla son misérable amant.

— Merci, mais tu m'as bien aidée sur ce coup.

— Le plus gros du travail, c'est toi qui l'as fait, ma belle.

Ma belle. Ma belle ? Non mais pour qui il se prenait ? Je soupirai et passai à un verre de gin, le champagne n'étant plus assez fort pour que je surmonte cette soirée de merde.

Romeo me rejoignit, s'approchant avec prudence. Il était vrai qu'un froid s'était installé entre nous, mais il était temps que ça cesse. Je lui proposai un verre, et il l'accepta avec le sourire et toujours cet air peiné sur le visage.

— Merci.

— Trinquons. À un nouveau départ.

Il hocha la tête et fit tinter son verre contre le mien avant de boire.

— Je suis désolé.

— N'en parlons plus. Ce qui est fait est fait. Au fond, j'ai compris pourquoi tu as agi ainsi.

Il me serra l'épaule en signe d'amitié.

Demain, nous devions célébrer le baptême du petit Nate. C'était la dernière fois que j'allais réellement être confronté à Camila, car je ferais mon possible pour l'éviter jusqu'à son départ.

En parlant d'elle, elle regarda son téléphone et blêmit en regardant autour d'elle, puis dans le vide. Merde. Quelque chose n'allait pas. Mais je ne pouvais pas venir à son secours ou même m'intéresser à ses problèmes. C'était trop risqué, et je devais la laisser gérer ça toute seule. Je décidai de ne rien faire, même si cela était une véritable torture.

Chapitre 52

Camila

Arrivée devant l'église, je soupirai. Je venais d'une famille croyante, et me retrouver ici ne me posait aucun problème. Bien au contraire. À l'époque où elle était en vie, notre mère nous y emmenait régulièrement, nous expliquant qu'elle s'était toujours sentie en sécurité dans ce lieu saint. J'aurais tout donné pour qu'elle soit là aujourd'hui. Si ça avait été le cas, je lui aurais parlé de ce qui m'arrivait actuellement. J'avais la peur au ventre, depuis la veille, lorsque j'avais reçu un message de la seule personne à laquelle je ne pensais plus jamais avoir à faire : Josh. J'ignorais comment il avait eu mon numéro, et s'il comptait mettre ses menaces à exécution, mais ses mots restaient dans ma tête.

Tu as ruiné ma carrière, je vais ruiner ta vie. Josh.

Une phrase si courte mais ayant tant de sens qu'elle me terrorisait. J'avais préféré n'en parler à personne, pour ne pas gâcher la fête de mon neveu, et j'espérais au fond de moi qu'il ne s'agisse que de paroles en l'air dans le but de m'effrayer.

Ma sœur m'avait expliqué que Josh avait tout perdu. J'avais rapidement suivi cette affaire dans les médias. La plainte de Naomi et les témoignages de différentes jeunes femmes pour harcèlement ou agressions sexuelles avaient définitivement mis un terme à sa carrière. C'était rassurant qu'un homme aussi mauvais que lui ne puisse plus être admiré ou cacher ses actes horribles à travers un bon jeu d'acteur.

Je lissai ma robe blanche, qui m'arrivait juste au-dessus des genoux et avait des manches tout en dentelle. Sophistiquée et simple, elle représentait la pureté et l'innocence de l'événement. J'étais venue avec Romeo, Jessica, mon père et Nate, tout mignon dans son minuscule costume blanc que j'avais tenu à lui offrir. Étonnamment calme, il dormait dans la voiture. Il ne devait pas comprendre ce qu'il se passait autour de lui.

Alors que nous étions sur le parvis de l'église, une moto s'arrêta devant. Celle d'Adam. Il descendit, retira son casque et recoiffa ses cheveux d'ébène époustouflants. Il était magnifique, dans son costume beige. Je ne pouvais m'empêcher de ressentir des tonnes d'émotions contradictoires dès qu'il se trouvait dans mon champ de vision.

— Tu le dévores des yeux, *mi vida*.

Ma sœur me fit revenir à la raison, et je me ressaisis avant que tous les invités ne le remarquent.

Je ne comprenais toujours pas pourquoi il ne m'avait pas dit la vérité à propos de Lou, sa partenaire d'écran. Il m'avait fait croire que c'était du sérieux avec elle alors que Naomi m'avait avoué que c'était un simple coup de publicité. Au début, j'avais pensé à une volonté de sa part de me rendre jalouse par rapport au fait que je couchais avec Elliot. Mais avec le recul et le fait qu'il m'ignore ces derniers jours, je m'étais mis en tête qu'il voulait peut-être juste que je le laisse tranquille. Je ne comptais plus les fois où j'avais failli l'appeler, aller à la villa ou lui demander de venir dans mon hôtel. Mais j'avais résisté. De toute façon, je repartais le lendemain à New York avec mon père et Elliot. Tout rentrerait dans l'ordre.

La cérémonie commença. Nous n'étions pas très nombreux, une trentaine tout au plus, mais Jessica et Romeo ne souhaitaient pas qu'il y ait trop de monde lors d'un événement si personnel. J'eus l'occasion de rencontrer la famille de Romeo, tout juste arrivée de l'île de la Réunion, où ils avaient décidé de vivre pour plus de tranquillité. Ses parents et sa grande sœur étaient à son image : charismatiques et chaleureux. En revanche, ils ne faisaient absolument pas partie du showbiz et tenaient à leur intimité ainsi qu'à leur anonymat.

Debout à côté d'Adam en attendant que le prêtre bénisse Nate, je frissonnai. Le savoir aussi près de moi, en costume, tandis que j'étais en robe blanche près d'un autel me mit de drôles de pensées dans la tête. J'étais ridicule, dans ces conditions toute ma raison s'évaporait.

Le père Denis déposa Nate dans mes bras, cet adorable bébé tout gentil avec un visage d'ange. Il gigotait à peine. La peau hâlée de Jessica et les yeux bleu ciel de Romeo le rendaient vraiment très mignon. Je ne pus m'empêcher de lui sourire, émerveillée par ce petit être né d'un amour sincère.

Je sentis le regard d'Adam sur moi et relevai la tête vers lui. Il ne se détourna pas et me regarda intensément, comme nous le faisions depuis notre rencontre. Je me noyai dans la profondeur de son âme, mon cœur battant la chamade.

Le prêtre s'éclaircit la gorge, et je clignai des yeux en revenant dans ce présent où Adam n'était pas censé être le maître de mes pensées.

Mais lorsqu'il prit à son tour Nate dans ses bras pour terminer le baptême, avec une douceur et une tendresse que je ne lui connaissais pas, les papillons dans mon ventre se réveillèrent tous à la fois, m'hypnotisant complètement. Je savais qu'il ne voulait pas spécialement d'enfant, pourtant, sa façon de bercer mon neveu prouvait qu'il se débrouillait très bien.

La cérémonie se conclut et, après avoir échangé quelques paroles avec les invités de l'église, Romeo nous indiqua de les rejoindre dans le domaine qu'ils avaient réservé et où ils comptaient présenter leur fils au monde. Ils préféraient le faire eux-mêmes que de se faire voler leur intimité par les paparazzis.

Adam reprit sa moto tandis que je suivais ma sœur et mon beau-frère. Romeo conduisait, assis près de mon père, qui lui parlait finance et Wall Street, essayant de le convaincre que, lorsqu'il en aurait assez de jouer la comédie, il pourrait venir à New York avec Jessica pour commencer une carrière d'avenir.

Ma sœur me regarda, amusée, tout en s'assurant que son fils était bien installé dans son siège bébé. Sa tendresse, son lien avec Romeo me confortaient dans l'idée que le véritable amour existait et qu'il ne causait pas toujours malheur et souffrance.

Bien que je fasse passer ma carrière en priorité, j'espérais au fond de moi avoir ce genre de relation un jour... Car ce que j'avais vécu avec Adam m'avait pris aux tripes mais m'avait aussi brisée.

Le domaine était magnifique. Un endroit à la fois sophistiqué et intime, entouré d'un grand terrain entretenu et d'un joli lac artificiel.

Pour plus de simplicité, Jessica et Romeo avaient opté pour un buffet chaud et froid, afin que chacun puisse faire ce qu'il voulait. Deux cents personnes étaient prévues : des cousins, des amis, des collègues, etc. Jessica avait même proposé à d'anciens amis de l'université de venir. Peu d'entre eux avaient fait le déplacement et ceux qui étaient présents étaient sûrement plus désireux de rencontrer des célébrités que de faire la connaissance de Nate. Je ne les avais jamais sentis sincères et les voir ici ne me plaisait pas vraiment.

Plusieurs heures passèrent, et je parlai avec un nombre incalculable de gens. Fatiguée, je décidai de m'éloigner pour avoir un peu de tranquillité.

— Camila Da Silva ! L'éternelle solitaire intello.

Je jurai avant de me tourner vers cette voix que je reconnus parfaitement : Elly Stones. Le genre de personne fausse et détestable qui adore émettre des jugements dès que l'occasion se présente. Jess l'appréciait mais pas moi. Elly l'avait toujours senti et s'était amusée à me chercher tout au long de nos études à Harvard. Je me souvenais encore de la fois où ma sœur m'avait empêchée de la gifler.

— Elly.

Je la gratifiai de mon sourire le plus faux.

— Je suis bluffée, Cam ! Quitter Carter pour te taper un acteur, quel culot ! Quand j'ai lu ça, j'ai d'abord cru à une mauvaise blague.

Et c'était parti, elle était lancée… Avec Adam qui passait juste à côté, je craignais le pire.

— Mais sans surprise, ça n'a pas duré… En même temps, c'est une star internationale, adulée dans le monde entier, et tu es… toi.

Sa façon de me rabaisser commençait à sérieusement me prendre la tête. Elle était là depuis deux secondes, et j'avais déjà envie de lui arracher ses extensions pour l'étouffer avec.

Je m'approchai dans l'optique de la rembarrer dignement, mais, avant que je puisse faire quoi que ce soit, un bras m'entoura la taille assez fermement.

— Si on allait parler ?

Adam… Même après tout ce qui s'était passé, nos conflits, notre rancœur, il me connaissait assez pour savoir quand j'allais agir trop vite et sans réfléchir. Ce qui n'arrivait pas souvent.

Elly parut étonnée par cette intervention, et ses yeux s'illuminèrent.

— Oh ! Adam Carrera !

Oh non, elle n'allait quand même pas se ridiculiser ainsi…

— Je peux avoir une photo ?

Et si… Sans avoir besoin de le regarder, je sentis l'agacement d'Adam. Il me lâcha pour se consacrer à Elly-la-peste, et j'en profitai pour m'éclipser.

Tout le monde semblait en grande discussion, et j'avais toujours davantage envie de m'isoler que de faire la conversation. Je changeai de pièce, cherchant de nouveau une salle de bains pour me rafraîchir.

Quand j'en trouvai enfin une, je me passai de l'eau sur le visage et me tapotai avec une serviette pour me sécher. Lorsque je me regardai dans le miroir, mon cœur manqua un battement. C'était impossible… Comment…

— Bonsoir.

Josh. Comment avait-il pu s'infiltrer ici ? Comment avait-il réussi à échapper à la surveillance ? ! Je me tournai alors que trois mètres tout au plus nous séparaient. Son expression reflétait de la haine mélangée à un plaisir malsain d'être ici et de m'avoir surprise.

— Comment…

— Tu sais, quand on n'a plus de travail, plus de vie, on a le temps d'établir des plans.

Évidemment, la pièce où je me situais était suffisamment éloignée pour qu'on ne m'entende pas si je hurlais. Je devais vite me casser d'ici. Le plus important était qu'il ne s'énerve pas. Même si, manifestement, il avait déjà pété les plombs.

— Josh… Je suis désolée que tu aies tout perdu.

C'était totalement faux, tout ce qui lui arrivait était amplement mérité.

— Tu oses te foutre de ma gueule ?

Il s'approcha et, en voulant reculer, je me cognai contre la vasque. Je parvins à discrètement déverrouiller mon téléphone posé à côté de celle-ci à l'aide de mon empreinte digitale et appuyai sur le dernier numéro en date : Romeo.

Prise d'un réflexe de survie, je me précipitai vers la porte mais il fut plus rapide que moi et me bloqua contre le battant. Le souffle saccadé, j'avais peur. Très peur. Fou de rage, il sortit un couteau de sa poche et le pointa vers moi. Ce mec était pire qu'un tordu, c'était un dangereux criminel qu'il était nécessaire d'enfermer !

— On fait moins la maligne, maintenant, un couteau sous la gorge, n'est-ce pas ?

— Josh, je t'en prie, calme-toi !

— Je t'avais prévenue que tu paierais ! Je n'ai plus rien, tu entends ? ! Plus de copine, plus de potes, plus de travail, je suis fini, et tout ça parce qu'au lieu de t'occuper de ton cul, tu as fourré ton nez dans mes affaires !

J'étais paralysée par la peur qu'il agisse. Jusqu'où était-il prêt à aller ? Romeo avait-il répondu à mon appel ? Ou étais-je tombée sur sa messagerie ? Avec la fête pour le baptême de son fils qui battait son plein juste à côté, j'avais du mal à croire qu'il soit attentif à son smartphone.

—Si tu me fais du mal, tu termineras en prison et ce sera pire !

— Pire ? Et qu'est-ce qui pourrait être pire que de laisser la salope qui m'a mis dans cette situation s'en sortir indemne ?

Il s'approcha un peu trop, réduisant mon espace vital. Plus je lisais ses expressions, plus je comprenais qu'il n'avait pas de limites. Il ne s'agissait pas d'un acte désespéré ou d'une tentative d'attirer l'attention, non, il exprimait un réel désir de vengeance avec un côté malsain qui lui plaisait.

— Et pourquoi on appellerait pas Naomi ? Je serais content qu'elle voit sa chère copine se vider de son sang.

— Non !

Il m'attrapa le bras avec une telle violence que je faillis perdre l'équilibre et me traîna jusqu'à la vasque. Il prit mon téléphone et réalisa ce qu'il se passait. J'étais en communication avec Romeo. J'ignorais cependant s'il était à l'autre bout du fil ou si j'étais juste en train de lui laisser un interminable message vocal.

Il me foudroya du regard et me repoussa contre le mur si fort que ma tête le percuta.

— Espèce de sale garce !

Paniquée, je ne savais plus comment réagir. Prise de court, je le frappai entre les jambes d'un coup de genou bien placé. Il fut obligé de me relâcher suffisamment pour que je puisse partir en courant. Malheureusement, au moment où j'ouvrais la porte pour rejoindre la salle de réception, il m'attrapa par les cheveux et me balança sur le sol. Je criai de douleur et de terreur à la fois. La violence de ses gestes m'empêchait de voir clair et d'anticiper ses futurs mouvements.

— J'ai attendu beaucoup trop longtemps de me venger, espèce de sale conne !

Alors que je me débattais, je pris une gifle en pleine figure, si forte qu'elle me sonna. Josh récupéra son couteau sur le sol, prêt à me planter, et je hurlai de peur et de haine. Son coup fut arrêté par quelqu'un qui lui attrapa le bras et lui sauta dessus. Tout se déroula trop vite, Adam venait de se jeter sur Josh et le frappait de toutes ses forces tandis que Romeo me décalait, avant de se précipiter à son tour sur cette espèce de fou furieux. Je m'écartai de cette scène surréaliste, pendant que des hommes de la sécurité pénétraient dans la pièce et immobilisaient mon ennemi, permettant à Adam et Romeo de se redresser.

— Je vais te tuer, Camila ! Crois-moi !

— Ferme ta gueule !

Adam le cogna suffisamment fort en plein visage pour l'assommer. Mon père, Jessica, Naomi et Elliot entrèrent.

— Stop, Adam ! Tu vas le tuer !

Je cherchai Adam du regard pour m'assurer qu'il allait bien et m'accrochai à ses yeux inquiets avant de perdre connaissance.

Chapitre 53

Adam

Tout s'était déroulé trop vite. J'avais eu l'impression d'avoir joué ma vie. Et c'était le cas, car si j'avais bien réalisé une chose, c'était que je ne voulais pas vivre dans un monde où Camila Da Silva n'existerait pas.

— L'adrénaline et le stress lui ont fait perdre connaissance mais, rassurez-vous, elle devrait rapidement se réveiller.

Je hochai la tête et remerciai le médecin venu ausculter Camila en urgence. Depuis que Romeo avait accouru jusqu'à moi, le teint livide, et qu'il m'avait fait écouter la conversation entre Josh et elle sur son téléphone, et que j'avais vu ce sociopathe prêt à m'enlever la femme que j'aimais, je n'arrivais pas à calmer mes nerfs. Je n'oublierais jamais cette scène. Si nous étions intervenus deux secondes plus tard, les événements auraient tourné au drame. J'aurais tout perdu. Je n'avais jamais eu aussi peur que lorsque j'avais commencé à fouiller chaque pièce de ce foutu domaine tandis que Romeo alertait la sécurité et nos proches en me suivant comme il le pouvait.

Jessica ne faisait que pleurer au chevet de sa sœur. Cameron hurlait au téléphone, appelant je ne savais qui pour s'assurer que Josh serait jugé au plus vite et condamné à une lourde peine de prison. Romeo calmait les invités et gérait le personnel du domaine, leur demandant de servir chacun des convives le temps que le FBI puisse les interroger, afin d'apprendre ce qu'ils avaient vu ou entendu.

Naomi, sous le choc de ce que son ex avait osé faire, rongée par la culpabilité, avait quand même trouvé la force de s'occuper de Nate, et Elliot se tenait près de nous, debout, le visage fermé. J'avais porté Camila dans une des chambres du domaine. Le médecin laissa une tonne de calmants au cas où elle se réveillerait avec des douleurs dues aux coups qu'elle avait pris, à sa chute ou bien même à son traumatisme.

— Adam ?

Sans m'en rendre compte, j'avais attrapé la main de Camila, que je caressais délicatement, éprouvant le besoin de toucher sa peau, d'être en contact constant avec elle. La voir ouvrir les yeux et me regarder me soulagea au plus haut point.

— Comment tu te sens ? ! l'interrogea sa sœur.

Elliot avança également et, immédiatement, Camila parut inquiète, déstabilisée. Tout ce monde autour d'elle devait la perturber.

— Elle a besoin d'air, dis-je à son amant aussi inutile qu'une plante.

Il était arrivé après la guerre, puisque le prévenir était la dernière de mes priorités.

Il me fusilla du regard mais comprit qu'il ne faisait pas le poids face à moi. Il s'écarta, et je pus de nouveau me focaliser sur Camila.

— Je… Josh… Il est…

— Enfermé et loin de toi, dit Jessica.

Camila se redressa et toucha sa pommette en grimaçant. Elliot, qui semblait vouloir se montrer présent malgré ma suggestion, lui tendit une poche de glace.

— Est-ce que tout le monde va bien ?

— Oui, répondit son père en entrant dans la pièce. Et toi, comment tu vas ?

— Je suis en vie, donc ça va.

Elle esquissa un petit sourire mais j'avais bien senti dans son regard qu'elle était marquée par ce qui lui était arrivé. Qui ne l'aurait pas été ? Elle avait été violemment agressée. Elle avait failli mourir.

— J'aimerais vous parler, Adam et Romeo.

Cameron Da Silva m'avait adressé la parole. Je haussai les sourcils, surpris, mais le suivis avec mon meilleur ami vers le bar installé pour l'événement. S'il n'avait pas répondu à l'appel de Camila, s'il n'avait pas compris ce qu'il se passait et s'il n'avait pas réagi aussi vite en alertant les bonnes personnes, la soirée aurait pu prendre un autre tournant bien plus dramatique, dont je ne me serais jamais remis.

Agacé, j'avais hâte de terminer cette conversation pour retourner auprès de sa fille.

Il nous servit trois verres de whisky et m'en tendit un. Il était certain que, avec ce que nous venions de vivre, un seul ne me suffirait pas.

— Nous n'avons pas eu l'occasion de beaucoup discuter jusqu'à présent, me déclara-t-il.

Il se foutait de moi ? Il m'avait clairement fait comprendre dès notre rencontre qu'il ne m'appréciait pas et qu'il n'approuvait pas que je m'approche de Camila. Il avait surtout fait en sorte de ne pas créer d'occasion de me parler.

— Mais… ce que vous avez fait aujourd'hui… Adam, puis vous, Romeo… Vous avez sauvé la vie de ma fille.

Je n'avais même pas songé au côté héroïque de mon acte lorsque j'avais plongé sur Josh pour le désarmer, tout ce qui m'importait était de préserver Camila et de faire mon possible pour qu'elle aille bien.

— Romeo, vous avez été vif et vous avez su foncer tête baissée, quitte à vous mettre vous-même en danger, et Adam, vous vous êtes jeté sur l'homme qui lui voulait du mal. Pour cela, je vous serai éternellement reconnaissant.

Je hochai la tête tandis qu'il me serrait la main avec une profonde sincérité. Il agit de même avec son gendre. Cameron Da Silva était peut-être un grand avocat maniaque du contrôle, froid et parfois menaçant, mais son amour pour ses filles était considérable.

— Merci, monsieur.

— Appelez-moi Cameron. Et c'est moi qui vous remercie.

Je terminai mon verre et retournai auprès de la seule personne que je souhaitais voir ce soir.

Elle avait repris des couleurs. En revanche, l'hématome sur sa joue me rendait fou de rage.

— Je suis si heureuse que tu ailles bien, *mi vida*, murmura Jess.

Elle serra si fort sa sœur que je crus que celle-ci allait de nouveau tourner de l'œil.

— Tu as été un véritable héros, me lança Romeo, qui venait de revenir, en tapant dans mon dos.

—Tout comme toi, mon frère.

Nous nous serrâmes dans les bras à notre tour. Ce que nous avions fait ce soir était loin d'être banal et montrait une fois de plus notre loyauté l'un envers l'autre.

Camila et moi n'étions peut-être plus ensemble, et ne le serions peut-être plus jamais, mais elle était toujours la femme la plus importante de ma vie. Je ne pouvais m'empêcher de la protéger et de faire en sorte qu'elle aille bien.

— J'aimerais rester un moment avec Adam, déclara la principale concernée, à mon grand étonnement.

Les autres sortirent de la chambre et je demeurai avec Camila. Avant de m'asseoir, je louchai sur les médicaments beaucoup trop nombreux pour elle. L'idée de me détendre me traversa l'esprit. Toute cette histoire m'avait tendu. J'avais énormément de mal à évacuer la pression.

— Adam ?

Camila était installée sur le rebord du lit et me regardait, les sourcils froncés. Avait-elle compris ? Évidemment. Elle parvenait toujours à lire en moi. Je me ressaisis et m'assis près d'elle. Sentir la chaleur de son corps me faisait du bien. La savoir en sécurité aussi.

— Merci de m'avoir sauvé la vie…

— Oh ! c'est plutôt à moi de te remercier. Ta… copine, la groupie, m'a retenu, mais dès que Romeo m'a expliqué ce qu'il se passait j'ai eu une excuse pour m'en débarrasser.

Elle pouffa et attrapa ma main pour la serrer entre les siennes, réchauffant mon corps mais aussi mon cœur.

— Sans Romeo et toi, je serais probablement…

Elle s'arrêta de parler, et je sentis qu'elle commençait à trembler. Je levai son menton pour qu'elle me regarde.

— Tu vas bien et c'est tout ce qui compte.

Elle acquiesça.

— Je ne te remercierai jamais assez.

— J'ai toujours regretté de ne pas avoir veillé sur toi lorsqu'il t'a agressée en boîte, je n'aurais jamais pu le laisser te faire du mal sous mes yeux.

Elle se redressa pour avaler un cachet. Il suffisait d'une épreuve difficile pour que j'aie envie de replonger dans la drogue et de me noyer dans les abysses de l'enfer. Elle pivota vers moi et je devinai qu'elle avait senti ma faiblesse. Je me levai, hésitant.

Elle attrapa mon visage entre ses mains et planta ses yeux dans les miens, malgré ma réticence. Je n'aimais pas qu'elle me touche comme si nous étions encore quelque chose l'un pour l'autre. Comme si elle n'avait pas disparu pendant des mois et comme si elle ne s'apprêtait pas à le refaire.

— Regarde-moi, Adam.

Je plongeai dans le vert hypnotisant de ses iris.

— Tu n'as pas besoin de cette merde. Tu t'es battu, tu as repris le contrôle, alors tu dois continuer à lutter contre tes démons.

Elle m'aidait. Après ce qui lui était arrivé et malgré nos querelles, elle me sauvait probablement d'une rechute imminente. Le coach du centre m'avait prévenu que j'aurais une fragilité à vie et que je devais me tenir le plus à l'écart possible de toutes ces conneries. Avec ce qui s'était passé, c'était compliqué de me remémorer mes bonnes résolutions.

— Viens avec moi, on va prendre l'air.

Face à mon absence de réponse, elle saisit ma main et me guida je ne savais où, mais tout mon corps s'électrisait au contact de sa peau.

Dans le jardin du domaine, elle m'emmena assez loin, dans un coin sombre où personne ne pouvait nous voir, vers un petit lac artificiel. Elle s'assit dans l'herbe au niveau de la pente, ne semblant pas craindre de salir sa superbe robe blanche. Après un moment d'hésitation, je l'imitai. Après le drame, nos tenues n'étaient de toute façon plus réutilisables. Puis j'imaginais que, pour elle comme pour moi, il s'agissait d'un détail sans la moindre importance.

— Rien ne vaut une bonne respiration face à une magnifique vue.

Au lieu de me concentrer sur le paysage, je me focalisai sur elle, ses mèches de cheveux flottant au vent, ses paupières closes, son joli nez inspirant l'air frais de ce bel endroit. Elle venait de me protéger d'une potentielle rechute imminente. Et je lui en étais reconnaissant. Pourtant, ce soir, elle avait été bien plus en danger que moi. Mais Camila Da Silva était une femme courageuse.

Lorsqu'elle remarqua que je n'observais absolument pas l'eau du lac, elle sourit, de ce sourire qui m'avait toujours envoûté. Elle était magnifique, en avait-elle conscience ?

J'avais envie de lui dire certaines choses, mais à quoi bon ? Elle allait repartir et l'histoire se répèterait. Je m'étais juré de ne plus laisser l'amour me briser. Pourtant, près d'elle, je semblais perdre toute rationalité.

Quitte à commettre l'erreur du siècle, j'avançai vers elle et touchai sa lèvre inférieure du bout des doigts, tout en la fixant intensément. Cette tension dans mon corps, elle la sentait tout comme moi, j'en étais persuadé. Je la désirais si fort, encore plus qu'avant car, cette fois-ci, elle risquait de m'échapper à tout moment. Je voulais la goûter, m'abreuver d'elle.

Elle s'approcha avec hésitation.

— J'ai envie de toi, Adam. Je veux tout oublier.

Il ne m'en fallut pas plus pour me laisser porter par mon désir pour elle.

Incapable de me maîtriser plus longtemps, je capturai sa bouche et la mordis, puis la mangeai sans l'épargner, caressant sa langue avec la mienne, une paume posée sur sa joue et l'autre caressant son cou du bout des doigts, puis sa cage thoracique, la naissance de sa poitrine camouflée par la dentelle de sa robe.

Je descendis ma main plus bas, jusqu'au fin du tissu de sa robe et touchai sa cuisse, puis remontai cette fois-ci, frôlant sa peau brûlante. J'avais l'impression de transgresser toutes les règles que nous nous étions fixées, mais, à cet instant, plus rien n'avait d'importance. Je n'avais pas prévu que ça arrive mais je n'avais prévu non plus de lui sauver la vie ou de passer à deux doigts de la perdre.

La retrouver après des mois me donnait la sensation d'être affamé. Lui faire l'amour me causait un effet assez similaire à celui de la drogue, mais d'une façon tellement plus saine et intense. Il n'existait pas de comparaison assez juste pour exprimer ce que m'immiscer en elle me procurait.

Camila se redressa, toujours en m'embrassant, déboutonna ma chemise et déboucla ma ceinture. Je la laissai faire, et elle baissa ma braguette pour rapidement s'emparer de mon sexe, son visage métamorphosé par l'envie.

Envahi par un désir incontrôlable, je la basculai sur moi et l'aidai à retirer son tanga, que je lançai sur le côté. Je la touchai et compris qu'elle était parfaitement prête. Elle se positionna et j'entrai en elle doucement, mais profondément. Elle ferma les yeux, son souffle saccadé, en gémissant doucement.

J'adorais la voir prendre du plaisir à ce point. Je l'aidai à maîtriser ses va-et-vient et embrassai son cou, le mordillant, tout en jouant avec ses lèvres gonflées. Elle se mit à respirer bruyamment, et je fis en sorte de me retrouver sur elle, la pénétrant plus profondément, plus vite… Elle gémissait de plus en plus fort en me tenant fermement, s'agrippant à mes cheveux, à mes bras, caressant mon torse.

— Je ne veux que toi, Adam…

Entendre ces paroles m'incita à augmenter la cadence, je la fis presque crier de plaisir. Elle se cacha dans mon cou pour jouir, et je la suivis immédiatement en sentant son intimité se serrer et son corps trembler…

Je l'embrassai et me laissai retomber près d'elle en souriant. Il n'y avait rien à dire, cet orgasme et même cette partie de sexe avaient été tout bonnement incroyables. Elle m'avait manqué et je le lui avais bien fait comprendre.

Elle se redressa pour m'embrasser, et je l'attrapai pour la prendre dans mes bras. Elle resserra notre étreinte, à tel point que je pouvais sentir son cœur battre la chamade au rythme du mien.

Chapitre 54

Camila

Ce que je venais d'expérimenter avec Adam était surréaliste. C'était comme si tout mon amour et mon désir pour lui avaient implosé et m'avaient fait perdre le contrôle.

J'avais l'impression d'avoir vécu le pire moment de ma vie suivi du meilleur. Cette soirée n'avait plus aucun sens. Ma tête tournait et mon sang était brûlant, encore envahi d'adrénaline.

Adam attrapa mon tanga et le cacha dans la poche de son pantalon, puis me tendit la main. Cette nuit, je n'avais besoin que de lui. Il m'hypnotisait. J'ignorais si c'était dû à mon euphorie actuelle, mais je n'étais plus moi-même et toutes mes limites avaient sauté.

Nous arrivâmes dans le domaine et je lâchai sa main, préférant que ce que nous venions de vivre demeure secret. Jess, Romeo, Naomi et Elliot nous dévisagèrent. Ils avaient compris.

— Il te reste un… brin d'herbe dans les cheveux, me murmura Adam.

Je le retirai au plus vite, mais au sourire de ma sœur je compris qu'elle avait tout deviné.

Gênée, je proposai de rentrer dès que j'aurais terminé de parler aux enquêteurs. Nous étions tous épuisés par cette soirée qui avait tourné au drame, et la majorité des invités étaient partis.

— Je te ramène ? me dit Adam en me tendant son casque de moto.

— Combien de verres ce soir ? l'interrogeai-je, comme à mon habitude.

— Un seul, et c'est ton père qui me l'a servi.

Mon père ? Celui-là même qui détestait autant Adam et son mode de vie ? Je ne cherchai pas à comprendre et acceptai. Je les avais vus partir ensemble avec Romeo alors que j'étais encore en état de choc.

Adam me prêta sa veste, et je grimpai derrière lui, m'agrippant à son torse que j'aimais tant.

— Je ne suis pas spécialement fan de la moto, nous prévint mon père en se mettant devant l'engin, les bras croisés sur la poitrine.

— Vous pouvez me faire confiance, Cameron. Je serai prudent.

« Cameron » ? J'avais loupé un épisode, c'était évident.

Mon père hocha la tête et se décala, sa mâchoire toujours crispée. Alors là, il fallait m'expliquer ce qui s'était passé pour que mon père me laisse soudain avec Adam sans protester. En moto, en plus de ça.

Peu importait. Je m'accrochai à lui comme si ma vie en dépendait et fermai les yeux, profitant de l'air frais de la nuit et de ce contact physique inattendu.

Nous fûmes les premiers arrivés à la villa. Adam me reprit la main, et nous nous précipitâmes dans sa chambre, puis dans sa salle de bains. Je balançai mes escarpins, et il fit de même avec ses chaussures. Il s'empressa d'allumer l'eau de la douche italienne, puis m'attira à lui. Il m'enleva ma robe et la jeta à l'autre bout de la pièce. Totalement nue devant lui, je me mordis la lèvre. Il me mettait en confiance, je ne m'étais jamais sentie aussi belle et épanouie qu'avec lui. À son tour, il retira sa chemise, son pantalon, puis son boxer.

Il me souleva par les fesses, collant mon dos au mur de la douche, et j'entourai sa taille de mes jambes. Je l'embrassai avec une vigueur que je ne me connaissais pas, et il me pénétra de nouveau, plus violemment, plus rapidement. J'entendis des voix nous appeler du rez-de-chaussée, mais je demeurai focalisée sur Adam me faisant l'amour jusqu'à épuisement. Je profitai de chaque seconde, de chaque frisson, tremblant de plaisir.

Une nouvelle fois, je jouis presque en même temps que lui et restai accrochée à sa nuque et ses hanches, la tête fourrée dans son cou pendant de longues minutes, l'eau coulant sur nos corps encore brûlants de désir.

Je finis de me doucher avec Adam et courus en serviette dans le dressing de ma sœur lui emprunter une combinaison noire, classique et confortable. Je repris mes escarpins et descendis, les cheveux mouillés attachés en un chignon mal fait. Adam me suivit sans oublier de me voler un baiser. Chacun d'entre eux pouvait être le dernier et avait un goût de danger et de nostalgie, les rendant encore plus addictifs et intenses.

À notre arrivée au rez-de-chaussée, mon père n'était plus là. En revanche, Jessica, Naomi et étonnamment Elliot étaient présents, en train de boire un dernier coup. Sans alcool pour Jess qui allaitait, bien sûr.

— Papa est parti se coucher, et Romeo est allé endormir Nate, nous dit-elle en nous observant à tour de rôle, Adam et moi.

Je la connaissais assez bien pour deviner qu'elle se retenait de sourire.

— Je suis venu pour te proposer de te ramener à ton hôtel, déclara Elliot, d'un ton relativement neutre.

— Tu t'es déplacé pour rien, elle dort ici ce soir, répondit fermement Adam.

Il me l'apprenait, je n'étais pas au courant que j'étais censée rester ici cette nuit. Je préférai ne rien dire. En revanche, je devais discuter avec Elliot. C'était la moindre des choses, même si nous n'étions pas ensemble.

— Elliot, on peut parler une minute dehors ?

Je sentis le regard noir d'Adam mais choisis de l'ignorer. Elliot acquiesça en me suivant à l'extérieur de la villa, près de sa voiture de location.

— Je ne suis pas con, Cam. Tu as couché avec Adam.

Je hochai la tête, un peu honteuse. Ça avait le mérite d'être direct.

— Je ne t'en veux pas. Nous n'avons jamais été engagés l'un envers l'autre, même si j'aurais préféré que tu ne te tapes un autre gars alors que je suis à côté.

— Elliot… je…

— Tu n'as pas eu une soirée facile, et je le comprends. Cependant, demain, nous repartons pour New York. Je vais donc te laisser un choix : soit on décide de construire quelque chose de sérieux et d'exclusif, soit c'est terminé entre nous, on s'en tiendra à une relation amicale.

J'étais assez surprise par sa requête. C'était une sorte d'ultimatum, mais plutôt bienveillant. Je n'y discernais aucun chantage malsain, manipulation ou jalousie. Juste une profonde envie d'éclaircir la situation.

— Je ne pensais pas ressentir quoi que ce soit, mais te voir avec lui… me contrarie. C'est pour ça que je préfère mettre des limites maintenant.

— Je comprends et je te remercie de ta sincérité…

— Ne me réponds rien pour le moment. Nous en reparlerons une fois rentrés à New York. En attendant, tu devrais te reposer.

Il me sourit puis embrassa mon front avant de monter dans sa voiture et s'en aller. Elliot était quelqu'un de profondément bon. Il méritait une partenaire qui lui donnerait tout son amour et son attention.

Je retournai dans la maison en prenant soin de saluer Chris et Abel, puis m'installai sur le canapé près de Jessica. Adam était dans le jardin, en train de fumer une cigarette, et Naomi était visiblement allée se coucher.

— Alors, toi et Adam, c'est reparti ? Il fallait que tu sois en danger pour que vous réalisiez à quel point vous vous aimez…

Si ma sœur imaginait une chose pareille, était-ce le cas d'Adam aussi ? Bien que nous ayons totalement perdu le contrôle ce soir, je n'avais pas songé à la suite. Le temps semblait s'être arrêté.

— Non, enfin je ne sais pas… Le problème est toujours le même, Jess.

Elle parut attristée par cette nouvelle, mais préféra changer de sujet. Elle me serra dans ses bras en remerciant le Seigneur de m'avoir épargné. Bien que je sois croyante, c'était surtout grâce à Romeo et Adam que j'avais survécu à tout ça… Et je ne l'oublierais jamais.

Ma sœur monta se coucher, et je rejoignis Adam, qui était avachi sur l'une des chaises longues. Là où nos premiers jeux de regards avaient commencé. Là où je l'avais détesté, admiré, puis aimé…

Je m'allongeai contre lui et contemplai le ciel, profitant de cette fin de soirée.

Chapitre 55

Adam

Nous restâmes dans les bras l'un de l'autre quelque temps, jusqu'à qu'elle se mette à frissonner. Je la guidai jusqu'à ma chambre, et elle s'installa dans mon lit, juste habillée de l'un de mes T-shirt. Elle n'avait jamais été aussi sexy qu'à cet instant.

Elle se faufila sous mes draps et, après avoir éteint les lumières, je fis de même, vêtu d'un simple boxer.

Nous nous regardions dans les yeux, seulement à quelques centimètres l'un de l'autre, prêts à nous dévorer de nouveau. Je n'avais qu'une envie, lui faire l'amour encore et encore, tant elle m'avait manqué. Son visage éclairé par la lumière de la lune passant à travers la baie vitrée la rendait semblable à une déesse.

Cependant, je devais clarifier certaines choses. Je devais partir le surlendemain matin pour la tournée de mon nouveau film avec Lou et les autres acteurs. Pour un mois.

— Ce qui s'est passé…

— Était une erreur, me coupa-t-elle. On a parcouru du chemin et le problème que nous avions il y a sept mois est toujours le même, Adam…

Le fait qu'elle soit aussi sûre d'elle me rendait à la fois triste et fier. Elle avait vraiment évolué. Mais ne pas faire partie de cette évolution était douloureux. J'avais enfin pu regoûter à son corps, et maintenant, je devais à nouveau la voir m'échapper sans pouvoir rien faire.

— Je repars demain pour New York, m'annonça-t-elle.

— Je dois partir pour un mois aussi, pour mon nouveau film.

Finalement, c'était mieux qu'on n'ait plus à se croiser au quotidien. Il était trop tard pour revenir en arrière. Mais je n'imaginais pas passer des semaines séparé d'elle. Nous avions ce besoin irrépressible d'être ensemble, et loin l'un de l'autre nous n'étions pas heureux, si nous nous laissions gagner par nos sentiments.

— Mais…, reprit-elle en caressant mon visage, les larmes aux yeux, tu vas terriblement me manquer.

— Toi aussi…

Elle colla ses lèvres aux miennes, et rapidement, un baiser en entraînant un autre, je lui fis l'amour de nouveau, m'oubliant en elle, profitant des moments précieux qu'elle m'offrait pour la dernière fois.

Le lendemain, je découvris un lit vide. Je soupirai. Elle partait aujourd'hui. Maintenant que c'était concret, je n'arrivais plus à voir le positif dans cette histoire. Il était évident que j'étais toujours amoureux d'elle.

Lorsque je descendis après m'être préparé, je tombai sur Camila assise sur le canapé, Nate dans les bras. Elle le regardait avec tant d'amour. Pendant un instant, je… Non, merde, non ! Je n'avais pas le droit d'imaginer ce genre de conneries.

Quand elle m'aperçut, elle me sourit, gênée. Elle était magnifique. Tous ces moments charnels que nous avions partagés la rendaient encore plus resplendissante. Malgré la fatigue, elle paraissait être une femme comblée.

Je m'installai près d'elle, un café à la main.

— Il est si sage…

Il était vrai que, pour un nourrisson tout juste débarqué, Nate était un bébé très calme, même si j'aimais en rajouter en prétendant qu'il pleurait trop.

Jessica arriva avec un biberon.

— Ça y est, j'ai enfin tiré mon lait ! C'était douloureux mais moins compliqué que je ne l'avais imaginé.

Je grimaçai, et Jessica me frappa avec son bras libre.

— Ne fais pas cette tête ou je mets du lait maternel dans ton café.

— Pitié, arrête, tu vas me faire gerber dès le matin, rétorquai-je.

Les jumelles rirent, et Camila rendit le bébé à sa sœur avant de se lever.

— Je vais passer chercher mes affaires à l'hôtel !

— Prends ma voiture, lui proposa Jess.

Je voulus accompagner Camila, mais ma raison m'en empêcha. À quoi bon ? Je n'avais pas envie d'attendre son départ toute la journée. Je laissai les filles et je sentis une certaine déception de sa part. Pensait-elle que j'allais venir avec elle ? Probablement. Mais elle-même devait savoir que c'était une bien mauvaise idée. Un footing me ferait le plus grand bien et me paraissait être plus réfléchi.

Arrivé sur la plage, je pris une profonde inspiration. Son avion décollerait d'ici quelques heures, et je ne pouvais rien faire pour l'en empêcher. J'observai le ciel quelques instants et balançai du sable avec mon pied. J'appréciais cet endroit, ces paysages, cette tranquillité que je pouvais parfois avoir malgré mon statut de star.

Je souris bêtement en imaginant Camila ici, avec moi, contemplant l'océan, le vent dans ses cheveux, les yeux fermés et ses lèvres charnues libérant son joli rire mélodieux.

J'aimais Los Angeles, j'aimais ma vie ici, mais je n'aimais pas ces deux choses autant que j'aimais Camila et le bonheur qu'elle m'avait offert dans le passé. C'était désormais évident.

Je regardai l'heure, j'étais resté un long moment. Je décidai de courir jusqu'à la villa le plus vite possible pour être sûr de ne pas la rater avant son départ.

Heureusement, j'arrivai à temps. Ils étaient en train de charger la voiture de Romeo. Les au revoir commencèrent, et une boule dans la gorge m'empêcha de parler.

Lorsque tout le monde cessa de se prendre dans les bras, j'attirai Camila un peu plus loin pour avoir la possibilité de lui dire au revoir dans l'intimité.

J'avais envie de hurler. De la retenir et ne plus jamais la laisser partir. Pourquoi ? ! Pourquoi avait-il fallu que je tombe amoureux ? S'attacher à quelqu'un était pire que tendre le bâton pour se faire battre, c'était accepter de souffrir au moment où on pensait que tout allait pour le mieux. C'était accepter de jouer en sachant qu'on finirait perdant tôt ou tard. Et c'était le cas aujourd'hui, je finissais perdant.

— Alors tu es sûre de toi ? Ta décision est prise ?

— En ce qui te concerne, je ne suis jamais sûre de rien, Adam…

Ses yeux étaient si humides que je m'attendais à la voir fondre en larmes à tout moment. Je détestais qu'elle soit malheureuse, mais j'étais content de savoir qu'elle était si triste de me quitter, bien que ce soit égoïste.

— Tu vas tellement… tellement me manquer.

Une larme finit par rouler sur sa joue et je l'essuyai du bout du doigt.

— Mais nos vies sont… si opposées.

— Ne pleure pas, *honey*. Je pense qu'on finira par se retrouver.

— Et se quitter à nouveau ?

— Écoute… Je te propose qu'on en reparle à la fin de ma tournée. D'ici un mois, on verra ce qu'il en sera.

— Adam… c'est dangereux.

Bien sûr que ça l'était, mais c'était aussi le cas depuis que nous avions choisi de ne plus ignorer nos sentiments respectifs.

— Alors quoi ? Tu préfères qu'on se dise adieu ? Nos vies sont liées. Je ne veux pas renoncer définitivement à toi.

— Moi non plus, mais c'est plus sage. Je ne veux pas d'une relation sans limites, sans aucun sens… Je t'aime beaucoup trop pour ça.

Alors elle m'aimait toujours autant. Au fond, je le savais, mais l'entendre me fit du bien. Ou pas. Puisque, contrairement à ce que j'avais imaginé, la fissure dans mon cœur ne faisait que s'approfondir.

Pour son bonheur, je devais la laisser partir. Je lâchai sa main et plongeai mon regard dans le sien.

— Alors, je n'ai plus qu'à te souhaiter bonne chance.

Contre toute attente, elle m'embrassa, d'un baiser puissant, exprimant tout ce qu'elle éprouvait pour moi. Je la serrai si fort que j'eus peur de lui avoir fait mal. Le temps s'était comme figé, et je voulais la garder contre moi et oublier qu'elle me quittait définitivement.

Au bout de quelques secondes, nous nous séparâmes naturellement, comprenant que c'était fini.

Sans un mot, elle me regarda une dernière fois, puis partit vers la voiture, emportant avec elle une partie de mon cœur, à laquelle je renonçais.

Quoi que me réserve l'avenir, j'étais persuadé que notre lien persisterait d'une façon ou d'une autre. Après tout, il était évident que, depuis son arrivée dans ma vie, mon monde tournait autour d'elle.

Une fois dans l'aéroport le lendemain, je laissai Brie gérer les formalités. Lou me parlait de je ne savais quoi, puisque je ne l'écoutais pas. Nous étions dans une petite salle VIP pour les voyageurs privilégiés.

Les au revoir avec Jess et Romeo avaient été difficiles. Mais mon départ leur permettrait de profiter de leur vie de jeunes parents tranquillement pour les prochaines semaines.

En revanche, la veille, dire adieu à Camila avait été bien plus éprouvant que je ne l'aurais cru. Elle avait quitté Los Angeles et, jusqu'à la dernière minute, j'avais hésité à l'empêcher de prendre l'avion mais j'avais fini par me raisonner.

Je n'arrêtais pas de ressasser, de me demander pourquoi nous n'étions pas ensemble. Il y avait eu la maladie de son père, puis notre séparation, mes soucis avec la drogue, les malentendus et les manipulations de Carter, les problèmes de timing, la peur de s'engager dans quelque chose de si fort… Mais finalement, tout ça appartenait au passé. La retrouver et avoir failli la perdre m'avait fait réaliser que tout ça n'était que des détails sans importance. Et puis, la peur faisait partie du jeu.

Mais merde, pourquoi nous nous étions convaincus que nos vies étaient trop différentes ? Nous étions parfois aux antipodes, je n'étais pas certain que nous rêvions des mêmes choses pour l'avenir. Pourtant, qu'elle le veuille ou non, elle m'aimait. Et je l'aimais aussi. Alors bordel, pourquoi je nous laissais gâcher tout ça ? Tous ces films niais dans lesquels j'avais joué m'avaient bien fait réaliser que, avec du courage et de l'amour, n'importe quelle relation pouvait durer.

— Tu m'écoutes, Adam ? me demanda Lou, agacée.

— Absolument pas, répondis-je en me levant.

Elle s'indigna, mais c'était le cadet de mes soucis. Je me contrefoutais de la promotion de mon film, des médias, de tout ! Mais je ne pouvais pas renoncer à ce bonheur que la vie m'avait offert. Et même si je perdais la tête, je m'en foutais.

Je devais tenter le tout pour le tout, quitte à me planter complètement. Elle était ma clé, mon remède, mon absolution.

— Lou, je ne vais pas pouvoir t'accompagner, j'en suis désolé, déclarai-je en m'éloignant.

— Quoi ? Mais Adam, tu es fou ? !

— Je crois, ouais.

Je me dirigeai vers la porte. Sans réfléchir, je me précipitai au guichet. Par chance, je n'attendis que cinq minutes. En revanche, cela suffit à mes fans pour me reconnaître et, rapidement, je fus entouré de dizaines de personnes criant mon nom, me demandant un autographe, une photo… C'était le prix à payer lorsqu'on s'appelait Adam Carrera et qu'on fonçait tête baissée sans prévenir la sécurité. D'autres me prenaient carrément en vidéo. Je fis de mon mieux pour les ignorer, et une fois que ce fut mon tour je me sentis soulagé.

— Monsieur… Monsieur Carrera…

Eh merde, bon, je devais garder mon calme. La grande blonde qui me faisait face bégayait et me bouffait des yeux, à tel point que j'étais plus mal à l'aise qu'elle à cet instant.

— Un billet pour New York, n'importe lequel ! Le plus tôt possible.

J'avais dû être balancé par Lou, car Brie débarqua, affolée. Elle faisait son possible pour me raisonner, mais je ne l'entendais même pas. Tout ce que je voulais, c'était récupérer la femme que j'aimais et faire en sorte de ne plus jamais être séparé d'elle. Quel qu'en soit le prix à payer.

— Tous les vols d'aujourd'hui sont complets, monsieur…

Non, non, non ! Ma folie ne pouvait pas avorter aussi rapidement, je ne pouvais pas croire à un tel acharnement de la part du destin…

Chapitre 56

Camila

Aller au travail avait été compliqué ce matin, mais je n'avais pas souhaité m'absenter un jour de plus. Broyer du noir chez moi était la pire chose qui puisse m'arriver actuellement. Je n'avais cessé de pleurer et d'hésiter à appeler Adam toute la nuit. Mais je ne pouvais pas. Il partait pour un mois, et de mon côté je devais reprendre ma vie là où je l'avais laissée.

Nous étions en début d'après-midi, je venais de quitter le restaurant dans lequel j'avais déjeuné avec Elliot. Malgré une importante discussion, j'avais décidé de mettre un terme à toute relation avec lui, si ce n'était sur le plan amical ou professionnel. Il était peiné par ce choix mais le comprenait. Il préférait cela plutôt que de passer au second plan dans mon cœur. Aucun homme ne pouvait partager ma vie tant que je n'avais pas fait le deuil de mon histoire avec Adam. Et cette fois-ci, je présageais un long moment avant que cela n'arrive… Néanmoins, Elliot et moi resterions amis et habillés lorsque nous nous verrions.

Depuis mon retour, je ne me sentais pas bien. Après tout, c'était normal. Entre ce qui s'était passé avec Josh qui marquait encore mon corps et ma nouvelle séparation avec Adam affreusement douloureuse, j'allais avoir besoin de temps pour me remettre sur pied.

Mon père m'avait demandé de venir à son bureau avant que je reprenne le travail. Le revoir dans les locaux du cabinet me mettait du baume au cœur. Il était réellement en train de récupérer et retrouvait son énergie et sa ténacité habituelles.

Lorsque j'entrai, il me fit signe de m'asseoir sur l'un des fauteuils, là où il buvait son café avec ses clients, et s'installa en face de moi. Il me servit un verre de vin et opta pour un de whisky. Je préférai de pas commenter sa consommation d'alcool fort à une heure pareille et dans le cadre du travail. Je mettais ça sur le compte de son retour récent.

— Comment tu te sens ? Après ce qui s'est passé avec cette espèce de…

— Ça va, papa, ne t'en fais pas.

Tout ce qui était arrivé ensuite avec Adam m'avait permis d'oublier, ou en tout cas de moins y penser. Ce traumatisme me marquerait encore longtemps, et je me souviendrais toujours de ce qu'il avait fait pour me sauver la vie. Et si mon cœur demeurait en miettes toute mon existence ?

— Bien. Je suis très fier de ce que tu es devenue, ma fille. Je tenais à te le dire. Ces derniers mois n'ont pas été simples, et je sais que je n'ai pas toujours été facile non plus. Tu es resté avec moi, tu m'as soutenu, et je n'avais même pas saisi que tu vivais un chagrin d'amour.

Je fus choquée, mon père ne me parlait jamais comme ça. Il conservait en permanence cet air de gardien de prison et trouvait toujours quelque chose à redire à tout ce que nous faisions, ma sœur et moi.

— J'ai eu un cancer et j'ai failli te perdre, à Los Angeles. Ça m'a fait réaliser que la vie est courte et qu'il faut la vivre comme on le souhaite. Tu as fait énormément de sacrifices, jusqu'à présent, alors j'aimerais que tu sois totalement libre de tes choix.

Si l'on m'avait dit que mon père tiendrait un tel discours, je ne l'aurais jamais cru. C'était invraisemblable.

— Mais… tu étais si heureux que je sois avec Carter, et…

— Je me suis trompé.

Ces quatre mots me firent l'effet d'une baffe en plein visage.

L'inébranlable Cameron Da Silva qui avouait ses torts ? Je me pinçai assez fort pour être certaine que la douleur et la scène étaient bien réelles.

— Jessica et toi, vous êtes mes filles, et votre bonheur passe avant tout. Je comprends que ce que je souhaite n'est pas forcément ce que vous voulez. Puis, si j'avais écouté mes parents, jamais je n'aurais épousé ta mère et ça aurait été ma plus grosse erreur.

Il s'arrêta pour déguster son whisky hors de prix en m'observant. Je savais à quel point ma mère lui manquait et à quel point il l'avait aimée. S'il était aussi impitoyable, c'était probablement à cause de sa colère contre la vie, qui lui avait pris la femme qu'il aimait plus que tout. Et tout ça pour un stupide accident de la route. Cet événement nous avait tous les trois brisés.

— De plus, jamais je ne pourrai accepter dans la famille un homme infidèle à ma fille.

— Comment…

— Je sais toujours tout, Camila.

— Mais…

— C'est Kate de la compta qui me l'a dit récemment.

Kate… la commère du cabinet. Je n'étais pas énervée, au contraire, j'étais soulagée de ne pas avoir eu à le lui avouer moi-même.

— D'ailleurs, je dois avoir une petite conversation avec lui juste après toi.

Aïe. Tel que je connaissais mon père, sa loyauté et son amour pour ses filles, Carter allait passer un très mauvais moment. Mais j'étais satisfaite qu'il ait enfin ouvert les yeux sur son protégé, car celui-ci m'avait délibérément trahie. Et ça, Cameron Da Silva saurait le lui faire payer. Bien entendu, je ne l'en empêcherais pas.

Je hochai la tête puis compris qu'il souhaitait que je parte. Je bus une gorgée de mon verre et me levai.

— Tout ce que je te demande, c'est d'être prudente, quoi que tu choisisses de faire.

J'acquiesçai et le pris dans mes bras. Mon père avait évolué, et l'entendre tenir ce genre de paroles me touchait énormément. Je savais qu'il avait déjà un peu changé grâce à Jessica, qui m'avait raconté la conversation qu'elle avait eue avec lui, mais cela me semblait si irréel que je l'avais soupçonné d'avoir exagéré. Visiblement, ce n'était pas le cas.

— Je t'aime, papa.

— Moi aussi, *mi querida hija.*

Je lui souris puis quittai son bureau. Je tombai nez à nez avec Carter, qui me regarda de la tête au pied.

— Camila…

— Carter.

— J'ai appris ce qui t'est arrivé à Los Angeles… Ces gens ne sont pas fréquentables…

Évidemment. Il ne s'arrêtait jamais. Si j'avais bien compris une chose, c'était que mon père lui avait accordé tant d'importance qu'il se permettait de juger mes faits et gestes comme il l'avait toujours fait jusqu'à aujourd'hui, où j'avais enfin droit à la rédemption dont j'avais besoin.

— Stop. Si tu sais ce qui s'est passé, tu sais aussi qui m'a sauvé la vie. Et je vais bien oui, merci de demander.

— Cam, arrête…

— Je te souhaite d'être heureux, Carter, en dépit du fait que tu m'aies trompée, que tu aies tenté de me faire chanter et que tu m'aies caché l'appel d'Adam en lui faisant croire que nous nous étions remis ensemble.

Il devint livide en comprenant que je savais tout. Plus jamais je ne le laisserais me gâcher quoi que ce soit.

— Je te pardonne, mais ne t'avise plus jamais de te mêler de ma vie ou je te le ferai regretter.

Après avoir suffisamment soutenu son regard, je lui permis d'entrer dans le bureau de mon père pour qu'il paye le prix fort et pris l'ascenseur pour me rendre dans le mien, deux étages plus bas. J'avais besoin de passer un appel. Grâce à ma conversation avec le grand Cameron Da Silva, j'avais compris quelque chose, je devais me battre pour ce que je voulais. Et même si je m'étais convaincue du contraire, je ne voulais rien autant que je voulais Adam. Je refusais de renoncer à lui sans même avoir essayé de nous sauver.

Arrivée à l'entrée de mon bureau, je laissai tomber mon téléphone portable sur le sol, bouche bée en découvrant celui qui se tenait devant moi. J'étais comme paralysée. C'était impossible, il ne pouvait pas être réellement ici, en face de moi.

J'avais encore les yeux gonflés d'avoir passé la nuit précédente à pleurer, à deux doigts de tout plaquer pour le rejoindre…

Adam était là, à New York, et je n'arrivais pas à y croire. Le temps semblait s'être arrêté.

— Je n'ai pas été assez efficace pour te rattraper avant ton vol, comme dans ces pitoyables comédies romantiques, mais je suis là.

— Tu es venu jusqu'à New York… pour moi ?

Je le regardai, nerveuse, déstabilisée, tremblante…

— Non, j'avoue aussi être venu pour les pizzas à l'angle de la 56e et 57e avenues.

Je ne pus m'empêcher de pouffer et lui frappai l'épaule. Adam était là, face à moi, plus beau que jamais, caché par sa casquette « I love NY » qu'il avait dû acheter dans une boutique souvenir de l'aéroport pour tenter de « passer incognito ». Sauf qu'un homme tel que lui ne pouvait pas être discret. Son incroyable physique mêlé à son charisme n'échappait à personne. Il n'y avait qu'à marcher près de lui pour s'en rendre compte.

— Je t'ai laissée partir une fois, et il ne s'est pas passé une minute sans que je le regrette. Parce que, putain, t'as le don de m'énerver, t'as déjà réussi à me blesser plus que n'importe qui dans ce foutu monde. Pourtant, je ne peux pas imaginer te perdre une nouvelle fois. Je n'en ai rien à foutre de nos vies différentes, rien à foutre d'habiter ici, à New York avec toi et faire constamment des allers-retours à Los Angeles. Je me fous de me coltiner ton connard d'ex, je me fous de tout ce qui pourrait ne pas aller entre nous, parce que ce que j'éprouve pour toi, ça, c'est quelque chose que je ne veux jamais perdre.

— Adam…

— Tu peux dire ce que tu veux, je sais que tu ressens la même chose. Tu peux avoir peur, tu verras que, malgré toutes mes conneries, mon but premier sera de te garder heureuse et avec moi. J'ai déjà changé, tu m'as changé, et je suis prêt à faire plus d'efforts pour devenir l'homme que tu mérites.

Ses paroles me semblaient si invraisemblables. C'était trop beau et si dangereux pour mon cœur blessé et torturé.

— Je vais te prouver que, toi et moi, nous ne sommes pas faits pour respecter ces foutues règles. J'en ai marre d'attendre, de faire comme les autres le voudraient ou de vivre mon existence comme si j'étais spectateur. Alors je vais faire quelque chose de fou, mais je vais le faire.

Il s'agenouilla devant moi sous mon air ébahi, sortit une boîte de sa poche et me regarda droit dans les yeux avant de dire :

— Épouse-moi, Camila Da Silva, et prends le risque d'être heureuse jusqu'à la fin de ta vie.

J'étais à deux doigts de m'effondrer tant mes jambes tremblaient. Elles ne me portaient plus. La main sur la bouche, j'observai Adam, puis la magnifique bague qu'il me tendait, suffoquant. La chaleur de cette pièce devenait insoutenable.

Il était là, il était réel, prêt à m'aimer…

Un attroupement de collaborateurs s'était réuni à la porte de mon bureau, prenant probablement des photos, chuchotant ; la majorité avait dû reconnaître Adam. Mais je ne les voyais pas. Je n'avais d'yeux que pour celui que j'aimais à en mourir.

J'étais au bord de l'évanouissement, mais je ne pouvais pas laisser passer ce moment magique.

— Oui, murmurai-je.

Je me noyai dans son regard.

— Oui, je veux t'épouser, Adam ! déclarai-je cette fois-ci à voix haute.

Il sembla bloquer deux secondes, comme s'il n'était pas certain d'avoir bien entendu, puis se releva pour me serrer dans ses bras, si fort que je craignais d'étouffer. Mais il s'agirait de la plus belle mort possible.

Après une attente qui me parut insoutenable, il s'empara de mes lèvres et je sus que je venais de prendre la meilleure décision de ma vie.

Chapitre 57

Camila

Je terminai rapidement ma part de pizza beaucoup trop grosse pour une seule personne.

— Tu en as partout, *honey*, fit Adam, moqueur.

Il n'avait pas plaisanté. Il m'avait réellement emmenée manger une pizza à l'angle de la 56e et 57e avenues. Étant donné la situation, j'avais pris mon après-midi et nous étions rentrés chez moi. Le voir dans mon appartement m'avait donné des sensations étranges, toutes très positives. J'adorais l'avoir ici, avec moi. Après avoir fêté nos fiançailles comme il se devait – autrement dit, il m'avait fait l'amour dans chacune des pièces sans ménagement –, nous étions affamés, je l'avais donc suivi jusqu'ici. Je l'avais imité en enfilant un sweat à capuche et des lunettes de soleil. Nous ressemblions à deux adolescents en fugue, mais au moins personne ne me prenait en photo avec de la sauce tomate sur le visage.

— Et ta tournée promotionnelle ?

J'avais complètement oublié qu'il devait partir pendant un mois. La bulle dans laquelle je me trouvais avec lui m'avait empêchée de penser aux détails jusqu'à présent.

— Annulée, dit-il en grimaçant.

— Par eux, ou par toi ?

Il esquissa un sourire en coin, qui, en plus de sa capuche qui assombrissait une partie de son visage, lui conférait un air de mauvais garçon.

— Je te l'avais pourtant dit, Camila.

— Quoi dont ?

— Que je te choisirais toujours toi.

Un frisson me traversa, et j'attrapai sa main pour la serrer dans la mienne.

— Et maintenant ?

— On a plus qu'à décider où vivre.

Cette éternelle question restait sans réponse alors que nous souhaitions passer notre vie ensemble…

— Mais avant, profitons de cette nouvelle vie qui s'offre à nous.

Je hochai la tête, souriante.

— Alors cette pizza ?

— Je comprends que tu aies fait tout ce chemin pour ça, dis-je en riant.

Nous décidâmes de nous balader dans Central Park avant de rentrer. Il m'arrivait de regarder ma bague, j'étais toujours sous le choc. À cause de leur clause de confidentialité intégrée dans leur contrat de travail, mes collaborateurs n'avaient pas encore vendu l'information à la presse, mais je savais qu'il ne faudrait que quelques heures pour que les rumeurs commencent à tourner ou qu'ils ne trouvent une parade pour gagner de l'argent sur notre dos.

— Au fait, Eden Sheran nous invite à son concert ici, demain soir.

J'écarquillai les yeux. Mais que racontait-il ?

— Il n'y avait plus de places en avion de ligne, alors je suis allé à l'aéroport privé, et je l'ai croisé. Quand je lui ai dit pourquoi je devais vite me rendre à New York, il m'a proposé de l'accompagner en jet.

— Ouah ! C'est vraiment gentil de sa part !

— D'ailleurs, je vais devoir songer à m'acheter un jet. Tu connais ses musiques, non ? Ce mec est encore plus romantique que moi.

Nous arrivâmes dans un endroit où il y avait de la foule, alors nous opérâmes un demi-tour pour éviter de nous retrouver exposés. J'avais conscience que ce serait un des aspects de notre relation les plus difficiles à supporter. À Los Angeles, il était plus facile de se cacher ou de se rendre dans des lieux adaptés. Ici, à New York, passer inaperçu me paraissait impossible.

— La coïncidence est folle, mais mon père m'a tenu un discours incroyable. Je ne pense pas qu'il sera contre notre relation.

— Je ne pense pas non plus…

Je fronçai les sourcils en observant Adam. Pourquoi j'avais l'impression qu'il me cachait quelque chose ? Je l'interrogeai du regard, et il se mit à sourire.

— Je sais à quel point l'impitoyable Cameron Da Silva aime ses filles, et je connais ton amour pour ton père. Alors avant de me rendre dans ton bureau, je suis passé le voir, et je lui ai demandé ta main.

Je tombais des nues. J'avais tout imaginé… mais ça ? ! Adam avait pris au sérieux une tradition basée sur le respect, et ce geste demeurait à la fois courageux et très significatif. Je n'arrivais pas à croire qu'il soit allé jusque-là. Une larme roula sur ma joue et, en bon gentleman qu'il avait toujours été au fond de lui, il la fit disparaître avec le bout de son pouce.

— C'est tellement… Merci, Adam.

— Je l'ai aussi fait pour moi. Mieux vaut avoir Cameron Da Silva avec soi que contre soi.

Je ris, il n'avait pas tort sur ce point. Je me blottis contre lui et fermai les yeux, profitant de cet instant unique.

— Rentrons, j'ai comme une folle envie de refêter nos fiançailles…, lui murmurai-je à l'oreille.

Quelques jours s'étaient écoulés, et effectivement des rumeurs s'étaient propagées, des photos avaient été transmises aux médias montrant Adam me demandant en mariage dans mon bureau. C'était inévitable. Heureusement, nous avions eu le temps de l'annoncer nous-mêmes à nos proches, tous ravis par cette nouvelle inattendue.

Ce soir, nous avions une interview avec un grand journaliste américain et devions passer en direct à la télévision. Adam tenait à mettre les choses au clair concernant notre relation. J'étais très nerveuse à l'idée de m'exposer ainsi face à tout un pays, voire plus.

Nous étions tous deux habillés de manière très classe, lui en costume noir et chemise blanche, moi d'une robe rouge simple et sophistiquée. J'avais évidemment choisi la couleur qui représentait ma passion pour lui.

Une fois que nous fûmes assis sur le canapé pour l'entretien, Adam prit ma main dans la sienne pour me donner du courage. J'enviais sa capacité à rester calme et serein. Lui qui faisait ça sans cesse, il n'avait plus de réelles craintes, cela faisait partie intégrante de son travail.

— Ça va aller, *honey*, me murmura-t-il à l'oreille.

J'inspirai profondément et souris lorsque l'on annonça le début de l'interview.

— Bonsoir, vous deux, ou devrais-je plutôt dire, félicitations aux fiancés !

Ce célèbre journaliste était selon Adam un incontournable pour diffuser les informations que l'on souhaitait, sans que ces dernières soient détournées par des magazines ou des blogueurs. Il se tenait droit dans son costume gris clair valorisant son corps entretenu. Ses cheveux bruns étaient parfaitement coiffés en arrière. Il n'avait pas loin de la cinquantaine, d'après ce que m'avait appris mon incroyable et terriblement sexy futur mari.

— Bonsoir ! répondit Adam.

— Alors, autant vous dire que cette interview a fait parler sur les réseaux ! Vous deux, ensemble, après des mois de séparation, de mystères… Et surtout, votre relation de couple avec Lou, monsieur Carrera.

J'avais peur d'être détestée ! Je visualisais encore le lynchage de la femme de Justin Bieber alors qu'il s'était séparé de son ex depuis des années. Subirais-je les mêmes choses ? Je savais pourtant qu'il n'y avait rien eu entre lui et Lou, il m'avait tout avoué. Mais malheureusement, le grand public l'ignorait.

— Je préfère clarifier la situation directement, déclara Adam en serrant ma main un peu plus fort dans la sienne. Lou et moi, ce n'était qu'un petit flirt, et même si les médias se sont emballés, il ne s'est jamais rien passé de concret ou de sérieux.

Il but une gorgée d'eau avant de poursuivre. Adam maîtrisait la prise de parole comme personne. J'avais encore aujourd'hui énormément d'admiration pour lui et me retrouvais parfois décontenancée par sa repartie, son intelligence ou sa capacité à contrôler chaque situation.

— Camila et moi, ça a été assez compliqué pour de nombreuses raisons qui nous concernent, mais ce qui est certain, c'est que l'amour a été le plus fort.

L'entendre prononcer de genre de paroles me donnait envie de pleurer de joie.

— Et vous, Camila ? Que pensez-vous de tout cela ? D'après nos recherches, vous êtes la sœur de Jessica Da Silva, vous avez été diplômée de Harvard et vous êtes devenue avocate dans le célèbre cabinet de votre père.

Ils savaient déjà tout. Que répondre ? Ma crainte était de dire quelque chose qui pourrait se retourner contre moi ou, pire, contre Adam.

— Vos informations sont exactes. Ce que j'en pense, c'est que, même si j'ai lutté contre mes sentiments, je veux passer le reste de ma vie au côté de cet homme. C'est pour cela que…

J'hésitais, annoncer quelque chose aux médias et téléspectateurs alors que je n'en avais pas parlé avant au principal concerné était un énorme risque. Surtout à la télévision, attentivement regardée par des millions de personnes.

— J'ai décidé de suivre Adam à Los Angeles. Le problème de la distance ne se posera plus.

Le courage d'Adam m'avait influencée à reprendre ma vie en main. J'avais donc choisi de penser à moi, à *nous*, et de quitter New York. Même si j'avais rêvé une bonne partie de mon existence de cette magnifique ville aux buildings immenses, je m'étais découverte une passion pour Los Angeles, ses espaces et ses plages. J'y suivrais Adam, afin de me rapprocher de ma sœur et sa famille, et d'ouvrir mon propre cabinet. Mon père m'avait déjà promis de m'accompagner dans cette nouvelle aventure et était fier de mon initiative, parce qu'elle me correspondait et qu'elle était ambitieuse.

Adam m'observa et, dès que je croisai ses yeux brillants de surprise et de bonheur, je souris. J'avais eu raison, et désormais je n'en doutais plus une seule seconde.

— Eh bien ! Vous avez réellement l'air heureux ensemble ! C'est beau à voir ! continua le journaliste.

— Nous le sommes, confirma mon fiancé, sans me lâcher du regard.

Si j'avais bien compris une chose, c'était que nous avions besoin l'un de l'autre. Il était ma moitié, et plus jamais je ne prendrais le risque de vivre sans lui.

Épilogue

Adam

Nous pouvions presque considérer que tout se finissait bien. Le père de Camila était en rémission, il avait officiellement vaincu le cancer, et nous n'avions plus qu'à attendre qu'il se remette de cette longue période éprouvante. Il nous avait promis de prendre plus de temps pour lui et de déléguer sa quantité de travail à un associé qualifié. Évidemment, pas Carter. Ce vaurien, comme il l'appelait si bien, avait osé tromper sa fille, et pour cela il n'avait plus aucune chance de réussir sa carrière à New York. Cependant, il lui avait laissé la possibilité d'intégrer un bon cabinet de Chicago, pour le remercier de son aide lorsqu'il était malade, ce qui me convenait. J'appréciais que ce connard d'avocat véreux vive loin de ma femme et moi.

Ma femme… J'avais encore du mal à réaliser que j'avais épousé Camila quelques mois plus tôt. Contrairement à ce qu'aurait voulu Jess, nous avions opté pour un petit mariage discret et familial dans une église en République dominicaine. La fête s'était poursuivie sur une plage privée et aménagée spécialement pour l'événement. Vivre constamment exposé était assez épuisant, cet instant unique et précieux nous appartenait, et nous avions tout fait pour que cela reste ainsi.

Je me souvenais encore de ce moment où Cameron avait guidé sa fille jusqu'à l'autel, jusqu'à… moi, lors de la cérémonie religieuse.

Nous devions être une vingtaine tout au plus, et je n'avais d'yeux que pour elle. Sa robe de mariée semblait avoir été conçue pour elle, mélangeant des styles classe et bohème.

Désormais, elle était l'heureuse directrice du cabinet Da Silva spécialisé dans la défense des femmes victimes de violences. Elle adorait son travail et encore plus la cause à laquelle elle se consacrait. Elle faisait ma fierté. Cette jeune femme déterminée, une guerrière au cœur tendre.

Elle avait par ailleurs gagné son combat contre Josh au côté de Naomi, qui continuait son existence sereinement. Son ex passerait des années en prison et, s'il s'amusait à ne serait-ce qu'évoquer le fait de s'approcher de Camila à sa sortie, je m'occuperais personnellement de le faire disparaître.

J'aimais ma vie avec elle. Nous avions décidé d'habiter dans notre propre villa, moins grande que l'ancienne mais tout aussi magnifique. Nous étions isolés, à seulement quelques maisons de sa sœur et de Romeo. J'adorais partager mon quotidien avec elle mais, surtout, j'aimais être son mari. Malgré les complications que cela pouvait imposer, comme le fait d'être exposés dans les médias, nous étions plus qu'heureux.

Brie claqua des doigts devant moi pour me sortir de ma torpeur. Cette pauvre femme avait pris quelques rides depuis qu'elle s'occupait de ma carrière. Je devais avouer ne pas avoir été toujours tendre et facile à vivre. À cause de mes choix et mes humeurs, elle avait dû me sauver la mise et faire face plus d'une fois à des situations délicates. Moi qui croyais qu'elle n'était là que pour l'argent que je lui rapportais, j'avais vite compris que non. Car quand j'étais au plus bas, elle avait refusé des contrats qui auraient pu lui assurer son salaire et sa notoriété d'agent à ce moment-là. J'avais peut-être plus d'alliés que je ne le pensais.

— Je n'aime pas ce regard, Adam ! À chaque fois, j'ai l'impression que tu vas me faire un sale coup.

Elle râlait mais ça ne me faisait plus rien, car j'y étais habitué.

Puis il fallait bien avouer que, la majorité du temps, je le méritais. Je souris et lui tendis une enveloppe. Elle fronça les sourcils et s'affola.

— Oh non, ne me dis pas que tu démissionnes, ou que tu…

— Brie, ouvre-la.

Elle soupira et sortit ce qui se trouvait à l'intérieur en bougonnant. Quand elle comprit, elle se tut.

— C'est quoi cette connerie ?

— Des billets pour un mois tous frais payés aux Caraïbes, dans le plus bel hôtel de l'île, pour toi, ton mari et tes enfants.

— Adam, je n'ai pas le temps de… et pourquoi ?

— Pour tout ce que tu as enduré, je pense que tu mérites bien quelques vacances !

— Un mois ? Mais…

— Je te promets de ne pas faire de bêtises pendant ton absence, je vais emmener ma femme en voyage de noces. On part faire un petit tour d'Europe.

J'avais attendu un an que son cabinet puisse prendre son essor et qu'elle se sente suffisamment à l'aise pour le confier à ses nouveaux associés juniors pendant quelques semaines. Nous avions besoin de nous retrouver à deux, car nos carrières nous prenaient tout notre temps. C'était parfois frustrant, notamment parce que je n'étais jamais rassasié d'elle, mais c'était la vie que nous avions choisie. Et pour rien au monde je ne regretterais quoi que ce soit la concernant.

Brie pinça ses fines lèvres et secoua la tête avant de me serrer dans ses bras, pour la première fois depuis les nombreuses années qu'elle s'occupait de moi. C'était étrange, et je n'étais pas spécialement à l'aise avec les démonstrations d'affection en public, mais je la laissai faire.

— Merci, Adam.

Je souris à nouveau, et elle me relâcha pour me taper l'épaule.

— Allez, fonce recevoir ton prix, car je suis sûre que tu en auras un.

Je rejoignis ma femme, Jessica et Romeo. Je m'assis sur mon

siège en velours rouge attitré, au milieu de plein d'autres célébrités, et attendis. La cérémonie commença.

Je pris la main de Camila et m'installai confortablement. Ce genre de show que j'aurais tout fait pour esquiver dans le passé me paraissait beaucoup plus agréable avec elle à mes côtés. Tout me semblait plus coloré et intéressant auprès de Mme Carrera.

— Et pour l'oscar du meilleur acteur, nous avons le plaisir d'appeler Adam Carrera pour son rôle de Hayden Smith dans *Unstoppable*, un film tiré d'une histoire vraie ! s'exclama Milena Cirus dans son micro.

Je devais avouer m'attendre à un prix, mais pas aussi prestigieux. Depuis un an, ma carrière ne faisait que monter en flèche. Il fallait dire que ma vie était bien plus saine et, forcément, cela se ressentait dans la qualité de mon travail et de mon jeu. Je n'avais jamais plus retouché à cette merde qu'était la drogue. Elle avait failli me tuer et me faire perdre tout ce que j'avais.

Avec l'aide de ma femme, j'avais monté une association de lutte contre les addictions et je n'avais pas honte de parler de mes anciens vices, si cela pouvait sauver d'autres personnes qui n'avaient peut-être pas la chance d'être soutenues comme je l'avais été. J'étais heureux, j'avais évolué, j'avais avancé. Je m'étais battu pour ça.

J'embrassai Camila, qui me murmura un « je suis fière de toi », avant de rejoindre la scène. Je remerciai le public qui m'acclamait et m'applaudissait. Être face à tous ces gens, dont beaucoup que je connaissais, rendit ce moment plus fort. Ces personnes étaient aujourd'hui ma famille et avaient comblé un vide dans mon existence. Je ne pus m'empêcher de sourire face à leurs yeux brillants d'émotion.

— Je tiens à remercier tous ceux qui m'ont soutenu dans mes projets, la production du film, mon équipe, Brie, mon agent, mes amis devenus ma famille, mais surtout, je veux remercier ma femme, Camila, car sans elle, je n'en serais pas là aujourd'hui. Elle adore dire que je lui ai sauvé la vie, mais la vérité est qu'elle a aussi sauvé la mienne. Et pour cela, je jure de l'aimer et la protéger jusqu'à ce que la mort nous sépare. Enfin, vous connaissez la chanson, conclus-je en riant.

Les regards se tournèrent vers elle, mais elle ne décollait pas ses magnifiques yeux verts de moi. Elle était si belle, et elle était à moi. Pour *l'éternité*…

Remerciements

Quelques pages ne suffiraient pas à remercier tout le monde… Alors je vais essayer de faire au mieux !

Un troisième roman de clôturé, c'est toujours aussi invraisemblable ! Me retrouver à vivre ma passion sans limites est une chance que je souhaite à chacun d'entre vous. Et pour cela, je remercie mon incroyable maison d'édition, HarperCollins France. Merci de laisser ma créativité s'exprimer.

Après *Break the rules* et *Out of control*, créer un nouvel univers, de nouveaux personnages, une nouvelle histoire n'a pas été facile. Pourtant, j'ai adoré écrire les aventures de Camila et Adam, deux protagonistes à la fois si différents et si complets ensemble. J'espère que vous les aurez aimés autant que moi !

Merci à Florence, une fois de plus, pour m'avoir accompagnée et soutenue tout au long des corrections, pour m'aider à rendre *Rappelle-moi de te détester* encore meilleur. Lors de l'édition de ce roman, j'ai traversé certaines épreuves, et son soutien m'a aidée à mener ce projet à bien, toujours dans la bienveillance. Je te suis très reconnaissante pour ton dévouement et ton talent !

Merci à mes proches, Thomas, ma famille, mes amis, et tous ceux qui croient en moi depuis que cette folle aventure qui a débuté en 2020 ! Eux qui me font la meilleure promotion possible, quitte parfois à me mettre mal à l'aise ! J'ai la chance d'être entourée de personnes exceptionnelles et, croyez-moi, je remercie le ciel chaque jour pour ça !

Enfin, merci à vous tous, mes lectrices, mes lecteurs, les Bookstagrammeuses qui font un travail exceptionnel pour rendre nos romans encore plus beaux et incroyables. Tous vos posts me font rire, me touchent, me donnent envie de donner le meilleur de moi-même ! Vous êtes fabuleux !

On se retrouve très vite pour de nouvelles aventures !

Je vous aime ! ❤

Victoria

Instagram : Victoria Arabadzic (@queenvikwp)

Vous avez aimé *Rappelle-moi de te détester* ?
Découvrez les autres romans
de Victoria Arabadzic

Tournez-vite la page pour découvrir
un extrait de *Break The Rules* !

Prologue

Je me rappelais encore le jour où Jake était parti. Il m'avait embrassé le front avec une force démontrant toute sa douleur. Il s'était excusé, de nombreuses fois. Il m'avait promis que tout irait bien alors que je savais pertinemment que c'était faux. C'était impossible qu'il y croie. Je le perdais, lui, le seul homme qui avait été là pour moi, le seul qui m'avait permis de rester digne suite aux scandales essuyés par notre famille.

La colère que j'avais ressentie était bien trop grande, bien trop puissante. Je le détestais et je me détestais de l'aimer autant. Pourquoi avait-il agi ainsi ? Il n'était qu'un pur égoïste, un sombre abruti.

— Pourquoi ? ! avais-je hurlé. Pourquoi toi, Jake ? !

Un des agents du FBI m'avait retenue fermement. Je m'étais débattue, j'avais donné des coups de pied, malheureusement sans résultat.

— Je suis désolé, Adria… Je n'avais pas le choix, m'avait-il murmuré, se sentant visiblement coupable de devoir m'abandonner.

— Bien sûr que si !

Des larmes coulaient abondamment le long de mes joues, mes poings étaient serrés et mes ongles plantés dans mes mains. Tout mon corps tremblait.

Jake avait gardé la tête baissée. J'avais eu envie de le frapper de toutes mes forces. Il ne semblait pas regretter son geste, comme s'il était presque fier d'avoir tué Ethan McCartney de sang-froid.

Mes parents, qui n'exprimaient aucune émotion et paraissaient juste avoir honte de leur fils, m'avaient demandé de me calmer.

Extrait

— Il est temps de partir, avait alors déclaré l'un des agents d'un ton ferme.

Jake m'avait chuchoté qu'il m'aimait avant d'être emmené par les six hommes des forces de l'ordre. Totalement perdue, j'avais eu l'impression de me retrouver seule au monde. Mon univers venait d'entièrement s'écrouler. Ma grande sœur avait été tuée et mon grand frère allait passer le reste de ses jours en prison.

Cette sensation de solitude étouffante m'avait presque fait suffoquer.

Moi qui me trouvais en première année de psychologie, jamais je n'aurais imaginé que mon propre frère, mon propre sang, pourrait agir ainsi.

Il venait de gâcher sa vie et celle de notre famille, déjà en grande partie détruites par la mort de Hanna.

Ce que j'ignorais, c'était toutes les conséquences qui découleraient de son acte de vengeance.

Chapitre 1

— Êtes-vous sûre, mademoiselle Stevens ? Ce n'est pas vraiment un travail pour une jeune femme comme vous.

— C'est ce que je veux, j'ai les compétences, et vous recherchez quelqu'un. Ce poste est fait pour moi.

Assis en face de moi, M. Tanner me contemplait comme si j'étais une aliénée sortie de l'hôpital psychiatrique. À sa place, je me serais très certainement dit la même chose.

— Mais les jeunes diplômés tels que vous se battent pour des postes dans des cliniques privées ou de grands hôpitaux et…

— Eh bien, moi, je souhaite travailler ici, l'interrompis-je. Une expérience au sein d'un centre pénitencier aidera mon profil professionnel à se démarquer par rapport à celui des nombreux autres infirmiers.

Il semblait perplexe. Il me fallait le convaincre, tout de suite, ou alors je ne pourrais revoir mon frère, ce qui était inenvisageable après les longues années que nous avions passées séparés.

— Accordez-moi une période d'essai et, si je regrette, je m'en irai, lui dis-je d'un ton assuré. Mais il n'y a aucune raison que cela arrive. Je suis bien plus tenace que j'en ai l'air.

Après avoir poussé un soupir, il caressa sa barbe brune aux reflets grisonnants et me fixa quelques instants de ses petits yeux noisette.

— Très bien. Je vous embauche. Je vous propose une période d'essai d'un mois, vous pouvez partir à n'importe quel moment tant que vous me prévenez en amont.

Extrait

Je ne pus cacher mon enthousiasme, trépignant sur ma chaise. J'étais officiellement l'infirmière du United States Penitentiary Coleman en Floride.

Après avoir signé mon contrat de travail, qui débutait la semaine suivante, et écouté avec attention quelques explications de la part de mon nouvel employeur, je repris la route en direction de mon appartement.

J'avais été à seulement quelques mètres de *lui* et n'avais même pas pu l'apercevoir…

Pendant le trajet, je me remémorai ma conversation avec Madison et Andrew, mes meilleurs amis, la semaine précédente. C'était ce dernier qui nous avait parlé de cette offre d'emploi. Il ne s'était pas rendu compte qu'il s'agissait de la prison où était incarcéré mon frère, et j'avais gardé le silence ; c'était toujours douloureux pour moi d'évoquer ce sujet. Nous avions aussi discuté de nos vies maintenant que nos études venaient de se terminer. Madi exerçait depuis un mois le métier d'infirmière à domicile tandis qu'Andy avait récemment intégré le personnel d'une clinique réputée. Quant à moi, j'avais décidé de m'accorder quelques semaines de répit sous le soleil de la Floride en jouant de la guitare dans les jolis parcs d'Orlando. J'avais ressenti le besoin de me recentrer sur moi-même, de réfléchir à mon futur. J'avais également profité de mon temps libre pour m'entraîner avec Joe, mon coach de boxe.

En ce début de mois de septembre, il faisait une chaleur agréable, accompagnée d'une légère brise. J'étais habillée d'une petite robe noire et d'une veste de tailleur de couleur vive.

Lorsque j'arrivai à destination, je savourai un instant ce doux soleil qui tapait au-dessus de ma tête. Bientôt, je passerais la majorité de mon temps enfermée dans un bâtiment lugubre avec des hommes dangereux.

J'avais rarement profité de ce genre de météo. Avec mon cursus, d'abord en psychologie, puis à l'école d'infirmière, mes journées et soirées s'étaient souvent résumées à étudier, étudier et encore étudier, hormis lorsque j'étais en stage. Tandis que les autres sortaient entre eux, je restais dans mon appartement avec mes livres et ma guitare. Ça ne m'avait jamais dérangée, étant donné que je n'aimais pas spécialement les boîtes de nuit ou les fêtes pleines d'étudiants.

Quand je vivais encore en Arizona, les gens à l'université me regardaient, certains avec pitié, d'autres avec crainte, à cause de la sombre histoire de ma famille. Avec toutes les rumeurs qui couraient, je ne pouvais que comprendre leurs réticences. À la fermeture de la prison de Phoenix, mon frère avait été transféré ici. Après avoir eu mon diplôme en psychologie, je m'étais inscrite à l'école d'infirmière d'Orlando et y avais déménagé trois ans auparavant.

La vérité, peu de personnes la connaissaient. En fait, seuls Andrew et Madison étaient au courant. Je les avais rencontrés lors de ma première journée de cours en Floride. Nous débutions tous les trois la formation qui nous permettrait d'obtenir notre « Associate Degree in Nursing[1] », puis de passer le NCLEX, l'examen pour décrocher notre licence d'infirmier, indispensable pour exercer ce métier. Depuis, nous ne nous étions plus quittés.

Andrew et Madison vivaient ensemble et se supportaient toujours. C'était ce qu'on pouvait appeler une vraie et belle amitié. Ils m'avaient souvent proposé de m'installer avec eux dans leur colocation mais j'avais refusé chaque fois, préférant rester indépendante.

Avant de rentrer à mon appartement, j'avais finalement fait un détour par chez eux, décidée à leur annoncer la nouvelle. Ils n'habitaient qu'à quelques minutes de voiture de mon logement.

— Mon Dieu, Adria ! Tu ne sais pas dans quoi tu t'embarques !

Je poussai un soupir. Andrew le grand protecteur était de retour. Ce beau brun aux yeux marron et à la peau mate ne pouvait s'empêcher de veiller sur Madison et moi comme si nous étions ses petites sœurs.

1. Diplôme de soins infirmiers.

Extrait

— Il a raison ! s'exclama Madi, adossée sur le confortable canapé d'angle gris foncé. C'est de la folie !

Bien sûr, Andrew acquiesça en faisant la grimace.

— Belle comme tu es, tu vas te faire bouffer toute crue par le premier détenu qui posera les yeux sur toi.

— Arrêtez de vous inquiéter. Mon cabinet sera très bien surveillé, et les détenus les plus dangereux ne seront pas autorisés à venir me voir. Ils seront directement transférés dans l'hôpital sécurisé à quelques kilomètres, tentai-je de les rassurer. Je ne risque rien.

Ils me scrutèrent de la même manière que M. Tanner une heure plus tôt.

— Est-ce que Jake est au courant ? me demanda Andrew tout en prenant place dans le fauteuil face à moi.

— Bien sûr que non. Tu sais bien que je ne l'ai pas revu depuis son incarcération il y a six ans.

Son air se fit soudain curieux.

— Pourquoi travailler dans la prison où il est détenu alors que tu n'y es jamais allée avant, bien que tu ne vives qu'à quelques dizaines de kilomètres de là ?

Voilà une chose dont je détestais discuter. Mon frère et moi nous parlions au téléphone chaque semaine depuis qu'il avait été condamné à perpétuité suite à son procès, mais je ne lui avais pas rendu visite depuis des années, pour une seule et unique raison : il me l'avait interdit. Cela avait été le plus grand sacrifice de ma vie, mais il m'avait suppliée, refusant catégoriquement de me voir dans un lieu tel qu'une prison. Comment pouvait-il croire que je l'accepterais ?

Pour tout le monde, depuis mon arrivée en Floride, je m'appelais Adria Stevens. Mes parents m'avaient payé mon changement de nom de famille afin qu'on ne me relie plus à cette terrible histoire concernant mon frère et que je sois tranquille.

— J'ai envie de le voir. Il n'a jamais voulu que je lui rende visite, mais j'aurais dû insister pour le convaincre de me laisser venir. J'ai envie de rattraper le temps perdu et de me faire pardonner ces six ans d'absence, je n'aurais jamais dû accepter de rester à distance.

Ma réponse, démontrant une sincérité sans faille, leur cloua le bec. Mon frère me manquait chaque jour un peu plus, et ça me brisait autant le cœur aujourd'hui que lorsque j'avais appris qu'il ne retrouverait jamais la liberté.

À mon arrivée chez moi, je sortis la boîte à souvenirs cachée sous mon lit. Je faisais souvent ça pour me rappeler les bons moments passés avec Jake et Hanna. Je regardais des photos, les mots que nous nous étions écrits, ou encore les petits cadeaux qu'ils m'avaient offerts – ceux-ci ne coûtaient pas spécialement cher, mais avaient une valeur sentimentale incontestable. Je les pressai très fort contre moi, la gorge nouée.

J'allais revoir Jake d'ici quelques jours, ce qui me fit réaliser que le plus difficile restait à faire : le convaincre d'accepter que je travaille au United States Penitentiary Coleman.

Tuer le fils d'un riche politicien lui avait valu la prison à vie et alors que je pensais que rien ne pouvait être pire, je m'étais trompée. Depuis un peu plus d'un an, Harry McCartney avait décidé de faire rouvrir le procès de Jake, accusant le juge en charge de l'affaire d'avoir été soudoyé, puisqu'il était en contact avec mes parents, tous les deux avocats. Il voulait que Jake écope cette fois-ci de la peine de mort, et je me devais d'être là pour soutenir mon frère au cas où cela arriverait, la réouverture de l'affaire n'ayant pas encore été acceptée. Le pire était que, bien que ses allégations soient fausses, cette espèce d'ordure de politicien semblait avoir de grandes chances d'obtenir gain de cause.

Quand mon portable sonna, je réalisai qu'il était l'heure de l'appel de Jake. Chaque mercredi depuis six ans, il me téléphonait dans la journée.

— Allô ?

— Adi ! Comme je suis heureux de t'avoir au bout du fil !

Extrait

Entendre la voix de mon frère me réchauffa le cœur. Il était la seule famille dont je me sentais proche à l'heure actuelle.

— Moi aussi, Jake. Dis-moi comment tu vas ?

— Ça va. Mais parlons plutôt de toi ! Alors, que fais-tu maintenant que tu as obtenu ton examen pour exercer le métier d'infirmière ? Tu as postulé à l'hôpital d'Orlando ?

Je disais tout à mon frère, enfin presque tout. Il n'était bien entendu pas au courant que j'avais soumis ma candidature dans sa prison.

— Pour l'instant, je me repose un peu, mentis-je.

— Tu as raison. Tu as bossé tellement dur ! Et les parents, comment ils vont ?

Jake savait que je les avais régulièrement au téléphone, même si je n'étais pas d'accord avec eux sur des milliers de choses.

— Toujours pareil. Maman fait des scandales parce que papa travaille trop alors qu'on sait tous qu'il se tape la femme de son associé au cabinet. La vie d'avocats, quoi.

Mon frère ne put s'empêcher de rire. Depuis la fin de son procès, lorsque sa peine avait été prononcée, il n'avait jamais revu nos parents. Ces derniers l'avaient totalement renié. Et puisque notre grande sœur Hanna était décédée, il ne leur restait que moi. J'essayais de leur rendre visite de temps en temps même s'il était difficile pour moi d'agir comme si j'étais fille unique. Je leur en voulais de faire comme si de rien n'était, comme si Jake ne faisait plus partie de leur vie.

— Je vais bientôt devoir te laisser.

— Quoi, déjà ?

— Ouais, on n'a le droit qu'à cinq minutes chacun aujourd'hui. À cause d'une bagarre, tout le monde a été pénalisé.

Je ne pus m'empêcher de grimacer. Je détestais qu'il puisse payer pour les autres alors que son comportement était irréprochable.

— Je vais raccrocher. Je t'aime, Adria.

— Je t'aime aussi, Jake.

L'appel s'interrompit. Me rendant compte qu'une larme coulait sur ma joue, je l'essuyai d'un revers de la main. Pauvre Jake… Des années qu'il n'avait pas bougé de sa prison, mis à part pour son court transfert, et ses chances de retrouver la liberté un jour étaient réduites à néant. Chaque fois que j'y pensais, mon cœur se brisait un peu plus. Mon frère avait gâché sa vie.

Mais dans une semaine, je serais enfin avec lui.

Composé et édité par HarperCollins France.

Achevé d'imprimer en mars 2022.

FIRMIN-DIDOT

à Mesnil-sur-l'Estrée (Eure)

Dépôt légal : avril 2022.

Pour limiter l'empreinte environnementale de ses livres, HarperCollins France s'engage à n'utiliser que du papier fabriqué à partir de bois provenant de forêts gérées durablement et de manière responsable.

Imprimé en France